赘婿 ①

愤怒的香蕉 著

江宁晨风

青岛出版社
QINGDAO PUBLISHING HOUSE

图书在版编目（CIP）数据

赘婿.1,江宁晨风/愤怒的香蕉著.—青岛:青岛出版社,2021.2
ISBN 978-7-5552-9649-2

Ⅰ.①赘… Ⅱ.①愤… Ⅲ.①长篇历史小说－中国－当代 Ⅳ.①I247.5

中国版本图书馆CIP数据核字（2020）第211749号

书　　　名	赘婿 1 江宁晨风
著　　　者	愤怒的香蕉
出版发行	青岛出版社
社　　　址	青岛市海尔路182号（266061）
本社网址	http://www.qdpub.com
邮购电话	18613853563　0532-68068091
责任编辑	李文峰
特约编辑	孙小淋　徐馨如
校　　对	宋　芸
装帧设计	千　千
照　　排	梁　霞
印　　刷	三河市良远印务有限公司
出版日期	2021年2月第1版　2024年2月第3次印刷
开　　本	16开（710mm×980mm）
印　　张	17.5
字　　数	250千
书　　号	ISBN 978-7-5552-9649-2
定　　价	39.80元

编校印装质量、盗版监督服务电话 4006532017　0532-68068050

目 录

楔　　子	繁花过眼开一季		1
第 一 章	金融大鳄误蹈死地	苏家赘婿重获新生	4
第 二 章	谋闲差赘婿入私塾	作消遣小婢唱新曲	28
第 三 章	止水诗会众贤争锋	水调歌头技惊四座	50
第 四 章	传奇诗堪配传奇事	淡泊人时持淡泊心	69
第 五 章	如君子交情好日密	不经意言扭转乾坤	89
第 六 章	藏书楼考校再扬名	伽蓝雨新唱动心弦	108
第 七 章	期待落空纨绔失望	围栏夜话夫妻交心	127
第 八 章	巾帼英雄独自刺杀	蓦然回首再见那人	147
第 九 章	青玉案打消质疑声	施小计售卖松花蛋	167
第 十 章	旧相识引来新麻烦	小生意推演大道理	187
第十一章	花魁大赛全城盛事	争风吃醋比斗诗词	206
第十二章	惊鸿一瞥再见偶像	锲而不舍刺杀终成	230
第十三章	蹚浑水冒险救刺客	求不得屡次放冷箭	251

楔　子
繁花过眼开一季

咔嚓！砰！

火焰燃烧着，电路啪啦啦地响，他从倾倒的汽车里爬出来的时候，视野有些模糊。

夜色下，公园里，城市的灯光映在河面上，如火般摇曳。那边城市的繁荣与这边公园的寂寥形成了鲜明对比。他记得公园的开发项目是他在十多年前主持的。

"真是个失败的项目啊……"

一阵风吹过来，他叹了口气，踉踉跄跄地朝那片迷离的水光走过去。后方的汽车陡然传来巨大的爆炸声，火焰升腾，热浪从背后席卷而来，仿佛要将他淹没一般。天空中传来直升机的声音，随后是一道明亮的光柱晃花了他的眼睛。有人在高空中喊话，公园两侧追赶的车辆也已经到了，大部分是警车，伴随着各种各样的灯光，场面混乱不堪。

脑袋还是昏昏沉沉的，血液从额头上流下来。他伸手擦了一下，紧了紧风衣。河面上，气垫船与快艇蜂拥而来，防止他跳水逃走。

"真是的……我又不是什么杀手……"

密密麻麻的海陆空包围令他视线模糊，心中烦闷。他明白这次没有多少侥幸逃脱的可能，冷风吹过来，脑子里想起的反倒是一些无关紧要的事情——这是他从小长大的城市，那时候，河岸那边没有辉煌如宫殿一般的繁华情景，但给人感觉很温暖。河岸这边全是土坡，还有一条黄土小路。由家里去学校的时候，他常常跟几个朋友一起骑着自行车从这里过去。

"我将来要在这边建座公园，让这里变得更漂亮，让城市里到处都有高楼大厦，我们都住进去……"

他那时还小，去过繁荣的省城之后就立下了这个宏愿。多么意气风发的年纪啊！此后二三十年的时间里，他如同刚刚发明石刀石斧的原始人，以惊人的魄力开拓进取，越过了旁人难以想象的无数惊险难关，建立起了世界上数一数二的金融帝国。有时候想想，连他自己都觉得有如梦幻。

在别人眼中，他已经是完全不会被打倒的金融巨人，他自己也这样认为了。然而此时此刻，重回故地，他才渐渐地明白过来，这座公园，终究是开发失败了啊。

他的初衷是想让所有人都快乐的……

项目开发失败后也不是不能补救，只是需要投入大量的资金——对现在的他来说，这点儿资金也不算什么——然而为什么一直没有做呢？以前他想做的时候，因为资金并不宽裕，项目暂时搁置了，后来又因为没有效益而刻意绕过了。现在想起来，很多东西他以为是记得的，其实忘记了；很多东西以为忘记了，却又记了起来……

当初那些美好的期待、许过的愿望、走过的路——在他脑海里闪现。他在河堤边的石凳上坐了下来，灯光晃眼。他心绪复杂，伸手在身上的口袋里摸了几下，这个时候真的需要一根烟，虽然戒了很久了……

有人将烟递了过来。

那人穿着西装，戴着金丝眼镜，站在旁边。他不用抬头也知道来人是谁。他将烟接过去，戴金丝眼镜的男人便掏出了打火机，用手挡着风，替他点上。

"想起了以前的事情，我们一起骑着自行车从这边去上学，你、我、清逸、阿康、若萍——清逸前两年死了吧，他的葬礼我没能去参加……"他吸了一口烟，烟圈一吐出，便被冷风吹散了，"若萍怎么样了？"

"有两个孩子了，过得还不错。"戴眼镜的男人坐了下来。

"啊……你跟我说过的，我差点忘记了……"他想了想，随后笑了起来，"她是女生中最漂亮的。我记得我一直暗恋她，但没敢表白。"

旁边的男人沉默了一会儿，也掏出打火机，点了一根烟："我知道你喜欢她。我跟她表白过，被拒绝了……她说她喜欢的是你。"

"这件事情没听你说过啊……"

"说了又能怎么样？后来大家都在为未来打拼，你都忘记她了。她也不可能老是等你，你没有表白，她就嫁人了。"

"是啊，错过了很多东西……"

"你一向力求完美。"

"你知道吧，到了顶点的时候……"他想了想，举手比画了一个高度，"到了顶点的时候，你会发现，除了那一刻的成就感，其实什么都没有。你总是会觉得……遗憾……现在走的这条路，也许并不是当初心心念念想要的……"

"是啊。"戴眼镜的男人说道。

沉默了一会儿，他看了看手上的烟，已经很短了："亏空了一百多个亿，处理起来会很麻烦。我几个月前就想清楚了，已经做了一份预案，在我的电脑里……只是没想过你的反应会这么激烈。公司改朝换代，的确可以把亏空转移到一些人的头上，这样就会轻松很多。你把方案做些修改，尽量别波及太多人，毕竟大家也一起打拼了这么久。"

"我……"旁边的男人迟疑了一会儿，像是要解释些什么，但终究只是说道，"抱歉。"

"没什么啊。一起走到现在，总是我在前面站着，兄弟一场，也该你来试试了……这个局设得很好，公司给你，倒不了，只不过……以后拿点钱，把这边的公园真正开发好吧。我一直想做，一直以为自己记得，但是想起来的时候，又觉得不着急，于是耽搁了……"

"我跟那边说过，这件事情之后，你仍然可以过得很好……"

"斩草不除根，春风吹又生。放虎归山……"他转过头，平静的目光中带着严厉之意，"你以为自己是什么？"

"我只要活着，就能威胁到你！"他顿了顿，将烟头扔到地上踩灭了，"高处不胜寒。这一辈子走到这一步，已经够了。就算要重来，我也希望无牵无挂、清清白白地重来一次，那些乱七八糟的肮脏事情、钩心斗角……如果能再来一次……"

他笑了笑，站了起来："如果能再来一次，我想我会跟她表白的……"

直升机在天空中盘旋，船只在水面上疾驰，公园四周被车辆包围了。在灯光聚焦的河堤上，男人站起来，陡然拔出枪，对准了旁边戴眼镜的男子。目睹他的动作，戴眼镜的男人也同时站起来，转身举起手，朝着周围的人挥舞着："不要开枪——"

枪声接二连三地响了起来，血花在男人背后绽放。好半响，戴眼镜的男人才转过身，望着那具倒在血泊里的尸体，怔怔地取下眼镜，擦拭几下，才再度戴上，捡起握在尸体手上的枪。

"说了不要开枪……没有子弹的啊……"夜风中，戴眼镜的男人喃喃地说着。

第一章
金融大鳄误蹈死地　苏家赘婿重获新生

他从迷迷糊糊中醒过来，看见的是白色的蚊帐，头上隐隐作痛，不知道自己是在怎样的环境里，于是闭上眼睛想了很久，才微微叹了口气。

他没有死。

那么，自己现在是被软禁了？

他掀开被子坐起来。大约是昏迷了很久，身体各部位还无法很好地协调。他低头看看，衣服的样式怪里怪气的，布料也很差。直到站在房间的地板上，他才发现更多不协调的东西。

老式的房屋、床和桌椅板凳，虽然用料和做工都不错，整个房间都是仿古风格，也有看起来很棒的瓷器，但任何现代化的电子设备都不存在。你搞什么，唐明远？想起那个戴眼镜的家伙，他在心中暗骂了一句，随后——

这双手也变了，自己的手——不像是自己的。

他看了看两只显得苍白的手，过了片刻才在桌前坐下，解开身上的衣服。这个身体——没有弹孔。开什么玩笑？！他明明记得那么多子弹对着自己射过来，难不成他是做了整形手术？不对，这身体都不是自己的，所有的特征都在证实这一点，特别是在他照了铜镜，看见镜子里的那个影像之后，就更加确认了这一点。

唐明远你在搞什么东西？他曾经是世界上最有经济实力的人之一，能够白手起家到那个地步，自然不会因为一些小疑惑被打倒。在现代科技的支持下，任何可能性都是存在的。对方是改变了自己的身体，彻彻底底地大范围整形了吗？有什么必要？目的是什么？对方想让自己承认是另一个人，然后不再与他争？这家伙向来优柔寡断，为了保自己一命做出这样的事情也不是不可能，但为什么要安排一个这样的房间？

头上缠着绷带，还隐隐有些痛。他推开房门，明媚的阳光便射了进来，令他下意识地伸手遮挡了一下。这是木制楼房的二楼，他从门口看出去，远远能看到下方鳞次栉比的院落与园林，各种楼房散布其间。苏杭风格的园林建筑、池塘与山石美轮美奂，在他眼前延伸开去。

没有高楼大厦，他看不见任何现代特征。

他吸了一口气，随后吐出来。大手笔啊！唐明远你弄这个得花多少钱？他看了几眼，转身朝一边走，立即便有一道声音响起来："姑爷你……"喔，群众演员。

他这时候心情不好，没什么兴趣跟这些人多作纠缠。前方那漂亮丫头走过来时，他瞟了一眼，直接伸出手指了指。他以前是靠一己之力建立起那般庞大的金融帝国的掌权者，一旦真的表现出那股气势，哪怕只是一个眼神、一个动作，也让这丫鬟打扮的女人立即一个激灵，站了原地，讷讷地说道："姑爷，你醒来了……"

他从这丫鬟身边走过去，走了几步，又转回来，有些怠懒地拿起丫鬟手上拿着的似乎是给他穿的袍子，展开之后，有些郁闷："这东西怎么穿？"想想丫鬟说的似乎是江浙一带的方言，他便又换上方言，"这怎么穿？"

"姑、姑爷，我帮你……"那丫鬟连忙开始替他穿那件袍子，用两只眼睛疑惑地打量他。啧，演技不错……一边穿，那丫鬟还一边朝下方喊："姑爷醒来了，姑爷醒来了……"于是，更多的人从各座院子里过来了。

穿上袍子，他分开一些围过来的丫鬟小厮，穿过院子，头也不回地朝外面走去。

最后，他还是被拦了回来……

十天之后，他坐在走廊上看着外面天空中的烟花，叹了口气。

后来他还是走出去了。偌大的城市，找不到任何现代化的痕迹，包括任何建筑、任何人，外面的山泽湖泊都告诉他这是在古代。不可能不是，毕竟就算让他倾尽整个金融帝国的力量，也做不出这么天衣无缝的世界，而且这么多人如果都是演员，不可能做到这么完美。这不是《楚门的世界》，他也不是从出生以来就被关在摄影棚里的楚门。

自己现在的身份他也大概清楚了——他叫宁毅，字立恒，目前是江宁富商苏家的一名上门女婿。说起来这身份有点不光彩，但既然是了，他也没办法。而即便是入赘，其中的情况，这几天看起来，也实在有些复杂。

苏家是江宁有名的富商之一，如今执掌苏家的大房苏伯庸膝下无子，只有一个女儿名叫苏檀儿。自己的这个妻子，他目前还没有看见过，据说结婚那天苏家有一批布料出了问题，苏檀儿跑去解决。简单来说，她对这场婚姻不认同，算是逃婚了。

　　至于自己，也就是宁毅，据说爷爷那辈与如今苏家太公的关系很铁，说好指腹为婚，谁知道两家生出来的都是男的，不过指腹为婚的约定还是传了下来。后来宁家因为意外没落了，到了宁毅，父母双亡，他虽然读了些书，说起来是个文人，但实际上怕也没什么才学，就是人老实，被苏太公看上当了上门女婿。宁毅当初是自愿还是被强迫的他现在是无法追溯了，但是对他入赘这件事，似乎有好些人不愿意——结婚那天，新娘跑了，婚礼却被要求继续进行。然后，据说是一位对苏檀儿有兴趣的富家子弟暗中敲了他一板砖，让他昏迷了好几天才醒过来。

　　这几天他装成被板砖敲了有些迷糊的样子见过了许多苏家人，苏太公也见了一次。虽说情况复杂，但他还是一眼就看了出来：苏太公的身体很好，如今是苏家真正的掌权者。都说三代看吃、四代看穿、五代看文章，如今苏家到苏檀儿与她的几个兄弟也算富到第五代，但素质明显良莠不齐，最争气、最有经商天赋的，反倒是作为女儿身的苏檀儿。

　　如果大哥、二哥等人厉害一点，如果苏檀儿不是大房的女儿，如果苏檀儿没有经商的天赋和心情，或许一切情况就会不一样，但现在，苏家太公明显是将苏檀儿当成了接班人来培养，之所以选择自己这样一个上门女婿，或许有几分上代情谊在其中，但最主要的，恐怕还是看准以前的宁毅够老实，别人轻而易举就能压住。

　　也是因此，对他这个上门女婿，其余几房自然是不高兴的。这些人以前就热衷于给苏檀儿介绍对象，只希望某个富家公子娶走她，让她成为泼出去的水，这样就对这个家庭什么威胁都没有了。谁知道苏太公抓住一个指腹为婚的约定，强行找了个上门女婿过来，他自然就成了旁人的眼中钉。那天晚上他被敲的一板砖，是不是外人做的，还难说得准。

　　这让他想起了上辈子的事情。

　　商场暗战，钩心斗角，他那一辈子把时间似乎都用在了这些事情上面。直到他建立起巨大的商业帝国，却还是提防着内斗，但最后还是被自己的兄弟摆了一道，干掉了。如今他再看见这些事情，不由得就觉得好笑，真的是不想再接触这些东西了啊，何况还是这样的小打小闹……

　　弄清楚该弄清的事情，攒点银子就离开吧，他这样想着。虽然目前的他对当上门女婿没什么概念，不怎么在意这种名分上的事情，但时刻被人盯着，似乎也有些不爽。

　　至于这个世界，他目前还没弄清楚。

　　江宁，宋朝的时候南京叫这个名字，但这里不是宋朝。这几天来最令他疑惑的就是历史问题——这里所见的史书对历史的记载与未来世界的似乎有些出入，如今这个朝代叫作武,如北宋一般定都汴梁,一些历史细节似乎在隋朝就开始变化,到了唐朝已经有了很大出入,唐朝之后的诸侯混战,与五代十国格局类似,接着就有了武。其间多了一些名人与流传的诗词,也少了一些。譬如李白,写了些好诗,被人称作诗仙,但是年轻的时候就在长安跟人比剑死掉了;杜甫当了官,但因为太迂腐办砸了事情被皇帝砍了头——这事还是他好不容易找到的,就在史书上留了一小笔。

这算什么事啊?量子力学?多重宇宙?

这样想着,他不由得觉得很神奇。

武朝与宋朝类似,相当繁荣,但说不定也会像宋朝那样被少数民族征服。熟知的历史已经完全乱了,他懒得再去想这些,如今要做的就是尽量收敛,对世界熟悉之后就从这个大家族闪人,然后……做点小买卖,到处旅行一下吧,更多的事情,遇上的时候再说了。

他正想着这些事情,喧闹的声音从外面的院子里传了进来。今天本是节庆,他也是刚从前面回来不久,想来是又出了什么事。那声音持续了一会儿,他重生后第一次见到的婢女小婵一路小跑了上来,圆圆的脸蛋红彤彤的:"姑爷,姑爷,小姐回来了,小姐回来了。"

自己这个妻子迟早会回来,这是他一早就已经想到的事情,总不可能因为自己这个丈夫入赘过来,她就真的逃婚永不归家,这十天半个月的空白期,大抵也是她为了让自己看清楚形势的一种警告。这位大小姐性格强势,他是没什么可抱怨的。小婵过来叫他,随后就拉了他下去。他来到从前庭到后院的路上,远远看见一群人走了过来,为首的女子穿着红色披风的身影在人群里格外显眼,想来便是她了。

随着女子过来的,有二房、三房的几名兄弟,也有苏家的婢女与管事。为首的女子身材高挑婀娜,瓜子脸,一头乌黑的长发用束带绑起,直垂到腰际,一边笑着与人说话,一边将大红的披风递给旁边的下人。走到近处,看见宁毅与小婵,她先是脸上微微闪过审视的神情,随后微微福了福身:"相公。"

他虽然还不知道是不是两人的第一次见面,但那苏檀儿的神情自然之至,仿佛她在新婚那天走掉的事情根本没有发生,反而像是成婚多年的老妻般走了过来,自然地挽住了宁毅的手,随后才笑着转向其他人:"二哥,你一直想要的白虎皮,檀儿这次可是给你找到了,你再不能怪我了哦……"

宁毅饶有兴致地看着身边的女人一一与这些人说话,将一切做得面面俱到,几乎在随意的言辞间就做出了完美的暗示,让他们都去做自己的事情,随后才一脸琴瑟相和地与宁毅转身:"相公,我们回去吧。"说完带着三名婢女,与宁毅走向了原本住的院子。

这女人长得漂亮,完全是江南水乡柔弱女子的气息,方才的一番行事,虽然也有着内在的强势，却将这种书卷气息完美地融合到了说话与行事里。站在纯粹客观与专业的角度看，宁毅不由得有几分欣赏，不过当这种姿态针对他而来时，他就觉得有些好笑了。

一路上苏檀儿又说了几句看似亲昵实则保持着距离的问候，宁毅自然是淡淡地回答几句。回到院子，没有外人看时，苏檀儿才自然地放开了手："相公伤势未愈，这几天好好休息，有什么事情，吩咐婵儿就好了……"

这座院落一共有两栋小楼房，对面二楼上还贴着大红喜字的新房大概是苏檀儿本来的闺房，宁毅从醒过来便一直住在另一栋，从未上去过那边。苏檀儿说完，又是一福身，带着婢女回去自己的房间。宁毅笑着挥了挥手，算是告别，他心中明白，未来如果要住在这里，大概很长的一段时间都会是这样的格局。

挺好的，我不碰你，你也别来烦我。如果能一直清闲，还不会被这个家族那些钩心斗角的事情牵扯进去，自己走不走都无所谓了，古代生活挺悠闲的。

另一边，苏檀儿回到了闺房。

这是一间算不上多么独特的房间，至少相对于主人的行事与性格来说，这是一间无论从何种角度看都正常无比的少女春闺，红红绿绿的装饰，各种小饰物，除了女红少点儿，书多点儿——不过这些东西也是在正常的范围之内。

今年十八岁的新婚少女在窗边站了一会儿，解开了缠住头发的那些发带，看了一会儿对面楼房上坐在那儿看烟花的男子，微微叹了口气，随后才关上窗户："杏儿，你进来一下。娟儿，你去让婵儿过来。"

当婵儿进入房间时，杏儿正在忙忙碌碌地按照小姐的指示摆放因为要布置成新房而变动的小物件，苏檀儿则正用毛巾擦脸。待她将毛巾移开，小婵连忙走了过去，接过毛巾放回脸盆："小姐。"

"姑爷这几天怎么样？"

"嗯，姑爷的伤是好了，但是对很多事情好像都很陌生，大夫说可能是因为头上受伤，忘记了一些事情呢。"

"忘记了事情？"

"嗯，大夫说的。"小婵点了点头，"姑爷这几天也在到处走。小婵让人跟着他，听说他也不去找谁，就在城里城外到处走到处看，好像……真的忘记了很多事情。"

"随他吧。有其他的事情吗？"

"姑爷这几天跑步。"

"跑步？"

"嗯，他早上天不亮就出去，在秦淮河那边慢慢跑，说是锻炼身体呢。还有，他在房间里做奇怪的事情……"小婵双手往前一推一缩的,小脸上满是疑惑,"趴在地上,就这样把自己推起来,也说是锻炼身体,婢子觉得好奇怪。"

想象着这个动作,主仆三人在房间里一脸迷惑,随后苏檀儿才摇了摇头:"锻炼身体……随他吧。还有吗?"

"没有其他事了。姑爷这几天也跟大老爷、老爷、大少爷、二少爷他们见了面,都很和气……嗯,姑爷对谁都很和气,除了……对了……"

"什么?"

"婵儿也不知道是不是错觉,姑爷刚刚醒过来的那天,从房间里走出来,眼神好吓人呢……不对,也不是吓人,就是很有……很有……"小丫鬟仰头想着形容词,"很有威严的样子,跟大老爷差不多……好像也不一样,但是他就看了一眼,婵儿就连动都不敢动了,可能……可能是婵儿看错了……"

小姑娘说话的声音越来越小。苏檀儿想了想,随后笑了起来。当初爷爷说要让宁毅入赘的时候,她其实也过去看了这个人,甚至派人进行了调查。爷爷之所以选择他,一来是因为上一代有指腹为婚的约定;二来也因为这个人性格实在不强,自己轻而易举就能压住。他家里一贫如洗,虽说是书生,但书没读多少,甚至连一般书生的那种孤傲之气都没有,哪有什么威严可言。威严大约是错觉吧,他被人打了,刚起来,样子把小婵吓到了而已。不过——

她回想起刚才的见面与不多的几句交谈,似乎又与之前看到的那个人有些出入,自己过来挽他的手,跟他说话,还以为他会手足无措窘迫一会儿呢,谁知道他一路云淡风轻地过来了。

"也好,他心里大概是明白的,这样就行了,安安分分的。老爷已经答应了,我可以这个样子……就这样吧。"她叹了口气,"但你们几个,要对姑爷恭敬一点儿,我和姑爷的事情,你们不许在外面乱跟人嚼舌根。无论如何,只要没做出损害苏家的事情来,他都是我的相公,知道吗?"

有的时候会把将来想得无比美好,但是到了最后还是要认命,特别是女人,她已经比一般女人好很多了,这件事情上,暂时就——

认命吧……

时间流逝。

转眼间宁毅来到这个时代已经三个月了,时间也渐渐从春天转向盛夏。园林、假山、楼阁、院落、街道、画舫……宁毅渐渐熟悉了这个古代的世界,只是许多时候都会觉得无聊。

大概是以前忙惯了,如今没有电脑没有工作,没有任何事情可以做,宁毅总会觉得手痒。苏家是乐于见到他无聊的，毕竟之前让他入赘，就是为了给苏檀儿一个留在自己家里不至于嫁出去的理由，而这个理由，最好没有太多的不安分。当然，总的来说，他还是享受着这无聊的一切，每天走走逛逛，看看古代的人情风物，看看古代的仕女，脑子里想些乱七八糟的事情，最多的还是看见某件事物就想着如果自己来做能让利润提高多少倍，如何赚钱。

老板当太久，魔怔了——他这样笑骂自己，于是这些事情只是在脑海中微微浮现，随后又沉淀回深处。

相比他的悠闲，他那个名义上的妻子苏檀儿显然很忙。不过，无论有多忙，她基本上会按时回家吃饭。从这种意义上来说，古代有古代的好处，女人无论如何都不会像男人那样随随便便。退一步说，古代工作的节奏感也没有现代那样让人喘不过气，每天背着电脑，坐飞机飞这儿飞那儿，随时要处理大量的事情。信息流通并不迅速的时代产生不了这样的工作狂人，你总能找到时间休息，因为你下达了一道命令，还要等着那边的反应呢。

大概是将自己当成了真正老实木讷的男人，当他们每天坐在一起吃饭，挑起话题的总是苏檀儿，试图交流信息，活跃一下气氛，宁毅也会随口敷衍两句。他在商场打拼那么多年，早已养成了随口说话都不会让人觉得是在敷衍的本领，比苏檀儿段数要高得多，于是每次在一起吃饭，宁毅都会想起电影《史密斯夫妇》里的两人。

吃完饭，如果下雨，大家多半在各自的房间里，苏檀儿看书，偶尔随手弹弹琴，做做女红刺绣；他就单纯看书写字，要不就发呆，偶尔找张纸做做以前常做的商盘推演，为股市做假设之类的，随后又觉得没意思。如果有急事，苏檀儿也会坐马车出去。若是天气好，宁毅基本是出去闲逛的，苏檀儿也会去看看城里的店铺作坊，两人基本上一出门就分道扬镳。

名叫小婵的婢女几个月来一直跟着他，大概成了专门服侍他的侍女，这也是苏檀儿的安排。看得出来小婵有意与他搞好关系，在房间里收拾东西时总会唠唠叨叨家长里短的，或者说小姐今天去了哪里哪里啊，做了什么事情啊。对这个小姐，看得出来她很佩服也很喜欢，苏檀儿对下人的确很好，而宁毅的回应，大抵也就是点头笑笑。出门的时候这个小姑娘总是跟在他后面，有时候他会过意不去，走得累了就在附近的茶馆坐坐，吃点儿小点心，小姑娘也会从精致的小荷包里拿出碎银子来付账，让他感觉古代的二世祖大概就是过的这样的生活。

其实在现代也差不多，他出门买东西都不用自己刷卡的——呃，他似乎已经很多年没有真正出门买东西了。

他最近喜欢在秦淮河边看人下棋。

河边有一条不太热闹的街道，处于城郊，位置稍稍有些偏，两边没有大的店铺，路上多是些挑担子的小商贩，行人也不算多。临河的一棵树下常有个老头在那里摆棋盘，偶尔会有几个老头在那儿看，偶尔也会有些书生过来。旁边有个茶摊，那一次他与小婵走得累了在这边歇脚，一边喝茶一边随意看了看，下棋的两个老头棋艺都很高。他想着不愧是在古代，随便两个老家伙都下得这么好，此后就常常过来。一个老头是固定的，对手则常换，不过宁毅看久了就发现大抵都是熟人，棋艺普遍很高。

这样的脑力劳动是他在这边能找到的不多的娱乐之一。事实上秦淮河是当时公认的最为繁华奢靡的地带，画舫妓寨成群，一到晚上便成了不夜天。他每天来这边走动，常常听说一些风流韵事，只不过凡事要讲分寸，他既然是入赘到苏家，与这类娱乐大抵是绝缘了。不过他上一世已经是阅尽繁华，现在自然不会有很大兴趣。

随后的一天，天有些阴，但看来离下雨还早，他与小婵走到茶摊，又是两个老头在下棋，下了一阵，一名家丁模样的人往这边过来，与一名老人说了几句话，那老人点了点头："秦公，家里有急事，这局棋……"

"眼下不分胜负，算和局如何？"

"如此甚好……"

两人文绉绉地说了几句，随后一名老人走了，摆棋摊的老人开始收子。宁毅一口喝完了手中的茶，站了起来："没的看了，小婵付账吧。"

小婵刚拿出荷包，摆摊那老人开了口："这位公子最近都来观棋，想来对此道颇有心得，可愿与老朽手谈一局？"没对手了，老人随便抓了个人。

"呃……"宁毅愣了愣，看看天色，"一般啦……好吧。"

他在老人对面坐了下来。帮忙收棋的时候，自然也有"公子是何方人氏"之类的寒暄，宁毅随口回答几句。收完棋，猜子，宁毅执白先行。他也不客气，拿着棋子啪地放上去。

"呃，这开局……"那老人看了他一眼，不过也只是皱了皱眉，跟着下。

如此你一子我一子下了十几手，那老人的眉头皱得更紧。他疑惑地开口道："公子的棋艺，敢问是跟何人所学？"

"看棋谱自己琢磨的。"

"哦，难怪……"

这句话后老人倒也不再多说。河边的树下，两人默默地对弈，小婵坐在一边，偶尔抬头看看天色。她对围棋实在不懂，只是觉得越下那老人便想得越久，一头皱纹更深了，还不时抬头看看宁毅，偶尔摇摇头。棋盘上白子声势浩大，黑子渐渐被杀得七零八落。

一个多时辰后，老人投子认输，抬起头来认真打量了宁毅片刻，只见宁毅还是那副淡淡的似乎觉得一切都很有趣的模样。"公子的棋力……高超，只是下棋的手段上，是否有些……"老人斟酌着用词。宁毅收拾着棋子，笑了笑："下棋求胜，就像两军对垒，哪有手段之分？"

"下棋乃君子之学……"

"老人家觉得下棋可以看出一个人的心性。"宁毅随口说着，将棋子一颗颗地收回来，"准吗？"

老人愣了愣，微一沉吟，随后摇头，笑笑，伸手收拾棋子："倒是不怎么准。"

收拾好棋盘，眼看天阴欲下雨，宁毅与小婵往苏府的方向走去。一路上，小婵看他的眼神变得有些讶异，忍不住问道："姑爷赢了？"

"啊，以后怕是不好再过去看棋了。"

"为什么啊？"

"你看他不是觉得我是坏人了吗？"

"下盘棋就觉得姑爷是坏人？"小姑娘回头看了一眼，"准是因为姑爷赢了他，他生气了……老公公气量真小。"

这话自然只是随口说说，那老人是颇有涵养的人，自然不会为了这种事情生气，只是这时候的围棋很讲分寸，朋友间下棋，光明正大，点到为止，一些咄咄逼人甚至死缠烂打失了风度的手法不会乱用。但下棋这种事情之于宁毅不过是单纯的脑力博弈，再加上双方信息量的不平衡，尽管老人有着相当高的棋力，还是被宁毅接二连三的小手段杀得溃不成军，也算是给宁毅心里带来了现代人欺负古代人的小小满足感。

两人回到家，苏檀儿也刚从外面回来，名叫杏儿的小丫鬟正招呼几个人往小姐的房间搬布料，大概是新货，花花绿绿的。见到他们回来，楼上的娟儿捧了一个大木盒下来："姑爷，姑爷，小姐听说姑爷很喜欢下棋，今日上街看见了，特意买回来送给姑爷的。"实际上是别人送的礼，苏檀儿用不上，顺手拿回来的，是个装着围棋的盒子。宁毅倒是吓了一跳："这样，替我谢谢娘子。"

"姑爷自己谢吧。"小姑娘嘻嘻一笑，又跑上楼去。宁毅摇了摇头，端了围棋回房。这边又没什么认识的人，他跟谁下呢？

娟儿回了房间，几个搬货的人已经从院子里出去了，她学了宁毅的声音："小姐，姑爷说'替我谢谢娘子'。"随后被正在看账册的苏檀儿顺手敲了一下额头。主仆几人算是从小一块儿长大的，虽然讲着尊卑，但一向有着姐妹般亲昵的感情，不过苏檀儿在忙碌，倒也不好开太多玩笑。看完账册，苏檀儿仔细看了看那些布匹，这时候婵儿、杏儿也进来了。看见婵儿，她倒是笑了笑："今天又跟着姑爷出去看下棋了？"

"嗯。"婵儿摇了摇小脑袋，"看不懂。"

"围棋我也不喜欢。"苏檀儿晃了晃脑袋。忙了一个上午，这时候才能稍稍休息一下，她顺手拿起桌上摆着的一张宣纸，皱起眉头问婵儿："这真的是姑爷写的诗？"

那宣纸是婵儿早上顺手拿过来的，她探头看了看，当即确认："是啊，我看见姑爷写的，说练字呢。"

苏檀儿又皱眉看了几眼，才放下来。这诗是婵儿早上匆忙拿过来的，随后苏檀儿便准备出门，到处跑了半个上午，回来才有时间看。方才在下面的杏儿也还没有看过，见小姐表情丰富，感兴趣地过来瞧。三个丫鬟其实都学过诗文算数，这时看了一眼，却也将小脸皱成了包子。

"三藕浮碧池……筏可有媛思，露珠……湿沙壁，暮幽晓寂寂……什么意思啊？"

另一边的房间里，宁毅站在桌前整理着宣纸，准备拿去扔掉或烧掉。他昨天练字写了十页，这才发现少了一张，略想了想，却摇头笑了起来："你们能看懂就怪了……"

随后下起雷雨来。

夏季的大雨来得就是猛烈，漫天声响中，天色暗得像是到了傍晚。不过，这样的天气里推开窗户，看着外面浸在大雨中的那片园林、宅邸，倒也颇有悠闲的意味。从这边看过去，偶尔也能瞧见苏檀儿与几个小丫鬟在对面房间里走动的情景。婵儿拿着一些染了色的布料过来时，宁毅正在书桌前打开那盒围棋看。"姑爷，小姐说这是新进的丝绸，让婢子给姑爷量量，做身衣服，姑爷看看喜欢哪种颜色吧。"

"随便。"

"做新衣服可不能随便。"小姑娘嘟嘟囔囔，拿起软尺给宁毅量了身高体长。宁毅看看外面的大雨，随后看看身边的小姑娘。

"下午有事吗？"

"没什么事呢。"

"来下棋吧。"

"婢子不会下围棋。"

"不下围棋，我教你下五子棋。"

"五子棋？"小姑娘抬头望着他，眼中闪过迷惑之色。没听说过这种棋啊……

于是，这座向来有些安静的小院落到了下午便常常能听见有小姑娘的欢呼声响起。虽然平日里算得上安静沉稳，但苏檀儿十八岁，她身边的三个小丫鬟都只是十四五岁的年纪，真遇上有趣的事情难免有些忘形。

另一边的房间里，苏檀儿坐在窗前看书，杏儿与娟儿两个小丫头正排排坐在小板凳上刺绣，偶尔听见雨声中对面隐约传来"我赢了我赢了"的欢呼声，就免不了好奇地抬头望望。如此重复几次，杏儿被针扎破了手指，将指尖吮在嘴里，疑惑地往那边张望。

"婵儿这丫头，怎么了呢？"

日子过得无聊，说好听一点儿便是悠闲，连续下雨的时间里，跟小姑娘下下五子棋，偶尔练练毛笔字，看看古文书籍，虽然在娱乐性上无法与现代相比，但宁毅一向是耐得住这种单调的人，既然来到了古代，端着一本没有标点符号的书看上半天，一字一句地弄清楚意思，对他来说，也算不上有多痛苦。

当然，其他乱七八糟的事情，这几个月里自然也有。

入赘的新姑爷在这个年代一向是没什么地位的，而苏家的情况又比较复杂。如今苏家真正的掌权者是苏檀儿仍然在世的爷爷，一般人叫他老太公。老太公有三个亲生儿子，分成了大房、二房、三房。对外掌权的是大房，也就是苏檀儿的父亲苏伯庸。苏伯庸只有苏檀儿这一个女儿，偏偏苏檀儿在经商上颇有能力，直接压倒了其余两房的男丁，成了这复杂关系的主因。其余两房的男丁一向希望苏檀儿将来能嫁出去，到时就成了泼出去的水，他们就有机会继承苏家，如今来了个入赘的家伙让他们希望破灭，平日里见到了，就算收敛着不冷嘲热讽，一个白眼总是少不了的。

除了主系这三房，苏老太公也有兄弟姐妹，苏氏一族开枝散叶规模庞大，单是与苏檀儿攀得上堂兄表妹身份的人就不下三四十，但无论关系亲疏好坏，对宁毅这个入赘姑爷，多半称不上热络。当然，若是热络，他反而很伤脑筋，单是大家大族的，每天晚上在一块儿吃饭，情况就比较尴尬，他只能坐在一边数绵羊——除了他的岳父、岳母、两个姨娘以及苏檀儿，大抵不会有人跟他说话，令他颇感无聊。而这几个人说话也没什么营养，令他更感无聊。吃个饭嘛……他端回房吃多好……

他自然不会怕这种被孤立的无聊感，曾经的阅历足以让他轻松面对一切情况，但也没人喜欢或是追求这种感觉。他如今看下围棋看得津津有味，若有选择，自然还是大家一起打麻将更爽快。

利益纠结、钩心斗角暂时还没有波及他，当然，若是他留在这里，迟早会有些风浪，但问题应该不大。苏太公、苏伯庸都健在，一个家族的小打小闹再怎样都有限。他寄居苏家，眼前的第一个问题，其实是工作。

因为脑袋上被敲了一板砖，醒来后他又有些记忆丧失的样子，许多事情被暂时搁置了，就算渐渐康复，苏家人对他也没有什么期待，但若真的太过无所事事，当然也不好。到了最近，才有人问起他想干点什么。这个问题他也不清楚，经商，到某个分店当当掌柜、账房——当然更可能是当当监督一职之类的——这些其实很没必要，他也懒得再去接触，看岳父那边的态度，似乎有意让他去苏家自办的私塾当个先生，这样他也可以做做学问，毕竟他以前给人的印象就是个傻读书的穷书生。

这件事情提出来之后被苏老太公否决了，说是再过段时间，让他自己看看想干什么。不过在宁毅看来，过段时间去当教书先生的事情已经能够确定。他跟苏老太公有过几次谈话，大抵是老太公说说祖上的交情，叙叙家常，但老人家能够撑起这样一个大家族，自然是个精明人物，大抵是看出了他最近的气质跟以前那个书呆子有些不同，才将时间放长了一点儿。

他最近没有刻意掩饰，没有非要让自己看起来像个傻书呆子。日子还长，掩饰不是办法，他一直用观光的心态来看待这一切。当然，从气质举止上能看出一部分性格，但要就这样确定某某人如何如何，适合经商还是适合教书，或是这人是好人还是坏人，那就如同下围棋观人品一样，是根本不可能的。只要他不做出乱七八糟的事情来，如此持续一段时间，老太公观察得无聊了，应该还是会安排他去教书。

挺好的。

虽然上辈子并非什么品学兼优的好学生，但古文总是看得懂的，他以前的身份也不是什么大儒，应该没人对他抱太高的期待。若要教书，保守一点他让学生摇晃着脑袋每天背文章就勉强及格了，兴致好的时候拿点现代知识出来忽悠人也没什么问题，如此住在苏家，也算是名正言顺了。若是他要离开，在一个人都不认识的古代，那是完全不用去想的。就算在现代，他要过得好一点，都要有相当的关系，古代更是如此。哪怕曾经建立起那样巨大的商业帝国，他也不会认为自己到古代拿了几两银子就能"天下任我去"。相较而言，苏家目前还是最好的避风港。

雨下了几天，宁毅就在家里待了几天，偶尔能看见对面小楼的主仆三人撑了油纸伞匆匆忙忙地出去，也能看见雨中她们回来的身影。廊院阁楼，园林亭台，细雨潇潇，白石青瓦被冲刷得格外干净。她们就从那边过来，身着或湖绿或雪白或淡红的衣裙。这年头的仕女才是真正有仕女气质的，与现代经过包装的女人不同，无论如何表演，那些女人都有着烟火或铜臭的气息，看了这些女子，才会觉得犹如身在水墨画中。她们从外面赶回来，避过了滴水的屋檐，在楼梯边轻拍被打湿的衣物，随后上楼……到得夕暮，火光一点接一点地在绵延的院落间亮起来，或深红或暗红的光晕，有的固定了，有的游动着，在黑夜里强烈地散发着古代深宅大院的气息。

当然，这里本就是古代的深宅大院。

五子棋上手简单，要精通也不难，小婵很快就学会了并且成为大师。在此后的几天里，宁毅再跟她下，就一直是输多赢少的局面。而且，这种娱乐以极快的速度"传染"了对面的小楼。三天后的傍晚，宁毅点了油灯看书，小婵来看了好几次，确定他没有吩咐才离开。宁毅合上书卷到廊道上走动的时候，便看见下方的院廊上，少女捧着围棋棋盘往对面小楼走去，随后与杏儿、娟儿进了对面一楼的房间，灯光亮起来，便能看见三人在里面下棋的情景。偶尔还有剪影指手画脚，雀跃不已，大概是小婵那丫头在叽叽喳喳地教两位姐妹方法。宁毅不由得觉得好笑。

这大雨持续了好些天才停了。虽然之前他跟小婵说不好再去秦淮河边看围棋，但自然是一句笑言，果然，这次过去，那摆棋的秦姓老者便注意到了他，还打了个招呼。

不久之后，这老人与朋友下完一局，笑着冲旁边观战的宁毅招手，先是将他向那对战的朋友做了一番介绍，然后便是宁毅与那人互相打招呼。基本的礼数到了之后，老人便让他大概说说对方才那盘棋的看法，虽然不至于太认真，但每盘棋过后，若有妙手，棋友之间检讨或显摆一番那也是必要的，性质等同于下完后说几句"若我不这样就不会输……"之类的话。老人既然邀他参与点评，自然是认可了他的围棋水准，随后又邀请他对弈。

"宁公子可有兴趣再来对弈一局？"

宁毅笑着点头答应。

老人一边收棋子，一边笑着说话。

"这些日子下雨在家，曾与几位好友回忆当日那局棋，宁公子颇多妙手，发人深思。为此老朽已心痒多日，今日雨停出门，公子果然来了，哈哈……"

虽然那一天多少有些认为宁毅下棋的方法不够君子，但他没有把这点太放在心上，反倒作为棋手来说，陡然看见这样新颖的下棋手法，时间越久，越在心中回忆、推演，越是有些"耿耿于怀"起来。

就这样一边闲聊一边下了一局，老人又输了。宁毅与他稍稍做了一番推演，再下了一局，见天色不早才回家。

第二天宁毅继续过来，没过多久，他将来的"工作"问题终于定下来了。

七月初一全家人一块儿吃饭，苏老太公问起了宁毅有关养伤的事情，随后提起书院有一位老师即将远行，询问宁毅愿不愿意去书院任教。老人家态度和蔼，但以他在家中的地位，话一出口，基本就是定了。宁毅之前也有了心理准备，自然点头答应下来，随后老太公便叫来掌管家族中书院的老二苏仲堪，让他待之前的老师离开后便代为安排。

距离那位老师离开还有一段时间，宁毅消磨时间的主要方法还是跑去下围棋，其余的便是看书、练字、与小婵下五子棋之类的。如此又是一个多月过去了，宁毅与苏家人的关系没什么大的发展，跟那秦淮河边街道上的一些人倒是熟悉了起来。

这条街道上的风景还好，绿树成荫，但位置稍偏，没什么大的商铺，只有旁边的茶铺稍稍固定，早上也会有几个卖早点或是卖菜的小贩过来。周围的房屋稀稀疏疏，一些沿河而建的房屋一头会伸出水面，如同河边的吊脚楼一般，偶尔看见有人下到河边洗衣取水。

秦姓的老者家境应该不错，是颇有学问的渊博之士，见多识广。都说古代学人迂腐，但这老人家倒并不是这样，不仅绝不会满口"之乎者也"，也不会动辄"圣人有云"，说话、见事极懂变通，但若细细咀嚼，中心却是不离孔孟之道，这才是真正懂孔孟的人。

孔孟之学若脱去为统治而变的那层外衣，核心部分其实还是古人总结归纳的人生道理，哲学层面上许多东西是放诸四海而皆准的。宁毅跟这老人算是说得上话，偶尔闲聊倒也不必顾忌太多。这老人以前估计还做过官，现在老了，每日里无聊便出来摆棋摊。他家就在附近，有个五十多岁的妻子，另外还有个三十多岁长得漂亮的小妾，偶尔会出来送午饭，宁毅便也见了两面。

老人有些固定的棋友，也都是有学问的老者，有家境殷实的，也有看起来两袖清风的。宁毅起先大多是坐在一旁看，后来便渐渐能参与进去，在检讨的时候说上几句。自然也会有人自恃身份，对他一个小辈的说法作出批评，譬如有个姓董的老者就对他那些不择手段的小技法作出过批评。见他态度倨傲，宁毅也就懒得理他，跟这种老人家争辩原则上的东西最没意思。

每日他坐在那茶摊边，自然要吃些东西喝些茶，与那茶摊的老板一家便也熟了。小婵无聊，偶尔会跟那茶摊老板的女儿坐在一边叽叽喳喳地说话。最初一段时间，那茶摊老板的女儿据说还有些害羞地打听过宁毅的背景，待知道宁毅是苏家赘婿的时候才露出了失望的神色。因为宁毅看起来算是个家境很好的贵公子，每日可以带着个丫鬟到处走就是证明，而他能跟秦老说上话聊上天，偶尔还会说些旁人听不懂的东西，就证明他很有学问，如果能嫁给他……可惜是个入赘的。

下棋的时候两人也会聊天，最初的时候自然还是在礼貌克制的气氛下进行，两个星期以后便算是熟悉了。老人大部分时候会觉得宁毅随口说的一些话发人深省，当然也有觉得离经叛道的时候，这算是风俗不同导致的。宁毅不拘小节，两人便一边下棋一边议论一番，一个月后，终于认真地说起了他身份的问题。

宁毅对自己的身份并没有多少掩饰，之前也说起来过，老人只是哦地点了点头。那时候仅仅是当作新认识的棋友，这时候大家聊得来，勉强算是忘年之交后，再提起的意思自然便不一样了。

"你这人倒也算是不学有术的，入赘的事情……真是可惜了……"

宁毅对经史子集并没有过多涉猎，死记硬背的功课不佳，不算科班出身。秦老在这方面算是个大儒，双方接触了这么久，他自然看出了这一点，因而给了个"不学有术"的评价，实际上已经是很高的赞誉了，宁毅也只是笑笑。

"入赘也没什么不好的，你看我每天出来喝喝茶，下下棋，钱有小婵给，吃住待遇都不错，过些日子去当老师，教教一帮学生又没什么负担。我这人好吃懒做，已经很不错了。"

话是这样说，但这年头赘婿的身份比一般人家正妻的身份都要低。妻子进门，过世后灵位可以摆进祠堂，赘婿连进祠堂的资格都没有，与小妾无异，真是做什么都被人低看几眼，基本已经断了一切追名逐利的道路，只能作为苏家的附属品打拼。宁毅前世阅尽繁华，现在对什么事情都能淡然处之，但一般的年轻人哪有这样的心境，秦老大抵是见他有些才学，不免为之扼腕。

"何况，那苏家又是商人之家，商人逐利之余，虽也好名，但是即便你有才有识，功名利禄，怕是终究落不到你的身上了。"

老人说这话，自是因为他看得深入。且不论外界对一个赘婿的态度，就算宁毅真有才学，苏家也不会希望他跑去应试中功名。当初让他入赘过来，本就是见他是个书呆子，苏老太公是个重义之人，记着与宁毅长辈的约定，而宁毅只能算是沾些文气，不是真有多博学，入赘过来苏檀儿也压得住。在宁毅的角度看来，以往那个书呆子其实也是沾了光的，自然对苏家并无腹诽之意，便只是一笑置之。不过，老人家议论苏家是非，坐在一旁无意间听到的小婵倒是涨红了脸，忍不住凑过来。

"老、老爷爷，姑爷到苏家之后，小姐可没亏待过姑爷呢！小姐是很好的人，以后也不会亏待姑爷的！"

小丫头神情紧张，认真得要命。她从小在苏檀儿身边长大，两人情同姐妹，这时候不见得能听出老人说话背后的深意，只是大概知道老人家是在议论苏家的不是。一般的家庭，主人跟外人交谈时，小丫鬟大抵没有插嘴的余地，但赘婿身份特殊，有很给面子的，也有丫鬟都不屑一顾的。小婵跟在苏檀儿身边，教养极好，自然不会是后者，她只是紧张小姐乃至于苏家的声誉，也不知鼓了多大勇气才说出这番带着反驳意思的话来，双手在身前握起小拳头，紧张兮兮的。

以往小婵总是安安静静地待在旁边，乖巧懂事，秦老已经习惯了这个小丫鬟的存在，这时候微微愣了愣。宁毅望了小婵几眼，却已经笑了出来，举手落下一子。

"哈哈，你这老头，咸吃萝卜淡操心，这下可是得罪小婵了吧。你这话要是在苏家传出去，吃亏的可就是我了。"

老人也笑了起来："哈哈，失言了失言了。好教小婵姑娘知晓，老朽此言，并没有指责苏家的意思在其中，不过妄论他人家事，的确是老朽失言了，抱歉抱歉……"

他豁达地向小婵道歉一番。小婵也不见得是生气，只是紧张，那紧张认真的表情直到与宁毅离开时都没有退去，甚至像是更浓了几分，一路上低着头跟在宁毅身后，本就娇小的身体似乎因为沉默变得更小了一些。宁毅无奈地撇了撇嘴，回头安慰："怎么了啊？还生气呢？"

话还没说完，他便见小婵肩膀一缩，小嘴一扁，眼泪如断线珍珠一般自眼中滚落出来。

事情似乎挺严重……宁毅愣了愣，随后放柔了声音："到底怎么了？"

"小婵……"那小丫头哽咽一声，抬起头望着他，"小婵虽然是个什么事都不懂的小丫鬟，可也不会拿这种事情乱嚼舌根。姑爷你说话要是传开，那就是指小婵、指小婵……不本分……"

小婵耸动肩膀，哽咽更甚。宁毅望了她半晌，原本以为这小丫头一路上是为了那老头的话闷闷不乐，谁知道是为了自己那句玩笑而感到委屈，随后他忍不住失笑出声。

"姑爷……你还……咕……"

小丫头哽咽的话还没说完便漏了风，却是宁毅忽然伸出双手，掐住她的两边脸颊，将她的脸拉成了一张大饼。这下子轮到小丫头愣在那儿了，两只眼睛都瞪圆了，如同灯笼一般，眨了两下。宁毅放开她的脸，轻轻拍了拍她的肩膀："走了。"说完他转身离开。

过得片刻，小丫头跟了上来，一脸受到惊吓的样子，同时也是满脸通红："姑爷、姑爷，你……"她想要声讨宁毅方才的行为，但这事可大可小。之前几个月的时间里，两人算得上朝夕相处，小婵偶尔帮他量身，更多的是穿衣服，身体的接触其实是有的，但那都算得上无意间的触碰。

宁毅所在的这段历史已经走岔了路，但武朝与宋朝其实非常类似，虽然程朱理学没有丝毫不差地出现，但到了这时候，男女大防也已经颇多讲究了。小婵是个丫鬟，要服侍人，不可能像一般女子那样要求，若苏檀儿是嫁给宁毅，她作为三个丫鬟之一，以后是宁毅的侍寝小妾几乎是可以确定的事情，那这种接触就没什么问题，但现在宁毅是入赘到苏家，一切其实是苏檀儿说了算。

赘婿毕竟身份地位低下，就民间来说，普遍认为稍稍有骨气或有坚持的男子都不会入赘，这也是因为许许多多家庭中赘婿的地位其实与奴隶无异，多数女子的家人对入赘的男子只当养个长工。当然，各家各户的情况各有不同，夫妻感情好的，或是赘婿其实有些本事的，在家里自然也能有自己的一席之地，这并不出奇。

在苏家，苏老太公惦记着前几辈的交情，对宁毅其实蛮照顾，家里人也就不会明着鄙视他。苏檀儿虽然曾经对这门亲事表示过反抗，不过现在对待宁毅的态度也算得上平和，即便是这样，或者以后两人的关系再有发展，成了真的夫妻，她日后会允许宁毅跟婵儿有亲密关系的可能性也不高。虽然三个丫鬟都是从小跟着苏檀儿，苏檀儿日后做事，恐怕一辈子都不会放开这三个家养的小丫头，但更有可能发生的情况或许是将她们许配给某些忠心也比较有前途的下人，一辈子将她们留在苏家。

当然宁毅只是随手恶作剧，未必会想这么多，小丫头自然也想不到太复杂的情况，但就算她不生气，毕竟还是有几分害羞的，过了一会儿又面红耳赤气鼓鼓地冲上来，努力搜刮足以形容宁毅这种登徒子行径的话语，最后也只是说道："姑爷你、你欺负人！"

"嗯。"宁毅点点头，耸了耸肩，"就欺负你了，你怎么着吧？"

"着吧……"婵儿眨了眨眼睛，随后又生起气来，"又说婵儿听不懂的话……"

"哈哈。"街道边，宁毅有些开心地笑了起来。

刚刚到这里时，宁毅的心情其实还是蛮阴郁的，不过最近无聊了这么久，阴郁的心情渐渐散开，感觉到古代就是欺负人来了，拿围棋欺负一下老学究，现在再欺负一下小丫头，其实蛮有趣的。

他一路朝回家的方向走去，小婵在身后蹦蹦跳跳地跟着说话，起先还有些害羞，然后便碎碎念地说到其他方面的琐事上去了。一路走到距离苏家不远的相对繁荣的街道上时，有一个人陡然走过来打招呼，将两人拦住了。

苏家家人众多，他每日从这边回来，也常常会遇上一些苏家人。有愿意跟宁毅打招呼的，也有不屑跟他说话的，少数的时候还会遇上苏檀儿从这边回去，因为街道旁就有一家苏氏布行。此时那男子正是从苏家的布行出来，年纪也是二十出头，拿着一柄折扇，风流才子的模样，远远地一拱手："宁兄，真巧。"随后带着两名小厮走过来了。

估计是这身体以前的主人认识的人，宁毅却认不出来。疑惑中目光一扫，却见苏檀儿的马车也停在不远处的道旁，布行当中有一颗小脑袋晃了晃，朝这边看了一眼，旋即又跑到里面去了。那是跟着苏檀儿的杏儿，看见了宁毅与婵儿，于是跑去叫苏檀儿出来。

那男子笑着逐渐走近，宁毅虽然不知道他的名字，但应付这种事情非常简单。他正准备笑着打招呼，身后的婵儿拉了拉他的衣角："姑爷，那是大川布行的薛公子。"言语之中，有些心神不宁。

宁毅反应过来，人虽然没见过，但这人倒的确是听过了。

他来到这个时代之后装作失忆，对自己之前的身份问题打听过一些，总体来说是一段简单的人生，但苏家人例如婵儿、杏儿说起来的时候，总有些避讳的地方，例如成亲那天晚上苏檀儿跑掉的事情，再比如他被人敲了一板砖的事情。

但就算避讳，几个月下来，宁毅对该知道的东西也已经知道了。当初偷偷摸摸拿板砖敲这一下的，应该就是眼前这个大川布行的薛进吧。小婵此时心神不宁，估计也是害怕宁毅生气，做出什么事情来反而吃亏。

不过，宁毅哪里会把复杂的表情摆到脸上，只是笑着点了点头："哦，薛公子吗？你好。"

他笑容自然，态度平和，对面的薛进反倒微微愣了愣，望望身边的两名跟班，随后又笑了起来："听说宁兄在成亲那日不慎受伤，竟然有些失忆。小弟那日原本也在，因为有事提前离开，后来抽不出空，倒是未曾前来探望，怎么……真有失忆之事？宁兄莫非真的记不起小弟了？"

对面，宁毅似乎有些不好意思，带着诚恳的、浓浓的歉意，露出赔罪的笑容："以前的事情，真是……呵，薛兄见谅，见谅……"

薛进带着复杂的目光狐疑地瞪着他，这时候，对面的店门口，苏檀儿皱着眉头赶了过来。

街道上行人来往，苏檀儿带着娟儿与杏儿，宁毅带着婵儿，薛进则带着两名小厮，一行人一边走一边友好地交谈着。

江宁一带经济繁荣，织造业发达，附近最大的三家布行分别是苏氏布行、薛家的大川布行以及作为行首的乌氏布行。薛进这次过来的主要目的是跟苏檀儿商议淮南一带一笔生意的合作事项。不过苏檀儿这时候在苏家还只管着小部分的生意，江宁以外的大部分生意还是二叔与三叔在负责，于是她让薛进找二叔苏仲堪谈这件事，薛进则表示有熟悉的人在比较好说话，几日之后设宴与苏仲堪谈生意的时候，希望苏檀儿能一起过去云云……话是这样说啦。

薛进对苏家的苏檀儿一直有意思，大家老早就知道。曾经薛家也向苏家提过亲，但一来苏老太公对这薛进不怎么喜欢；二来苏家这一代人才凋零，也不打算把苏檀儿直接嫁出去；再者双方毕竟是生意场上的竞争对手。亲事未成，成亲那日苏檀儿又跑掉了，薛进抓住混乱的机会，偷偷摸摸地一板砖把宁毅砸晕后跑掉。由于没有有力的证人，这狗屁倒灶的事情追究起来也很复杂，终于还是不了了之。

这时候薛进又跑来找苏檀儿，自然还是不死心。尽管苏檀儿已为他人妇，不可能再嫁到薛家，但苏檀儿美丽聪慧又有本事，认为自己有两把刷子的男人就喜欢征服这样的女人，却想不到看见了一起回家的宁毅。他虽然之前砸了宁毅一砖，但对这书呆子实在没放在眼里，于是主动跑过来打招呼，准备让宁毅憋屈一番。

苏檀儿跟着出来自然是因为知道薛进的想法。她对宁毅的感觉其实很简单——不讨厌，而且对方已经是自己的丈夫，没办法了，总体来说还是认为宁毅跟自己是绑在一起的。薛进这人没什么大的本事，跟苏家那帮二世祖、三世祖没什么两样，她是讨厌的，但无论如何，有薛家这个后台，就得生意归生意，个人好恶放一边。

得到杏儿的传信，苏檀儿匆匆出来，主要是害怕宁毅书生意气，经不起挑衅，跟对方起什么冲突。真冲突起来，最后势必变成苏、薛两家的事情，她对宁毅的感情还远远没到愿意拿家族利益来为丈夫出气的程度。可是她不管也不行，这是她相公，起了冲突不管就是水性杨花；若是冲突未起，要劝解也很难拿捏分寸。虽然这几个月下来跟宁毅相处和谐，但男人啊，最在乎的就是这些乱七八糟的事，彼此还不算熟悉，自己若是让他稍稍退让，谁知道他会不会认为自己跟薛进有点什么，以致心生芥蒂？她希望能将事情做到完美，即便宁毅是入赘过来的，她也希望能尽量避免家宅不宁什么的，当下一阵头痛。

谁知道，她赶出来才发现，宁毅正态度自然地跟对方讨论着失忆的事情，看起来真像是对薛进这个名字完全没有感觉了⋯⋯莫非这几个月来，真的没人在他面前提起这件事？她有些疑惑地将话题拉开，不一会儿就向薛进告辞，带着宁毅与几个丫鬟上了马车。

"对了，中秋节秦淮赏灯，濮园诗会大家可携家眷前往，听说宁兄饱学，不知可会与檀儿妹子一同参加？"眼见两人将要离去，薛进在这边笑着大声问道。

此时已是八月初，中秋将至，秦淮河上节目无数，有只许单身男人参加的，也有多是女性参加的，濮园诗会在以往名气较大。无论在哪个年代，满足温饱之后附庸一下风雅都是常态，说是诗会，各种表演节目自然也多，苏檀儿往年就常常参加，这时候却放下了马车的帘子："再说吧。"

"啧，再说⋯⋯"望着马车离去，薛进在这边磨了磨牙，随即又疑惑起来，望着旁边的跟班，纳闷不已："你们说那姓宁的到底是装的还是真失忆了？不至于装得这么像吧？"

他原本刻意想提醒宁毅"我打了你，你拿我没辙"，甚至故意说了"最近竟有人造谣说是小弟当日袭击宁兄，宁兄不会相信吧？"这样的话，就是为了让对方生气。谁知宁毅言语诚恳平和，看不出半点儿死撑的样子，他俨然一拳打在了空处，迷惑之余，感觉自己演了这么久，对方作为观众，一点儿预期中的反应都没有，这让他有些难受。

此时，在那辆马车中，苏檀儿也正有些疑惑地望着对面的宁毅。三个丫鬟叽叽喳喳地议论着那薛公子多么坏多么无礼之类的，虽然表面上一句话也没涉及苏檀儿，实际却是在旁敲侧击地烘托一个主题："小姐跟那人可没关系哦。"宁毅偶尔也笑着插进话去。

实际上，他心中只是觉得这三个丫头行为可爱，乖巧懂事，若是在现代社会，这种年纪的小丫头不知道要任性到什么程度。

过得片刻，只听苏檀儿问道："相公⋯⋯真是忘了那薛进吗？"

宁毅点了点头："倒真是不记得了。"

"但是⋯⋯总听说了吧⋯⋯"

苏檀儿疑惑地盯着他，他回头看了一眼，两人对望片刻。他道："呃，娘子难道希望我刚才打他一顿？"

苏檀儿望着他的眼睛眨了几下，随后渐渐笑了起来。不同于之前模式化的微笑，这笑容灿烂中带着一点儿放下心来的轻松感。自己这相公果然还是懂得这些人情世故的，但这样想着，心底又微微有些失落。她不会喜欢纯粹的书呆子，也不会喜欢真正有心机的人，只是如今大家还算不上熟悉，这些事情还看不太清楚。

马车驶过接近苏家大门的一座小桥，苏檀儿朝外面看了看："这样的话……中秋濮园诗会，相公想去吗？"

"诗词的话，不太会啊。"

"倒也不用太会，就去看些表演，赏赏花灯而已。"

苏檀儿说完，旁边的娟儿拼命点头："是啊、是啊，姑爷，好多表演的呢。"

杏儿在一旁附和："灯也很好看，还有漂亮的烟花……"

"说不定绮兰小姐也会去表演呢……"

"听唱歌……"

三个丫鬟叽叽喳喳地说着灯会上的节目。这年头娱乐缺乏，她们显然对这样的事情很期待。宁毅笑着点头："嗯，如果可以的话，到时候大家一起去看看吧。"

中秋节还有十余天才到，过了几天，苏仲堪过来通知宁毅，让他去距离苏家不远的豫山书院报到，准备当个悠闲的教书先生。

秋日的清晨，东方的天空刚刚露出微微的光芒，乳白的雾气浮动在古老的城市当中，秦淮河上画舫缓缓行驶，掩映在一片一片的浓雾间，犹如浮于天际的玉宇琼宫。

深秋的浓雾中，宁毅一边哼歌一边沿秦淮河边的道路奔跑。这样的锻炼项目已经成为每天早晨的固定活动，反正对他来说时间有的是。他一路前行，道路两旁砖木结构的古朴建筑时多时少，各种各样的树木从视线中掠过，秦淮河上画舫漂流，偶尔看见船工或是疲倦的烟花女子出现在船头。

这个时间段是江宁城新陈代谢最为有趣的一段时间，一夜的纷扰与繁华已然散尽，新的生活才刚刚开始。外城门已经开了，进城赶早集的菜农和小贩陆陆续续地进来，去往一个个集市。他遇上的人虽然不多，但都给人充满活力的感觉，偶尔也能看见一脸疲倦、匆匆忙忙行走在路边甚至衣冠不整的人，多半是在哪座青楼过了夜，白日有事于是赶早离开。店铺开了小半，乞丐们还没有起来。

幸福往往来自不幸福，繁华也总是来源于对比。对见识过现代大城市的宁毅来说，江宁再繁华也不过是那么回事，但这些事情无须较真，那古朴自然的味道是真实的，生活在这里的，也总归是一些容易满足的人，收获够温饱，便会笑逐颜开。

宁毅偶尔也跟秦老谈起这些事情。江宁算是很好的城市了，但也是乞丐到处走，成群结队，卖儿卖女的现象也不鲜见。当然这里富户也多，若能将孩子卖进某座不错的府第当小厮丫鬟，日后可不愁温饱，便算是祖上积了德。秦淮河一带多是烟花之地，漂亮的穷苦女孩便多了一个去处，将来若能学得诗文唱曲，老鸨也经营有道的，或能卖艺不卖身成为名妓，运气再好一点儿就有可能嫁入某个大宅富户当小妾；但绝大多数运气不好的，只能一辈子卖身，到得年老色衰时，老鸨心善，才会放人自由。好在这等地方多了，便能形成规矩；若女孩子能守规矩，便能不好不坏地挨过这一世，当然这个好坏也是相对而言。老了的妓女若是无钱，妓寨大多会收留人做点打杂洒扫的事情直到过完之后的年月，不会被直接扔出去。相处久了，这点良心和福利还是有的。若不是在江宁、扬州这样的城市，那便连这些东西都无法保证。

也有人养瘦马的。后世扬州瘦马天下闻名是自明朝开始，但实际上这时已有类似的行当了，规模不大，但也是与烟花之地伴生的一项投资。作为瘦马养着的女孩比一般卖身妓寨的女孩命好，以后有盼头，因为她们至少有机会学琴棋书画诗词唱曲，日后也更可能跻身名妓之流。

每到汛期总会有灾民过来，年景好一点儿就少，但总是有；若年景不好，例如每几年就一次的黄河泛滥或是其余的天灾人祸，城里总会紧张一段时间，并让军队把守城门，不许灾民入城，知府还会召集富商商议，实际上是发动捐款，大家七拼八凑地放粥施饭……冬日里总会冻死人，也是看年景，年景好死得少，若是不好那便不言而喻了。乞丐难过冬，如果下了雪，第二天总会看见抱在一起被冻死的，屡见不鲜。

这些事情见得多了就会习惯，不过秦老偶尔也会说："这不是好年岁啊。"好年岁也是有的，武朝最初那些年月，算得上歌舞升平，武恒帝、武惠宗雄才大略云云。宁毅听了总有些头昏，但任何朝代都会有歌舞升平的年岁。这时候的武朝与北宋末期非常类似，离了江南这片相对富庶的地方，就有好几拨农民势力正在造反，强人土匪绝不少见，北方由耶律氏统治的名为大辽的国家数次犯边。至于武朝，犯边就议和，犯边就议和，前几年签了合约，彼此为兄弟之邦，当然辽兄武弟。但合约就算签了，仗仍然在打，小规模的犯边未曾停过。

宁毅不为这个担心，靖康之耻还没来呢。皇帝不同，就算发生了结果肯定不同，皇上也还没把首都迁到江宁来，这个国家的国力还是有，如果要打，总能支撑着打下去。就算迁了都，把武朝代入南宋模式，南宋不也支撑了好长一段时间吗？金国再打来，自己应该已经过完这一辈子了。"南朝四百八十寺，多少楼台烟雨中"，可见南宋……呃，这似乎不是说南宋的。宁毅在心中想了想，没什么结果，于是抛到一边。管他呢，反正南宋的生活也还过得去。

他没有到了古代就建立什么千秋功业的想法，他早已累了，像是卸下了担子，也早已见惯诸多不公诸多黑暗，现代社会也黑暗，就算世人悲苦，也引不起他的同情和共鸣——不是没有，而是心力不够。至于当皇帝之类的千秋功业，只能活六十年的人想着一百二十年的事情纯属幼稚。不过话说回来，另一些无聊的时候，譬如说刚刚跑完步浑身出汗站在相对僻静的秦淮河河湾边休息时，宁毅也会不负责任地想些在旁人看来比较积极的事。

譬如他真要做些事情，赘婿的身份虽然很麻烦，但问题不大，这年头商机处处有，比如吃菜没味精。味精的制法他多少知道，想来简单，实际上有些复杂，不过花个一年左右的时间还是可能量产，再集合一些新菜式、现代烹饪理念弄座美食城，多少能赚一笔。

这年头没音乐，每一个在可以无限下载各种音乐、每天可以无限听音乐的世界里生活过的人多少能想象出到底有多无聊。那些青楼的表演未必好看，名妓唱歌未必好听，可如果你完全听不到任何歌曲，忽然听一首稍微达标的自然会觉得有如天籁。在这种环境里，弄座娱乐城什么的大有可为。歌曲啊舞蹈啊各种玩法中，现代歌曲的歌词基本不能用，但曲调唱腔本土化一番还是没问题的，他可移植那些含蓄一点儿、符合这时风格的舞蹈理念，或者是抄些诗词出来让人唱。

宁毅也是无聊得久了才老想着吃喝玩乐的事情。

至于脱离吃喝玩乐，花几十年的时间弄出枪炮给一场工业革命打下基础，造个反当个皇帝让两百年后的人可以坐上飞机之类的事情，既然自己享受不到，不如开美食城和娱乐城来得有意义。

晨风微凉，宁毅站在石头垒成的河湾边，一边将石子往水里扔，一边在脑子里转着这些主意。

其实，这些暂时也没法弄。

入赘苏家的人，开青楼基本不用想了，可以先往后放放。苏家开布行，自己要弄家酒馆也麻烦。不过，他可以先给苏家的布行出几个点子，证明一下自己的价值，然后……喔，然后自己就会被发配到布行当掌柜什么的，再多证明一下，大概就要从事和上辈子一样的职业。接着自己可以动用资金开一家酒馆，之后在他们疑惑的目光下告诉他们这个行业很有赚头，再接下来，需要找人弄一系列设备，开动脑筋做各种实验，弄出流水线，而这样做仅仅是因为自己很怀念每顿饭里放不到一克的味精……

口中轻哼着《蓝色的加勒比海》的旋律，宁毅不禁为自己的这个想法笑了出来。做起来可能没这么麻烦，但他想起来就是觉得很有趣，倒不如直接买几百斤海带熬了晒结晶。不过海带好买，但如果做这方面的实验，一方面他们会说自己浪费海带，另一方面，也许会有人告诉自己君子远庖厨……

《蓝色的加勒比海》哼了个开头，后面的他忘记了，于是变成了《两只老虎》。他哼到第二遍"两只老虎跑得快"时，后面的道路上传来了鸡叫声。

"哥哥哥哥哥哥……"

"咯咯咯咯咯咯……"

两种声音，一种是女人的，一种是母鸡的。宁毅回头看看，茫茫雾气中，一只母鸡正在那边的道路和树木间没命地乱跑，随后一名穿灰白布裙的女子也出现了，手上拿了一把菜刀，正锲而不舍地追杀那只母鸡，一人一鸡就在雾气里拼命打转，时隐时现。

宁毅站在河边的树下，托着下巴看着这一幕。

理论上来说，人学鸡叫是要给鸡以安全感，诱惑它过来，可现在母鸡都被吓成这样了，再叫哥哥有什么用，叫姐姐也没用啊。

心中如此想着，又看了一会儿人鸡大战，就在他觉得那女人身材不错的时候，母鸡陡然一转方向，朝这边飞奔过来，冲过宁毅身边，果断投河。

那女人也是一脸焦急地紧跟而来。晨雾很浓，宁毅站在一棵树下本就不怎么起眼，那女子应该没注意到旁边的人，眼见前方就是河岸，她一菜刀就劈了下去。这一刀很用力，女子口中还发出了哼的一声，但她什么都没有劈到，反倒是菜刀脱了手，哗地飞进水里。

宁毅被这一刀的果决气势吓了一跳，随后才发现女子的身体已经前倾，手臂挥舞着，眼看就要往河里掉。他下意识地喊了一声"喂"，伸手一抓，抓住了女子的一只手。女子一回身，另一只手下意识地抓过来。宁毅正要用力将她拉回来，脚下的石块一松……

"啊……咕……"短促的惊呼声响起。

砰。

然后是激烈的扑水声，扑啦啦扑啦啦，浓雾下的河面一阵翻腾。

宁毅上辈子水性还是不错的，可惜水性这东西带不过来。这个身体原本就是文弱书生，水性也不怎么行，体质弱，之前还受了伤，虽然宁毅调理了几个月，又进行了锻炼，但几个月的时间提升终究有限。那女子的水性似乎也不怎么好，两人在不算深的水中拼命折腾，宁毅好几次镇定下来想要说话，却都被对方拉进了水中。

"你……咕噜噜……"

"喂……咕噜噜咕噜噜……"

"别……咕噜噜咕噜噜咕噜噜……"

据说很多水性好的见义勇为者是被慌张的溺水者连累而牺牲的。

也不知过了多久，宁毅才出现在几十米外的河岸边的阶梯上，并拖着那女人爬了上去。他浑身湿透，狼狈不堪，趴在岸边吐了好几口水才缓过来。再去看被救的女人，女子已经喝饱了水晕过去，没了动静。

"喂！"宁毅在那女人的脸上拍了好几下。那女人长发如水藻，看来凄凉无比，没有反应。

"三藕浮碧池……你住在秦淮河边不会水啊你……"宁毅有些无奈地叹了几口气，随后将女子的身体摆平，开始按照以前学过的步骤做急救。

就算对方是女人，急救也未必是什么美差，又不是什么泳装美女。这女人身上皱巴巴的，一头乱发，就像是传说中溺毙的水鬼，狼狈不堪。宁毅心中焦急，连续做了几次胸外按压，让她吐出好些水，然后去拍她的脸，发现仍旧没反应，只好捏住对方的双颊做起人工呼吸来。

他做了好一阵，那女子迷迷糊糊地醒过来。宁毅正要俯下身去，脸上啪地被甩了一巴掌。晨风中，这耳光清脆无比。那女子带着哭腔，嗓音凄凉："登徒子，你……喀……你干什么？"一边说一边抱住胸口拼命后退。她此时全身的衣裙都贴在肢体上，修长的双腿在地上蹬着，看上去凄凉单薄，倒有几分楚楚可怜的感觉。

如果这时有其他行人路过，说不定得因为这一幕将宁毅给打上一顿。

"就知道是这样……"宁毅偏着头好一阵，才垮下肩膀，长长地吐出一口气，随后坐到后方的路面上。两人在河边大眼瞪小眼好一阵，宁毅才挥了挥手："没事了吧？"

女子瞪着他，不说话。

"没事就行了。"宁毅自顾自地做了回答，用力从地上爬起来，撇撇嘴，转身往来的方向走去。凉风吹来，真是好冷。

后方，那女子也是缩着身子坐在那儿，目送他的身影逐渐消失在道路的那头……

那女人真可怜，丢了母鸡又折了刀。宁毅一边浑身湿透地往回走，一边幸灾乐祸地想着。这种情况下吹冷风是一件很痛苦的事情，不过，想到别人更可怜，他的痛苦就稍稍减弱了一些。

对小事，他一向有想开的方式，既然事情无法改变，也就只好用这样的方法暂时让自己开心一些。

第二章
谋闲差赘婿入私塾　作消遣小婢唱新曲

宁毅原本是打算在外面跑一圈之后直接去豫山书院的，此时已然全身湿透，只好折回去换衣服。现在已经是农历八月上旬，浑身湿透之后他一路跑回家感觉并不好受，何况身体素质也不见得提升了多少，估计明天就得感冒。好在他走出不远就遇上了认识的人，是见过几面的秦老家的小妾。

宁毅出门锻炼，选择的自然不会是通往闹市的方向，他最为熟悉的，当然是常常去与秦老下棋的那条街道。秦老的小妾名为芸娘，三十多岁，早年也是风尘女子，不过并无狐媚勾人之相，宁毅几次见到都是她给秦老送午饭，容止端庄大方，交谈之中还能跟秦老说几句诗文。这时候在路上遇见，那芸娘一身素衣荆钗的农妇打扮，手上提了一个藤篮，里面是些刚刚在附近地里摘的新鲜蔬果，看见宁毅，她一脸讶然。

稍打过招呼之后，芸娘问起发生了什么事情，宁毅指指不远处的秦淮河："掉河里了。"那芸娘微微一笑，不再多问，只是让宁毅随她往一旁的宅子过去："秋日风大，公子就这样走回去，明日怕是要染上风寒。宁公子既是老爷的好友，勿要客气，老爷此时也在家……哦，昨日还说起公子这几日未去下棋呢。"

宁毅与那秦老在附近的街道上下棋，只知道对方住在这边，具体在哪儿却还不知道。宁毅随芸娘进门，在客厅见到了正拿着一卷古简看的老人。他的神态严肃认真，甚至隐隐透着一股威严，与在河边摆棋摊时的神态颇有不同。见有人进来，老人抬头，眯着眼睛看了几秒钟才反应过来，似是有些哑然失笑。芸娘笑着走过去，还没说话，他便点了点头，毕竟眼下最需要做的事情是什么的确一目了然。

"让小虹准备热水，芸娘，你去将大郎的衣服拿一套出来……哈哈，立恒小友，你这是怎么回事？"

安排完正事，老人才大笑起来，笑声之中有着如下棋时得了妙手一般的幸灾乐祸。事实上这些时日经常在一起下棋，两人也算得上熟稔了，平日里老人常常不客气地叫他立恒小子，大抵是见他狼狈，才笑着称小友，表情却是颇为开心的。宁毅便也无奈地苦笑着，摊了摊手，毕竟对方小妾在场，他不可能随意地说："你这老头幸灾乐祸。"

与江宁城里称得上占地广阔的苏家大院相比，秦家的宅子不算大，富贵程度自然也比不上，但也能算是不错的富裕家庭了，前前后后打理得井井有条，让人感觉充实，是充满书香气与生活气息的宅子，有一种让人觉得踏实的底蕴。虽然早晨芸娘是亲自出去摘取蔬果，但其实这个家里也有几名丫鬟与下人。养得起好几名仆人的家庭，在经济上总归是不错的。

秦老的夫人是个相当平易和气的妇人，以前是农妇出身，但并没有普通农妇那种小气或刻薄的性格，如今五十多岁的年纪，平日里操持这个家，侍弄些瓜果。方才宁毅见到芸娘摘取瓜果的那座废园，便是由秦夫人领着家里人亲手开垦出来的，秦老本人大概也是动过手的。或许正是因为有这样的性情，秦夫人才能将这个家打理得如此井井有条。秦夫人与芸娘的感情也好，这样的夫妻三人，大概算得上一夫多妻制下的模范家庭了。

待到宁毅洗过热水澡，换上新衣服出来，秦夫人上下打量着他的装扮，甚是喜欢："老爷，宁公子穿上这身衣衫，倒是与大郎有几分相似。"宁毅看看那衣服，的确是年轻人的样式，布料也新，想来是秦老儿子的衣服。老人有两个儿子，都在外地。听夫人这样说，秦老点点头，随后才问起宁毅为何坠河。宁毅将之前发生的倒霉事情说出来，老人又是一番大笑。

"你这小子，污人清白，真是可恶。"

"这话就太倒打一耙了啊……"

"哈哈……不过……倒打一耙？这句可有什么典故吗？"

跟有学问的人说话也不好，有事没事问典故，如果是下棋的时候，宁毅会笑着解释一番，这时只道："说来话长。"

不一会儿，秦夫人准备好了早餐，与芸娘一同招呼秦老与宁毅过去。席间聊起宁毅在豫山书院这几天教授课程的感受，在秦老看来，宁毅在教书上纯属菜鸟，他自然免不了笑骂几句宁毅误人子弟，随后又聊到中秋节。

"濮园诗会吗？濮阳家那六船连舫，有趣倒还是蛮有趣的，不过前去之人大抵无甚诗才。若说令众多才子趋之若鹜的，终究还是潘家的止水诗会……"

"喔，才子……很有才的那种吗？"

"哈哈，大才小才到底怎么看，那可难说得紧，不过诗才总是有些的。每年中秋诗会，止水书院那边总会有几首好诗词出来。潘家三代翰林，身有才学欲求闻达的人，多少愿意走走那边的门路……"

秦淮中秋夜，才子斗文佳人斗唱，大大小小的诗会也有许多，各个诗会之间也有些隐形的比斗，哪个诗会出了好的诗作，另一个诗会又出了更好的，往往在这一夜被炒得沸沸扬扬，并且在之后数月甚至数年的时间里传为佳话。这其中自然也有各个商户甚至官府等幕后推手的炒作之功，但无论如何，秦淮河的名声就是在这样的气氛中被烘托起来的。

濮园诗会与止水诗会算是这一晚影响最大的几个诗会之二。诗会场地虽称濮园，实际上是由六艘大船连成一艘，一整晚在秦淮河上漂流，饮酒，吟诗，看烟花以及河流两旁的灯火，船上也会有各种表演。

濮阳家本是富商，但商人地位低下，有钱之后便想要往文人的方向靠，可惜这样的事情不是几年或者十几年就能办到的，好在家族甚大，这几年倒也出过几个有些才华的文人，比苏家稍好些，不过在世人眼中仍旧算不得什么书香门第。濮园诗会在秦淮河上以盛大、奢华、热闹著称，但前去参加的多半是与濮阳家类似的有商贾背景或有联系的人，例如薛进，例如苏檀儿，另一半人则是用来拉关系谈生意，诗作质量良莠不齐。它是最奢华的诗会，但与最顶端的几个诗会在文气上是没法比的。

止水诗会则是秦淮一带真正顶尖的才子聚会，主办诗会的潘家是真正的书香世家，三代翰林，这一代的潘明臣是翰林学士兼礼部侍郎，他家开的诗会，有心求取功名的学子大多趋之若鹜。当然，要获得参加诗会的资格的人，本身得有一定的才学或者足够的关系背景才行。除了一些早有名声的才子能获得邀请，每年中秋节前，也有不少才子到潘府投送名帖，送上自己的诗作以求获得青睐。许多青楼名妓也以受邀参加止水诗会为荣，这与濮园诗会每年砸下重金请人的意义是完全不同的。

"既然准备去参加，立恒小友可准备什么诗作了吗？潘家那边我也有几个棋友，你若有意，我可以去要张请柬来。"

秦老说完，望着桌子对面的宁毅。宁毅笑着摇了摇头："不懂诗词，纯粹去濮园看看热闹。"

见他拒绝得轻描淡写，秦老也不好再说什么。吃完早餐，外面日头已高，宁毅也得告辞去往豫山书院了。待送他到门口，目送他远去之后，芸娘才在秦老身边笑着问道："老爷，这宁公子莫非真不懂诗词？"

"小芸儿你说呢？"

芸娘眨了眨眼睛："骗人的？"

"呵呵，他到底会不会，我也弄不明白。若是最初那几日他这般说出来，我倒是信的，现在嘛，那就难说了。"秦老摇头，笑了笑，"我这一生阅人甚多，沽名钓誉和真有才学的年轻人都见识过。真有学问的人，有的依孔孟之道平和中正，谦和有礼；也有剑走偏锋的狂生，行事张扬，风流不羁，但也真有才华，每每让人惊艳不已。可不管怎样，都不过是那么一回事，只有这宁家小子，着实让人看不懂他的想法。

"初时与他下棋，觉得他剑走偏锋，每有咄咄逼人之举，但总能引人思考，我便以为他只是个性格张扬、才思敏捷的少年人，说起话来也不涉太多。下得久了，我才发现他的棋路可正可奇，竟是完全不被规条所束缚。闲聊了一段时间，我也觉得这宁家小子虽然说话随意，内里却平和，偶有发人深省的说法，听来新奇，细究也不离大道。

"记得前几日说起他要去学堂教书，他随口提过几句，教书不是教人如何去做，应该是教人为何去做，古圣先贤著书立说，最主要的也只是说人情世故、天地人心运行的至理，明白这些东西之后再知道该如何去做，那才是真正的读书人。他当时说得随意，若在那些浅薄之人听来，怕是要给他扣一顶狂生的帽子，不过……道理的确就是这个道理。见山是山，见水是水；见山不是山，见水不是水；再能回到'见山是山，见水是水'的境界，那才是读懂了书。嗯，他这话勿要多传，否则怕是要给人带去点儿麻烦。"

"妾身知道的。"

"相交时日尚短，真要下结论还早，不过下棋之时他也说过几句应景的诗句，那诗句甚好，我之前却从未听过。若只论诗词，说他这人不懂，呵呵，我倒是不信的。"

秦老转身往回走，芸娘跟上去："那宁公子为何要一直韬光养晦呢？无论如何……"

"因此看不懂啊，不过有一点我却是明白的。"说起这个，秦老微微皱眉，随后又摇了摇头，轻声叹息，"如小芸你说的这样，身有才学的年轻人，或韬光养晦，或刻意藏拙，耐得住寂寞，忍一时诱惑，都是希望将来能有更多成绩，有朝一日鱼跃龙门，飞黄腾达。可是啊，这类人物，都不可能在成名立业之前入赘一商贾之家为婿。古往今来，为赘婿者，能建功立业的有几人？唉，他若真有大才，就真的是可惜了……"

提及这个，秦老仍旧觉得有些惋惜。男人有博取功名利禄的心思或者说有野心才是正常的，以这些日子的接触来看，这宁毅但凡有一点儿野心，也不至于入赘商贾之家。这时候民智未开，未接受教育的人与读过书受过教育的士人的区别是非常容易看出来的。先不说他是不是真的有才，单说有这种谈吐气度的人，随便干点儿什么都不至于饿死，又何必跑去入赘？

就在秦老认为他多半有几分才干，为他这种入赘商贾之家的人穷志短的行为感到惋惜的时候，宁毅已经迎着清晨的日光进入豫山书院，为一整个上午陪一帮孩子学《论语》开始做准备了。

豫山书院并没有开在一个叫豫山的地方，它是苏家私办的学堂，虽然也会收有点儿关系的外人，但学堂并不算大，主要是过来学的人不多。而豫山是苏氏老家一座山的名字。

豫山书院开在距离苏氏大宅不远的一条街道上。这条街上商铺并不密集，因此环境还算清幽，灰瓦白墙，一小片竹林，又请某个大儒书写了"豫山书院"的牌子挂起来，还是有几分书香氛围的。

书院目前一共有四十九名学员、七位老师，其中包括书院的山长苏崇华，就比例而言师资力量可谓雄厚。苏崇华本身就是苏家人，早年中过举人，当过几年官，可惜无甚建树，甚至有传言说他犯过事。还有两位是高薪聘请的有过为官经验的老者。除了老师跟学生，还有厨娘、杂役之类的下人数名。

苏家对这书院是花了大功夫的，可惜要么是这些老师都不甚靠谱，要么是这帮学生恰巧都资质愚钝，书院一直没出什么成绩，之前培养出来的一些学生在发觉科举无望之后大多进了苏家的商铺任职，因此这书院看起来更像是一所技术学院。若是家中有人真存了让孩子走科举当官这条路的心思，多半会让孩子在十二岁之前转去更好的学院。

宁毅在这里已经任教三天，苏崇华对他不错，并没有因为他是入赘身份而刁难他——在社会上打拼许久，都已经是成了精的人，没必要做这种无聊的事情。考虑到宁毅其实没什么才学——大家都这样说——因此苏崇华让他执教刚刚启蒙的孩子。这群孩子一共十六名，年龄在六岁到十二岁之间，其中甚至还有两名梳着辫子的小姑娘。两人都是苏家的亲戚，家人想让她们识些字。之前的老师教完了《孝经》，已经开始教《论语》。宁毅接手后，每天固定教导他们一个上午，下午宽松一点儿，礼、乐、射、御、书、数之类的，主要是数，其余全看老师的心情和能力。

如果在更好、更正规的学校，教学会更规范一些，也会更加细化，但豫山书院显然没这个条件。就宁毅来说，教授《论语》其实相当简单，他虽然没办法将《论语》背一遍或是说出某一句大概在什么地方，但如果只要求会读以及作出简单解释，那真是再容易不过的一件事情，任何一个受过高中教育的现代人花点儿时间或许都能给《论语》作一番似是而非的解释，当然，是用白话文。

在古代，真正的大儒研究四书五经还是相当深刻的，高深的特别高深，或许一个名妓写的古文都能让现代教授汗颜。不过，这里大多数读书人没有机会接受太过高深的教育，他们或许看完《论语》之后连一本《孟子》都找不到，好在教师的最低标准很简单，说白了，能教人识字就行。宁毅的前任就是这样的，他教一帮孩子摇头晃脑地读，兴之所至，会对文中的意思作一番最基本的讲解，每过一段时间就要求学生严格背诵或是默写一段，这就是考试，考不出来的打手板。

事情很简单嘛。宁毅并不打算修改太多，前面一个时辰，他让一帮学生摇头晃脑地诵读《论语》。其实读书，一直不停地读上两个小时让宁毅觉得很痛苦，不过反正这帮孩子都习惯了。接下来的两个小时，宁毅先讲解一篇文章的内容，然后旁征博引随口乱侃，说点儿故事，说点儿实事，也算是给这帮孩子放松一下。

这帮孩子很好教。虽然仅三天的时间，但宁毅已经可以很明显地感受到课堂上那股唯师至上的感觉。不要个性的孩子最可爱了，他们珍惜读书的机会，不调皮，不"中二"，出点儿小事你把孩子的屁股打肿人家也觉得理所当然，这里简直是老师的天堂。宁毅教得非常舒心，三天内，每天讲点经义讲点故事这帮孩子就满足得不得了，而讲述这些东西，宁毅甚至都不用准备教案什么的，随性而讲就行。

这天开始讲解《论语》中有关"富与贵，是人之所欲也……"一段，宁毅从财富的获得方法讲到为商之道，中间夹杂一些"君子爱财取之有道"之类的说法与解释。宁毅上辈子是干这行的，单纯抒发一段感慨，就足以拿到现代大学里去给博士生讲课，但眼前是一群不足十二岁的孩子，因此他随口提几句便不再多说，只是举几个小例子打趣一番。随后说到濮园诗会的六船连舫，又说到赤壁之战，他便开始给一帮孩子说赤壁的故事。

这里有关三国的故事主要还是陈寿的《三国志》，宁毅没读过。他讲的是《三国演义》的套路，又经过各种现代文艺作品的润色，趣味性十足，从曹操八十万大军南下到周瑜打黄盖、连环船、草船借箭，一帮平日里没听过多少故事的孩子满脸红扑扑的，兴奋不已，不时发言："先生、先生，接下来呢……"说到一半，这帮孩子才安静下来，因为山长苏崇华走到课室旁边，背负双手，面无表情地站在那儿。即便是这样，也改变不了一帮孩子脸上那兴奋的神情。

宁毅既然已经说起来了，自然不会为了这点小事分心，继续说了下去，待到接近中午才说完火烧连环船。苏崇华就一直在外面站着听，也难以说清楚他的表情到底是什么样。宁毅说完故事，在宣纸上写下比较喜欢的一首杜牧的《赤壁》：

折戟沉沙铁未销，自将磨洗认前朝。
东风不与周郎便，铜雀春深锁二乔。

教课没有黑板,写起东西来很不方便,宁毅如今对教师事业有几分热爱之心,一边写一边想自己应该"发明"块白板什么的,拿炭笔写写也比沙盘好用。他写完之后,一帮学生忙着抄在纸上。宁毅走到门外,苏崇华迎了上来,没什么表情的脸上竟露出了笑容。

　　"贤侄高才,对三国魏晋史竟有深入研究,方才那故事,想是取自陈寿的《三国志》吧?"

　　若是秦老在这儿,说不得要把宁毅骂上几句,说他瞎掰胡诌,误人子弟之类的。实际上,真正的《三国志》哪有这么精彩,譬如"草船借箭"一节,其实是孙权开了船出门转悠却被箭射,船身的一边中的箭太多,差点倾覆,于是孙权下令将船掉头,用另一边去承受箭矢,才让船身取得平衡,扬长而去。宁毅只看过《三国演义》的电视剧,苏崇华也没看过《三国志》,方才将宁毅说的故事当说书来听,听得过瘾,这时候过来赞他学识渊博,故事引人入胜。

　　不过,赞几句过后,苏崇华也旁敲侧击地提点了一番,大意是不要对这帮学生这般客气。如果宁毅此时已经是个五六十岁的老学究,对方大抵不会说这些,只不过他眼下看起来只是二十出头,嘴上没几根毛,便须得对这帮孩子严厉一点,方显师道威严,显然对宁毅上《论语》课却讲三国是不满意的,特别是讲得这么生动,俨然茶楼说书。宁毅点头受教,谦卑恭敬,转过头只当没听过。

　　随后苏崇华邀他在书院吃午饭。一般来说,普通的小门小户每日都是吃两顿,有的两顿都吃不起,不过苏家家底雄厚,还是多加了一顿午餐的,只是不正规,有时候也用糕点代替。宁毅婉拒掉对方的邀请,一路回家换了衣服,随后拿给小婵,预备洗净之后送还秦老,掉河里的事情却没跟她说,免得她大惊小怪找一堆药给自己吃。宁毅在书院上课这几天,小婵已经不是随时都跟着他了,上午空出来处理其他事情。

　　到得下午,宁毅又去秦淮河边下棋。其实秦老也是个怪人,宁毅以前就觉得他多半当过官,今天早上去到对方家里,就更加笃定了这一认知——那家中许多风格、摆设不是普通人能有的,再加上谈吐与眼界,这样的人,居然每天跑到河边摆棋摊,真是奇怪。

　　今天宁毅过来的时候,早已有另一名老者在这里与秦老下棋了。老者姓康,与秦老年龄相仿,家境殷实,老太爷做派,出门穿金戴银,带两名小厮、两名丫鬟开道。这家伙样子严厉,嘴巴也比较刻薄,不过棋力甚高。虽然每次见到宁毅都要批评他的棋路"简直下流""毫无君子之风""岂可这般死缠烂打""小辈可恶",然而一转头便将棋路吸收过来,稍稍修改之后与秦老大战。其实秦老的段数比他更高,将一种新思路吸收之后能改得毫无烟火气。

　　宁毅来到这里后也见过不少人,其中,普通人、没受过多少教育的孩子或是受过一些教育但仍旧思想僵化的人很多，要说迂腐也好，敦厚也罢，眼界与思维方式的确没有现代人那般灵活，但是高层的不比现代人的差。例如秦老，口头不说什么，心里却是自然而然地不断消化他觉得新奇的东西，思索其中的理念与原理。这姓康的老头虽是满口礼义廉耻、仁义道德，但真下起棋来仍是心狠手黑，万事不拘。当然，不是宁毅、秦老这些人，或许也看不出他心狠的地方，毕竟他只是比秦老差些而已，比之普通人，仍旧是要高出许多的。

　　秦老与几名棋友最近时常研究宁毅的棋路，这些新奇下法还是有研究价值的。宁毅对老人并没有多少谦让的想法，有时候不搭理康老的吹胡子瞪眼，有时候则与之说上几句："你这老头说一套做一套，不是好人。""这步棋你敢下下去，你下下去！下下去试试看！"

　　平日里大抵没什么小辈敢跟这康老顶嘴，于是两人会在棋摊边小小地吵上一场，秦老则在旁边笑上一阵。若是康老与自己对局，秦老便说"立恒说得有道理啊"；若对手是宁毅，他便帮着一同声讨宁毅这手棋太不光明正大。

　　不过，即便吵起来，两人也对对方没什么恶意。康老最初的确是把宁毅当作无知小辈来训，随后便也明白过来，这家伙的确是能作为对手的人，对方也完全没把自己摆在小辈的位置上。

　　不管怎么样，这康老过来总要带一壶好茶来，还让下人带了茶具、茶叶、水，丫鬟会在旁边茶摊的桌子上冲泡好。宁毅过去也不客气，自己拿了一杯，搬张凳子坐到棋盘边，片刻后喝一口茶："喔，康老要输了。"

　　老头正在心中算棋，闻言眉毛一挑道："你这嘴上没毛的小子知道什么输赢，喝老夫的茶还敢说这种话……哼，老夫已有妙棋……"

　　他举起手要落子，宁毅轻咳一声，老人立刻停住，狐疑地看了棋盘几眼又收回手来。宁毅又喝下一口茶："这杯茶就值这么多了……嗯，这是什么茶？"

　　"孤陋寡闻的小子，真是暴殄天物。紫笋听过吗？"

　　秦老也在那边品茶，这时笑道："顾渚紫笋，好茶，只是此时当街烹煮却是有些可惜了。早知他今日带此茶过来，这盘棋是该回家去下的。"

　　那康老却不在意，这时候终于想好一着，伸手落下棋子："茶，就是用来喝的。大家棋兴正浓，又是志同道合，于是一同将这茶喝下去，这才是最重要的。茶只是死物，为取悦你我而生，你我觉得它可入口，它才有价值，何惜之有？"

　　"康老这话说起来蛮有气概的，像个大人物。"

　　"什么大人物，老夫……"

　　"这位老夫，你输了。"

　　"呃……"

宁毅拍拍他的肩膀，笑着站了起来。这时候秦淮河边风景怡人，他端着茶杯走开，后方秦老已经笑着落子，康老道："岂可如此……"

"哈哈，原看明公你今日带来好茶，我本欲蒙混几手，偷放一局，可是这番话气概凛然，君子相交正该如此，老朽倒也不愿矫情了，哈哈哈哈……"

康老对自己又带茶来又输棋明显不满，但横竖输了，认还是认的。他将宁毅叫过来，大家将这局棋做了一次复盘，随后还是康老与秦老下。其间秦老说起宁毅早晨为救人掉进河里还被打了一耳光的趣事，宁毅免不了被康老幸灾乐祸地嘲讽一番，之后便听这两个老人说起最近北边又被辽人进犯的事情。

秋末的阳光还算明媚，但下午秦淮河上刮起风来，这局棋下完，时间也不早了，大家便各自回家。

由于吹了半个下午的风，第二天早上起来，宁毅觉得脑袋有点昏昏沉沉的，也不知道是不是感冒了。

对目前这个身体，宁毅并没有多少自信，不过好歹锻炼了几个月，早晨起来头有点晕也属正常，推门吹吹风，脑袋也就清醒过来了。

此时天还未亮，整座江宁城都笼罩在黑暗的天幕下，但毕竟已近黎明，从二楼望出去，包括苏家的宅邸在内，远远近近的城市中已经有了点点浮动的灯火。附近的院落间，早起的下人们在走动，隐约的说话声不时传来。更远处，视线越过院墙，隐隐能看到沉浸在黑暗中的一条条街道和朦朦胧胧的房舍灯光。

对面的二层小楼中，暖黄的灯火透过窗户射出来，给院落笼上一层温馨的颜色。三个小丫鬟素来得早起，苏檀儿则时早时晚，不过今天早上看来已经起身，那边二楼的窗户上映出女子对镜梳妆的剪影，小丫头的身影前后忙碌。宁毅举步下楼时，娟儿正自廊道里走过，往那边的小楼去。见到宁毅，她微微屈膝行礼，轻声打招呼："姑爷起来啦。"

"娟儿早。"

随后，楼下一个房间的窗户被推开，露出了正在里面忙碌的婵儿的脸："姑爷你别下来啦，我端水上去。"

"不用麻烦，我自己来就行。"

苏家有大厨房，因此这两栋小楼里不会有供烹饪的单独厨房，但楼下的小房间里有烧热水和洗漱的地方。冬天如果人要洗澡，讲究一点儿的话都会在浴桶下生火，浴室就不好设在楼上。小婵已经适应了宁毅早起锻炼的习惯，这时候打算端着热水上去。宁毅倒是已经下来了。他一个现代人，不拘这些小节，自己烧水也没什么。前几天清晨起床，跑下来等烧水的时候他无聊地蹲在灶边加柴，弄得小婵有些手足无措，吃饭的时候苏檀儿还委婉地说："相公不要去做这些事。"小婵也如同做错事一般在旁边低着头，他只是笑笑，说不碍的。

犯不着刻意张扬去表现自己的独特，真正犯忌讳的事情，他是不会去做的，但也无须刻意收敛将自己完全变成一个"古人"，否则自己来这里活一遭，又有什么劲？

假如大家今后真要在一起凑合许多年——假如真有当夫妻的可能，那么在这些小事情上，与其自己收敛，倒不如让对方慢慢地去适应了解，所以诸多无所谓的小地方他会去表现出来，所以他不介意自己偶尔进进厨房烧烧火，所以他会在课堂上给一帮学生讲点故事讲点身边的事，在话语中偶尔加几个旁人不太懂的现代用词，这也不用太过介意。

在那秦家老头面前，他偶尔倒也可以说点比较前卫的观念，哪怕有些离经叛道也没关系。这老头当过官，有见识，而且会想事，不拘小节。大家只是棋友，没有利益牵扯——如那老头所言，自己入赘商贾之家，想要在功名之途上往上爬是很难了——君子之交淡如水或许就是这种状况，人家也不至于会害自己。开始下棋以来，秦老在揣摩他，他何尝不是在揣摩对方？

既然朋友可交，那就无所谓了。偶尔若说上两句超前一点儿的知识，他看对方一副深思的样子其实也蛮满足虚荣心的，因为对他来说无非瞎扯闲聊。其实这些知识眼下并非没有，说法不同而已。若是真正敏感的东西，他自然不会去碰。

宁毅在楼下刷牙洗脸——这时候已经有了牙刷牙粉，只是口感确实差——随后出了院子，通过小道从侧门出去。路上公鸡已经开始打鸣，东方隐隐露出了微白的光，偶尔他遇上其他院子里的丫鬟或管事，对方也会叫声姑爷，打个招呼。

出了苏家的院落，宁毅依旧是沿着原本的道路小跑，路上想想今天上课的时候该说点什么，又想想自己知道的一些中国风的歌曲。有些歌曲他已经记不全了，或许不符合这个时代的文风，但这年头娱乐真是太过匮乏，想想再过段时间说不定自己忘记得更多，就觉得的确有把还记得的歌曲歌词抄下来的必要，想了一阵又想到诗词上。他以前读书的时候不是什么好学生，刻意去记的诗词不多，不过后来几十年涉猎广泛，不少名句还是记得的，这是不错的资源，要是忘记了就可惜了。

跑了小半路程，宁毅才察觉身体的确有些问题，昨天的落水终究还是带来了不良影响。不过横竖活动开了，或许跑一阵出一阵汗是不错的治疗方法，于是他继续前行。

城市中浮动着雾气，与昨日的光景并无二致。接近昨天从水中爬上来的地方时，宁毅听见不远处的河面上有些响动，正是他昨天落水的方位。他放眼看去，依稀有一道身影在那儿晃动着，似是撑着一条小船。

他放慢脚步，疑惑地靠近。小船在水上激烈地晃动，一道女子的身影撑着长长的竹竿站在船上，似乎是站不稳，在宁毅的观望下摇摆好久，砰地摔回船里。不知道是不是昨天早上那个女人，今天这个女子裹着一件粉红色的披风，身材高挑婀娜，挺漂亮的，就是这下摔跤和从小船中爬起来的样子有些损气质。

小船晃得厉害，那女子小心翼翼地爬起来，一只手轻轻撑住船舷，抬起头时发髻稍有些凌乱。瞥见河边正偏着头看戏的男子身影，她顿时瞪大了眼睛，有些慌乱。宁毅这才看清楚那长长的竹竿一端绑了一个网兜，上面还有些泥沙，女子小心站起来之后，手上拿着一把菜刀。

喔，的确是昨天那把……

披风漂亮，但有些旧了。这女子水性差，但或许稍微会撑船，所以等到早上没人的时候才跑来捞这把菜刀。她是害羞吗？想来这个姑娘以往的生存环境应该还不错，但眼下的环境明显有些不好——宁毅看了几眼，得出这么个结论。他对旁人不怎么关心，然而那女子似乎有些慌张，用竹竿撑着船想要靠岸，但或许是因为慌张，小船一直在水上打转，她又有些站不稳，好几次差点摔一跤。随后……

"阿嚏——"

宁毅正准备走，口中打了个喷嚏。船上的女子也打了个喷嚏，砰的一下又摔回小船之中，爬起来后，有些难堪地往这边瞪过来。宁毅也微感尴尬地撇了撇嘴："鸡都已经淹死了，你还捞那把刀干吗？"

两人沉默片刻。

"鸡回来了……"

"嗯？"

宁毅原本是随意开口，老实说，那真是个相当相当拙劣的冷笑话，但他估错了对方的回答，河中心的话音传来之后，宁毅有些意外地愣了愣。

"鸡没死，陈家的、陈家的大婶找回来的。"对方作了解释。

"哦。"

昨天这女子把鸡追得投了河，随后宁毅也被拉了下去，没能看见后续。想来那鸡厉害，扑腾一阵居然又上来了。而且此地民风淳朴，大婶知道她丢了鸡竟然给送回来。宁毅在心中赞叹一番，片刻之后道："能把那根竿子递过来吗？"

小船离岸边有一段距离，那长竿原本是能够到的，只不过若是要平举过来，那女人的力气就不够了，长竿的重量也令小船有翻船的危险，试了几次，长竿一头虽然碰到了岸边，却依旧浸在水底。宁毅够不到，只好沿河而上，走出一段，才另外找了一根路边的竹竿，从岸边伸过去，将那女子连船一块儿拉了过来。

"谢谢这位公子了……还有昨天的事情，妾身当时刚刚醒来，做了些……"

这女子也不是不分是非的人，上了岸之后便开口道歉，同时为昨天的事情向宁毅道歉——昨天早上被人救了却扇了人家一耳光，她大抵是觉得窘迫。宁毅对这却不怎么在意，挥了挥手："没事的、没事的，我还得继续跑，先走了。"

转过身宁毅又是阿嚏一声，也不管那女子在身后问"公子莫非被人追赶"这种古怪的问题，一路跑远了。报恩跟报仇一样，都是件麻烦事。先不说实际的，对方说上一通感激的言辞自己还得谦让半天，男女之间的礼仪又麻烦，何必呢？何况自己现在感冒了，还是跑跑步出点汗更实际。

这条路他跑过好多遍了，到得预定的地方回头，半途中竟然发现了那女子的住所。那是一栋临河的二层小楼，蛮别致的，临河那边有小露台伸出去，颇有居于水上的风雅气息，但纯以住所而言，恐怕有些不实用，冬天应该会比较冷。女子此时就站在小楼外的一小片菜地旁，菜地用篱笆围起来，昨天被她追的母鸡此时就在篱笆里。女子拿着菜刀犹豫了半天才走进去，伸手去抓那母鸡。母鸡疯狂地扑腾着反抗，她又狼狈地退了出来，赶紧将篱笆关好。

这下他倒是可以确定，女人的确没做过事，家里条件也不好，住在这种小楼当中，怕也是一个与秦淮河著名的娱乐事业有关的风尘女子。有的名妓之流给自己赎身之后会选择单干，或弄座别致的院落住下，说是从良，其实陆续会有恩客上门，仍旧是当红的交际花，只是不受他人摆布之后甚至显得高档了许多。看她样貌姣好，不知怎么会沦落到要自己杀鸡的程度。

宁毅一边看一边从旁边跑过去。女子有一次进去，已经抓住那只鸡了，然而一转身，母鸡就挣扎着想要逃走，弄得鸡毛乱飞。女子慌乱之中，那母鸡已经飞出篱笆，被看不过去跑过来的宁毅一把抓在手上。这次两只翅膀都被抓紧，鸡已经不可能挣脱。那女子见又是宁毅，愣了半响，大概又要道谢或道歉，宁毅一伸手："刀拿来。"

"呃……"

宁毅懒得跟她呃来呃去，伸手拿过菜刀。那篱笆外的地上已经准备好了一个碗，宁毅只是走过去蹲下，用抓住翅膀的手再捏住拼命挣扎的鸡头，让它将脖子凸出来，随后轻轻挥了挥刀。

"公……这位公子……那个……君子……"

"君子你个头，热水烧了吗？"

"在烧。"

"好。"

宁毅不废话，一刀割开母鸡的喉咙，将鸡血放进碗里。稳稳地放干血之后，母鸡也不挣扎了。他将鸡扔地上，刀放碗上，站了起来。

"拿厨房去就着热水拔毛，然后切开翻洗一下内脏。话说回来，怎么把它做成菜，你知道？"

女子迟疑了。

"算了，找个会煮的让人家帮帮忙，譬如帮你把鸡找回来的大婶什么的，杀只鸡不容易，别浪费了。另外去看看大夫，你恐怕感冒了……我也感冒了。先走了，不用谢谢我，我是活雷锋……阿嚏——"

他转过身，一路小跑，绝尘而去。后方的女子目送他离开了，才反应过来，皱起眉头："活……雷……锋？活？还是呼？呼雷锋……好怪……"这世上毕竟没有姓活的人，与之相近一点儿的，姓呼的倒是有。女子斟酌了半天，觉得对方或许是少数民族，又或者姓呼延，那就是叫呼延雷锋了，这个名字有点霸气，或许就是这个。

自己以往也算得上长袖善舞，识人颇多，不过这男子见的都是自己狼狈的一面，而且行为与说话也怪，往日的应对之辞反倒用不出来。她想了一会儿，毕竟宁毅已经跑掉了，她只好悻悻地提着老母鸡，端了盛鸡血的碗，往厨房那边过去……

宁毅当天上午在豫山书院上课时，身体的不适感已经变得明显起来，上完课之后回家的路上吐了一次，已经能够确认情况恶化了。这次小婵是跟在身边的，回到家之后，他便被当成重病号一般推到二楼的床上给保护了起来。

他初到这边时经历过的病号生活，大概又得过上一两天了……

傍晚时分，夕阳染红了天空，也将半个江宁城浸在了暖洋洋的红霞当中。从外面回来时，苏檀儿遇上了小婵，随后知道了宁毅染了风寒的事情。她一边跟小婵询问大夫的说法，一边领着三个丫鬟朝爷爷苏愈苏太公的院子过去。

今天她有事要跟爷爷请教一下，既然知道了宁毅无甚大碍，便不用赶着过去看了。进了院子之后，苏檀儿才发现三叔苏云方与三婶也在，在一起的还有三叔的第二个女儿，目前大家称这个小女孩为七丫头。眼下她正在爷爷面前讲故事，几名丫鬟伺候在众人周围。

"然后啊，那个周瑜呢，就把黄盖打了一顿……"

苏檀儿走过去搬了张凳子坐下，与爷爷、三叔三婶一同听故事，说的是三国的事情，蛮有趣的。不久之后这个故事说完了，女孩站起来："二姐。"

"小七知道讲故事了，真棒，是跟爹爹去酒楼听说书了吗？"

"不是啊，是先生在学堂时说给我们听的。"

"嗯？"苏檀儿迟疑了一会儿，"哪个先生？"

"毅哥哥啊，毅哥哥知道很多东西呢。"

赘婿这名字虽然说出去不好听，寄人篱下，地位低下，但是在女家，基本是将赘婿当作兄弟来称呼的，因此七丫头只称宁毅为兄长，而不是称姐夫。听她说完这个,苏檀儿微微一笑,心中却在想着这件事情的意义。旁边三叔苏云方说道:"最近是在教《论语》吧?"

七丫头点了点头:"嗯,《论语》,我们学到《里仁》了……"神情却有些紧张,一般问到学业,接下来说不定就得让她背书。

不过这次父亲倒是没说要背书,而是向苏檀儿说道:"《论语》课上却说到三国,虽然小孩子喜欢听故事,但先生当以学识得学子敬重,旁征博引自是正道,但也需有度,檀儿你该提醒立恒一番。"

这是很严厉的训斥了,苏檀儿一时间也只好点头称是。旁边的老太公却笑了笑:"无须说得这么严重,区区几日便能得学子喜爱,自也能教导他们喜爱学业,这帮孩子交给了他,便是他的事情。老三你又不知前因后果,怎知《论语》便与三国毫无关系,又怎知立恒没有深意在其中?不在其位不谋其政,这道理我早就教给你们几兄弟知晓,勿要再在此事上指手画脚。"

事实上,在这件事上,苏檀儿也觉得《论语》课说三国有些不靠谱,但苏老太公是喜欢的,他不在意宁毅的学识,毕竟之前就大抵知道对方学识不高,他是从其他方面来看待这件事的。

苏家目前情况复杂,苏家三系老大苏伯庸、老二苏仲堪、老三苏云方各掌一路生意,但无论手腕还是资质,都是苏伯庸占点上风。如今老太公苏愈尚在,看起来还是兄友弟恭的局面,但再往下看,第三代却尽是草包,唯有苏伯庸的独女苏檀儿一枝独秀。苏愈考虑了几年,打算将家业交给苏檀儿,当然,这也是件大大的麻烦事。

女子当家,遇上的阻力要比普通的交接大上好几倍。如果苏家的男丁中有一个勉强可以造就的那也罢了,偏偏没有,而苏檀儿行事不温不火,各种手段却相当出众,有大将之风,她有这个能力,也有这方面的野心。如今老太公便从苏伯庸管理的产业中划了一些给她正式管理,算作正式考验。他这一考验并非是她的能力,而是直接让她借助父亲的资源做到压服和整合其余两支,看她能做到什么程度。

檀儿面临的压力暂归一边,宁毅入赘的原本意义,就是让苏檀儿能够继续留在苏家。而且,老太公对与宁家祖上的关系是很看重的,因此对宁毅也照顾。苏家如今的矛盾看起来还没有激化,苏檀儿想要压过其他人、整合其他人,态度强硬就行了,老太公没死,谁也不想强来。但如果日后矛盾真的激化,或者老太公本人不在了,这些人想要对付苏檀儿,作为她入赘的相公,被人看轻的宁毅便是一个最好的突破口,栽点赃,找点借口搞事什么的,可谓轻而易举。苏老太公就是看到这一点,才让宁毅去教书。豫山书院多是苏家子弟在其中,若宁毅书教得好,得到这些小辈的尊敬,其地位便在这场斗争中超然起来,至少有一层师长光环,旁人要动他也得想好了。

因为这样,宁毅能够让孩子们喜欢,这就是最好的。苏老太公当下又将宁毅的授课情况询问了一番。小女孩说得高兴，问苏檀儿道："二姐，你知道先生明天会说些什么吗？"

苏檀儿笑了笑："明天怕是没有了，他染了风寒，今天开始在家休养，明天怕是不能去上课了呢。"

"哦？"老太公疑惑地问起情况，苏檀儿便一五一十地照小婵说的复述了一遍。小女孩道："那我可以去看毅哥哥吗？"苏檀儿摇了摇头："风寒容易传染，小七还是等你毅哥哥好了之后再去探望比较好。"

待到三叔三婶与小女孩离开，苏檀儿又与爷爷聊了一阵子才回去自己的院子。去看宁毅时，见宁毅正在床上喝药，表情不爽，苏檀儿问候了几句，原本想说说故事的事，但见他染病，便不说了。

苏檀儿有能力，心中也想以女儿之身做一番事情出来，但另一方面，她也是一个非常传统和正统的女孩子，从她虽然不喜欢婚姻却选择认命，尝试与宁毅相处就能看出来，个性是有的，框架却还是那个框架。

她希望宁毅当先生能有威严，而不是以一些小花样来取悦学生，相对于有点小聪明、小手段，她更愿意宁毅是个正统的哪怕迂腐的书生，即便没有真正高深的学识，也希望他更能贴合"正道"。当然，就目前来说，他们还处在互相了解的过程中，她不会轻易下结论，但的确会慢慢地在心中对自己的相公勾勒出一种形状来。

其实这形状现在已经清楚了，他本身是个普通的书生，学识不高，见识也不广，心肠还行，脾气也还马马虎虎，这便是她要许之一生的良人了。

此时她可以耍些任性，但时间终究是有限的，两人终究还是要住到一块儿去，自己还要与他生出孩子。只要他不是什么大奸大恶之徒，这些事情总会发生。未来……大抵便是如此，没什么可变的了。心中或许还会保留一些小小的期待，但这期待到底会是什么，其实连她自己都不清楚。她继续接触下去，或许会更加深入地了解这位夫君，但要说有什么大的出入、惊喜之类的，大抵是不会的了。

武朝景翰七年秋末，江宁城中苏家宅院当中，从屋檐下走出去的清丽女子抬头朝上方望了一眼，轻轻抚了抚耳畔的发丝，眼神仍旧明澈，俏丽的脸上带着些许无奈之色，但更多的是平静和淡然。风从院子里吹过去时，那一身淡青色的清丽衣裙便在风中轻轻摆动。这位才在名义上成为人妇不久的秀外慧中的檀儿小姐，此时是这样看待自己的这段婚姻的。

不过就眼下而言，这并不是在她生命中真正占了许多分量的东西，她还有其他一些事情要去想、要去做。普通的生活，即便只是偶尔顾及一下，它也会平淡地行走在自己的道路上。如果一切按照理所当然的轨迹发展下去，或许几十年后，当她某一天再度从屋檐下走出去抬起头的时候，会忽然想起多年前的一天看见的风，如同岁月

42

一般将她带去某个地方，但如今，一切都还充裕，无须去在意许多事情。

也就是在这种充裕得令人感觉不到的光景里，中秋节到了。

病来如山倒，病去如抽丝。这年头没有特效药，这个身体原本就虚弱，没有锻炼多久又感冒，于是到得中秋这天，宁毅还是在房里待着，只能拿着本古白话小说看看打发时间。

按照宁毅以前的经验，目前的状况，出门在院子里转转还是可以的，但这是古代，医疗条件不好，一帮人的身体状况又差，只要有人照顾，对病情的防治还是看得很重。时值秋末，天又开始转凉，小婵把着门口根本不许他这个不安分的病人出去，好在宁毅也理解小丫头的苦心。

也罢也罢，反正他也不是多么好动的人，只是隔一段时间会打开窗户换一次气，即便这样，小婵也是鼓着小脸不高兴。宁毅无聊，便费了时间跟她讲解新鲜空气对人体的好处等。

到得傍晚时分，宁毅加了一件衣服，随着回来的苏檀儿等人出去赴宴。既然只是风寒，中秋节的大型家宴他还是要参加的。苏家上上下下从主人到管事、小厮、丫鬟、护院足有数百人，规模庞大，在主厅及几座大院子里将一张张八仙桌摆开，热闹得很。

宁毅曾经也有过吃大规模宴席的时候，譬如公司尾牙每年都规模盛大，但不得不说，越是现代化，人与人之间的疏离感越重。如今在古代的氛围中，即便这个家里真心对他这个赘婿很热络的人没有几个，他坐在这里也有一种亲切的热闹感。外面忙忙碌碌地放鞭炮，孩子跑来跑去，人群中吆喝声、招呼声、闲聊声响成一片，他便也与苏檀儿一同跟人打招呼——他其实是喜欢这种感觉的。

夕阳还未落下，宴席已经开始上菜了。在这热闹的气氛中，火把与灯笼燃了起来，天渐渐入夜，各种声音响成一片：猜拳的，发酒疯的，过来跟苏老太公这边的主人家说好话的，几个孩子还过来念了几首自己作的诗。婵儿、娟儿、杏儿三个丫头也高兴，她们被安排在不远处的丫鬟席上，笑着跑来跑去，叽叽喳喳地跟苏檀儿说话，报告些什么，偶尔也跟宁毅说"姑爷姑爷，她们在传你说的故事呢"。宁毅不过随兴在课堂上讲了几个故事，却已经在小辈当中传开了，似乎还有往丫鬟小厮中传过去的趋势。

啧，缺乏娱乐的年代就这样……

晚宴开始得早，入夜不久便渐渐进入了尾声，不过，中秋节嘛，大家一起赏月还是保留节目。老太公会会苏伯庸跟众人说些话，然后老太公回自己的院子，一帮苏家人都跟过去，闲聊唠嗑什么的，基本上都得跟苏太公说上话才行，一些年轻小辈就算要走也必须有这个流程。以苏伯庸为首的三兄弟则负责那些以管事为主的下人，红包其实已经发了，主要尽量轮流说些贴心话。

老太公今年已经七十多岁了，但身体健康，精神也矍铄。宁毅与苏檀儿在吃饭的时候就跟他打了招呼，这时候再过去，老太公说些"你们以后是要相互扶持的"之类的话，然后催促感冒的宁毅快回去休息，虽然此时的宁毅看起来神色如常，只是嗓子稍微有些沙哑。

如果是在现代，二十岁的身体吃不吃药都能把感冒扛过去，毫无压力，如今被一个七十岁的老人家叮嘱自己照顾身体，宁毅心中无奈，但事情既然已经这样，那也没什么办法了。前几个月的锻炼强度不大，仅仅出于健身的习惯，因此对这具书生的体格没起到多彻底的作用，接下来他得把系统性的强化锻炼提上日程才行。

一路回到小楼，苏檀儿跟着宁毅进了他这边的房间，沉默片刻之后叮嘱宁毅今晚好好休息，然后稍有些为难地暗示了自己晚上还是要出去的事情，其实前几天她就跟他说了要去参加濮园诗会。

无论宁毅是否生病，濮园诗会苏檀儿都是一定会去的，因为对她来说，最主要的目的还是跟某些人套关系，谈生意。宁毅即便不高兴，乃至于大吵大闹，恐怕都没什么作用。只是作为妻子，她在夫君感冒的时候交代这种事情感觉似乎有些奇怪。

不过宁毅倒是理解这事，他心中只是对这种事情觉得有趣，自己这个小妻子一方面肯定不会放弃苏家那些生意，另一方面又希望能尽量兼顾这场婚姻，哪怕在目前来说这还根本是场有名无实的婚姻，并且她还占着主导地位。古代的女人啊，还真是让他觉得又可爱又努力。

稍稍欣赏了一番苏檀儿努力斟酌不想让他产生多余想法的表情后，宁毅笑着让她早去早回。待到苏檀儿准备离开，叮嘱婵儿好好照顾他时，他才想起来："哦，不用了，让小婵一块儿去玩玩吧，我没什么事了，顶多看会儿书就睡。"

濮园诗会的六船连舫上表演众多，一路上还能欣赏整条秦淮河的灯市夜景，对此时的任何人来说都是一场盛宴级的享受。前几天开始小婵就在他面前兴高采烈地说这场诗会有多好玩多好玩了，以往苏檀儿都会带着她们三个一块儿去。宁毅对婵儿感觉很好，不愿因为自己搅了小丫头的兴致。苏檀儿还没有说话，婵儿已经笑着摇起了头："我不去呢，在家里陪姑爷一起看书。"

纯以感情而论，苏檀儿视三个丫鬟如妹妹一般，对她们的感情绝对比对现在的宁毅要深得多，但丫鬟毕竟是下人，眼下小婵懂事，她便不用多说了。宁毅费了几句口舌，确定没办法说服小婵之后才作罢。

两人在二楼廊道上目送三人远去。从这里望出去，苏家这片宅院远远铺开，一直延伸到远处的街道，江宁城内鳞次栉比、灯火辉煌，这时候如果能找个高的地方望下去，这片古代的辉煌夜景必然别有一番风味，只可惜今天他是没办法欣赏了。

"姑爷，我们进去吧。"小婵笑道，"你也给小婵讲个故事好不好？"

"凳子搬出来就在这里讲啦……"

"那我不听了。"小婵抿嘴，随后又为难地道，"这里风大啊，进去啦……"

"没事的、没事的，你看，都没风，而且我穿了这么多……要不然再加顶帽子好了……在这里看看也很有趣的啊。就这样说定了，把凳子搬出来，给你讲个……《西游记》……要不然《西厢记》的故事也行。"

他既然这样说了，婵儿也只好放弃了立场，两人搬了凳子在这小平台上坐下。这时候苏家的院子已经没有之前那般热闹了，偶尔能看见准备出门的人，鞭炮锣鼓声、吆喝声等远远地传来。中秋夜虽说是陪家人过的节日，但实际上各种应酬还是很多，如苏檀儿一般要去赴会的不在少数，灯会、酒会、诗会，各种各样，普通人家也未必都要待在家里，出去逛集市看舞龙舞狮猜灯谜才显得热闹。

而此时，在城市各处，最主要的节目也快要开始了。有的诗会已经在外面挂出了第一首诗，也会有某些固定的青楼将这些诗词选唱出来。至于最大的几场诗会，人还在陆续赶来。苏檀儿出门的时候，举办止水诗会的潘府门口已是名人云集，平日里与宁毅等人在河边下棋的秦老今天穿上了相对正式的衣服，在小妾芸娘的陪同下出了马车，随后便有人领着一大群跟班赶过来迎接："秦公驾临，潘府上下蓬荜生辉……"

这人正是潘家如今的家主潘光彦，同时也是礼部侍郎兼翰林学士潘明臣的大兄，才学也是不凡，最擅长绘画，仙鹤图为其一绝，一般人都尊称一声"鹤翁"。尽管如此，对这秦老，他仍旧是颇为尊敬。两人年纪相仿，秦老连忙笑着还礼："不敢当不敢当，鹤翁你若还是这般多礼，下次我是不敢再来了……"

"哈哈，秦公还是这般风趣……对了，明公也已经到了……"两人寒暄一番，朝里面走去。

不久之后，止水诗会开始，原本停靠在秦淮河最为热闹的街道边的六艘画舫连成的大船也缓缓驶离岸边，一首首诗词从各个聚会上传出来，在城市各处传扬，在满城灯火与笙歌中，风雅的气息变得越发浓厚起来，这个城市热闹的中秋夜才正式进入高潮。

秦淮河上画舫巡游，河流两岸灯火通明，中秋夜的江宁是不关城门的，热闹与狂欢要持续一夜，到第二日清晨才会散去。此时，城内的街道上人头攒动，吃完晚饭不久，人们从家中走出来，沿着大街小巷，前往以夫子庙、明远楼一带为中心的最为繁华的街道。道路上花灯如织，如不灭的流火，小贩们高声叫嚷，舞龙舞狮的队伍走过，敲锣打鼓，也有杂耍卖艺的表演者聚集街头，一家家青楼妓寨中传出招揽客人的渺渺歌声，有时也能看见里面的舞蹈，不时有人进进出出，热闹非常。

稍有名气的青楼女子今夜都已有了去处，大厅之中偶尔还能找到座位，街道上不时会传来某某诗会某某公子有某某新作出炉的消息——这是今晚的重头戏之一——随后便能听见某座青楼之中某位名妓将这首诗词唱诵一番，之后便又能听到另一首佳作在某某诗会出炉的消息，才子们互相较劲，佳人们将这些才华饰上一层美丽的绯色气息。大多数人赏着花灯看着热闹，在这样的氛围当中，便可感受魏晋遗韵、唐时风雅也不过如此。

诗词之道自唐时便已兴盛，此时又经过了几百年的发展，但宁毅与秦老闲聊时会说上几句"大才小才难说"，那是因为他们的眼界已经不只停留在普通的格局上。实际上，此时国家的高层也已经注意到了诗词无用的事实，到底当以何等标准取士是这百年来被反复衡量的东西，朝廷科举时而将诗词排除在取士标准之外，时而又拿进来，不断权衡，反复不定。

不过，虽然上层会有这样的考虑，但实际上此时诗词已经达到了辉煌状态，你若真能写出一首好诗词来，绝对走到哪里都不会缺乏尊敬和礼遇。风雅的气息是一个时代的烙印。自唐以来，繁繁浩浩的诗词文化已经在这里沉淀成整个社会的底蕴、文明发展史上最为闪亮的一部分，名作名篇如星斗恒沙，成为汉文明最为重要的一环。

此时的江宁城中，乌衣巷、夫子庙这些地方是最为热闹繁华的商业街，在这些地方，都有一个个商家摆出的展示牌，各个诗会上拿得出手的诗作陆续聚集过来，偶尔有人大声朗诵，也有商家安排了会唱曲的姑娘唱上一段。街道上、附近的茶馆酒楼里，大大小小的聚会上，文人学子们摇头晃脑地点评着上佳的诗作，品评着何人的诗作能传唱最久。即便是未曾读书的市井小民，在这样的气氛中也能感受到这样的意境，并与身边之人品评议论，沾些风雅气息。

濮园的六船连舫早已离开岸边，沿着河流最美丽热闹的一段缓缓行驶。即便是这样，它也不是封闭的，十余艘小船或前或后地跟随在两侧一路行驶，偶尔接人去到大船上，偶尔也载人或是传递诗作出来，如小小鱼儿伴随着水上宫殿。上船的人会将今夜所出的佳作传上来，也会传上来一些故事和消息，例如有的宴会上某个大人物宣布了将女儿许配给谁谁谁啊，或是哪个知名人物夸奖了诗作出色的年轻学子啊。

濮园诗会的诗作其实还算拿得出去。早几年也有过谁跟人买诗以应付这一天的事情，但如今已经无须买诗——既然有钱，总能请到几名真正有才华的人过来。虽然还是比不过最有名的止水诗会和丽川诗会，但经过一番热闹的炒作，名气还是会慢慢起来。

中秋节的诗会多以月为题，但也不会一整晚只写月亮，有的诗会上有限制——主人家比较强势的，大家聊得高兴，兴之所至可能出个题目。诗会都是文人社团，自然也有针锋相对或是暗暗较劲的，譬如止水与丽川，听到对方的题目之后，某人或许也会说："说起这个，小生倒也偶得一首……"然后表情淡定地与众人品评一番，当然，表面上要看不出存了争斗之心。诗词这东西若真是到了很高的水准，的确分不出高低，但如果差得很多，那佳作拙作还是一目了然的。

这时候还没到最热烈的时候，诗会要开到凌晨。真正好的诗作不可能真是妙手偶得，学子们多半会准备一两首得意之作，觉得自己才华还不够，没必要在那些顶尖人物面前献丑的才会早早放出，而那批顶尖才子真正放出撒手锏的高潮，往往要等到午夜时分才会开始，若能在这个时候获得好口碑，积攒了名气，往后的仕途也能顺畅许多。

夜色在这气氛中不断转浓，月上中天，城市的气氛还在不断变得热烈。苏家小小的宅院里，宁毅与小婵已经回了房间，从这里能看的热闹已经看了一些，外面也开始起风了。

外间的喧嚣声隐隐约约还会传到这里，主仆两人算是开了一个小小的中秋晚会。由于对《西厢记》的细节记不太清，而且考虑到《西厢记》是教小姐偷情的，宁毅最终还是给小婵讲了段《西游记》。随后小婵给他唱了两首小曲，夹杂着少女跳得不是很熟练的舞蹈——据说是在某个表演上看见，然后自己学来的。苏檀儿并没有考虑过未来将三个丫头送人或是用来取悦别人，因此她让三个丫头识字看书做刺绣以及帮忙管理使唤下人以帮她做事，却没有教她们乐器歌舞，因此三个丫头唱歌虽然勉强会，但舞蹈还是不会，不过跳起来倒也显得轻盈可爱。

小婵喜欢下五子棋，不过宁毅毕竟生了病，这种脑力劳动还是要避免的。小婵唱跳完之后宁毅给她玩了个简单的魔术：一颗棋子在手上消失，然后在对方的头发或者衣兜里出现。小丫头看得一惊一乍，宁毅笑着告诉她原理。在小婵笨拙重复的过程中，宁毅才道："我要睡觉了，时间还早，小婵你去濮园诗会那边玩吧……对了，请柬就在桌子上……"

"等姑爷睡着之后我再去。"小婵笑着说道。

"呵呵，那再给我唱首歌怎么样？"

"好啊，姑爷想听哪首？"

这时的歌曲大多是诗词。词牌之类都有着固定的唱法，只是到得现代这些唱法已经失传了。小婵会唱的词曲也不多，两人拿了一本诗词选集在床边选歌。

"《咏渔子》……"

"这个小婵不会。"

"《忆江南》这首呢？"

"这个会唱。"小婵兴冲冲地准备唱。

"算了,这首不喜欢。"

"那《念奴娇》姑爷想听吗?"

"这首《水调歌头》倒是不错,呃……《水调歌头》……"

"这个会、这个会。"

"会唱《水调歌头》?"宁毅想了想,"喔,小婵会的挺多的嘛。"

"就唱这个吗?"

"呃……还是另外唱一首,也是《水调歌头》……"

其实是宁毅闲得无聊,想起了王菲的《明月几时有》,不过这个年代的苏轼似乎没把这首词写出来。他让小婵拿来纸笔,趴在床边歪歪扭扭地往宣纸上写诗,让小婵唱来听。小婵看得两眼亮晶晶的:"姑爷写的吗?"

"喔。"宁毅想了想,看小婵一脸期待,耸了耸肩,"我写的,给你了。快唱快唱。"

小婵将那词看了一会儿,按照词牌韵律认真地唱了起来。小丫头的唱腔轻灵婉转,虽然不甚专业,且由于太认真,中途反而唱岔了一次,但意境还是很棒的。宁毅听完后笑了笑:"教你另外一种唱法。"

"呀?"小婵眨着眼睛,"另外的……唱法?"

"嗯,我唱一句你唱一句,应该很好学……呵呵,主要是我想听。"

虽然有些疑惑,但能学到东西,小婵随即高兴起来——她跟随在宁毅身边的时间最久,已经渐渐明白这个姑爷身上有些很神秘、很有趣的地方。随后,在宁毅的教导下,小婵便照着那新奇的旋律将这首《水调歌头》一句句地学起来。

"明月几时有,把酒问青天……"

"明月几时有,把酒问青天……"

"不知天上宫阙……"

"不知天上宫阙……"

"嗯,还不错……今夕是何年。"

"嗯,还不错……今夕是何年。"

"……"

"嘻,姑爷唱下一句嘛……"

无论如何,不久之后,宁毅还是在这个时代听到了多少有些怀念的现代歌曲。往后如果有可能,倒是可以把现代歌曲抄下来教小婵一个人唱,或者之后找个会谱曲弹奏乐器的,把类似的曲子也给谱出来,反正自己私人听听就好,拿不出去登不得大雅之堂那也没什么。

"觉得怎么样?好听吗?"

"很好听啊……"词牌虽然有着固定唱法，但古代的这些歌曲与许多戏曲同出一源，多是单声音乐，就婉转变化来说，比起现代歌曲终究是不如的。而且这首歌的韵律走的是柔和路线，相对这个时代并不算过分离谱，如果这时候唱的是《老鼠爱大米》，小婵估计不是被恶心死就是被吓死。这时候小丫头望着他的眼神俨然已经变成了敬佩与仰慕，"姑爷还会作曲……"

宁毅笑了起来："这首歌自己哼哼就好，别到处乱唱。你一个小丫头，敢乱改词牌唱法，指不定会被人说不懂事的，知道了吗？"

"嗯。"小婵捧着那张宣纸，用力点头。

"好了……晚安。"宁毅爬进被窝里，片刻后扭过头，发现小婵仍然坐在床边的凳子上望着他，和前几天他感冒时坐在床边守着一样，他挥了挥手，"我没事了，出去吧。"

小婵这才反应过来，赶快站起来往门外走去。

"喂，桌子上的请柬拿上，要不然当心不让你上船……"

叫嚷一通，待到小婵吹灭灯火拿了请柬出去关上了门，宁毅才打了个大大的哈欠。城市的喧闹声仍在隐约传来，窗上映着的些微光芒足以证明外面的热闹，他笑了笑："一夜鱼龙舞啊……"随后他就陷入了睡意当中。

小婵背靠着房间的木柱子呆呆地站了好一会儿，确认宁毅是真的睡着了之后才下了楼，回到自己的房间里点上灯，拿出笔墨纸砚来，趴在桌子上将那因为是在床边写而显得字迹不漂亮的词句又抄了一遍。小丫头的毛笔字很娟秀，有一股灵气。她将宁毅写的字又看了几遍，才红着小脸将原来的纸放进抽屉最底层藏了起来，俨然做贼一般。

随后，她走出院子，看见道路上没人，才一路小跑去往大门那边，到管事那里要了一辆马车与一个空闲的车夫，高高兴兴地往濮园诗会那边凑热闹去了。

小丫头嘛，终究还是很喜欢这种热闹的。

第三章
止水诗会众贤争锋　水调歌头技惊四座

　　时间已经接近午夜，江宁城中的热闹正渐渐到达最高峰。马车从苏府横插过来，穿过人流相对少一点的道路，在接近乌衣巷的时候，速度慢慢降了下来。

　　一路而来，马车外晃动的是无数热闹的火光，小婵掀开帘子望出去，平日里安静的道路上此时也是热闹非常。到得乌衣巷附近的商业街时，前方道路上但见人头攒动，马车如陷入泥沼一般难以前行，一支舞着大龙的队伍正敲锣打鼓地自那边过来，驾车的少年车夫只好将马车停在了旁边。

　　"小婵姐，前面不好过了啊。"

　　这少年的年龄恐怕比小婵还要大上一两岁，但仍旧称她为姐。虽然看起来这几个月小婵不过是跟在宁毅身边跑来跑去，但实际上这小丫头与她的另外两位姐妹已经在苏檀儿手下锻炼多年，苏檀儿今后有可能执掌苏家，她手下最亲信的三个丫鬟，即便是大大小小的执事也得给些面子，这也是小婵一个小丫头能叫动马车的原因。这名刚进入苏府不久，签了二十年卖身契的少年人多少知道她的身份，自也对她恭恭敬敬，并有些好奇地望着这名看来比他还小的少女。

　　"看到啦，我就在这里下车，你回去吧。"小婵掀开帘子出去，直接跳下马车，扭头冲他一笑，随后挥了挥手，"谢谢你啦。"

　　"我、我叫东柱。"少年鼓了鼓勇气，稍有些结巴地说出自己的名字，随后抬头道，"前面人太多了，我送你过去吧。"

　　"东柱哥。"小婵笑着躬身感谢，随后又挥手转身，"不用啦，没事的。"她如蝴蝶一般跑去那片人潮当中，还可以看见小手在空中挥舞了几下，随后便被淹没，消失不见了。

江宁城里小婵早已来来回回地逛过许多遍，熟得很，不论极端情况，单论社交、办事、处理小麻烦的能力，看起来单纯可爱的小婵实际上要比那名为东柱的农村少年高出许多。更何况这等人潮聚集的地方，想来也不至于有人为难一个出来逛街凑热闹的小姑娘，纨绔子弟二世祖流氓恶霸这年头的确不少，但也不是那么容易就能碰上的。

喧闹的声音中，小婵蹦蹦跳跳地穿过舞龙的人潮，旁边一座青楼中传出隐隐约约的歌声，不一会儿，有人举着一张宣纸自街道那头快速跑来：“丽川诗会，唐煜唐公子新诗《咏竹》……”然后将那纸张贴在一家店铺前的品诗榜上。周围很快人头攒动，一个推着卖茶叶蛋和千层饼小车的老者笑着避开人群，小婵也连忙避开那辆小推车，笑着往前面跟上去看热闹。

略看了几句之后，小婵又连忙顺着人流往街道那头的河边去了。乌衣巷就在这条街道的不远处，巷子比较窄，但充满了热闹的气氛，灯火通明，人头攒动。靠近河岸那边，已经能够看见最为热闹的夫子庙了。

这一片临河的街道，是江宁城最为璀璨的明珠，道路两侧满是精美的花灯。濮园诗会的六船连舫一整晚在秦淮河上巡游，但这个时候必定会经过这里。小婵有参加诗会的经验，因此直接跑到这边来等。她找了道路旁一间由濮氏开办的珍玩店递上请柬，对方便连忙叫了人去截停一艘小船。这个时候，那艘金碧辉煌的水上龙宫已经远远地出现在秦淮河的一端，在诸多画舫的簇拥下朝着这边驶来了。

河边，不时有小小的航船靠近、驶离，一艘小船随后也在灯火掩映中轻盈地离岸，划向河道中央正在驶近的巨大连舫。船头，小姑娘双手手指轻轻地勾在身前，仰起头望着逐渐靠近的画舫，画舫上花灯的灯光也逐渐照亮小姑娘那可爱的包包头与微带憧憬的小脸。音乐声自河边传来，里面的又一场歌舞怕是要接近尾声了。不过她并不觉得遗憾，能够过来玩，其实已经很好了，如果能在这里学到几首曲子……她想起晚上姑爷听歌时的样子……嗯，姑爷一定会很高兴的。

画舫之中歌舞散去，随后响起热烈的鼓掌声，之后有从岸边过来的小船将几个大诗会上出现的出色的诗句送了上来，有的还附加了大家的赞美与评价。诗会这东西不可能是一大帮人一直干坐着品诗写诗，其实从画舫起航开始便有诸多节目，听词听曲猜灯谜看风景什么的，时时给大家以气氛、感悟，到得这个时候，终于进入了这场盛会最关键的阶段。虽然今夜的狂欢甚至会到丑时之后，也就是要过凌晨三点，但实际上子时以后，诗会便会渐渐冷清。

最主要的是因为大多数老人家以及身体差的中年人——诗人多半身体差——顶多

聚会到这个时候，过了这个时间，精神上支持不住，基本都准备回家了。在文坛，有一定声名的还是这些人，今晚想要扬名，想要得到关注，这些人的看法才是重头戏。他们离开之后，剩余的才是真正才子佳人的游戏，即泡妞到子时之后才能成为主题，相当于一场盛大的狎妓聚会。虽然在狎妓成风的这个年代，这种事情的确可以套上风雅的名号，但意义就没有之前的时间段那般重要了，名与美色让这个时代的男人选，大多数会首先选择扬名。

因此到得这个时候，各种好诗词已经陆续出来了。之前其实已经传过来一些最好的诗词——今晚有几首咏月的诗词惊采绝艳，苏檀儿也抄了几首在她面前的素白笺纸上，此时正与旁边一名认识的乌府女眷轻声交谈着。

她其实也是爱诗词的，虽然在这方面并不擅长，但诗人在这个年代就如同现代的明星，哪个女孩没有一点点浪漫的心思呢？而且，正因为并不擅长，她对诗词的喜欢反而拔高了，某某才子在众人面前挥洒文采的感觉自然也让她心动。

当然，这仅仅是生活中精神追求的一部分，就跟现代众多女孩都喜欢刘德华一样。虽然喜欢，但平日里她不会表露得太多。而且，自家相公宁毅应该也不太擅长诗词，从看了那首"三藕浮碧池，筏可由媛思"之后她就明白了，况且他自己也坦白了，但这个其实也是无所谓的。

又过了一会儿，小婵随着一名引路的女婢过来了。

"相公睡下了吗？"

"嗯，睡下了。"

"娟儿、杏儿在那里，让她们加张垫子挤一挤怎么样？"

"好的。小姐，我过去了……乌三小姐好。"

朝旁边的乌府女眷也行了礼之后，小婵才朝着两个正在招手的小丫头的方向小跑过去。娟儿与杏儿同坐在一张短桌前，桌上摆满各种精美的瓜果食品，小婵从中间坐进去，三个丫头便嘻嘻哈哈地挤成了一团。

不远处，苏檀儿与那乌府女眷起身走动了一下。在这样的集会中，一般都是男宾女眷分开，中间还有屏风隔断，但并不严格。濮园诗会所请的并非都是未嫁的大小姐，反而不少是携家眷而来，因此虽然也有所分隔，但在旁边走动，夫妻之间总能见面说话。苏檀儿陪那乌府女眷走到船舷边眺望岸上那片灯火时，对方的夫君也走了过来。乌府经营着江宁最大的布行，双方在之前是认识的，寒暄了几句，又聊了聊有关布匹的信息，苏檀儿本想避嫌先让他们夫妻说说贴心话，却见薛进与几名公子摇着折扇过来了。他们戴着学士头巾，换掉了商贾一般的服装，做学子打扮，在晚风的吹拂下，颇有几分羽扇纶巾，喔，折扇纶巾的风范。

薛进今晚出了不少风头，方才写了一首咏月诗，得众人唱和，算是今晚濮园诗会最拿得出手的几首诗之一。见他走过来，那乌府的男子拱了拱手，笑道："薛兄大才，今晚怕是要得绮兰小姐青睐了，可喜可贺。"

那绮兰是这几年秦淮一带有数的名妓，卖艺不卖身，被称为才貌双绝，与濮阳家有些关系，因此这次才可以请到她。她会选择今晚喜欢的诗词唱上几曲，当然她本身也准备了节目，但她选择唱的几首诗词，往往是诗会某个阶段最出风头的几首。

这里面操作复杂，不纯粹是才华决定一切，但才华大多数时候的确可以成为决定因素。薛进那首诗本身不错，加上他的家庭背景，因此被当成压轴的可能性很大，而他若在这里受到青睐，之后数月怕是也能有亲近那绮兰小姐的机会——被邀去赴宴或是谈诗论文之类，这可是很出风头的事情。若能进一步把那绮兰小姐弄上手，破了她的身子收入房中，那便是更能证明他的男性魅力的终极成就。

秦淮河悠悠数百年，这类故事每年都有，也都能在或长或短的时间里成为流行话题。男人在这样的话题里自然是出尽了风头，之后再报出名字，人家也会羡慕你是风流才子，名头都会响亮几分。

这时候被人夸奖，薛进自是谦虚了一番。旁边的乌府女眷也笑道："薛公子的诗，妾身听了也有几分感动呢。"苏檀儿也喜欢那首诗，于是也开口赞美了几句。其实花花轿子人抬人，真熟悉的人，例如乌家这个女人，例如苏檀儿，都明白对方的诗词多半是从某位名家那儿买来出风头的。

薛进笑得开心，又谦虚了几句。双方交谈一番后，薛进道："可惜宁兄未曾前来，否则见如此盛况，必定能有佳作出世……"

苏檀儿蹙了蹙眉。

几人在这边看起来说得兴高采烈，主人家濮阳家的一名中年人也走了过来。这人乃是濮阳家家主的弟弟，名为濮阳裕，早年中过举人，本身也有些才华。他负责在各处走动招待众人，此时笑着插入话题，问大家在说什么，薛进便交代了一番，说苏檀儿的相公宁毅原本是准备来的，可惜这几天感染了风寒，甚为可惜，否则以宁毅才华定能出众云云。

"我看倒未必，听说那宁毅虽然读了几年书，却不过是个庸才，来不来都是一样的啦。"后方一个人开口道。

薛进笑着回过头："冯兄你可不要乱说，宁兄的风采气度我也是见过的，苏家千挑百找，方选中宁兄……"

苏檀儿的夫君宁毅无甚才华，与苏檀儿有些交情的乌府人是知道的，因此方才说话之中，虽然也问及宁毅的身体，但并不会涉及诗文才华之类的，这时候看着对方的表演，乌家两人自然清楚薛进的想法。薛进以前追求苏檀儿，上门提亲未果，含了些怨气，此时便要要些手段。老实说，表演是没什么技术含量，但效果不会打折扣，若是继续这样说下去，保不定明天这些小圈子里就会流传一阵苏檀儿嫁个废物的言论。那乌家女子给相公使了个眼色，想让他稍微阻止一下。男子倒是看到了，然而迟疑了片刻，也不知在想什么。苏檀儿一脸微笑，正要开口，在她旁边，小婵冒了出来。

"是啊，姑爷写诗很厉害的。"她原本在与娟儿、杏儿打闹吃东西，拿着一块糕点打算重复宁毅教她的魔术却穿了帮，糕点也掉到了地上。随后三人也注意到了这边的情况，娟儿、杏儿说那薛家的公子不怀好意，婵儿想想，便靠了过来，"姑爷今晚还写了诗呢。"

小丫头这话一出，那边的薛进与这边的苏檀儿都愣了愣，过得片刻，薛进才笑了起来："哦，宁兄也有大作出世吗？太好了，正好拿出来让大家观摩一番。"

他面上一副惊喜坦荡的样子，实际上心中早已笑开了。那宁毅是什么才学他早就打听过了，读了这么多年书，诗是能写的，但写出来会变成什么样子，那可就难说了，这时候只以为是小婵夸大其词。宁毅之前那种情况，或许会有几个人说闲话，但并不能真正打击他，不过，如果真将一首差劲的诗作拿出来给大家"品评"，会有什么效果可想而知。

"嗯，好啊。"小婵点点头，从衣服里往外掏那张折好的纸，嘴上唠唠叨叨的，"晚上姑爷不舒服，想要听小婵唱歌，小婵就拿了诗词书让姑爷选一首。不过姑爷说那些都不太喜欢，所以就自己写了一首。喏，就是这首，小婵可是抄下来了……"

那些都不太喜欢，所以就自己写了一首……口气好大。苏檀儿与旁边的濮阳裕都皱了皱眉，只有薛进笑得更灿烂也更诚恳了一些。小婵说着，将笺纸交到了脸带疑虑之色的苏檀儿手上。苏檀儿望望宣纸，确定的确有字，再望望小婵，随后才正式将目光转回宣纸上，嘴唇轻启，一边看一边默默念着上面的字。

念到一半时，双唇开合的速度慢了下来，眼中的神色却逐渐复杂起来，终于，苏檀儿定了一定，又望了小婵一眼，才继续默念那纸上的诗词。前方的薛进笑着，伸长脖子探头看了看，虽然看不到，但还是很开心……

默念有什么用，反正你还是要拿出来给大家看的，到时候我帮你念就行了，哈！

仿佛恶作剧成功，他开心地想着。

片刻后，船身一侧升起大蓬烟火，在瑰丽火焰的掩映中，苏檀儿将那张宣纸递了出去。

"请濮阳世叔点评……"

濮阳裕已然看出了端倪，此时点头笑笑。对这个看来柔弱实际上不让须眉的苏家小姐他是极喜爱的，即便家中入赘了一个无甚才学的夫婿那也无所谓，反倒是那薛进，孟浪刻薄，让人不喜，他当下决定，即便诗词不好，自己也要说上几句好话，尽量圆场。他接过诗词，低头看去，心中想着到底该用怎样的评价。

烟火升腾，旁人等待着他的第一句评语。薛进礼貌地微笑，温文谦恭。苏檀儿看了他一眼，目光落回濮阳裕手中的纸笺上，轻轻地咬了咬下唇，火焰明灭间，目光复杂难言……

潘府龟鹤园。

止水诗会也进入了高潮。

音乐声响起，一张张笺纸在众人手上传来传去，歌女轻灵的嗓音吟唱着今晚的优秀诗作。这里的气氛比之濮园诗会要严肃一些，因为重量级的人物多，但各种各样的表演仍旧能将气氛烘托得活泼又不失古雅。

龟鹤园是一座布局精美、古韵悠然的园林，汇集了各种山石水路、廊院亭台。此时，一盏盏绘有灯谜的花灯分布其间，众人便在园林当中摆开宴席，女人居于一边，学子居于一边，主人与一干有名气地位的渊博宿老又是一边。没有搭建专门的舞台，然而偶尔出现在园林间的歌舞表演非常自然，令人印象深刻。能够参与这次诗会的多是名声颇盛的头牌之类的人，显然为此花过不少心思。

诗会上自然也有灯谜、表演、赏月之类的环节，也有不少渊博大家发言，例如作为主人的潘光彦。甚至刚开始的时候，江宁知府都来过一趟，说过一番"诸位乃国家栋梁之才"之类的话，这足够说明止水诗会的地位。当然，今晚一夜狂欢，为了避免城市出现状况，知府按例是要一直坐镇衙门的，因此他没有久留，匆匆离去了。

诗会上的才子若有佳作，多会直接起身与众人品评。每隔一段时间，便会有人送来几首质量足够好的诗词，纸笺在众人手上流传观看，如果那首诗真的好，或者有其他看法，便会有人起身念诵一番，与众人讨论，潘光彦等人自然也会点评。

秦老坐于宴席的一侧，他的旁边是穿着依旧相当贵气的康贤，也就是与宁毅斗嘴的康老，他的字是明允，因此许多人也称他为明公。他的背景很复杂，富贵是不缺的，但就算仅以文学、儒学上的修养来说，也足够被众人称一声明公。在场的几十名才子中，也有两三名受过他的教诲，称之为师，但康老这人一向严厉，众人都有些怕他，不过他今晚倒也没有批评谁。其实今晚这止水诗会的质量还是令他满意的。

此时他正低调地跟秦老在一旁谈笑。其实到了这个时间，一般来说，真正的好诗词都已经出来了，此时两人便在议论这些诗词。

"秋分一夜停，阴魄最晶荧。好是生沧海，徐看历杳冥。层空疑洗色，万怪想潜形。他夕无相类，晨鸡不可听……秦公，丽川诗会李频的这首《中秋对月》真可谓才华横溢，虽说文无第一，但照我看，今晚怕是这首诗最出风头。"

又是阴魂又是鬼怪，可算是剑走偏锋，却给人以大气之感，只令人思绪激荡，并无丝毫诡谲之色。这诗有唐时遗风，李频李德新，的确已经登入大家之列了。不过明公你向来律己严格，止水今天其实也是有几首好诗词的嘛，喏，例如方才这首。"秦老笑着拿起一首，"碧天如水，湛银潢清浅，金波澄澈。疑是姮娥将宝鉴，高挂广寒宫阙。林叶吟秋，帘栊如画，丹桂香风发。年年今夕，庚楼此兴清绝……你可不要偏心才是。"

"哈哈，你我又非评委，只是随心赏评，哪有偏心之理。嗯，这词的确不错……"

"照我看来，今夜最好的两篇便在这其中了。"

秦老一向低调，今夜几乎没有公开做出点评，只在朋友闲聊之间说说这些，事实上，止水诗会的曹冠曹宗臣与丽川诗会的李频李德新也的确是江宁目前最负盛名的才子之二，下方的众人也多在将他们两人的诗词进行比较。虽然说文无第一，但口头上的气势总是要争的。

众人忙着品评诗作，潘光彦正笑着对曹冠说话。不一会儿，又有人送了新的诗词进来，分成三份由众人传看。

真正好的诗作到这个时候基本是不会再出来了，但也可能还有，众人一边笑着议论着，一边向下一个人传递自己手中那一页。有一页传到秦老与康老这边，秦老拿起来看了看，却是笑了起来。

"呃？如何？"康贤问道。

"呵呵，没想到濮园那边此时还能出一首不错的，你且看看。"

"哦？濮园。"康老也笑了起来，拿着诗作看过一遍，又看看下方的名字"薛进"，摇头放下，"中平，堪堪入眼，但无甚新奇。"

这时候，下方有人嚷了起来："诸君，想不到丽川此时还能有一首好词，依在下看来，这首委实还是不错的。"

有认识他的人笑道："那就念啊。"那人点点头，片刻之后开始念那首词，"这词牌用的乃是《水调歌头》，各位且听。秋宇净如水，月镜不安台。郁孤高处张乐，语笑脱氛埃……"

他念到这里，忽然像是感觉到了什么，扭头看了看潘光彦等宿老大家所在的台上。一名老者此时已然起身，手上拿着一张笺纸，匆匆朝潘光彦那边过去，手指弹动着那纸张，口中似乎还念念有词。这老者与秦老、康老也有些交情，见他起身，潘光彦立刻走了过去，他便将笺纸放了下来，用并不算高的声音朝周围几人道："诸位且看这首。"

这首也是《水调歌头》。见台上几人注意到其他事情，下方正在念词的那人愣了愣。潘光彦反应过来，笑着朝他抬抬手，示意继续，当下却不去看那笺纸。待到这人念完,他回味一番,笑着点评了几句,才拿起笺纸看了起来,片刻后也是口中低喃,皱起了眉头,这让台下众人乃至于女宾都望了过来。

"鹤翁,若有什么好诗词,便速速念了吧,这样吊人胃口,好不厚道。"

潘光彦这人脾气很好,作为众人之首的曹冠便笑着这样说道,随后旁人也都笑了起来,气氛一时间轻松下来。潘光彦也笑了笑:"也是《水调歌头》,这首词……便念给大家听吧。明月几时有,把酒问青天。不知天上宫阙,今夕是何年……我欲乘风归去,又恐琼楼玉宇,高处不胜寒。起舞弄清影,何似在人间。"

上半阕还未念完,在座众人已经没了交谈之声。潘光彦本是文坛大儒,此时按照韵律认真地诵念着手上诗词,念得虽不快,但贴合着词句的意境,却是一气呵成。

在座众人本就是文辞功底深厚之人,只听到这里,便已然察觉了这首词意境的空灵、大气、悠远。最初的发问看似简单,然而此时的文坛兴盛,各种诗词不免追求繁复,穷尽变化。有的论调还提倡,若是咏月诗,那便是连一个"月"字都不出现才为上佳。这首词一开始便是"明月几时有"这样的提问,但配合下一句,却已经自然地将意境展开,再到得"天上宫阙"时,词的意境便自然而毫不突兀地从淙淙溪流化为了高山流水,而再接下来的"我欲乘风归去……"几句,直接将整个上半阕的意境化为长江大河奔流入海一般大气,同时又能空灵如许,不带半点烟火气息,寥寥几句便是令人心旷神怡的仙宫气象。

自唐朝以来,诗文经过数百年的发展,意境深远大气的作品也有许多,然而到得这时,诸多诗词作品往往走到了穷尽辞工繁复变化的道路上。能走回来,返璞归真的大家自然也有,或简或繁,各有特点,但意境能到眼前这种程度的却是寥寥无几。这意境随诗词的变化一路扩展,偏又举重若轻,自然之至,倒是与初唐盛世之时文人那天马行空、豪放不羁却又能丝毫不离主题的风格颇为相似,仅是区区上阕,这首《水调歌头》的大家之气已展露无遗。潘光彦顿了一顿,抬头望了望下方的一众才子,才继续读出下阕。

"转朱阁,低绮户,照无眠。不应有恨,何事长向别时圆……人有悲欢离合,月有阴晴圆缺。此事古难全……但愿人长久,千里共婵娟。"

"但愿人长久,千里共婵娟。"词句朗朗上口,念完之后,潘光彦又喃喃地重复了最后一句,望着众人,不断小幅度地点头,好半晌之后,才叹了口气,"好词啊。"

这时候园林里的众人之中,有人对望几眼,有人喃喃重复着词句,安静异常。其实,若是其他词句也就罢了,这首《水调歌头》的确有着流传上千年都毫不褪色的魅力,后世甚至有"中秋词,自《水调歌头》一出,余词皆废"的评语。在座众人研究诗文几十年,有的甚至是一辈子,这时候听了这首《水调歌头》,或许就是同样的感受。

也是在这样的气氛里，康老伸手拿过笺纸，先是看了一遍，缓缓点着头，片刻之后再去看时，却仿似注意到了什么，疑惑地眨了眨眼睛，咦地出声，随后蹙眉想着什么事情，脸上表情精彩。注意到他的模样，还在心中想着词句的秦老偏过头去。

"怎么了？"

"呵呵……你且看看。"

他将笺纸递过来，秦老拿着，眯着眼睛一个字一个字地看过去，从"明月几时有"一直到"千里共婵娟"都没有发现什么不妥，确实是好词。他吐了一口气，轻轻地摇着头，随后又是眼睛一眯，顿了一顿。

词句后方还有几个字，不过此时大家还在感受这些句子，方才潘光彦也没有注意到。

那笺纸左下方书有落款，赫然写着七个字——

苏府。

宁毅。

宁立恒。

秦老愣了愣，随后望了康老一眼，过了一会儿，哑然失笑。

"哈——"

苏府小楼上，宁毅爬起来喝水，陡然间打了个大喷嚏，差点被呛到。他迷迷糊糊地睡回去，把被子拉紧。

嗯，感冒不会又加重了吧……

同样的时刻，潘府后院的房舍之中，参与表演的女子们正在一间间房中化妆或休憩。止水诗会的园林与她们仅一墙之隔，若是出了走廊，也可以在道口的纱帘后方看着这场聚会进行。

今晚能来表演的，大多是秦淮河畔有了一定名气的女子，多半有着各自的诱人之处。若是普通的诗会，她们其中的一个也能挑起大局，今日却不行。参与止水诗会的并非都是男性，许多人是携伴前来，例如秦老带了懂诗文的小妾芸娘，其余也多有人带妻室或某一家的闺秀小姐前来。这样的场合，这些表演的女子绝对不能成为主角，甚至在表演之余坐出去吸引眼球那也是不行的。

不过，即便只是出去表演歌舞，只要她们有着出色的才艺，也足够给人留下深刻的印象。她们这等女子嘛，若身旁是众多男性，姿态往往会放得高一些，矜持一些。若是在这样的场合，便安安静静地扮演绿叶，润物细无声地让人记住。高傲和矜持只是手段，名气才是真正最重要的东西。

今夜到这里的名气最高的两名女子，得算金风阁的元锦儿与引春阁的陆采采。房间之中，元锦儿正捧着脸颊左顾右盼铜镜中化了妆后的样子，丫鬟扣儿也在旁边看着，与自家小姐轻笑着交谈："小姐，你方才出去表演的时候，那曹公子可是一直朝着你这边看呢，眼睛都没有眨过一下哦。"

元锦儿微笑着瞟她一眼："我出去表演，他们自是朝着我这边看，有什么奇怪的？倒是扣儿你，却只看见了曹公子一个人，让人好生奇怪。"

"小姐啊，是真的嘛。"扣儿皱着一张小红脸表示着抗议，"他目不转睛呢！"

"你若不是目不转睛地看他，又怎知他目不转睛地在看我？"元锦儿继续笑着打趣。小丫鬟窘得嘴也噘了起来，决定不理她了，不过过得片刻又靠了过来："小姐，今夜这斗诗魁首，到底谁能拿到啊？"

元锦儿偏着头在发鬓间嵌上一朵小花："文无第一，斗诗也没有真正的标准，哪里又有什么魁首。你这丫头，就是爱问这些。不过要说哪几首会被传唱最久，倒是能看出来的。"她拿起桌上的几张书笺，"王公子的，席公子的，还有你喜欢的曹公子的这几首，'碧天如水，湛银潢清浅'，呵呵，这首怕是最好的，这样你便高兴了吧……还有丽川那边的李公子、唐公子……"

小丫鬟噘着嘴："谁喜欢曹公子啊。"

"呃，讨厌他？"元锦儿眼神灵动地望望她。

"也没有啊，不过扣儿是为小姐你着想嘛。曹公子喜欢你，你今日又是与他一同前来，若能有曹公子相助，明年的秦淮花魁，怕就要落在小姐你身上了。若是曹公子明年春闱高中……"

听小婢滔滔不绝地说着，元锦儿笑了起来，勾了勾她的鼻子："知道了。"随后拿起曹冠所书的那首词来看。她与陆采采两人当中，陆采采擅琵琶，她擅古筝，唱功上说起来还是她更好，这首词她待会儿是要出去唱的。元锦儿一边看着一边在心中浅唱，竟轻轻地笑了起来，看起来倒像是被大才子追求的幸福的笑。

其实，秦淮河上稍稍敬业的妓女多半自称有一番坎坷身世，虽然大部分是假的、编的，但那也只是细节上的编造，她们都有着一番坎坷身世却基本没错。到得元锦儿、陆采采这等名妓之流，她们学了诗文，自然而然地也会仰慕各种各样的才子。不过，尽管偶尔有名妓单纯因为欣赏才华于是嫁给穷书生之类的事情传为佳话，那也是少数中的少数。她今日应了潘府邀请却是同曹冠一同乘车前来，看起来两人已经很亲密了，她心中对曹冠的才华也是佩服的，但真要说是否喜欢，甚至喜欢到扣儿说的那种地步，却是连她自己都不清楚。对她们来说，看起来众星捧月，其实真能选择的机会不多。

不过，若能稍稍避开这些想法，今夜的诗会，自己的确是很有收获的。

59

她反复唱着那首词，片刻后，扣儿从门口过来："小姐、小姐，似乎又有好诗词了，我们去看看吧。"

"哦？"她笑着放下笺纸，与扣儿一同出门，朝长廊门口的纱帘过去。好几位女子已经聚在了这边，陆采采也过来了。元锦儿轻声道："各位姐姐，怎么了？"随后便也附在那纱帘边观看，正听到那边传来"把酒问青天"这一句——先前潘光彦已经读了一次，这是其中一位学子第二次吟诵了。

诗会的气氛此时有些奇怪，稍稍安静了些，之前大家作诗吟诗都很踊跃，言笑晏晏，这时候倒像是被某种气场给压制了一般，众人仍在回味那首词。这些女子也弄来了一张抄了那词的笺纸，围在一起将全篇看了一遍，随后又看了一遍，元锦儿抬起头，正好与陆采采的目光相触。

"濮园诗会的……"

"怎么可能……"

"苏府，宁毅，宁立恒，这是谁呀？"

"没听说过啊……"

相对于外面那帮学子首先沉浸于词当中，这边的女子们在察觉到这首词的意义后首先关心的便是它到底为何人所作。几人将那落款看了好几遍，彼此询问，却无人听说过这个名字。这时候外面也有人问道："大家觉得，此词如何？"

"人有悲欢离合，月有阴晴圆缺，此事古难全……"

"这词……"

"这词到底是何人所作？"

一时间没有人说出评价，倒是有人在点头中喃喃说了"绝妙"，随后念诗那人又拿起笺纸来念了落款："苏府，宁毅，宁立恒，可有人知道此人是谁吗？"

众人一阵安静。

"不过，此人既然姓宁，为何落款又是苏府？"

"哪个苏府？"

"濮园诗会，怕不是苏氏布行那个吧。"

"这人莫非是苏府的管事师爷之流？"

"之前未曾听说此人啊……"

众人一时间面面相觑，议论纷纷。对这个名字，大家都是一头雾水，没人听过，潘光彦只好叫来去外面取诗的那人。这人并非下人，而是他的半个弟子，也有些才华，听老师问起来，方笑着说起他知道的事情。

"哦，听说这人乃是苏府赘婿，数月之前方入赘苏家，为苏府二小姐苏檀儿的夫婿。有趣的是，据说这宁立恒今日染了风寒，并未到濮园诗会，今夜在家休养时与一小婢说出这词，本是自娱自乐，谁知诗会上有人说其毫无诗才，这小婢听不过，便将这词拿了出来……呵呵，那边是这样说的，在下尚不知真伪。"

"苏府……赘婿？"

这话一出，不仅在场的众人，旁边纱帘后的女子也是面面相觑，随后说话声便响了起来。

"未曾到场？"

"此事也太过离奇了吧……"

"我倒是、倒是从未听说过为一赘婿者能有此才学的……"

"宁毅宁立恒，确实未曾听说过啊……"

纱帘那边，小丫鬟扣儿疑惑地说道："这首诗该不是那濮园诗会想要扬名，买来的吧？"

每年诗会上，想要买诗扬名并不是什么稀奇的事情，其中内幕大家都知道，不过就算是买，也不可能买到这种质量的诗词。但是知道对方的身份之后，众人心中大多有这样的怀疑。若那人真有这种才华，又怎么可能跑去入赘？这个时候，那边也有人将疑惑说出了口。

"此事怕是很难让人信服……"

"莫不是那苏府想要扬名买来的词作吧？"

这道声音并不大，说话那人也只是试探性的语气，但众人都能够听到。沉默片刻之后，有人明显便要表示同意："这种事情倒也……"

众人初时被这首词作所感染，也未想得太多，然而随后"赘婿""无名小卒"这些信息涌上来，与那词作对比之后，产生了巨大的反差，有些怀疑几乎是不可抑制地生了出来。有些沉稳之人未曾说话，但今夜诗会还有许多存了比斗之心的人，一部分人下意识地说了出来。也是在这个时候，严厉的声音陡然从台上传下："子兴，闭嘴！"

那提出质疑的人名叫虞子兴，被这声音吓了一跳，抬头望去，见康老正手中拿着毛笔望着他，目光严肃，不怒而威，将所有人的议论都压了下来。一时间，场内一片安静。

止水诗会。

康贤陡然叱喝出声，场内顿时安静下来。那虞子兴曾在康贤手下学习过一小段时间，这时候见这位向来严厉的老师不知为何忽然发这么大脾气，顿时吓了一跳，连忙低头拱手："明、明师……"

康贤是理学大家，背景也厚，虽然弟子不多，但他的名气在座大多数人是清清楚楚的，这时候他的目光扫过全场，又停在了虞子兴身上，看起来只是在教导弟子："这种话可是随便说的吗？！"

现场出现了片刻的沉默。康贤放下毛笔，又望了过来："我且问你，今日诗词数百，若这首词乱七八糟，不堪入目，毫无可取之处，你会如何？"

他这话说出来，虞子兴已经明白了其中的意思，身体震了震，行了个礼，语气干涩："弟子、弟子自然放去一边，不去管它。"

"那么……你之前可曾见过这宁立恒？可曾认识其人，可曾听闻其名，可曾见其样貌，有关其人其品，之前可有甚不好的风评传入过你的耳中？"

"弟子、弟子受教。"

话说到这里，也便够了，康贤笑了笑："既知其中道理，便坐下吧……诸位，今日诗会，佳作甚多，我方才便与秦公品评，例如明义这首……"他提高了声音，开始一首首点评诗会上的佳作，一句句将其中的亮点说出来。他本就学识渊博，这时点评又刻意放开，并不吹捧，但真说起来，这些诗作也的确上佳，那虞子兴的两首也获得了足够高的评价。

这番说话花的时间甚多，到得最后，康贤才又将那《水调歌头》的笺纸放在桌子上："此时……诸位再来品评一番这首《水调歌头》，如何？"

他的话说完，曹冠自座位上站了起来："明公当头棒喝，弟子受教。说来惭愧，此词的确绝妙，文采斐然，意境深远，弟子不如远矣。方才也起了攀比之心，得明公教诲方能醒悟过来。今日诗会能见得此等佳句，实是幸事。不过，诸位，在下方才倒又得了几句，愿与诸位品评一番。哈哈，虽有珠玉在前，但在场诸位皆有大才，不知道哪位愿为我将此诗补齐，可不能堕了我止水诗会的威名。"

他这番话说完，康贤笑了起来："君子之风，便该如此。"众人也都笑了起来，场内的气氛顿时又活跃起来。有人笑道："宗臣，你只得几句便敢妄言，在下可是有一首了，这为诗会挽回面子之事，当落在我身上才是。"

随后便又是激烈的诗词比拼，众人不愿输阵，看来竟比先前还热烈了几分。康贤望着这情景，笑着举起茶杯喝茶，一旁的秦老也笑了笑。

"哈哈，秦公为何发笑？"

"呵呵，明公此事做得可不厚道，平日里立恒小友不过赢你几局，你就要把他放在火上烤。君子之风，记仇可不好。待异日再见，他少不得要找你算账喽。"

话虽然这样说，但秦老笑得开心，一副期待着看热闹的样子。原本文无第一，诗作品评本没有标准，到了某个高度之后，人言便占很大部分。这首《水调歌头》虽然上佳，但也不可能其他作品真的都"不如远矣"，甚至能让"余词尽废"，然而康贤的几句话直接点出了一件事：你们看见比不上的佳作，首先想的居然是诋毁他人的人品,这并非君子之风。

秦淮一夜,传出去的并非只有诗作,待到康贤在诗会上对众人的这番训斥传出去,结果如何可想而知。被秦公如此说了之后,康贤笑容不改,仍旧颇为开心。

"嘿。老夫惜其才华,助其成名,他若是见到我,理当感激老夫才是。秦公,你如此想法,未免小人之心了一些。所谓君子坦荡荡,小人长戚戚,哈哈,当心胸豁达才是啊。"

两人在这之前并没有亲眼见过宁毅的才华,然而就评价来说,此子绝对不简单,这时候对这首词颇感惊艳,却也有几分意料之中。两人说笑了几句,旁边一位老者也凑了过来:"这宁立恒,莫非便是……"他也曾去河边与秦老下棋,跟宁毅仅仅见过一面,知道对方姓宁,这时候猜了出来。潘光彦也笑着走了过来,听到这句话,笑道:"这宁毅莫非与明公……"

康贤哈哈一笑,小声道:"乃我与秦公、杜公小友,诗词之事,想来不致作伪。不过此人低调,与之为友也是君子如水之交,不涉太多,还请鹤翁代为保密,不要过多宣扬。"

潘光彦恍然大悟,笑了起来。

"原来如此。"

如果能预见这个夜里江宁城中陆续发生的一切,不知道宁毅还会不会为了寻找现代感而让小婵学唱歌,反正因为感冒,他总有些昏昏沉沉,精神怠懒。他从未参加过这些诗会,自然也想不到太多。

时过午夜,宁毅还在睡觉,对所有的事情都一无所知。马车行驶在热闹渐退的街道上,速度依旧很慢。街道上欢闹的人群拥挤依旧,火光从马车外映进来,苏檀儿望着眼前的小婵,手上依然拿着写了《水调歌头》的那张纸。小婵低着头眨眼睛,不敢说话,嘴巴抿得紧紧的。

今天晚上发生的事情,连苏檀儿也觉得有些离奇,到现在都有几分摸不着头脑的感觉。手上这首词到底有多大的分量,她对诗词的欣赏能力没到顶尖,初看之时虽然也是心中震撼惊艳,不敢相信这居然是从小婵手上接过来的,但后来的发展证明她仍旧低估了这首词。

能够看到起了坏心眼的薛进那震惊讶然的表情的确是一件很开心的事情,后来濮阳裕以及被请来参加诗会的夫子们过来说话也让她感觉到了重视。作为商贾之女,她是明白这种重视的分量的。

世人皆言商人逐利,因此商人一向处于社会的底层。虽然有钱也能解决不少问题,让地位提高一些,但是各种歧视仍然存在,每年大灾小灾,他们出钱出力,却往往得不到一个善名。爷爷给学堂投了很多钱，就是想让苏家出一批文人，哪怕砸钱，至少也能进入士人之流，这种迫切的心情，她从小便看在眼里。

濮阳一家也是如此。他们还算有成果，每年花了大力气弄这濮园诗会，眼下也有了一定的成果，一家算是一只脚踏入士人阶层了，不过另外一只脚仍然隔了一段距离——濮园诗会一经提起，别人首先想到的或许还是暴发户气息。从他们对这首突如其来的词的重视大抵可以了解到这首词的好处，然而……竟然有几人说这首词甚至比得过曹冠、李频等人的作品，这又怎么可能呢？

她的水准未到，加上距离有点远，因此对诗人词人只是喜欢崇拜，一如对偶像一般。她未嫁之时也参加过其他诗会，见到过几次顶尖学子当场赋诗挥斥方遒的情景，当时只是觉得诗作好，那种感觉也实在令人神往。如今的曹冠、李频这些人便是江宁士子的代表，爷爷希望过家里能出现一些才子，可没想过能出现如他们一样的，而手上这首词……是由小婵拿出来的，据说还是家里那个明明没什么才学的夫君作出来的。他以前明明作的是"三藕浮碧池，筏可由媛思"这种莫名其妙的诗词啊，现在这首，虽然好，也不可能有小婵说的那么好吧，还是说……其中有隐情？

心中作为普通少女的一面由于对文人光环及曹冠、李频这类人的崇拜而有些不踏实，但作为商人的另一面依旧是清醒的，让她能够大大方方一切如常地应对完意料之外的一切，直到下了船才开始在疑惑中深究之前发生的事情。她望了身子仿佛缩小了一圈的小婵片刻，倒是笑了起来："真是姑爷写的？"对小婵，她自然是不可能有什么怀疑的。

"嗯。"

"那……小婵把晚上你跟姑爷在一起的事情都说一遍好吗？"

"哦。"

小婵点点头，随后开始讲述小姐离开之后发生的那些事情。她先是说故事，《西游记》的具体内容自是几句带过了，只说是一只妖怪猴子的事情，随后就是唱歌跳舞变戏法之类的。

"哪，就是这样变的……先把这颗珠子藏在手里……"小婵说着将那魔术演示了一遍。原本在船上，她准备在两位姐妹眼前炫耀一下就失败了，这时候又失败了一次，自然让她沮丧不已，但片刻之后，她还是说到了唱歌与写诗。

"另外一种唱法？"苏檀儿蹙眉问道。

"嗯，很好听的。"婵儿点头，随后又小声说道，"姑爷告诉我说，这个不要出去乱唱，要不然小婵一个小丫头乱改词牌唱法，他们会说不懂事的……"

其实，别人说的或许不是不懂事，这点小婵也明白，但在小姐面前没什么好隐瞒的。不久之后，在苏檀儿的要求下，小丫头清了清嗓子，一字一句地开始以新唱法唱这首《水调歌头》，乐声在马车里婉转回荡。

待到歌声落下，娟儿和杏儿还是有些木木的陶醉状态："很好听呢……"苏檀儿却靠在车厢壁上沉默了许久，才开口问道："小婵，你跟着姑爷最久，你觉得……他到底是个什么样的人……"

小婵想了好一会儿："姑爷他、姑爷他……小婵觉得姑爷他不像是个死读书的书呆子，他……很风趣，有时候喜欢开玩笑，但是给人的感觉很沉稳，好像什么事情都没关系……但是说起话来也不像那些夫子，没有什么之乎者也，然后……呃，然后没有了，反正，跟以前听说的好像不太一样……"

苏檀儿听完，微微点了点头。

马车转过前方的街道，苏府便要到了……

马车从苏府的侧门进去，正巧遇上了喝酒喝到七分醉回家的二叔一行人，那边询问几句苏檀儿今夜的见闻，诗会是否玩得尽兴等，苏檀儿便也神色如常地应对几句。

这时候诸多诗词还在城中传来传去，《水调歌头》自是上佳之作，但真要引起轰动或得到冠绝今夜的美名，暂时还是不可能的。止水诗会那边康贤那几句训斥还未传出来，在普通人眼中，顶尖的诗词大都相差无几，这词固然好，但与曹冠、李频等人比起来，或许也只是相仿的水平，甚至因为这些才子以往的名气，一般人会将这《水调歌头》看得稍差一点儿也说不定，只有那些真正才学渊博之人，才能清晰地察觉这首词作的隽永深远与返璞归真，从而感受到差距。

苏仲堪今夜只是与人谈生意、狎妓喝花酒等。他对诗词不甚关心，有关宁立恒的事情自然还未传入他的耳中。叔侄二人寒暄几句后在道路上分开，苏檀儿主仆四人一路回到居住的小院。除了院门外的大灯笼还亮着，院子里一片安静，只有如水的月光从天上洒下来。

苏檀儿朝那边二楼黑暗的房间望了几眼。小婵问道："小姐，要去叫姑爷？"

"不用，他已经睡了，不用吵醒他。婵儿打点温水上来，杏儿、娟儿，你们早些睡吧……婵儿，若还有精神，可以把姑爷说给你的故事说一遍来听吗？"

婵儿笑着点头，一旁的娟儿与杏儿也连忙举手。

"小姐、小姐，我们不困呢。"

"我们也想听。"

苏檀儿没好气地望了两名丫头一眼，随后笑道："那便一起来吧。说起来，我也好久没听过故事了。"

"记得小时候小姐拿着书给我们讲故事呢……"

"是啊、是啊，我还记得……"

几个女孩子叽叽喳喳，随后苏檀儿上楼，娟儿与杏儿便一同帮婵儿去烧温水，然后端了木盆拿了毛巾一同上去。

远处城市的灯火渐渐安静了，静谧的小院之中，暖黄色的灯光浮动在二楼的窗户上，映出了房中主仆交谈与轻笑时的身影。

也不知过了多久，夜又深了许多，三名丫鬟才从房间里出来，随后关上门下楼。回到自己的房间，婵儿关了门，轻轻靠在门上，双手捧着胸口，抬起头来深深地呼吸着，仰起的纯真小脸上有着复杂的神色：开心、疑惑、害怕、憧憬……

苏檀儿教过她很多事，因此她自然不是纯粹的单纯，也有着小小的心思，只不过这小小的心思也是为身边喜欢的人和事着想，例如小姐，例如苏家，或许现在还要加上个宁立恒。

以往她就能为了苏家在棋摊边反驳秦老，这段时间与宁毅相处下来，宁毅性格淡泊，平日里也有着风趣幽默的一面，做起事情——虽然也没做什么正事——又是举重若轻万物不萦于怀的样子，待她又和气，她自然也是喜欢的。

另一方面，她对小姐不仅仅是喜欢，还有感激、报恩各种情绪在其中，总之就是非常非常喜欢。她是明白小姐以前的苦恼的，也大抵知道小姐喜欢什么东西，现下既然发现姑爷不像是以前听说的那个书呆子，自然会考虑到他跟小姐之间的婚事。如果他们彼此喜欢，自然而然地走到一起，当然最好，她要做的也不多，主要是让小姐看到和知道姑爷的事情，也让姑爷知道小姐的好——这本身也是她这种贴身丫鬟的工作。

她知道小姐喜欢诗，只是姑爷以前写的那些没什么拿得出手，有时候她甚至觉得姑爷是故意开玩笑才写那些东西，直到今天晚上看见姑爷作出那首《水调歌头》。她虽然不渊博，但起码能觉察出这首词的好来，一时间俨然发现了宝贝，当下便拿着词去了濮园诗会，打算找个时间给小姐看。见到薛进过来，明白会发生什么事情的她便顺水推舟地将词拿了出来。这首词应该很好，不会掉分。

她只是没想到，在那些人看来，这首词会好到那种程度。

她若之前就能有个准确的评价，这首词她是绝对不会那样贸然拿出来的。如今看来，明明是想要让小姐看看姑爷的才气，却起到了反效果——好像连小姐也被吓到了，在船上的时候明显是毫无准备的样子，于是她心虚起来。原本自己只是想准备个小惊喜，谁知道惊喜太大了，把自己也吓到……

唉，怎么会这样呢？

豆点般的灯火不停地摇曳，睡意不浓的小婵坐在桌边，双手托着下巴苦恼地想着。她的手上摆弄着的，正是宁毅写给她的《水调歌头》原稿，于是她又看了几遍。

姑爷啊，你有才气虽然好，但也不用高到这个程度吧……这些事情，小婵明天要怎么跟你说啊？

果然是姑爷的错。

她嘟着嘴，伸出手指轻轻地戳了那宣纸两下。看到最后那句话时，脸又渐渐地红了起来，随后才小心地将那纸张再次折好，收回了抽屉底层。

吹熄油灯，脸上越来越烫的小丫头摸着黑，慢吞吞地上床睡觉去了……

"千里共婵娟呢……嘻……"

清晨时分，白色的雾气又弥漫了江宁城，明媚的太阳正从雾气上方升起来，壮丽的晨曦喷薄而出。

一觉起来，宁毅觉得神清气爽。精神已经恢复得差不多了，再休息巩固一天，明天便可以去上课了。今天嘛，倒是可以从护院那边弄点木人、沙袋之类的过来，这个身体常年体弱，不彻底锻炼一番不行了。

管护院那边的管事好像是姓张，按照在苏家感受到的气氛，苏老太公对自己还算比较关照，但是要考虑如果把木人、沙袋之类的东西弄到院子里来对苏檀儿她们造成的冲击是不是太大，自己这个文弱书生跑跑步还没什么，忽然说要练武功的话，估计她们会把自己当成傻子看。

要让她们接受自己有些与众不同，但他也得慢慢来，现在这个进度或许有点快。他在心中无聊地权衡着这些。随后，早餐坐在一起喝肉粥的过程中，宁毅觉得苏檀儿似乎一直在看他，眼神有些奇怪。

随意瞟了她几眼，片刻后，宁毅放下碗筷，疑惑地与妻子对望一阵："怎么了？"

"没有。"苏檀儿笑笑，摇了摇头，"只是觉得，相公早上精神很好呢。"

"哦，病情应该已经没什么了，咳……嗓子好像还有些干，不过今天之后肯定没事了，可以去书院了。"

"身体没事便好，这几天的话，相公说不定会很忙。"

"忙？"

"嗯。"苏檀儿点点头，不多作解释，开始小口小口非常淑女地喝粥。疑惑之中，宁毅觉得她嘴角挂着的笑容跟蒙娜丽莎的微笑有些相似……

她指的是什么呢？书院要给我加工作吗？宁毅在脑海中推测着对方话语中可能的含义，一直到喝完粥回房，小婵怯生生地过来，交代了昨晚的事情之后，他才终于准确把握到了对方眼神中所蕴含的情绪。

"对、对不起，姑爷，小婵原本只是想……只是想给小姐看看而已，但是那个薛进实在太可恶了……"

宁毅有些目瞪口呆地听她说完，随后表情倒也渐渐平静了下来，略想了想之后，却是笑了出来。

"哦，没事，问题倒是不大。"

见他不生气，婵儿高兴地点头道："没错，姑爷的才华……"砰的一下，宁毅的手指就弹到了她的额头上。

"谁说我有才华，以后不许这么跟人说。"

"哦。"小丫头迟疑一下，点了点头。

"这样一来，今天就不出去了。"宁毅想了想，笑了起来，"看来要多病几天才行……"

阳光从窗户照射进来，宁毅拿着一本话本走回床边，准备装病赖床。片刻后，他向小婵挥了挥手，小婵这才放下心中的忐忑，从房屋的一角搬了围棋盒与用来下五子棋的小桌子，高兴地小跑过来……

昨夜是中秋，人们一般睡得较晚，因此今天早上多数人起床有些迟，江宁城大概晚了半个时辰才恢复平日的喧闹。直到过了这天中午，昨夜止水诗会上的事情夹杂着其余消息才渐渐传播开来，这首《水调歌头》的影响也在此后几天里，于江宁城中掀起了持续的震动与波澜，并且随着时间的推移不断扩大……

第四章

传奇诗堪配传奇事　淡泊人时持淡泊心

　　中秋过后，江宁城晴朗了大概两天，然后便开始转阴，走在道路上，微冷的秋风卷起街道上的落叶，也给一度喧嚣的城市增添了几分萧瑟的感觉。

　　当然，在大多数人看来，城市依旧是平日的样子，秋天的样子本就是如此。秦淮河水色清清，河面上画舫依旧，船桨自依依的垂柳间轻盈划过，附近的落叶被风卷起，打着旋儿飘落在水面上，随波浮浮沉沉地漂向远方。城市里，行人车马，青衣小轿，贩夫走卒，宽街窄巷，青石长阶，木制的桥梁自稍窄的河道上横跨而过，水流稍缓之处，便能看见女子在石阶上浆洗衣物、闲谈说笑的情景，远处茶楼饮宴，酒肆飘香。

　　大多数人还是在忙忙碌碌地为生活而奔忙，当然，既已习惯，那便只是生活的一部分。若有人得闲稍停，或去茶馆小坐，或在路边暂歇，偶尔提起近日有趣的传闻，大抵少不了前几日中秋夜的事情，而其中被提及频率最高的，就是那首《水调歌头》的出世以及有关止水诗会上理学大家康贤怒斥众人的事情了。

　　起因经过结果，巧合悬念高潮，所谓戏剧性，得满足这些条件才行，若仅仅是某某才子赋诗一首，技惊四座，文采风流，人们早已听得腻了，如果再加上才女青睐，戏剧性便要增添几分，而这《水调歌头》在这方面做得更足。人们喜欢好诗词，也喜欢这样的故事，几日来，若去青楼楚馆闲坐，姑娘们出来时，少不了也要听听这曲"明月几时有"，再品评一番其中妙处。

　　至于词作者的信息，目前还仅在猜测中，未有太多可靠消息出来。

苏府，宁毅，宁立恒，为苏府赘婿。

止水诗会上，康贤的几句训斥，坐实了《水调歌头》佳作的名头，却抹不平众人心中的疑惑：他之前为何名声不显？为何有此才华还去一商贾之家入赘为婿？最重要的是，他的这首词，是否买来的或是剽窃所得，几乎是每一个谈论者最为关心的事情。

丑闻往往比好评来得更有戏剧性，人们心中也更倾向于接受这样的东西。文人买诗沽名钓誉的事情并非什么奇闻，众人每每谈起，大抵都倾向于这样的猜测，毕竟赘婿身份低下，有的甚至会说这等人毫无骨气，数典忘祖，稍有傲骨之人便不会做这样的事。

不过，这几日中也有说法道苏府二小姐檀儿天姿国色、温婉大方，宁毅一见倾心，为与之长相厮守，于是甘愿入赘。然而在这个大男子主义至上的年代，相信这种故事的人少之又少，社会上狎妓成风，女子的地位一般，为一女子做到这种程度，谁肯相信？退一步说，即便有人相信，此人若毫无才华，那倒罢了，若真有才学还为一女子入赘，那就真是天怒人怨，枉为男儿，枉读圣贤之书，甚至枉为世人。

这个年代人们更喜欢的还是男主金榜题名后回来迎娶喜爱的女子这样的童话，为一女子抛弃所有这样的事情，人们是受不了的。

因此几日下来，众人对宁毅的猜测反倒是以负面看法居多，入赘本是原罪。当然，结论尚未出现，猜测之余人们还是保持着好奇的心情等待更靠谱的消息出现。另一方面，单纯对这首《水调歌头》的质量以及词作者的才华，人们还是保持着惊叹的，并且这种惊叹的热度还在上升，几日以来，众人对它的溢美之辞还在不断增加。这次的中秋诗词比斗，它赢得的评价与风头怕是要远远超过其余诗词，这样的情况已经有好几年未出现过了。

秦淮河最为热闹的地方便是夫子庙及贡院一带，与之隔河相对的便是众多青楼楚馆所在之地。此时才过中午，这些地方尚未开门，不过该起床的还是已经起来了，若从下方街道走过，也能看见一些女子在楼上或倚栏独坐，或闲聊嬉戏，内里的院墙后，隐约有丝竹之声传来。

这样的乐声，有的是已有艺业的女子在楼中练习，也有的是小姑娘在随青楼安排的老师学习琴曲。此时在金风阁的内院当中，便有一堂教授琴曲的课程已经进入尾声，几名年纪较小的女孩仍在认真弹奏着教授的曲目，布裙荆钗、衣着朴素的女先生坐在前方的小桌前，托着下巴听着这些琴声。

女子的年纪其实不过二十来岁，穿着打扮虽然朴素，比之青楼女子的花花绿绿大有不如，但她的样貌极出众，清丽雅致的瓜子脸，秀眉如黛，气质也极为出众，此时坐在那儿静静地听着琴，身影便给人一种淡淡如水墨般的感觉。比起下方学琴的这些女孩，她其实要出众得多。

按照惯例，待到琴曲弹完，女子指点一番之后，今日的教学就到这里了，不过，就在女子准备收拾东西时，下方几名女孩子对望几眼，其中一名女孩笑道："云竹姐，云竹姐，可不可以教我们唱《水调歌头》？"

"嗯？《水调歌头》……"被称为云竹的女子愣了愣，随后望着她们，眨了眨眼睛，大概是不明白她们为什么要学这个，下面的女孩已经说了下去。

"这几日过来的客人都爱听这个呢……"

"就是中秋那夜的那首……"

"我们也很喜欢啊。"

女子听到这里，已然明白过来："中秋？这次中秋出来的好诗词吗？"

"啊？云竹姐，你还不知道啊？"

"这几日有事，倒是没顾得上注意中秋的事情……"女子露出微笑，只是在那笑容背后有着些许疲累，不过眼前这些女孩子恐怕未必能看出来。

随后这几名女孩子便叽叽喳喳地拿出了抄有那《水调歌头》的小册子，女子坐在那儿，一字一句地看着，嘴唇微动。她是真正能明白这首词的好处的，不一会儿神情便认真起来。下方的女孩便在这样的气氛中说着中秋那夜这首词的来历。

"可惜，那个人入赘到别人家里了。"

"是啊，是个赘婿……"

"现在大家都说这首词是买来的……"

"不过词真的很好啊……明月几时有，把酒问青天……"

叽叽喳喳叽叽喳喳，下方的女孩你一言我一语地说着词的来历背景，随后还唱了出来。她们虽然还在学音律，但金风阁的姐姐们每日里都在唱，学着唱出来还是没问题的。事实上，《水调歌头》这一词牌的曲谱楼中也有，她们学了各种指法，自己也能对着弹，但终究还是有人教教最好。

"赘婿啊……"聂云竹看着那词，听完大家的讲述后才笑道，"这样的话，《水调歌头》的曲，几位妹妹应该多少都会吧？"

"我们也照着弹了，但是有的地方弹不好……"

"嗯，曲子学了便行，《水调歌头》这曲，有几处指法特别一点儿；唱词呢，其实也有几处可以稍稍变化。我带着几位妹妹弹奏一次，然后再为大家讲解……"

几名女孩子闻言回到琴前坐下。聂云竹目光扫过一圈，将手指按上瑶琴琴弦，绽放一个柔雅如烟的笑容之后，指尖轻挑。

"明月几时有……"

袅袅琴音在房间里响起来。多人的演奏，在绝大多数人还不熟悉曲谱的情况下，本应是有些混乱的，然而在这片琴音当中，最为明晰优美的那道琴音却是稳稳地带着曲调在走，虽然声音一样大小，但那道琴音在意境上完全同化了其余的乐声。随后，柔美的嗓音也带着大家的歌声响起，若此时有精通此道的客人前来，或许会发现，这个人的声音与唱功，竟比金风阁绝大多数女子要出色得多，甚至比之如今金风阁的头牌元锦儿都未有丝毫逊色之处。

元锦儿的声音走的是活泼轻灵的路线，这声音则如流水，如铃音，让人的心情瞬间平静下来。乐声响起时，附近一些姑娘也往这边看过来，远远地听着。待到一曲《水调歌头》唱完，才有人说道："是云竹姐啊……"

"云竹姐的唱功还是这般好……"

语气或佩服，或嫉妒。过得不久，里面的课程终于结束了，剩下的便是女孩子们自己的练习。布裙荆钗的女子手上拿着个小小的包裹自房间里出来，穿过长廊，与几名认识的女子打了招呼，随后去到妈妈的房间里支取授课的费用，离开时，却在外面的廊道间遇上了元锦儿。

"云竹姐。"

"锦儿妹妹。"

"刚才在上面听见云竹姐唱歌了呢。这首《水调歌头》，果真是云竹姐唱得最好，锦儿总觉得自己找不到这样的心境，唱出来也不好听。"

元锦儿今年十七岁，性子活泼一些，双方寒暄几句，她才敛去灿烂的笑容，轻声问道："云竹姐，胡桃妹妹怎么样了？"

"这些日子倒好，再过几日大抵便要痊愈了。"

"那就好……"元锦儿点点头，片刻之后，看看周围无人，才从身上拿出一小包东西，"云竹姐，我知你平日性情，但是胡桃妹妹生病了，总是需要应急，这里有些钱物还望姐姐收下。姐姐当初对锦儿的照顾，锦儿一直记在心里……"

她想要将那一小袋银钱放到对方手中。云竹虽然很感动，但推辞了一番，终究没有收下。

"胡桃的病情的确是要好了，若不是，姐姐定不会拿此事来硬撑的。锦儿妹妹还是将钱攒下，若有一日能为自己赎身，才能自由自在……"

"我没有姐姐那等心性呢。"两人方才说了些窝心的话，此时眼眶都有些红，元锦儿用手指揩了揩眼角，笑了起来，"锦儿现在这种样子，终是打算选个男人嫁掉的，银钱留在身边其实也无甚大用，何况这也不多，我还有……"

"若能遇上心仪的才子……"

"锦儿才不嫁身无长物只会口舌生花之人，花言巧语抵不了饭吃。本是为妾为婢的命，终是要找个有些钱财地位的人才嫁，好在如今还有些名声，要嫁也不难的……"

这大概也算是人各有志，两人一路往外走，说了些贴心话，最终还是在金凤阁的侧门分开了。元锦儿笑着挥手，直到对方的身影在视野中消失不见，才将手放下来。

有些羡慕，可也有些叹息，连她也不明白自己的心情。

被元锦儿称为云竹姐的女子名为聂云竹，是前几年金凤阁最受欢迎的女子之一，琴艺唱腔诗文书画都是一绝，只不过她心性淡泊，一直都不是最红的，以往秦淮选花魁，她也不愿去参加，因此名气始终到不了顶尖。两年前，她攒够了银子，为自己与丫鬟胡桃赎了身，找了一处地方住下。直到如今，还有人来金凤阁时会偶尔问起她。

其余的青楼女子，即便给自己赎了身，往往也会与许多恩客保持来往，与才子之流参与诗会文会等，然而云竹姐不同，她几乎跟以往那些人都断了联系。青楼生活无非迎来送往，两年未出现，她便淡出了这一片世界，只是仍旧接下教人琴曲的工作，算是赚些生活花销。

不过，教琴授曲赚钱终究不多，她便是不教，如今的楼中也有大把人可以胜任。她两年前赎身之时还是剩了些银钱的，但到得如今，听说情况不太好了。主仆两人过的一直是青楼的生活，胡桃虽懂得伺候人，但生活方面或许还是不擅长，这两年间银钱大抵也耗光了，她们又只能接接青楼里的工作。最近听说胡桃生病，两人过得似乎也不怎么好，元锦儿感激对方以前的照顾，于是想要拿出银钱来帮忙，她拿出的不算多，谁知对方终究没有收下。

女人啊，在这个世界上哪有什么自由自在可言，青楼看来风光，五陵年少争缠头，一曲红绡不知数，可到得最后，终究还是妾婢之命，谁还会把一名青楼女子当成正妻来待吗？云竹姐心性坚韧，若自己也赎了身出去，弱女子在这世上没个依靠，又能撑到什么时候？到最后，云竹姐怕是又要回到这青楼中来。

元锦儿轻轻叹息一声，转身往回走去……

离开药铺之时，聂云竹点了点身上的余钱，放进最贴身的衣兜当中。

加上当掉簪子的钱，还能用上些许时日，最令她放心的是，胡桃的病终于要痊愈了。

两年前离开青楼之时，两人没有多少单独生活的经验，胡桃小时候虽然过过苦日子，但那也毕竟是小时候的事了，她在青楼待了多年，能够煮饭煮菜便很好了。没有什么计划的主仆两人过了好一段完全随性的日子，虽然也做了些工，譬如聂云竹去金凤阁教琴曲，但仍旧是入不敷出。不过到了现在，虽然剩的银钱不多，但只要胡桃好起来，主仆俩做些事情，还是能够让收支平衡的。

拿起手上装着小物件的小布包，另一只手轻轻提起包好的药，聂云竹一路朝家的方向走去。一路上她都低着头，一半注意力集中在身上的小兜上。自己与胡桃出来生活之后，在人多的地方被偷过两次钱袋，现在想起来觉得可惜。离开了朱雀大街，行人渐渐没有那么多了，她才放下警惕。四周是些卖东西的店铺，快要转过街道时，前方一道身影忽然晃过。

咦？

她抬起头来，疑惑地望去，那道身影已经消失在不远处的转角。她快走几步，到得那路口时，才看清了那道身影。

确实是他……

不远处的街道边，身材单薄外貌文气的男子就站在一家店铺前，手上拿了一块大木板，一边看几家店铺里卖的东西，一边有些无聊地将那木板晃来晃去，随后点了点头，进入了一家店铺。

看起来，他是要买木炭。

聂云竹想了想，跟了上去……

自两年前聂云竹与胡桃主仆俩出了金风阁，虽然是如同姐妹一般住在一起，两人也尽量承担起力所能及的工作，但主仆终究还是主仆，大部分家务还是由胡桃来承担，聂云竹只是做些简单的事情。她每日里绣些漂亮的锦缎，偶尔也纳些鞋底绣帕，隔几日去金风阁教一次琴曲，如此维持这个家。由于她的刺绣走的是自娱自乐的精品路线，质量是好，但费的功夫和成本也高，终究赚钱不多。

自上个月胡桃生了重病，聂云竹便不可避免地要承担起她曾经的活儿，简单的饭菜还是会做的，洗洗衣服也没什么，只是不熟练，不如胡桃洗得那么干净而已。中秋前几日她买了那只老母鸡，想要炖了给胡桃补补身子，却一连捅了好几个娄子。

她抓了母鸡不敢杀，后来让母鸡跑掉，一路追着跳进河里，菜刀也扔掉了，还把好心拉自己的路人给连累了。人家把自己救上来，自己醒过来之后第一反应是打了对方一耳光，第二天捞菜刀又正好被对方看见，对方还帮自己杀了鸡……

她平素也是个从容淡定的女子，在青楼的这许多年，见过很多人，对形象还是很看重的，谁知道这次被人看见的尽是丢脸的事情，想想都觉得窘迫。前几日她跟着胡桃生了病，好在风寒不重，但也是过了中秋才好。想想对那位恩公自己连名字都没弄清楚，呼延雷锋……呼延雷锋也不知道对不对，谁知道今天在这里又遇上了。

聂云竹以往也算是阅人颇多，这年轻男子二十岁出头，看来文气，但事后想来颇有与旁人不同的地方，说话、做事都是如此，看起来淡然随性，从他救自己，自己却打了他一耳光后他的反应，到后来帮自己杀了鸡说话走人，全程都是如此。

聂云竹跟上去，见他果然是想要买木炭，只不过当他看看木炭之后与那老板又交谈了几句，情况就有些不同起来。

时已近深秋，冬日将至，多数人家中都要买炭，散卖的地方自然是有，但这间店是将炭一袋袋装起来论袋卖。那男子与店主说了话之后，却将一大袋木炭倒在地上，拿了个布袋，蹲在那儿一根根地挑选炭条。能被他选上的不多，他还要在地上画几下才会将某一根扔进袋子里。店主倒也不生气，只是又好奇地询问了几句，便去做事了。

只看了片刻，聂云竹跟上去，在对方的侧后方停了下来，弯下腰："恩公？"

"嗯？"男子扭头看了她一眼，认出她来，"哦，是你啊，这么巧。"手下仍旧专心地选木炭。

这个反应和说法都有些奇怪。儒家文化发展到如今的高峰，各种礼数相当复杂讲究，一般男人若见一个女子过来，少不得立正作揖，温文以待，这种儒雅的气息已经是整个社会的习惯了。"哦，是你啊，这么巧"这样随意的话，聂云竹倒是第一次遇上，但又是自然而然的感觉。她愣了愣，眨了眨眼睛，随后敛起裙裾，在旁边蹲下。

"恩公……"

"呵呵，不过杀只鸡而已，没事的，不用叫我恩公。"男子笑着挥挥手，随口说道。

"恩公莫非心中只记得杀鸡，却不记得自河中将妾身救上来的事情了吗？"

"啊……"

对方愣了愣，这才反应过来。聂云竹忍不住噗地笑了出来，两人并排蹲在那堆木炭前，聂云竹偏着头看他："妾身的名字叫作聂云竹。"略等了等，确定对方能记住这个名字后才道，"恩公的姓名可是叫作呼延雷锋？"

"呼、呼延雷锋……"

男子的脸像是微微抽搐了几下，表情很是复杂，随后他才笑了出来："呵呵，宁毅。"他说道，"宁毅，宁立恒。"

听到这个名字，聂云竹又愣住了。

"《水调歌头》……"

"那个人叫宁毅，字立恒……"

"苏府赘婿哦……"

"可能是买了诗词的沽名钓誉之辈呢……"

金风阁中午看到那首词时的惊艳此时还萦绕在她的脑海之中，那帮女孩的议论也迅速闪过。宁毅宁立恒。原本她只是单纯欣赏词句，还没来得及消化这首词本身的魅力，没有多少跟人议论的想法，因此那个名字对她来说根本是无所谓的，她想都没去想，此时才对她的脑海形成了一次冲击。

她愣了半响，随后才反应过来："宁公子……买这木炭不知有何用途？"

"嗯，用来写字。"宁毅敲了敲地上被涂了一层白漆的木板，随后拿着一截较细的炭条在地上写了一个"聂"字。他大概是顺手想要写出刚才听到的"聂云竹"这个名字，不过"聂"字写到最后一笔的时候还是顿了顿，估计是想到就这样写对方的名字有点不礼貌，于是换了个地方，写出"宁毅"这两个字来。

那字走楷书的路子，雄浑有力，写完最后一笔时，木炭也被捏断了。聂云竹本人在书法上也有造诣，心想，执木炭跟执毛笔的手法不同，如果是自己拿着炭条写出来，字必定远远不如他。他用木炭随手就能写成这样，在书法上怕是已卓然成大家了。

这年头诗词书法是一家，在书法上有高深造诣的人，多半称得上一代大儒，差也差不了多少，能写出这样字迹的人，写出那《水调歌头》想来也无甚可疑之处。聂云竹心想着传言果然多不可信。她哪知道宁毅的毛笔字只是可看，反倒是用粉笔、钢笔写各种艺术字体才是练过的，后来有了身份地位，有了心境的衬托，写出来的字迹更是添了几分气势。他看看那两个字，觉得稍有退步，但尚可拿出去忽悠人。

练字并非一朝一夕之功，他总不能让那帮整天苦练毛笔字的学生觉得老师字迹难看吧……

"拿到课堂上，用这白板写字，写了可以擦掉。沙盘的话，轮廓不够清晰，总要扫来扫去，而且沙盘是平的，学生看了也累，这个可以竖着挂。"

"课堂……学堂？宁公子在学堂当先生吗？"

"嗯，小学堂，教几个笨到飞天遁地的学生看书写字之类……"

"呵呵……宁公子，这根可以不？"

青楼楚馆之中都讲究能跟人自然相处的社交艺术，只要有准备，聂云竹自信跟任何人都能自然交谈而不会觉得窘迫。这次她说得也很自然，然而这自然并不是因为她，感觉上反倒是因为对方的态度。两人挑选着炭条，不一会儿那个小布袋就装满了，两人的手上也已经是黑乎乎的了。付钱的时候，宁毅为这一小袋炭条多付了十余文。

"店家好不讲理，这点炭条还要多收十几文。"出了门，聂云竹说道。

"呵呵，打搅人家也是不好，估计对方还是听说我要拿去学堂用才让我这样挑挑拣拣，老师的身份还是蛮好用的。"

"公子下次若要买，不妨买上几袋回家再挑选，反正家中要用，便可省下这些钱了。"

"哈哈，下次我可不来选了，让那帮学生自己带些合用的去学堂便是。"

不一会儿，两人在秦淮河边洗净了双手，一个人提着木板跟木炭，一个人拎着布包和药包，一前一后地朝前走去。聂云竹又说起掉进河里被他救上来的事情，宁毅只是挥挥手，说不是什么大事，轻描淡写地带了过去。

两人偶尔交谈几句，气氛自然得有些奇怪。两人走出一段，走在后方一步处的聂云竹想着那《水调歌头》的意境，忽然间觉得，或许只有此等洒脱从容之人才能写出如此诗词。

如此走出好一段，到得一处河湾边，宁毅才停了下来，与之道别。不远处波光粼粼，柳色青青，一家茶肆与几间小店铺便坐落在那儿，茶肆旁有一个小棋摊，两个老人正在安闲对弈，其中一人全身绫罗绸缎，颇为贵气。

她向对方行了礼道别，说过几句话后略停了一会儿才举步前行。对方也往前走，正是朝那茶肆棋摊的方向行去。两位老人似是与他认识，笑着说了些什么，隐约听见他的声音传来。

"这几日被两位害得好惨……今日上午，那虞子兴倒是跑来找我……"

她走了过去，最后回头望时，男子正坐在那儿观棋，手上拿着一杯茶轻轻喝了一口。两人之间并没有太多交集，没了报恩这个由头，偌大的江宁，日后或许连再见的机会都不会再有了。对方说话待人似是没有多少功利心和企图，这在她见过的那些才子名士中几乎是少有的，一路走下来，对方从容自然，洒脱不拘，没有多少繁文缛节，却绝不会给人不快的感觉，可又确确实实保持着距离，颇有传闻中唐时文人的风骨。如今文人皆言君子，或许君子便该是如此具有风流气度。

或许之后不会再遇到，对方也未将那些恩情当一回事，不过这样一道身影，她已然记在了心里。

宁毅宁立恒……

聂云竹如此想着，朝家的方向走去。

自从中秋那夜《水调歌头》被小婵给透露了出去，这几天宁毅一直窝在家里看书装病，无聊之时与小婵下下五子棋，今天是第一天出来，上午去学堂上了课，下午去取了之前让人帮忙刷白的木板，随后买了些炭条，过来这边，正好秦老与康贤两人都在。

对诗词这些东西，拿来用便用了，宁毅是没有心理障碍的。自己知道的这些诗词放在现在是一种很不错的战略资源，如果日后闲不住了想要做点什么事情，拿出来烘托炒作一番，对增加名气用处很大，但这个时候拿出来不过满足些许虚荣之心，实在没什么意义。

这年头的文人才子，说话行事引经据典，真想要博些名声，少不了要被人考校一番，这些方面的急才，便是将《全唐诗》《全宋词》背下来都没用。如今《论语》《大学》等作品摆在他面前他倒是能用白话文解释一遍，甚至还能有不少新意，但其他方面的才学肯定是没有的。词作抛出去未免有些早了，不过既然事情已经发生，以他的性格，他也就无所谓地接受了。

在他来说，问题也不大，走偏锋，走正道，解决的方法千千万万。前日苏老太公与苏伯庸等人叫了他与苏檀儿过去询问了一番，他随意胡诌几句，道这首词不是自己写的，谁知阴错阳差……苏老太公看了他好久，最后只是笑道："事已至此，对外可得保密才是……"老人家很精明，信与不信两说，不过自己若真是什么大才子，苏家的立场其实也尴尬，大家目前都在猜来猜去。

当才子哪有当赘婿这么舒服——不用做太多事，不用负责任，人家对他也没有太多期待，因此他毫无压力。老太公还关照，想要摆脱掉这种生活的人才是傻帽呢。他好不容易闲了几个月，在发生什么大事之前，入赘这个身份是坚决要赖定的。他心中如此想，自己也觉得有趣，只是若说给别人听，怕是连小婵都不肯信他。

几天之内，外面流言肯定有，自己大概也能猜到是什么样子，倒是小婵给他说起止水诗会的情况时，他才被康贤这个名字吓了一跳，最后不免哑然失笑。以前他便知道这老头不简单，只是没想到名头这么大。

休息了应该休息的几天之后，他暂时将事情抛诸脑后，回到正常的生活中。不过，今天上午讲课的时候有人找到了豫山书院。来人是那被康老训斥了的虞子兴与另外几名文士，竟是跑来道歉的。

从某种意义上来说，在诗会上被康贤那样训斥几句，这虞子兴的文人之名其实也损得七七八八了，这真是无妄之灾。不过康贤还是惜其才华，离开之时单独找他谈了一番，谆谆教导，他再找了时间过来道歉，一旦传出去，多少能成就些许美名，毕竟负荆请罪、知错能改这些，也算是美名的一种。

那边有备而来，宁毅也稍稍配合了一番，演了一场惺惺相惜的戏，至于邀请他晚上去某某舫参与学子聚会，他自是随口推掉。与那几名才子道别后，他才出来拿刷了油漆的白板。

"子兴此人，德行上还是不错的，才学虽不属顶尖，但也是上佳之列。"康贤如此笑着说道，"只是你那《水调歌头》写得实是太好，此词一出，怕是此后几年秦淮中秋都不好再作咏月词了。实是想不到，你这不学无术的小子竟有如此诗才。"

"我都说了不懂诗词。"宁毅喝了一口茶，"年幼之时，有一衣着破烂的游方道士从家门前经过，吟了这首词，所以记下了，就是这样……"跟苏老太公他也是这样说的。

此时秦老大笑起来："你这说法，怕是三岁小童也不肯相信。"

康贤也道："这人就是太过怠懒，须得敲打才是……不过才子之名，看来倒是蛮好用的，方才那女子样貌气质皆是上佳，竟与你一路同行，相谈甚欢，若能成就一番姻缘，哈哈，小子，你可得好好感激老夫一番……"

宁毅是赘婿身份，再泡个妞实在不是简单的事情，康贤也是促狭与调侃一番而已。宁毅将中秋节前救人的事情说出来，两人才明白事情的来龙去脉。此时两人已经下完一局，三人坐在一边休息，秦老拿起茶杯，点了点头，倒是对另外的事情感兴趣起来："写字？这么说来，你想以炭条在这白板上写字，用于教学？"

"嗯，沙盘一次能写的字太少，用起来也实在麻烦，终究不如这样写下来方便直观。"

就教学来说，此时上课全是以沙盘写字，往往写上一个字，沙盘便要推平一下，先生仅仅是对学生演示这字的写法而已。在大部分知识是口授的情况下，要求学生在先生说话时必须聚精会神，先生说完之后，还得以自己的理解努力记下讲义，若不是特别聪明或者特别自觉的学生，想要跟上教学进度，其实是相当有难度的。

当然，对秦老、康老这些人来说，这样的教学方法延续了上千年，自然不会觉得有什么不妥。学问是上等人的东西，若谁想要成上等人，不吃苦怎么行，这本身便是考验的一种。秦老拿起一根炭条在白板上画了画，随后皱起眉头。

"沙盘柔软，以树枝在其上书写，与毛笔技法相同，木炭却很难书写，这等改法，怕有不妥。"

方才聂云竹只注意了写的字如何，秦老见事的角度则不同，仅仅画了两笔便提出了异议。做先生的在课堂上不以毛笔的技法写字，这事情说起来可大可小，随后康老也过来试了试，皱眉说道："此事须得谨慎而行。"若宁毅是他的弟子，说不定他已然将之骂了一顿，以当头棒喝的严厉态度指出这事的严重性。

他们的担心，宁毅自然能够理解，于是笑了笑，蹲下去也拿了一根炭条："问题倒是不大。写字本为陶冶性情，何况这些字体与毛笔字体其实有共通之处，若仅为记录而用，不妨放得宽一点，也算是……多一个角度。"

他如此说完，伸手在上面写起来，"红酥手，黄藤酒，两个黄鹂鸣翠柳"——这一句是楷书，随后变为隶书——"长亭外，古道边，一行白鹭上青天"。

这两行写完，字体变为宋体："三山半落青天外。"

宋体字到现在还没有出现。秦老与康老对望了一眼。不过，要说明问题，本就是用有冲击力的方式比较好，宁毅以前与人谈生意、推销产品也喜欢用平淡中藏着足够冲击力的方式。下一行转为漂亮飘逸的瘦金体："二水中分白鹭洲。"

接下来转草书："西北有佳人，自挂东南枝。"

然后斜黑体:"欲穷千里目,自挂东南枝。"

那白板就这么大,宁毅如此写完,收起炭条:"如何?"

秦老与康老早已笑骂出来。

"字倒是能入眼,诗词真是瞎搞……"

"有辱斯文,可恼啊……"

"你这性子真是太过怠懒,呵呵,这些诗算是什么东西……"

口中这样说着,两人的目光却没有离开过那块白色木板,口中偶尔还会念出来,再点评一番。

"西北有佳人……真是不学无术,分明是'北方有佳人,绝世而独立',此歌出自《汉书》。再接'自挂东南枝',呵呵,你莫非觉得西北对东南押韵?"

"康老果真英明。"

"你若是我的弟子,我少不得要叫人拿棍棒抽你,随手涂鸦也要波及先贤名作!'欲穷千里目',还是'自挂东南枝',你倒不怕王之涣化为厉鬼来找你算账!句句都'自挂东南枝',这首《孔雀东南飞》真是倒霉,那'东南枝'可是招你惹你了?"

"哈哈,只是有一天忽然觉得,将诗词如此拼凑一番,似乎别有一番风味,康老难道不觉得?西北有佳人,自挂东南枝。举头望明月,自挂东南枝。空山不见人,自挂东南枝。古来圣贤皆寂寞,唯有自挂东南枝。人生自古谁无死,不如自挂东南枝……"

康老摇着头:"事涉先贤,务必严谨。"话语之中有几分笑意,也有几分警醒的意味。另一边的秦老则在看其他东西,这时候说了一句:"明月几时有……"康老接道:"大抵也得自挂东南枝了……"说着笑了起来。

随后秦老拿了炭条指了指前几句:"同样是拼凑,倒是不知出处,想来是立恒旧作了。呵呵,红酥手,黄藤酒……后面接得不好。这'两个黄鹂鸣翠柳,一行白鹭上青天'该是一句……而'三山半落青天外,二水中分白鹭洲'……好意境啊,当是另一首诗了……"

他以炭条将这几句圈起来,孤立开"红酥手,黄藤酒"与"长亭外,古道边",略看了看,又在中间画了一条线,大抵是觉得这两句应该也不是一首。康贤也点了点头:"该是两首。"随后看看宁毅。

宁毅对二人有些佩服。如果是他在这种情况下看了这十二个字,或许会认为它们是一首词中的句子,毕竟工整还是蛮工整的,词作一般也长,足够做这样的一些转折。这十二个字不太好分,但眼前两人仅凭直觉便将两者分开。

"这该是四首诗词,倒不知是已有全诗,还是偶得残句?"秦老朝宁毅望来,开口询问道。

一旁，康贤叹了口气："三山半落青天外，二水中分白鹭洲……便只是残句，却也有登堂入室的大家气度了……"

宁毅看着那些诗词，随后笑了起来："呵呵，残句。"他摊了摊手，"不懂诗词……"

"这小子不实诚，否则今日可得几首好诗……"

话是这样说，但写诗写词，作者偶得残句是寻常事，两人倒也不再多说，随后谈论起书法来。这是相当专业的领域，诗词写出来尚可说是别人的，字却不能说是别人早已写上的，况且上面好几种字体一气呵成，已然形成系统，两人都是此道大家，自然一眼便能看出其中的门道来。

对他们这种书法大家来说，汉字自有其魂魄筋骨，这些炭条写出来的字或许还到不了大家的程度，但也已经显露出足够的功力了。一如聂云竹的观感，这年月谁也不可能认为会有人在家专门练习这种笔法，能以炭条写出这等字迹的人，书法功力自然还要往上推测，特别是那几种之前未见过的字体，对他们来说更是有着难以言喻的价值。

最后那看来如方块的斜黑体仅仅是有新意，却并没有多少参考价值，只如高深一点的顽童游戏，然而书写那"三山半落青天外，二水中分白鹭洲"的宋体与瘦金体，实在是让两人觉得赏心悦目，大有门道。

这两种字体本来就是宋朝时才出现，武朝轨迹与宋朝类似，文人众多，儒学高度发达，求新求变的过程中各种创新都有出现，而这两种字体无疑是既具有创新精神又最符合当代人审美的成果。

超前时代一步的是天才，超前两步往往就变成了疯子，这两种字体恰恰站在了时代的基础上，看来像是由量变达成了质变，做出了完美突破的成果。宁毅写的时候或许没有想太多，不过是为了说明问题而给人一点儿惊艳感而已，不过以他的思维方式来说，就算没有主动去考虑这些方面的问题，潜意识中也进行过各种复杂的权衡，直至过滤出一个最简单的结果。这些文化方面的东西不必一味藏拙，而最后那"不靠谱"的斜黑体，恰好能证明他平日里就爱瞎捣鼓这些看起来有趣的东西，既能保持宋体与瘦金体的那种冲击力，又能将这种惊艳与冲击变得自然，不至于只是一味尖锐。

至两人探讨书法之时，宁毅大多数时间保持沉默，只偶尔说几句自己知道的关键点。这两人是真正的大家，基本功比自己要扎实得多，宁毅自是少说多听藏拙为上。他这些日子无聊，也在努力提高书法水平，偶尔听得一两句，顿时觉得大有裨益。

若是普通才子学人之流，怕是不可能得到两人这样子的教导。当然，两人若是教学，大抵是针对性地讲解给弟子听，但是，普通学子听得太多，反倒无益，而宁毅本身的归纳、辨别、整理能力超强，对两人这方面的渊博也只是佩服，不至于崇拜或盲从，听听倒是无所谓了。

对书法的这番议论持续了大约半个时辰，几人偶尔拿炭条在白板上写写画画，手上已然黑成一片，随后他们到河边洗了手。秦老与康老这时候倒没说炭笔与毛笔笔法的事情，以宁毅展现出来的水准，只是在小小的书院中做些革新，已经无须他们来提点。当然，他若是想要推广此法，那必然还是有问题的。宁毅拍了拍手，随后甩着手上的水滴，随口说道：

"其实木炭写起来确实差了，我打算过些日子去弄些石膏，做几支粉笔出来用。到时候把木板刷黑，上面的字迹是白色的，比这炭笔字要清晰，擦洗起来也简单。"

"石膏？"康老疑惑地道，"那粉笔又是何物？"

"将石膏以火煅烧之后加水搅拌，然后在模具中凝结成条状，可以用来书写，比起炭笔不容易模糊，手上也不至于脏成这样。"

武朝这时，石膏、石灰早已有了。康老想了想，随后点头："倒是没错，那石膏煅烧后，确可用于书写……呵呵，此事倒不用另找他人了，你若想要，老夫可吩咐人制造一批给你便是。不知具体大小形状有何要求，另外，可还有什么要注意的？"

康贤家大业大，宁毅是知道的，对方既然开了口，他也不推辞，当下比画了一番粉笔的样子。制作粉笔的工序本就简单，即便不刻意去做，一些石灰窑中结出的硬块也可勉强用来写字，要说的地方倒也不多："可以叫匠人多试几次，或者掺点黏土之类的杂质，能找出最适合书写的比例最好。"

"此事老夫自然省得。阿贵。"康老每日出门，两男两女的四名跟班总是在附近，此时他叫来旁边一人，"宁公子的话你也听到了，回去之后便将此事吩咐下去。"那人便躬身称"是"。

"呵呵，方才一直论字，茶倒是凉了……"

先前三人手中拿着炭条，泡的茶自然不好去喝。这时候天色已晚，三人也没了多少下棋的心思，在那茶摊边坐了一会儿，康贤的丫鬟便又泡了新茶来。那白色木板还放在旁边，话题自然仍在字上打转，不一会儿，秦老点评起如今一些书法大家的风格。他本身就擅长书法，一路点评，信手拈来，顺便将康贤的字也调侃了一番。康贤笑骂出来："隶书、狂草，老夫或不如你，若论正楷，你不如老夫远甚。"

秦老笑道："这便是术业有专攻了。明公整日以君子之道训人，楷书若差，未免失了信服力。只是单为训人方便便将楷书练至如此境界的，明公可为史上第一人了……"

如此玩笑片刻，秦老想想，转开话锋："不过，见立恒这字迹，倒是令老夫想起一人。此人也算为我秦氏本家，颇有才华，早年在东京之时，曾以行卷投于老夫，才气谈吐都极为出众，并且写得一手好字，其风格章法，倒与立恒这句'三山半落青天外'的风格类似，得颜筋柳骨之妙……只是他当年的字迹尚未脱稚臼，如今倒是不知如何了。"

宁毅眼角微微抽搐，另一边，康贤笑了起来："秦公所言，莫非是今任御史中丞的秦桧秦会之？"

秦老点了点头："便是此人。早几年辽人南下，曾将他一家擒去，不过此人也是有勇有谋，深陷虎狼之地，仍能与辽人虚与委蛇。前年，辽人攻山阳之时，他趁机携家人南归。哦……如今他已是御史中丞了吗？"

"月前邸报已传来此事。因有南归之事迹，他如今颇受重用，特别是在危难之际仍不忘发妻。据说当时在辽国，辽人本欲将其妻扣留，两人煞费苦心演出一场好戏，方得同行南归。逃亡途中被辽人发现，也是几名忠仆拼死殿后方得逃脱，可见他御下有方……唉，也是前线战事不利，他此等事迹，更是显得珍贵。不过，如今朝堂之上倒也并非一味赞赏，对他南归之事，怀疑也是颇多的，认为此事可疑，怕是另有蹊跷……"

秦老想想，摇了摇头："此事也难说，不过毫无根据随意揣测并非君子所为。据老夫当日所见，此人品行端方，为人中正大气，忧国忧民，绝非装出来的，今后如何，且观其行便是。呵呵，说起来，会之老家正在江宁，他今后若来，立恒倒可与之一见，说不定会有共同语言……"

宁毅眨了眨眼睛，随后心情有些复杂地摸了摸鼻子，过得片刻，终是笑了出来，敷衍地点了点头。

秦老与康老倒是没看出什么不妥之处，康贤拿起茶杯喝了一口，望向宁毅："不过，立恒如此才华，真无半点功名之念吗？"

宁毅与两人来往的时间并不算长，如康贤所说，不过是下下棋聊聊天的如水之交，但这类文人嘛，大抵都有忧国忧民的念头，为天地立心，为生民立命，为往圣继绝学，为万世开太平，或是习得文武艺售予帝王家，都是毋庸置疑无须去讨论的事情，如今秦老每日不过悠闲下棋，康贤也是富贵闲人的做派，其中必然有复杂的缘由。

从这些时日的接触，到中秋的《水调歌头》，再到这时的字体、粉笔种种，对他们来说，宁毅有才学的事情已经无须讨论了，接下来的疑问也就明确起来。往日秦老偶尔叹息他为一赘婿未免可惜，其实更多的只是叹息而并非疑问，但这时候的提问，意义却并不相同。

这一下午的对话，字里行间，宁毅想要否认掉才子之名的意图很明显，看来并非开玩笑或是随口敷衍。世间哪有人真的没有半点功名之念的？估计他是有什么隐情。这两人的身份都不简单，康贤既然以这样的态度问出这句话，实际上就是真正动了惜才之念，这已经是……打算动手帮忙的态度了。

秋风萧萧瑟瑟地自河畔吹过，拂动了柳枝。秦老举起茶杯，缓缓地吹动着杯中的茶叶，抬起来头，显然也在好奇宁毅的回答。感受到话中的含义，宁毅淡淡地摇了摇头。

"我知道这样说出来或许没人信，不过……有些事情我的确不想去做。才子也好，名声也好，功名也罢，我不愿去碰。这个……是真的。"

宁毅语气淡然，然而话语中蕴含的说服力毋庸置疑，他是认认真真地在回答这个问题，没有什么勉强，没有什么苦衷，真诚而坦荡。他此时看来是个不过二十出头的年轻人，曾经又是个呆呆板板的文人，若是之前那个书呆子，在秦老、康老面前怕是连说话都会结巴，然而此时此刻，他一身的气质却让人无法忽视，配上这副身形，看起来超然洒脱，不拘于物。若这气质出现在一名四五十岁的中年人身上，那便是成熟稳重，渊渟岳峙，语掷千金，不容置疑。

也正是这样，他这回答才更让两人疑惑。像康老这样的人，他这句问话蕴含的意义绝不简单，况且以如今这种来往方式，康老也并非与他做交易，需要他报答什么。若是一般的人，或许会脑袋忽然傻掉为了傲气或是什么推辞，但宁毅绝非这样的愣头青。看着对方疑惑的表情，宁毅有些无奈地苦笑起来。

"呵呵，我也明白此事让人疑惑，只是……"他轻轻点了点自己的额头，"两位或许不知道，几个月前，我的头上曾经挨了一下，昏迷数日之后才醒来，前事已然忘得七七八八，功名之事，眼下确实很难上心。至于与一帮才子流连青楼画舫，吟诗作赋得女子青睐，也实在提不起太多兴趣。倒是学堂里的那帮孩子让人觉得有趣，偶尔给他们说个故事，吵吵闹闹，要不然来这河边，下棋喝茶，倒也觉得自在。脑袋里，有意思的想法也有一些，或许可以慢慢来。如今这生活，我是满意的，至于些许白眼，又何必去管它？将来怎样，到现在我还想不清楚。明公好意，在下也确能理会。"他拱手行了一礼，点了点头，"此事，铭记在心。"

这段话自然有真有假，只不过他也不可能把实情说给他们听，将这等心境与脑袋被打失忆的事情挂上钩，一推二五六是最好的办法。这个理由无须再作解释，自然合理而又不会让对方产生自己是咸吃萝卜淡操心的多余感。

果然，这话说完，康老、秦老二人都有些疑惑，宁毅便将失忆的事情说了一遍，两人才一脸恍然。康贤摇头笑了笑："想不到竟有此事。"只当他失忆之后想法有些古怪。

随后，康老不再提那些事情，喝了一杯茶。宁毅拿起那白板和木炭，告辞转去豫山书院。待到那身影消失在远处的路口，康老才叹了口气："没想到有此一节，他被那样一打，倒打出淡泊心性来。年轻人有此等心性，确实难得，只是那一身才华可惜了。"

秦老笑着喝了一口茶："他如今不过二十出头，日后会变成怎样，怎么说得准？以他的才气，该遇上的事情，避也是避不过的。只是看今日之事，有些事情倒是令人担忧……明公，立恒此人太过务实了。"

康贤皱起眉头："你这一说，事情的确如此。看他的诗词，随手书就皆是佳句，偏对诗词之道毫不在意，呵呵，明月几时有，自挂东南枝……书法也是信手拈来，如此多种，竟都能达到如此高度，平日里怕不过是当成消遣而已。这些事情，在他眼中竟还不如那粉笔来得有趣……"

秦老点了点头："务实本为好事，可若太过务实，直来直去，日后怕会有麻烦……虽然立恒此人也颇懂趋利避害之道，但毕竟年轻气盛，在有些事情上还是颇为高傲。他不愿去应付那些学子的考验，推了邀请，在你我面前却并不多作掩饰，大抵也是为此……"他想了想，随后笑了起来，"此事无须多想，我等不过以棋会友，操心太多，未免过分。知其想法也就是了，今后事情会如何，且看便是。"

几日以来，宁毅这个名字在江宁城中也算是掀起了或大或小的一些波澜，能够得知《水调歌头》，得知这名字的人，自然会有各种各样的猜测和看法。大多数的看法其实是单纯的，但若隔得近些，看法便会渐渐复杂起来。例如康、秦二老，例如苏家的许多人，远亲近戚啊，管事啊，下人啊之类的。若再近些，便是苏太公、苏伯庸这些人，然后是婵儿、娟儿、杏儿。几日以来，杏儿常用"千里共婵娟"来打趣另外两人。婵儿算是有些心理准备了，至于娟儿，真可谓躺着也中枪，每每羞得面红耳赤，脸蛋都要烧成滚烫的小茶壶，却只能私下里跟婵儿抱怨："姑爷干吗要写这句啊……"

于是这几日，她见了宁毅都是低了头躲着走的。

这些人当中，心情最为复杂的，自然便是苏檀儿了。平心而论，最让她在意的不是夫君多有才华，或者他的性格有多么古怪，而是，她看不懂他了。

她嫁给宁毅，原本是因为对方简单，自己能够轻易看懂这个人，成了亲，对方入赘过来，自己便能更不受非议地参与到苏家的事业里去。如今这婚姻虽然还是有名无实，但她心中多多少少已经接受了对方，接下来不过是时间问题而已。

谁知到得此时她才发现，自己对这夫君竟是完全看不透了。

当然，事情不过刚现出些端倪，夫君看来淡泊，不像是心怀鬼胎之人，苏檀儿也是恬静聪慧的女子，未必会为之慌张。只不过，她处理店铺各种事务之余，心中所思所想就免不了停在这件事上了。这样的年月，便是再聪慧、再独立的女孩儿，只要嫁了人，谁又能真对自己的夫君全无所谓呢？

这几日苏檀儿依旧忙忙碌碌地管理着苏府在江宁的诸多绸缎布庄，闲暇时，她叫了娟儿再去宁毅以前居住的胡同打探消息，生意中偶尔接触的熟人便会问："那宁毅宁立恒，便是你夫婿吗？"然后将《水调歌头》赞叹一番。

成亲之后，她本该将入赘的夫婿带去与之前认识的人见上一见，也好坐实自己罗敷有夫的身份，谈生意时就能更加方便一些。不过成亲之时自己耍了些性子，宁毅又被人打晕，此后便是休养的时间，到得如今，两人这种相处模式几乎定型下来，只在家中吃饭的时候有些交谈。她对待宁毅的态度虽然自然，但毕竟还有几分矜持与傲气，因此直到现在，除了上次提出参加濮园诗会的事情，她至今还未向宁毅发出一同出门参与谋事的邀请。

到得现在，这种邀请她怕是更难提出了。

各方面打听、搜集有关宁毅的消息成亲之前其实就已经做过，多数是父亲和爷爷叫人做的，她自己也与几个丫鬟去看过，并且让婵儿、娟儿、杏儿打听过有关宁毅的风评，那时候她得到的消息，他不过是个简简单单的书呆子，才学不算高，当然，人倒也不至于读书读傻掉了，否则后来也不至于会接受苏家的提议入赘进来。这年月，一个男人入赘到别家，大抵也是认了命了。

不过，这次她让娟儿过去打听的时候，得到的消息却有了些许不同。

大部分的评价还是同之前一般，宁毅在那条胡同里存在感并不强，有些人家还是娟儿强调好几遍是住在某家某院的男子之后对方才想起来："哦，确实有这样一个人。"或者说："那个傻书呆嘛，听说是入赘到什么地方去了，院子也卖掉了。""大概自己也觉得考不了功名吧。"这样的说法占了绝大多数。

不过，也有两三家传出了这样的说法："哦，立恒嘛，我早知道他才学惊人，只是一向低调，性子也稳重，不愿与人攀比。哪像那些什么才子，胸中没有多少墨水，就爱出风头，这就叫'满桶水不响，半桶水晃荡'……姑娘你也是听说了那《水调歌头》才来打听的吧……"

"入赘是入赘了，因为有婚约嘛，立恒那孩子是个实诚人，婚约是必定要守的……"

"隔壁的三婶，还有巷口的牛二伯，他们都是这样说的，婢子给了他们每人五十文……"虽然不过是个小丫鬟，娟儿打探消息的本领却绝对不容小觑，此时想想，她笑了起来，说起自己的看法，"不过婢子觉得，他们都是听了那《水调歌头》之后才这样说的，作不得数。可惜当初教姑爷书的邹夫子去年已经去世了。婢子还是去打听了一下，姑爷的师娘几乎不记得有姑爷这个人了，不过清楚婢子的来意之后还是说了些好话。邹夫子的遗孀一家过得似乎不是太好，婢子自作主张地送去了两贯钱，也提了些熏肉过去，是以姑爷的名义送的。"

"理该如此……"苏檀儿点点头，随后也笑了起来，但伴随而来的依旧是浓浓的疑惑。打探消息，不见得别人说什么自己就得信什么，虽然这次也得了些好话，但基本上还是与以前无异。不过，待到娟儿往另外一个方向调查之后，某些看来正确的猜测才渐渐对苏檀儿露出轮廓。

"姑爷去河边下棋时认识的几个老人家怕是了不得呢……现在知道得最清楚的一个，就是那天在止水诗会上为姑爷说话的康老爷子……"

"嗯？"宁毅失忆之前的风评既然能够得到确认，那么如果真发生了什么事情，便该是在失忆之后。先前宁毅跑去河边下棋，认识了几个棋友的事情她也知道，不过没有做什么调查，这时候得到的消息委实将她吓了一跳。自己这夫君竟能与这等人物认识，也不知到底是运气还是因为其他，而随后传来的信息更是令她愕然。

从止水诗会上传出的消息只说了康贤乃理学大家，各方面的造诣如何如何，怎样令人尊敬，但隐藏在其后的一些背景其实并未经过太多掩饰，只是不说而已，一调查就调查出来了。

康贤康明允，不光是书法大家、理学泰斗，在此同时，他的另一个身份乃是成国公主驸马，皇亲国戚。虽说武朝对皇亲国戚一向管束极严，驸马不可能入朝为官，参与国家大事，然而成国公主乃是当今圣上的亲姑姑，这康贤说起来竟是当今圣上的姑父。即便他只是一个富贵闲人，这样的身份也当真是贵不可言了，根本不是苏家这等商贾家庭可以企及的。

这个消息一旦传来，初时带来的震撼真是难以言喻，苏檀儿在一时间都蒙了。然而，她震撼片刻之后，一条相对清晰的线索渐渐地摆在了面前。

"姑爷他到底是怎么跟这种大人物交上朋友的呢？婵儿那边说他们不过是随意地过去，随意地下棋就认识了。"娟儿疑惑着，随后变得有些迟疑，"不过说起来，这康老爷子的身份，与姑爷的身份……呀……"

接下来的话，娟儿不敢说出来，但也已经足够了。经商之人，对各种各样的信息，每时每刻都要加以过滤，有时候某些结论很难让人相信，然而当其他可能都被过滤出去，剩下来的，就是最接近事实的消息。

夫君的身份，与那康老爷子的身份……皆是赘婿吗？

虽然这答案在普通人看来会有些离奇，但对苏檀儿来说已然是最接近核心的答案了。

夫君……或许只是在下棋时与对方有些来往，或许根本不知道对方的身份，然而两人的确有着这样的共同点。驸马的身份看来尊贵，娶了公主，实际上也是入赘皇室。以对方那等才华，却是一辈子都不能当官，不能一展胸中抱负，他见了夫君，会起惺惺相惜之念并不难理解，这样一来，也难怪他要在止水诗会上堵截众人口舌，为夫君扬名了……

那《水调歌头》，夫君说是道士经过门前时吟诵被他听到，不光爷爷不信，自己也是绝对不信的，因为小婵肯定不会骗自己，那道士吟了一首词，莫非还是唱出来的吗？到底是夫君妙手偶得，还是那康老爷子所作，难说得紧，不过她现在对此并不是很在意。之前心中疑惑，只觉得处处都有疑虑，现在整理出一条线来，反倒觉得豁然开朗，对有些事情就不甚介意了。

夫君这人，性格其实是淡泊的，说话做事也不惹人讨厌，才华高低她反倒无所谓，低些好，他入赘过来，自己并不介意，高些便当是意外之喜吧。中秋那场诗会，想不到其中竟有这样的"黑幕"，若真是那康贤的谋划，说不定也是这位老人家一时兴起，开的玩笑。

"看老夫教你，将你那娘子与家人吓上一跳……"

这并非没有这种可能，自己这夫君的性子虽是淡然，但这样的年纪，未必真会安于赘婿的身份。爷爷虽然不愿大家苛待他，自己也不希望他受歧视，但赘婿的身份偶尔受些白眼，那也是避免不了的，人家总会有这样那样的想法，这是他自己要过去的坎，便是因此想要展露一番才华，也是可以理解的。

如此说来，夫君……莫非真是想驯服自己这个不安分的小女子？

有些事情决定了就不会改了，这是大前提。她对招赘或出嫁原本没什么要求，但终有一日，她要接管苏家的家业，这才是重点。有了这个前提，自己这夫婿便只能入赘了。她心中如此想着，对这种可能却并不讨厌，甚至有着一丝喜欢。

没有更多的可能性了，不是吗？

于是在回家的路上，她轻轻地、暖暖地笑了出来……

这是很私人的笑，甚至同在马车中的娟儿、杏儿都未发觉……

第五章
如君子交情好日密　不经意言扭转乾坤

九月寒露过后，天气降温的速度变得越发明显了，大雨降下的时候，江宁城中仿似雾茫茫的一片。深秋的雨没有夏日那般喧闹，带着冬日将临的寒意，每丝每毫像是都要渗进人的衣服里。

走过小小街巷对面的木桥时，宁毅顺手拍了拍长袍上沾到的水渍。在这样的雨天里，长袍穿起来其实有些碍事。相对来说，自后方小跑过来的小婵就要好得多了——雨天里出来，她没有穿裙子，一身带湖绿花边的上衣配上长裤，头上照例是可爱的包包头，足下淡蓝色绣鞋，一身行装轻盈无比。方才大概是落在后方买了什么东西，这时候她撑着油纸伞，绕过路边一个个水洼，燕子似的"飞"了过来。

"姑爷、姑爷，等等我啦。"

"怎么了？"

"买了东西。"跑到宁毅身前，小婵笑着拿出一本小册子来，"刚才路过那边的店，看见这本是新出的，姑爷可能没看过，就买来了。"

那是一本市面上新出的话本，叫作《鬼狐奇缘》。这样的话本在这个时代颇为常见，遣词造句也都比较浅显易懂，有的是历史传奇，有的则是民间传说，尤以各种精怪鬼魅的爱情传说为多。一些受欢迎的故事出了之后，说书人便会拿去茶楼酒馆讲述。宁毅这段时间看这些小说看得多，小婵自是记在心里，有时候见到出了新的，便会买了带回家。

这类小说在娱乐性上比之现代的各种故事自有不如，但也是矮个子里拔高个，他无聊时翻翻，毕竟是古文，也能让自己更加融进这个时代的气息。宁毅笑着接过，顺手翻了翻，小婵跟在他身后，一边走一边说话。

"中午那个人说话真可恶呢，小婵真想上去骂他一顿。"

"嗯。"

"什么事情都不知道，就会瞎猜测，还敢在酒楼里吹嘘自己是什么才子，这样的人，秀才也考不上啦。"

"嗯。"

"姑爷啊，小婵这可是在为你打抱不平呢，那个人在说你的坏话好不好！"

"有什么关系？"

"怎么会没关系？这人……哼，好啦好啦，知道姑爷不在意这些庸俗之人的说法啦，可是小婵听了不舒服啊，毕竟有辱姑爷的名声呢。姑爷当时要是当场写一首诗骂他，小婵就拿过去直接打到他头上！"

"呵呵，他又不认识我。"宁毅将小说翻了一页，"我坐他旁边呢。"

"就是这样才生气嘛……"

中秋节那场诗会算来已过月余，在这期间，那《水调歌头》引起的舆论一直在变化。最初的十余天内，众人对这首诗词的评价几乎到达巅峰，对宁毅的好奇与议论，那段时间也是最多的，然后……舆论便飞快地降了下来，开始往更深层、更特定的方向发展。

这等舆论在市井中传播的热度毕竟有其时效性，对诸多升斗小民来说，中秋过后十天左右的时间里，他们或许还会附庸风雅地关注一番诗会上发生的事情，随后，其他的东西会渐渐将这些事情覆盖。生活本身是忙碌仓促的，当这些人提起那事的频率降下来后，平日里能听到的有关这事的议论也就少了。

更多的赞叹、疑问开始集中于一批批学人士子身上。《水调歌头》这首词的影响还是不断地朝周围传播——通过这些学人士子的口耳信件——对宁毅的质疑与猜测却停留在了江宁范围内。譬如一名身在东京的士子听了《水调歌头》，他的赞叹不会有多少减弱，但对宁毅具体是谁，宁毅能否写出这首词，他不会太过上心，毕竟离得太远了。

武朝与宋朝类似，儒学达到了巅峰，文人士子在社会中的比重相当大。这个"相当大"只针对之前的千年，即便这是有史以来文人最多的一个朝代，比之宁毅生活过的现代，这个比例依然太小了。因此，不到一个月，宁毅便感觉风波已经平息下来。当然，如今天中午这般，在外面吃饭时无意间听到几名文人的质疑之声的情况自然也是有的。

那日宁毅对秦老、康老说了自己的想法之后，康老或许觉得中秋那日的推波助澜做得有些多余，事后帮宁毅活动了一番，随后据说有些想要来找宁毅讨教的学子受到了先生的训斥。这段时间里，聚会邀请有许多，但请柬全都被宁毅无视了。真找上门来讨教的人只有三拨，一拨扑了个空，另外两拨过来时，见宁毅在给孩子们讲《论语》，便找话题道："尝说'半本《论语》治天下'，今日听宁兄讲解此道，想是造诣颇深，不知'×××××'该当何解？"

这个算是惯性思维了，见对方在说什么便从这上面找话题。对四书之类的正书，宁毅过了几遍，还是有准备的，在现代那种知识大爆炸的时代熏陶过，哪怕随口说上一段，掐住重点发人深省也不在话下，即便剑走偏锋，对方一时间也难以辩驳。这些人既然过来，自然也准备了其余问题，生僻的也有，只不过以宁毅的风度气场，即便是聂云竹这样的女子也得被牵制着随他而走，这帮书生又能如何？一段《论语》答完，其余的问题他们根本没机会提出来，宁毅应付一阵离开，旁人也只觉得他知识渊博或是高深莫测，事后想想，倒是大多数问题没能问出来。

除了这样的组团挑衅之外，其实也有单人过来，有个叫作李频的家伙每天都跑过来，似乎是对宁毅随口说的那些故事很感兴趣，于是跑来旁听。前几天课后，他倒是向宁毅提了些问题，主要是对那些故事的看法，说是要向宁毅讨教，实际上这些问题也是句句不离《论语》之义。他没有挑衅的意思，宁毅便与他说了半个多时辰。此后对方便没有过来了。

在宁毅来说，只要没有人能坐实他的不学无术，外界有关《水调歌头》的怀疑就不可能真的变成污名，而等到他需要这名气的那天，要证实很简单。随时都能做的事情，没什么必要现在去做，这样的事情，他是不放在心上的。

外界隐隐约约也流传着有关道士吟诗被宁毅剽窃的传闻，不过信的人不多。至于是从哪里传出去的，自然是查不到的，不过宁毅对这事早有预期，因此听过之后只是淡然一笑置之。

那日他说过粉笔的事后，不到半月的时间里，康贤那边便制出了一批，质量还相当不错。于是，由白板进化为黑板的过程仅仅用了十余天的时间就完成了。如此一来，他上课就方便了许多。具体的成效一时间还看不出来，宁毅上课的流程依旧：读书，释义，讲故事，但是那帮孩子学习热情的增长是显而易见的。

然而，课堂上这种活泼的气氛在这个时代怕是不多见的，学生们喜欢，老师们则多是摇头。苏崇华又旁敲侧击地说了一回，这次宁毅跟他讨论了片刻这种教学或许会有好处，他便不说了。一来宁毅如今顶个才子的名头，有那《水调歌头》的光环，他也不好管；二来，书院反正一直都没什么成效，再差也就这样了，随便宁毅去，看看成效也好。

宁毅上午讲课，下午便走走逛逛，或依旧去秦老那边下棋——当然也得是在不下雨的时间。

小婵大部分时间仍然是跟着他，并且也跑来书院听课——她挺喜欢宁毅讲的故事，各种古古怪怪的故事都有，回去了便可以讲给两位姐妹炫耀一番。宁毅觉得她跟随得又紧了些可能有苏檀儿的授意，自己写了首《水调歌头》，这样的事情也是可想而知，他对此颇能理解，并不介意。

宁毅怀疑，自己这个妻子或许的确是找了什么理由来解释自己为何能写出那首词作。因为在最初几天里，大家吃饭的时候，她的审视目光还是挺多的，后来便转变了，她再度专注于工作，每日坐马车来来去去，用餐、说话恢复了以前的态度，话语之中也没了试探的意思。这倒是让宁毅有些感兴趣：她到底找到了什么理由并且接受和理解了呢？他真是把握不住……

除了继续过着与之前并无二致的生活，宁毅偶尔会打听有关武功或内功的消息。苏家是有一批护院的，据说有人的横练功夫很好，但那也不过是现代硬气功的水准，可以头裂砖石。至于比较神奇的内功，按照他目前所闻，这个时代应该是有的，一些有名气的大门派高手可能会，不过想要去学那可就难了。

宁毅目前才刚开始搜集这方面的消息——他最感兴趣的也是这个。在这个时代，当官也好，经商也好，造反也好，都是他在现代就已经玩过的体系，人与人之间的互动而已，唯有武功才有新意。如果有机会，他是真想接触一下内功——只希望不像现代一样是假的。他也不贪心，原地能蹦个一丈左右就行，当然……两丈他也不介意啦……

他想要练武功，首先得有具好身体，现在就找个大侠来教自己显然不怎么靠谱，脚踏实地方为正道。于是在不下雨的清晨，宁毅每日早上的锻炼依旧在持续，并且按照练出最大效果的打算将强度翻了倍：仰卧起坐、俯卧撑、长跑。前几日经过聂云竹居住的房屋时，穿着朴素衣裙的女子站在那儿，看见了他，等到他跑近了，敛衽一礼："宁公子。"

宁毅一身大汗淋漓，气喘吁吁，勉强挣扎出一个笑脸，挥了挥手，"嘿"字也没能喊出声来，随后……就那样跑了过去……

留下聂云竹站在原地，愣了半晌。

她可是好不容易才决定出来打招呼的呢。

虽然那日知道宁毅的身份之后聂云竹便想过，没了报恩之类的联系，这偌大的江宁城中，仅是互通姓名的两人或许便见不着了，过得几天之后才发现这种想法未必准确。

那天早上醒来，听得房屋外的道路上隐隐传来奔跑的脚步声，打开窗户，看见宁毅的身影跑了过去，她才记起来，即便没有自己连累他掉到河里的那些事，这宁公子也是每日清晨都会在这条路上跑来跑去的。

在这种重文轻武的年月，特别是文士当中，会这样锻炼身体的人不多，初见时聂云竹还以为他被人追赶，随后才确定下来，这位各方面都与众不同的宁公子的确是在晨练，并且这些时日以来，奔跑的里程似在不断增加。她心中有几分不解，但更多的还是佩服。

毕竟是清晨，不可能每天都碰巧能看见对方跑过，但看见的次数还是比较多的，聂云竹在心中考虑该不该出去跟对方打招呼，后来才觉得，是自己矫情了。以往她所见所识，皆是心有所图之人，见得怕了，而这宁公子不仅救过自己，而且那日便看清他对自己并无所图，有些来往本该自然而然，这时想来，倒是自己想太多了。

她在心中笑骂自己几句，这日清晨又见对方跑过时，便自然地出来打招呼，谁知对方仅仅是挥了挥手就毫不停留地跑掉了。她愣了半晌，后方病已经痊愈的丫鬟胡桃跟着出来："那是谁啊？小姐认识吗？"随后撇了撇嘴，"好没礼貌……"聂云竹却已然轻轻笑了出来。

呵，君子之交君子之交，他这种态度，可算是把自己当成朋友来对待吗……

寒露，霜降。立冬过后，在宁毅提高了强度的系统锻炼下，再加上前几个月的积累，身体素质算是有了初步的改善，外表上虽然看不出来什么，但内里已经跟普通人的健康身体差不多了。

这年月读书人就只管读书，食物营养不怎么跟得上，多数人的身体比现代宅男还差。虽说君子六艺中也有射、御之类，但基本只是个口号，就跟"全面发展德智体美劳的素质教育"之类的口号一个样。宁毅的身体以往也是这种素质，二十年的体弱，半年时间能恢复过来已然相当不错了。

每日清晨自秦淮河边跑过去的时候，宁毅偶尔会与那聂云竹打声招呼，算是点头之交。虽然之前杀鸡掉河里之类的事情让她显得比较笨拙，不过多看见几次他就知道她并非什么天然呆——事实上从那次买木炭后一路同行的交谈中就能看出来。她的衣裙一贯简朴，但人是极漂亮的，身材也是优美高挑。偶尔在门口与他遇上了她会挥挥手，笑着说声宁公子；有时候他会看见她在小楼一侧的厨房中，厨房的窗户朝街道这边撑开，她在厨房中或生火或切菜，抬头露出一个笑容；偶尔他也能看见她端着木盆去临河的露台那儿倒水，见到宁毅朝这边跑过来便挥手打个招呼，清晨风大，自露台上吹过时卷起了衣裙，晨曦自她背后的地平线上照射而来，洛神凌波似的。

一个丫鬟与她一同住在这楼里，模样不怎么漂亮，个子也是矮矮的，宁毅大概能猜到，前段时间，这丫头生过病。

十月，宁毅与那聂云竹才算是有了些简单的交谈。那天清晨出门时宁毅没有喝水，又增长了奔跑的路线，返回时一身大汗，气喘吁吁，嗓子渴得要死，便停下来向她讨了杯水喝，简单说了几句话。第二天返回时聂云竹又在那儿，宁毅不好直接跑过去，停下来休息了一阵。再之后，交谈渐渐变成了习惯。

"宁公子真是性情古怪，竟每日奔跑这么长的时间，不累吗？"

"就是累才有效果啊，跑跑步有什么古怪的？"

"云竹早年曾在金风阁中……倒也见过不少文人才子，却没见过宁公子这样的……"说这话时，她望着宁毅。宁毅早就猜到她有过这样的经历了，因此仅仅是对她这么坦白有些奇怪，还不至于露出太诧异的表情。片刻之后，聂云竹才疑惑地道："莫非公子想要投身军旅？"

"呵呵，就现在这种身体，哪里上得了战场。只是百无一用是书生，锻炼一下总是有好处的。"

"百无一用是书生……这话若让其他人听到，怕是要给公子添些非议了。"

宁毅每日在这边停留得不久，聊的事情也不过几句，不过时间一长，聂云竹的身份还是渐渐清晰起来——在青楼做了些年月，随后给自己与丫鬟赎了身，买了这栋看起来很漂亮的临河小楼，由于对普通人的生活认知有限，弄了不少乌龙等。

聂云竹或许会觉得他性格古怪，不过在宁毅看来，对方的性情实际上也是有些古怪。估计她小时候是官宦人家的子女，然后被卖去了青楼，给自己赎身之后不愿意再走这条道路，因此才弄得生活有些窘迫，这女子的性格该是有些执拗的成分在其中的。十月底的一天，宁毅与小婵经过东集的菜市时，远远地便看见了她。

当时菜市那边人群拥挤，宁毅与小婵正往酒楼上走，远远地看过去时，聂云竹跟那婢女胡桃都在，只是在人群中相隔了好几米，像是过来买菜，又像是集市的小贩中有认识的人。聂云竹依然是一身朴素打扮，头上还包了一条有点难看的头巾。她正蹲在一个卖鸡并且帮忙宰鸡的小摊贩后方，一只手抓了只母鸡，另一只手拿着把菜刀，割了那母鸡的喉咙往地上的碗里放血。估计她是觉得恶心，脑袋往后缩得远远的，但手丝毫没有放开。血放完之后，她将那母鸡扔进旁边烧有热水的锅里，满意地站了起来，随后似乎还望了宁毅这边一眼，大抵是无意扫过来的，也不知道有没有看见他。

"姑爷，怎么了？"注意到宁毅站在楼梯边往集市那边看，小婵疑惑地问了一句。宁毅摇了摇头："没什么，我们进去吧。"他笑着转过身去。

这年头大家难得吃一次鸡，就算买了，基本也是拿回去自己养几天再杀，卖了之后还会替人杀掉这类业务，估计只有在江宁这种大城市的集市才可能看到，还得那摊贩比较异想天开才行。

第二天，宁毅坐在那河边小楼的台阶上休息，聂云竹问道："昨日公子在东集看到妾身了吧？"

"嗯，你干吗跑那儿去杀鸡？"

"住在那边的赵家的二牛跟胡桃两情相悦。"聂云竹笑着指指远处的一座房屋，"他家在东集那边卖菜，我跟胡桃过去，所以也认识了集市中的一些人。昨天过去买东西的时候，卖鸡的刘婶忙不过来，我就过去说：'我来帮帮手吧。'然后还真把鸡给杀掉了……"

她为此笑得开心，宁毅愣了愣，片刻后笑着摇头："又何必这样？"

这聂云竹原本身在青楼，这样的年纪便能给自己赎身，那些日子必定是深受追捧，这等女子都是十指不沾阳春水，在许多方面怕是比大家闺秀还要大家闺秀，赎身之后到现在，哪怕看起来生活有些磕磕绊绊，但比之普通的家庭，情况仍旧是要好上许多的，不懂杀鸡也实在不算什么大事。想不到她性格执拗至此，见到有机会，她竟非要把这事给学会。

"能多学些东西总是高兴的。"聂云竹望着远方，笑着说道，片刻之后又望向宁毅这边，"对了，宁公子明日也在这儿停一停好吗？"

在这儿休息一下已然成了习惯，原本不用去说，她既然提出来，自然是有事情，宁毅问道："什么事？"聂云竹笑着摇头："明日过来便知道了。"

第二天宁毅过来时，聂云竹从家中端了个碗出来，碗里有几块煎饼，刚刚煎出来的。

"公子还没吃过早点吧，这几块饼子或可带去尝尝味道。"

宁毅一般是跑步完毕休息够了才去吃早餐，这时候疑惑地看了她几眼，坐在台阶上休息片刻，倒是直接吃了起来。

聂云竹见他这样也是高兴，同样在旁边坐下："宁公子觉得味道如何？"

"还不错。"宁毅点了点头。

"那……公子觉得若拿出去卖……"

"嗯，你打算卖煎饼？"

聂云竹笑了笑："除了当初的以色娱人和纳纳手帕、鞋垫之外，我跟胡桃做出来看着不比人家差太多的也就只有这个了。当初在金风阁的时候胡桃学过一些，会做好几种味道，应该还能吃……所以我们打算弄辆小推车，顺便再卖点茶水之类的……"

对做生意，宁毅已经没什么兴趣可言了。当然，聂云竹也不是真的询问他的意见。这个女人性格坚韧，看来美丽柔弱，实际上极有主见，离开青楼之后，与之前所有恩客的联系说断就断，察觉到日常生活中或许需要杀鸡，忍住恶心把这种以前避之不及的事情给学会了，现在又想要做这种看来不怎么符合她气质的事情，倒是让宁毅觉得有趣。

十一月初，宁毅搬了房间——他与苏檀儿都从开始变得寒冷的楼上搬到了楼下。此时寒意已深，晚上大家在苏檀儿那边的客厅中聚集，房间里生起炭火，暖洋洋的。宁毅与苏檀儿的接触，因此变得更加频繁起来……

从农历十一月初开始，寒冷笼罩了江宁城。初八、初九，天上下起雪来，随着鹅毛般的雪片降下，白皑皑的外衣将整座古城悄然包裹了起来。

积雪暂时还没有厚到能阻人出门的程度，但按照往年的常例，既然已经开始落雪，那么直到明年开春，或许一直都会有，雪会在这长达两到三个月的时间里断断续续地下。若是穷苦人家，这样的天气就很难出门了，有的地方，人们连过冬的衣物都没有，大雪封山之时，只能裹着被子整日整日地窝在炕上，冬天对这个时代的绝大多数人来说不是什么好过的日子。

江宁这样的大城会好一些，毕竟商业发达，家境殷实一点儿的人还不少。初雪落下的几天里，学堂仍旧开着，不过，住在城外的几个学生没有来，这也是常事。讲课的先生那边是有小小的一盆炭火的，学生们就只能依赖门窗多挡去一点儿风，好在年纪轻，问题倒也不大。两个女学生各有一个漂亮的暖手炉窝在怀里抱着。原本家里的大人已经不让她们再来学堂，但她们舍不得错过宁毅讲的故事，于是仍旧跑过来听课。

秦老的棋摊自天气开始变冷就不摆了，宁毅去了他家中几次，当然不可能太频繁。对老人家来说，有说得上话的人登门拜访自然是一件好事。也有一次他遇上了康贤，这老头拿了几幅古画过来品评，让秦老鉴了之后盖枚印章上去。

大雪降下之后，宁毅在苏府的院子里堆了一个雪人。夜间的苏府景色是最迷人的，从二楼朝周围望去，游动在各院落房舍间的光点温暖瑰丽，古色古香，明明是东方的风格，那些光团又像是从漂亮的油画中冒出来的一般，若有照相机，宁毅真想俯拍几张作为纪念。不过二楼风也大，他站得一阵，小婵便要上来叫人了。

这样的晚上，还是坐在楼下的客厅里烤烤火更有意思，聊聊闲话，下下棋，看看书，苏檀儿与几个丫鬟选选布料，做做刺绣。宁毅与苏檀儿主仆几人的关系已经不错了，坐在一起下下五子棋，喜欢八卦的杏儿讲些大宅里发生的趣闻，偶尔几个小丫头也会争论一番宁毅讲的故事内容——狐妖跟大将军打起来谁更凶悍啊，喜欢吃眼睛的夏侯将军有没有络腮胡啊，或者那些被杀掉的女妖精会不会很无辜啊，内容不一而足。她们也会跑过来问宁毅，让他裁判胜负。

苏檀儿渐渐也喜欢起规则简单的五子棋来。她每过几天会查查账本，一个人坐在旁边打打算盘，三个小丫头偶尔也会过去帮忙。若是与宁毅下棋，她也会说些大宅门各个亲戚的趣事，简单地透露些彼此之间的关系。

偶尔会有亲人夜间过来拜访——下雪之后，宁毅在学堂里的几个学生偶尔会过来请安，实际上是想要套些故事听。纯以故事性来说，苏檀儿也喜欢听这些东西，这种时候就会拿了针线坐在一旁刺绣，顺便听说书。

偶尔也会有一些兄弟姐妹过来。年轻一点儿的人叫苏檀儿"二姐"，多是想要做些什么事情没钱，过来跟她诉苦，想要讹笔银子。苏檀儿对这些人都不错，这些人也知道，只要有分寸，苏檀儿多半会给，要一百贯的话，六十到八十贯总能拿到，只是大抵要听苏檀儿的一番叮嘱和唠叨，但拿到手的钱够他们在秦淮河上喝上几晚不错的花酒了。

这些人口中说的自是上进的借口，但实际会怎么样，即便是对这些堂兄堂弟不怎么熟悉的宁毅都看得清清楚楚。苏檀儿还是蛮有耐心的，不管对方找的是什么借口，她总是当成完全相信的样子，顺着话题说些诚诚恳恳的建议，然后叮嘱对方莫要乱花钱之类。若是要称兄长的人，她就将姿态放得极低，一副极乖巧的妹妹形象，偶尔打趣几句："上次春风院那姑娘什么时候才能变成我嫂子呢？"完全是与人为善的样子。待到人离开之后，她收起装银票的小盒子，依然是清丽善良的笑靥，随后也跟宁毅说说这几位堂兄堂弟以往的趣事，都是好话，自豪感伴随着浓浓的亲情洋溢而出。

宁毅在旁边看着这些镜头觉得有趣。亲情或许是有的，但是他也明白了苏家第三代无可用之人的说法所为何来。苏檀儿的婚事稍稍拖了几年，今年十九岁的她说起来已经是老姑娘了，然而看在宁毅眼中自然并非如此。自己这个已然开始掌握苏家大房的妻子实际上依然是少女的样貌与身段，说话、微笑时甚至带着些许青涩之意，但各种行动中蕴含着的分寸把握的确是不容小觑的。

能够每天聚在一起，下下棋，讲讲故事，说说家常，宁毅与苏檀儿之间的气氛比每日只是吃个饭的时候自然了许多，随后，苏檀儿便提出了让宁毅偶尔与她一同出门，去一些有必要拜会的人家中拜访的邀请。

苏家布匹生意做得大，其下有不少附庸的商户，还有许多牢靠或者不牢靠的生意伙伴，苏檀儿去别人家拜访谈生意，有个男人跟随着总是比较好的。事实上，年前的这些拜访还算不上非常必要，不过一旦过完年，两人一同出门拜年就变得很重要了，苏檀儿此时提出邀约实际上也是希望宁毅多少能熟悉这些事情。当然，几天之后她就能满意地发现，宁毅至少在当个摆设方面非常称职。

宁毅对这帮人做生意之类的事情兴趣缺缺，旁人聊生意，他便装模作样地在一旁喝茶，看字画，微笑发呆，若有打招呼找话题的，他便拿出万精油般的伎俩敷衍一番，只表现出有礼数的书呆子模样。苏檀儿带着他过来，其实也只要求他能够自然地应付别人的寒暄，不至于给人恶感。这些人与苏府多多少少有生意上的联系，知道宁毅入赘，不至于刁难他。当然也有听说宁毅名气的人，会找个人与他谈谈诗文，这类随意的聊天并非认真考校，宁毅自然也是轻松应对。

要拜访的是哪一家哪一户，往往在前一天或者第二天在路上的时候，苏檀儿便说说笑笑地将背景告诉了宁毅——有的是关照过苏家的商场前辈，有的是如今的合作伙伴，也有的是风吹两边倒的墙头草。在这个相处模式里，她与宁毅的关系非常融洽，出门后她也会笑着跟宁毅说说此行的成果，开几句玩笑或者小小地骂上几句"老狐狸，什么风都不肯透"之类的话。

绝大多数的行程是为了这样无聊的事情，当然，偶尔也有例外，譬如说十一月十四那一天的串门，就让宁毅觉得……自己果真是无聊透顶了……

"贺家兄弟做的蚕丝生意规模还是不错的，这两兄弟也有本事，只不过一直没什么定性，前次跟他们谈的那批生意做完之后，这一次听说他们已经跟薛家谈好了合作，今天过来也不过尽尽礼数而已……"

马车里，苏檀儿一边转着手上的小珠链，一边说道。宁毅点了点头。

"这么说，随便敷衍一下就是了？"

"呵呵，相公随意敷衍一二便是。"她笑着将珠链戴到手腕上，抬起头，又偏着头伸手整理了几下脑后的发髻，"敷衍完后，相公下午还有事？"

"打算去城东的书铺转转，找本唐时的典籍。"

"妾身尽早告辞，陪相公一起去吧。"

"好的。"

本身是谈不成的生意，她本着买卖不成仁义在的想法来拜访一次而已，如同宁毅所说，敷衍一番也就够了。不过，若是本该和和气气的敷衍过程中老有一只苍蝇嗡嗡嗡地叫来叫去，那也蛮煞风景的。

这次下午来到贺家拜访的并非只有苏檀儿与宁毅，另外还有两家商户的人，于是贺家兄弟中的老大贺钧，这位被苏檀儿称为世叔的蚕丝商人便在园林一旁的偏厅统一招待了众人。几个大火炉将室内烧得暖暖的，从这里能一眼望见外面园林的雪景，说起话来气氛颇为风雅。作为主人家陪同的，还有他的儿子贺廷光。

贺家的主事人一共有两个，而兄弟之中的老二贺锋才是最有商才的人。苏檀儿本只是过来打个招呼，茶会开得一阵，她便与三个丫鬟连同其余几人到园林里赏雪，遇上了从那边过来的贺锋。从这边望过去，几人在那边说着话。偏厅中人少了一些，贺廷光便开始纠缠起宁毅的诗才来——他大概是不相信宁毅有多少才华，想要考考他，可惜本身才华也不多，宁毅敷衍了几句，对方在那边唧唧呱呱唧唧呱呱，口中又暗示了一番与大才子薛进的交情，顺便说了几首薛进的新作来让宁毅品评。

这家伙也是个草包……宁毅心感无聊。那边贺廷光的父亲贺钧大概也觉得儿子说的这些话没意思，开口帮忙圆场了几句，宁毅自然也得接接话头："听檀儿说贺家蚕丝生意的规模令人佩服，主要是在寿州一带吧？"

贺钧皱了皱眉，贺廷光却已然笑了起来："好教世兄知晓，我家其实主要经营庐州、巢湖一带，世兄他日若有暇出门游玩，莫要找错了才是……"

宁毅愣了愣，片刻后才点了点头："哦，原来如此……庐州跟寿州倒也不远，生丝运过去……"

那边贺钧也不知想到了什么，眉头皱得更紧："贤侄为何忽然提起寿州？"

"也不是啊，薛家有批作坊不是在寿州吗？那个什么严大掌柜负责的，我上次好像听谁说……嗯，所以我以为贺府的生意会在寿州……"

贺廷光大笑起来："世兄不懂这些，便勿要乱说了，严大掌柜明明是负责庐州之事，在座几位叔伯都知道，不信你可向几位叔伯询问，呵呵……"

他这样说，其余两家商铺的人也笑了起来，给出证实。宁毅笑着点了点头："不懂这些，偶尔听几句零碎消息，搞错了搞错了……"众人都知道他赘婿的身份，对这事倒也不觉得奇怪，只是笑笑。那边贺钧却沉声道："不知贤侄说的这些零碎消息是从何而来？"

宁毅看看他严肃的表情，有些疑惑地想了想，随后茫然地摇头："我只是……偶尔听人聊几句天，呃……具体的并不清楚，呵呵，让世叔见笑了。经商此事，檀儿倒是懂一些，在下是不懂的，对薛家也没什么了解，竟把庐州跟寿州给搞混了，呵呵……"

他如此敷衍了一番，其后整件事情却变得有些古怪。贺钧皱着眉头，似乎真在想一些重要的事情，随后还叫了一名管事过来叮嘱了几句。宁毅皱了皱眉：随口说的，不会真猜中了吧？

这些天他随着苏檀儿跑来跑去，虽然对旁人聊生意没什么兴趣，但是心中已经慢慢地勾勒出一个轮廓，谁家做些什么生意，整个大局上如何去运作。这些事情，就算不刻意去想也能或清晰或模糊地摆在他面前。这时候说起寿州，不过是随意推开那贺廷光的话题而已，他只是从前些天听到的闲聊中隐隐察觉，薛家的生意可能有变动，庐州的重心可能转向寿州，然后寿州方向有一个与贺家形成对立的蚕丝商可能介入……这些事情在他心中也只具有模糊的轮廓，把握是没有的，只是能敏锐地感觉到其中一些关键点，但以结果来看，倒真让自己说中了些什么东西……

于是到得不久之后，宁毅与苏檀儿出了门，跟贺钧告辞准备上马车的时候，那贺锋从后方追了出来，一脸严肃地跟贺钧交换了一个眼色："世侄女请留步，关于明春的蚕丝，苏氏在附近几地的收购计划不知有没有定下？若世侄女今日有暇，倒是有一批春蚕生意想与侄女商议……"

苏檀儿回过头，一脸疑惑，不明白为什么忽然会有这样的变化。背对着那边，宁毅无聊地翻了个白眼。

"嘴贱了……"

一个人想要以一句话主导一场生意的走势，即便以宁毅前世的背景，配以超强的情报分析系统和一大群幕僚，那也得是在比较极端的环境下才有可能出现的商业奇迹，而想要改变对方一个已经决定的商业决策，没有方方面面配合进行的水磨工夫，那基本上是痴人说梦。不过，眼前的情况并不一样。

宁毅能够感受到这些东西，只是出于敏锐的直觉，但这个范畴内的东西对贺家来说涉及他们的切身利益，宁毅能够随便猜到一些，他们却可能早就在怀疑。或许在宁毅、苏檀儿上门拜访之前，这些人还在为之苦恼和猜疑，而宁毅随口的一句话便给了他们"苏家已经了解这个情况"的信号。偏生苏檀儿根本没有察觉，只是笃定了贺家的生意告吹而已。

事情发生，宁毅一脸无奈，觉得自己这种条件反射真是多余，做生意做到魔怔了，一辈子逃不开权衡利弊。旁边的苏檀儿满心疑惑，但事情有了转机自是好事，随后她便随着贺家兄弟进去谈生意，这样一来，原本打算到城东书铺买书的宁毅一时间也走不了了。待到傍晚时分大家一道回去，马车中的苏檀儿还是一脸不解。

虽是大雪纷纷，然而已近年关，江宁附近一些城市的苏府掌柜都开始往江宁聚集，评述绩效，划定分红，另外也有一些苏家的堂亲表戚会赶来这里过年、串门，每日里在府门前后进进出出。不过江宁城中富户众多，每年此时这等场景并不鲜见。

这几日来，苏檀儿一方面忙着与贺家那边的人来往，一方面开始准备核对全年的账目，再者还得应付一些许久不见的亲人，连带着婵儿、娟儿、杏儿三个丫头都要忙碌个不停。

这天苏檀儿自外面回来时，雪花依然在飘，府门外停了一溜马车。苏檀儿有事，便自正门进去，让自己的马车自行去了侧门。正门正有一些家丁在往里搬四五个大箱子，她便与杏儿在门外等着。

苏檀儿今天披了一身雪白的狐裘，毛茸茸的领口映衬着清丽的脸颊，看起来既有几分少女的青涩，又有着好几年经商培养出来的自若与独立气息。她如今在江宁的商界也算是有些名气了，招赘成亲之前，她也有过不少着男装的时候，却没有太过掩饰自己的女子身份，旁人望之不若商贾，甚至觉得她该是某些书香世家的大家闺秀，往往在生意谈定之后都感觉不出太多锋芒，一段时间后结合整个局面，才暗叹这女子确实厉害。甚至有人说，若她生为男儿，如今江宁布业的行首怕已经不是乌家了。

在这等重男轻女的时代，苏檀儿的身份多有不便，而一班男子在与女子谈生意的时候也多多少少有些不适应，或是奇怪，或是轻视，或是欢喜。她比旁人厉害的，大抵是能努力将这种不便反过来变成自己的方便，自无法改变的劣势中反找出一些可用的优势来。这若在宁毅看起来，实在是惹人怜爱的挣扎，但旁人是感觉不到这种可怜、可爱或挣扎的。若是身在苏府的人，多半已经适应了这位二小姐的气质，或是精明的一面，或是美丽的一面，或是柔弱的片面，或是在润物细无声中渐渐撑起苏家大房的一面。此时见她在外面站着，不一会儿，附近的管事便跑了过来。

"你们这些人，还不快让开，没见二小姐回来了？"

那管事挥着手让人赶紧让路，苏檀儿笑着走了过去："别了、别了，齐叔，让他们先进吧，都抬了一半了，再出来又得费工夫，先进去、先进去……"

她发了话，那被称为齐叔的管事只好让这些人慢慢进去，苏檀儿这才问道："齐叔，这些人怎么不从侧门进？"

"三老爷买回来一些装饰，说是过年用的，而这些要放在前厅，看着一时半会儿大概不会有人过来，就让人赶快抬进去了。对了，二小姐，宋知州大人今日到了，如今正在藏书楼那边考验学子才学呢……"

"哦，知州大人来了？"

苏家经商日久，虽说算不了什么书香门第，但与种种官员自然也有各种各样的来往。这些来往大多算不得亲密，不过与如今在申州一带任知州的宋茂是有着颇多牵扯的，盖因二老爷苏仲堪的发妻与这宋茂原为兄妹表亲。宋家出过几个小官，苏府在宋茂上位时打点颇多，因此如今这宋茂算得上是苏家最铁的靠山之一，虽然知州的影响延伸不到江宁来，但苏府在申州一带经商，确实是便利多多。

另一方面，这宋茂能担任知州之位，本身学识才华是极为出众的，这些年苏府想要培养文人，于是每年过年宋茂来拜访之时，苏老太公往往会安排家中年轻学子聚集一次，另外再找一些熟识的夫子学究，将这些孩子考校一番。宋茂这人以个性耿直著称，每年才学考校好话不多，但以他的见识，说出来的的确都是最靠谱的评价。

有这样一个官场靠山，他每年来江宁拜访其他官员之时，往往又会透露一些与苏家的关系，对苏家经商，自然又有好处。但宋茂毕竟与二叔那边最好，因此苏檀儿听了之后，只是点一点头，并没有太过欣喜。至于考校才学，反正每年都一样，苏家暂时怕是没有出文人的命。更何况夫君在学堂也是瞎搞，以往夫子教学恨不得一整天都用上，夫君却只让人读书一个时辰，另外的时间用来讲故事，好听倒是好听，但她实在想不出对增长才学有多少好处，只希望这次不要被骂。

那边的大箱子已经被嘿咻嘿咻地搬了进去，随后，原本留在府中的娟儿气喘吁吁地跑了出来："小姐你可回来了。表老爷和表小姐到了，表小姐正在等你呢……哦，席掌柜跟罗掌柜方才也到了，似是贺家的事情也已经定下，过来报喜的……嘻，小姐，这算不算是双喜临门啊？"

苏家很多表亲，但会被娟儿这样称呼的只有一家。苏檀儿幼时是大房独苗，苏伯庸没有儿子，对生出这个唯一的"不带把的"多少有些怨气，虽然不至于经常打骂，但忽冷忽热自是免不了的。懂事之后，作为一个女孩子，苏檀儿孤僻过一段时间，也叛逆古怪过一段时间，与她成为朋友的，除了后来的婵儿、娟儿、杏儿三个丫头，大概就只有当时任江宁掌柜的表叔苏云松的长女了。

苏云松的女儿以丹红为名，比苏檀儿大了半个月，幼时是活泼好动如男孩子一般的性格，长大渐渐变得温婉起来。后来苏云松去管理外地事务，妻女也随之离开了江宁，但每年回来，姐妹淘总会兴奋地在一起叙叙旧说说将来。去年这表姐嫁了人，她的夫婿是苏府布业的一名年轻掌柜，两人过得很幸福，今年就在苏檀儿成亲的时候诞下一子，却也因此没办法过来。此时听娟儿说她到了，苏檀儿高兴起来："太好了！表姐现在在哪儿？"

"院子那边。方才遇上席掌柜、罗掌柜，还与他们聊了一会儿，婵儿也正在那边呢。"

苏檀儿想了想："好，我先过去，娟儿你跟杏儿先把这些账簿送过去，上面的是账房那边的，下边的送去老爷那里。"跟在后方的杏儿抱了一大摞账簿，苏檀儿吩咐了一番，与两名丫头分头行动。她紧了紧身上的银白狐裘，微笑着朝内院那边过去。

两个女人聚在一起会八卦些什么一般没有固定规律，但两个已婚不久又多日未见的姐妹聚在一起，会八卦的，大抵是有关彼此夫婿的事情。

穿过一座座院落、花园之间积满雪的道路，还未到达自己居住的院子，苏檀儿便见到了暌违已久的表姐。似乎是与她那个好听的名字对应，样貌美丽温婉的女子即便成婚之后依然是一身红衣，寒暄几句过后便问起苏檀儿的夫婿宁毅的情况来。

"姐姐可是一早就想要见见这位妹夫了呢，可惜你们成亲之时车马不便。后来也听说了一些事情，不过……呵呵，怎么样，我这妹夫到底如何？"

与这等亲密之人聊起自己的夫君，又不可能客套敷衍，苏檀儿有些脸红："不好说，红姐来时未见到立恒吗？"

"没有啊，本以为是与你一道出门了，问问小婵又不是，方才倒是见到了席君煜与罗掌柜……"

苏檀儿想了想道："哦，前边宋知州也过来了，藏书楼那里正考校学子学识，立恒他如今是学院的先生,大概是在那边吧。"

"其实前几年,我本以为大伯会为你招赘席君煜……"表姐若有所思地说了句,见苏檀儿蹙起眉头,一脸疑惑不解,才笑了起来,"不说这些,对这妹夫,姐姐倒也打听过一些消息,那《水调歌头》,姐姐在杭州也听人每日传唱呢,本以为只是与妹夫同名同姓而已,后来才知竟是一家人……不过老实说,到了这边,却听了几句怪话……"

大家对宁毅的评价自然不会在社会上传开太多,但是有关系的人想要打听,总能得到一些说法,而且以对方的身份,对苏檀儿与宁毅之间的相处模式,过来之后自然也能得知不少。姐妹之间感情颇深,苏丹红也是真心关心苏檀儿,絮絮叨叨地说了一些后道:"道听途说不可尽信,这立恒妹夫有无才华、能力如何先不去说了……只是妹妹你到底是如何想的,姐姐倒是想知道。"

她毕竟是过来人,问出这些话时语气委婉——还是要知道苏檀儿的想法,才能说上些什么。苏檀儿沉默片刻,随后低着头笑了起来。

"姐姐你也知道檀儿以前的想法,相公他……才学如何真是不好说,不过他性子淡泊,若说合适,确实是最合适檀儿的夫君了。"

表姐看了她几眼,随后笑道:"这倒像是认命了……"

"以前无聊时空想一番,自也希望将来的夫婿能文能武性子又好又能不阻我继承家业,可这毕竟是空想。这些日子看起来,若真能如此下去,也不错了。相公他……许是有些才能的,只是性子淡然,有时或许会做些怪事,但从不文过饰非、遮遮掩掩,说来也是光明正大的人……"她一边说着,一边抬起头,漫天雪花正缓缓地落下来,"成亲那时想起日后,心中害怕、生气,于是干脆离开江宁,回来之时也是咬了咬牙才下的决心,可现在想起来,若是这样下去,却并不会觉得为难了,或许是有些认命,但的确是……不讨厌的……"

漫漫雪花笼罩了整座苏家大宅,笼罩了整座江宁城,这条道路当中,一红一白两名女子踏雪前行。沉默了片刻,温婉的女子笑了起来,转开严肃的话题。

"这么说,没有商才……"

"没有……呃,他并不上心……"

"没有文才……"

"也不会啦,不过……呵呵,教书胡来呢,前面的考校中有他的弟子,怕是要挨骂了……"

"哈,这么说……我相公赢了!"

"哪、哪有这样比的啊……我才不比呢。"

笑声传来,消融在漫天白茫茫的雪舞当中。视线扫过绵延的大小院落,聚集在苏府大宅院前方的藏书楼上——取暖的火炉在周围烧着，一场家族意义上的学识考校正进行到中途……

"其实将要抵达江宁之时，我便已经听人说过你的厉害了，还说檀儿你近几日顺手拿下了贺家，翻手为云覆手为雨，简直有鬼神莫测之能。爹爹说，贺家的货源原本并非最重要的，但他家这两年已经跟定了薛家，是完全没人能改变的局面，檀儿你如今拿下他家，明春附近几个地区货源的调度，可是灵活了一倍不止。"

一面往前走，表姐一面跟苏檀儿议论着这些事情。她本身是商人家的女儿，嫁了个夫君也是苏府的掌柜，对这些事情本就熟悉，若有紧急事情，怕是也能当半个掌柜用。听她说起这件事，苏檀儿笑了起来。

"红姐你别说这个了，我们到现在都不是非常清楚贺府当时为何会改变主意。而且贺家的事情这几日还在谈呢，也不知是不是完全定下了。"

"已经定了，方才我见到席君煜与罗掌柜，他们便是来报喜的。"

说笑几句，两名女子进入了前方的院子。这儿并非苏檀儿与宁毅平日里居住的院落，但也仅有一墙之隔，平日里用于接待与苏檀儿有关系的外客，偶尔有什么较为紧急的事情，她也会召集几名管事在这边聚集，商议对策。

苏檀儿与苏丹红走进去时，婵儿在院落的客厅中一边抱着端茶的盘子一边与两名掌柜笑着说话。见苏檀儿来了，她连忙跑出来。

过来的两名掌柜一老一少，老的姓罗，算是苏家的元老了，苏老太公年轻时他便在苏氏做学徒了，后来跟过苏伯庸，再被分过来协助苏檀儿，为人处世老练稳重，是苏檀儿身边最可靠的人手之一。旁边年轻的男子看来比苏檀儿大不了几岁，样貌文气、英俊，还有一股自信内敛。他叫作席君煜，在商场上能力极强，自在苏府当掌柜以来，协助苏檀儿做成过几笔大生意，据说乌家曾经招揽他过去，但他没有答应，乃是苏檀儿最出众的帮手。几乎没有多少人会怀疑，一旦苏檀儿站稳脚跟，这席君煜立刻便是一方的大掌柜。

表姐与这两人也是熟识了，方才已经打了招呼，此时几人倒也随意，在客厅中坐下，席君煜从怀中拿出一份契约，笑着向苏檀儿说了过来的主要目的。

"与贺家的生意已经谈妥，老实说，我未想到能有这么顺利。贺家那边也爽快，价格上基本沿用今年旧例，不过明年生丝价格当涨，这样算来，等于是我们这边压了他半成。契约已签下，这事就算是定了。"

"这样就好，席掌柜、罗掌柜，辛苦了。"

席君煜笑着摇头，一脸豁达。

"此事倒是不敢居功，生意本就是小姐拿下的……不过话说回来，假如小姐当日未登门，说不定贺家也会找我们——原来这些日子他们已经在怀疑薛家将有动作。大概是因为小姐当日说了些什么，因此贺家这次才会变得这么爽快。"

身穿银白狐裘的少女看着那契约，随后摇头，也笑了笑："此事倒是早已猜到了，只是那边为何会忽然下决心，实在猜不透。"

那席君煜笑得开心，挥挥手又道："其实我们这几日也在分析薛家那边的动作，倒是得出了一个结论。薛家要放弃庐州将重心转往寿州的消息……呵呵，十有八九是假的。他们近日的确做出了一些调整，看起来有些像，但正因为不是，反倒没有知会贺家，偏偏贺家的贺钧做生意出了名地谨慎敏感。这些事情我知道得不多，罗老应当非常清楚。"

罗掌柜点了点头："确实如此。早年贺家走得艰难，当时有一次贺家因为怕风险，推了一笔近五万贯的生意，旁人都骂他们毫无气魄，谁知半年之后，接下这笔生意的几个商户都被牵连，贺家当初若是接下，怕是早已破产。贺钧便是这等性格，宁愿少赚，也要将风险降到最低。也是因此，他们贺家如今虽不是最富的，却是走得最稳。"老人家说着也笑了起来，"不过这次确实过于敏感了。我们若晚几天跟他谈，说不定他们就将事情弄清楚了，这单生意便又要告吹。"

席君煜接道："也是因此，谈条件之时我故作不知，只是装出迫切想要谈妥的样子，想来那贺钧也是以为占了我们的便宜，心中窃喜呢。哈哈，几日之后，薛家的人怕是要骂娘了。"

这事本就有趣，一笔生意，谁都以为自己占了便宜。想到薛家知道这事的来龙去脉后可能有的表情，房间里的几人笑得很是开心，只是对这事情的起因，却依旧摸不着头绪。

说笑几句后，那罗掌柜似是想到些什么，最快将笑容收敛起来。苏檀儿感觉到这变化，笑着询问了一句。罗掌柜看看席君煜，又看看苏檀儿，欲言又止，片刻后，还是微笑着开了口："关于这次生意，昨日我倒是听说了一件事。"

"哦？"

"昨日我在东市的酒坊那边遇上集素坊的刘掌柜，与之闲聊了几句，也说起了贺府之事。"

听他说起集素坊的刘掌柜，苏檀儿点了点头："嗯，没错，当日他也在贺府，只不过与兴庆坊的掌柜先走了半步。他对这事，可是知道什么？"

"此事说来奇怪，老朽不清楚是否真是如此。这刘掌柜昨日曾言，那日小姐是与姑爷一道去的，小姐去园里赏雪之后，贺廷光对姑爷实是有些不敬，言语之中颇多挑衅……"

他说到这里，苏檀儿皱起了眉头："这事我倒是没注意……"

"呵呵，贺廷光在小姐面前自是不敢造次。不过姑爷脾气倒好，言谈得体，举止从容,虽只有简单几句,那贺廷光却未找到什么机会。那贺廷光一直聒噪,姑爷后来顺口说了一句话,话语之中问及贺家的生意是否在寿州……"

"啊……"苏檀儿微微一愣,与表姐交换了一个疑惑的眼神。坐在旁边原是微笑旁听的席君煜目光一沉,随后不动声色地调整了一下坐姿。

"据说姑爷仅仅是提及薛家,问及寿州之事,贺廷光当时还讥讽他丝毫不懂丝业、布业之事,说明了自家生意不在寿州,而在庐州,姑爷才恍然大悟,坦言之前并不懂这些,只是随口一说,结果搞错了。据刘掌柜所言,姑爷的话语、神情不似作伪,怕确是随意提及,只是他说完寿州与薛家之后,贺钧的表情变得甚是复杂,随后还与管事说了些什么……若此事当真,老朽觉得姑爷这下歪打正着,怕才是生意能做成的缘由……"

房间里的几人一阵沉默,唯有旁边抱着盘子的小婵一脸淡定。过得片刻,席君煜缓缓开了口:"莫非……姑爷看清楚了这些……故意的?"他一边说,一边注意着众人的表情。

苏檀儿眉头蹙得更紧,随后望向罗掌柜。她、表姐、席君煜毕竟都是二十左右的年轻人,再出色也比不了罗老几十年的见地。但见罗掌柜摇了摇头。

"我看……应当并非如此。君煜方才也说了,薛家要以寿州代庐州的事情,本身便是假的,这已然杜绝了从旁人处得来消息的可能。而且就算这是真的,整件事情也非常隐秘,我们根本没有察觉其中的不妥,贺家也是因为身在其中,对事情更为敏感,再加上贺钧本身谨慎,才会当成有这事发生。听说姑爷对商业本就不感兴趣,这些时日陪小姐出门也仅仅听了些旁人的散碎言语。要说有人能在局外仅凭闲言碎语便把握住这事,还能在贺府察觉贺钧的想法,恰好说出那句话,这人真是……"他想想,摇了摇头,"这委实令人难以置信。"

几人本就对商场熟悉,自然知道这种可能性有多低,如果做这一切原本还带有目的性,那能做到的根本就不是人了。他们自然想不到,当时在那样的场合,宁毅也不过是不负责任地随口说了一句而已。又想了片刻,苏檀儿才笑了出来:"这样的巧合,若能多来几次就好了。"

众人附和着笑了起来,随后想想,也是这样的理解最为靠谱。如此又聊了一会儿,再谈及其余一些事情的细节,比如年关统一归账、核对账目等,罗老又问候了苏云松,闲话了一番之后才准备告辞。就在这时,娟儿踩着积雪气喘吁吁地跑进院子里,到得近处,还差点摔了一跤,看来是有急事。

娟儿跑得太快,扶着门口的柱子拼命喘气,行礼也来不及行,脸上倒是带着笑容。她望了里面的众人一圈,却隐隐有些失望:"小、小姐……小婵,姑爷、姑爷呢……"

一身银白的苏檀儿已经笑着走到门外，看她喘得厉害，还伸手替她拍了拍后背，抚顺气息，听得她的问题后笑道："怎么了？姑爷的话……现下怕是在前面的藏书楼那边吧。不是说宋知州他们考校文章吗，他此时该在的。"

　　"没、没有啦……"娟儿摇头，"娟儿刚才便是从那边过来的，大老爷、大老爷说要叫姑爷过去呢……"

　　"呃……"苏檀儿神色一凝，"怎么了？"

　　"怕不是真的要找人挨骂吧……"表姐跟过来，在后方轻声笑道。先前在路上她便听苏檀儿说了宁毅的教书方法——竟然花一半的时间谈天说地讲故事，这分明是在笼络那帮孩子的心。自古严师出高徒，棍棒得孝子，宁毅如此教书，能有多少的成绩可言？

　　旁边，娟儿用力摇着头，湖绿布袄下的胸脯剧烈起伏着："不是啦……不是啦……知州老爷他说、说小黑子他们有见识啊！小姐、小姐，不是啦……"

　　有些事情心中早已想过好多遍，苏檀儿根本没听到小丫头说话，皱着眉头在想自己到底要不要做点什么，要不然干脆说他不在。过得好半晌，某些信息才传了过来。小丫头正在前方拉着她，拼命摇头。

　　"呃……啊？"

第六章
藏书楼考校再扬名　伽蓝雨新唱动心弦

　　时间回到不久之前，苏府的藏书楼附近炉火熊熊，气氛严肃，整个苏家如今能找到的比较有学问的人都聚集在这儿，其中地位最高的，自然便是今任申州知州的宋茂宋予繁。此人进士出身，在民间算得上是才高八斗的人物。由于知道他每年都会过来，一众苏氏学子已经在先生们的督促下准备多时了。

　　有钱或许买不到学问，但有钱可以买到书，因此苏家这栋藏书楼还是很大、很庄严的。如果问苏老太公有什么愿望，他或许希望有朝一日苏府成为真正的书香门第，饱学之人辈出之后，后人能够看见这栋藏书楼，记住曾经仅为商贾之身的他这一代所做出的努力——这想起来也是很有庄严感的事情，人老了之后，往往也对这样的事情最感兴趣。

　　藏书楼里前半段比较机械化的考试已经完成，无非给年纪大一点儿的学子出一道策论题，给年纪稍小的孩子出些先贤语句，让其讲出理解和释义。参考答案这样的东西在这年月是绝对没有的，没有人能够确定地告诉你《论语》哪一句该是什么意思，每个人都有每个人的理解，评判也属于一个自由心证的过程。当然，只要是有见识的人，自然能从中看出许多东西来——或是先生们是否只会机械化地灌输，或是学生们有没有创新能力，有没有自己的想法。

　　今年这次考校与往年有些不同。

　　在初步的考试完成之后，被叫去藏书阁中央回答宋茂的问题的是一名年龄不过十岁的孩童。看得出来，他非常紧张，说话结结巴巴，回答时似乎也没有多少自信，但总算还是说了下去。

"《论语》……《雍也》中说……知者乐水，仁者乐山；知者动，仁者静；知者乐，仁者寿……意思是……知者求万物之变化，仁者……但是知者之所以求诸多变化，本为寻求其中万变不离其宗的至理；而仁者不求变，其实也能以不变应万物变化，仁者知者，本为一体……先生说、先生说，不懂知的仁者，并非真正的仁者；不懂仁的知者，所知的也不过旁门左道。呃……有一天会吃亏的……"

这孩子不过九岁左右，看来也是老实憨厚之辈，这时候组织言语颇为困难，讲了半天，还是用了"先生说"这样的话，间或夹杂一些通俗的白话，若真拿出去应试，自是不登大雅之堂，但这时当然不同。宋茂今年近四十岁，一副端正中带几分憨厚的样貌，此时一边听，一边点头。

"荀子曾言，千举万变，其道一也。庄子也曾说，不离于宗，谓之天人。万变不离其宗……确是如此。小黑子，这句话，该是先生教给你的吧？"

听他问起这个，紧张的小黑子稍稍开心了一点，大抵因为答案简单，于是点了点头："嗯，回……回知州大人的话，先生曾说，纵横不出方圆，万变不离其宗。"

"纵横不出方圆，万变不离其宗……有此句足矣……"宋茂点点头，随后笑道，"方才这'知者乐水'的释义，莫非全是你先生所说？"

小黑子点了点头："先生曾随口说过一些，学生、学生记得不是很全……"

"你可懂？"

孩子想想，摇摇头，随后又小心地点了点头："懂、懂一点儿……"

"呵呵，想来也是。"宋茂笑了起来，"那么，之前考校的这段释义，莫非也全是你先生所说？"

孩子点点头，随后又摇摇头："先生、先生曾说到这里，但、但没有具体说这些，这是……有些是学生想的……"

宋茂看小黑子摇头点头，点头又摇头，随后也笑着点了点头，与周围的苏崇华等人交换了一些意见。苏太公本就在旁边看着，这时自能发现情况不一样："知州大人，这是……"

"恭喜苏世伯，此子与方才考验过的那孩子，异日或能有一番成就。"

"啊……"

能得到宋茂这样的评语可不容易，苏太公心中欣喜，不过表面上还没有表现出太多来，只是看着事情的发展。

宋茂看看四周的夫子以及学院中的几名先生，朝苏崇华拱了拱手："苏兄，这教授小黑子课业的先生，不知是哪位？"

对豫山书院的几名先生宋茂以往其实也有些接触，没有什么可取之人，因此这时只是朝一两名生面孔投去目光。苏崇华的表情有些犹豫，但看看苏太公，他还是开口道："似乎不在此处。这小黑子与方才重明那孩子，皆是立恒的弟子。"

苏太公微微愕然，随后露出惊喜之色。宋茂的神色也微微动了动，随后他翻动着之前一些答题宣纸，让旁边一名老师选了选，抽出五张又看了一遍，才递到苏太公与苏崇华那边："苏兄看看，这些学生的答题，可是全为那人所教？"

苏崇华看看名字，点了点头，宋茂这才向苏太公解释道："同是一题，同为一位先生所教，学堂中上的是同样的课程，但这五份，竟各有不同，且皆有自己所得所悟……"

话不用说太多，苏太公本人虽然没有多少学识，但听到这里也已经明白对方话中的含义。宋茂望了望周围站着的众人，才向苏崇华问道："苏兄所言立恒，可是那《水调歌头》的宁毅，宁立恒？"

"确是此人。"

"此人大才，不知是谁，当请上台来与你我同坐才是，怎能让其于场下旁观？"

这时台上的都是些中年人、老人，而宁毅应该在场，既然不在台上，自然是站在那群围观的家人、亲属中。苏老太公举目朝台下望去，眼神不太好，一边看一边向苏伯庸询问："立恒在哪儿？"

苏伯庸其实也在找，当下摇了摇头："似是……不在这里。"

以往后半段的单独提问，往往是那些年龄相对大一些的学子被叫出去，这次叫出去的两个孩子，虽然站在场内很是紧张，但在周围的人看来，这是有些学问的象征，实在是有面子。上方交头接耳的时候，下方正在围观的众人也在小声议论。跑过来看热闹的娟儿正逮了一个宁毅的弟子打气："你看黑子和重明多厉害，待会儿如果叫你出去回答问题，你可也得好好回答，不能丢你先生的脸啊。"

这几个孩子常常缠着宁毅讲故事，与婵儿、娟儿也熟了，这时候哭丧着脸："可是娟儿姐，我害怕啊，上面可是知州老爷呢。"

"他知的又不是我们这个州，又不会杀你的头，你看人家多和气。黑子他们也怕啊……反正你要是丢了脸，姐姐可不饶你……"

话没说完，上方的苏伯庸已经发现了人群中的娟儿，笑呵呵地将她叫出去："你家姑爷何在？"待到她被打发出门去找宁毅时，后方的厅堂里，宋茂已经感兴趣地问起宁毅上课讲故事的事情，还让小黑子当场讲了一个……

待到娟儿调整好气息，绘声绘色地讲完这件事，苏檀儿几人也有些愕然。然后娟儿才向婵儿问起来："姑爷到底在哪儿呢？那边大老爷他们还等着呢。我先前去院子里找了找，也不在啊。"

婵儿也有些苦恼："可是……姑爷好像早上就已经出去了啊……我、我也不是很清楚啦……"

在豫山书院教了几个月的书,对每年年底会有一次考校的事情,宁毅自小婵那边有所耳闻,但以他的性格,自然不会将这些事情放在心上。在课堂上给一帮孩子讲故事的时候,众人猜疑、好笑、非议,苏檀儿也是不解和不喜,众人的情绪,他其实一清二楚,辩解是懒得去做的,但如果小婵真问起他心中对这些考校的看法,他多半会随口说一句:"如果这种事情都过不去,那真是不用干了……"

他想要做的事情不多,但是只要去做了,需要等待的就只有结果而已。就算他经历了这么多事情,虚荣心也还是有的,但虚荣心早已不是能左右他主要行为的因素。对稍微能够理解或者试图理解并且本身也有不错人生观的人,例如秦老、康老,他会在闲聊时说些乱七八糟的东西,看着对方的表情心中暗爽。若对方理解力不够,你说点东西,人家就一脸正气地说你离经叛道,那不是找虐吗?

今天宁毅如果在家,会不会去看考校的过程很难说,但他毕竟早上就出门了,也不知道整件事情的发展。最近一段时间苏家挺忙的,他也有些事情想要去做。他闲了太久,到了该找些有趣的事情来做的时候,将来会不会出成果很难说,但至少可以证明:他,一个现代的大老板,在这个连味精都没有的可怕年代里,多少还是为了幸福美好的生活前景而挣扎过一段时间的。

宁毅总觉得,这很像是猪挣扎的场景……

漫天的风雪降下,他一边无聊地想着,一边沿着积雪的街道朝前方路口走去。一身青色长袍,一把纸伞,若是落于画中,这身影配着周围的长街落雪,倒也有了几分书生古韵。道路两旁,开门营业的店铺仍有不少,路上行人匆匆走过,一辆马车自宁毅身边驶过。路口有几个小摊,其中一辆小推车的后方,包着难看头巾的女子眨了眨眼睛,有些疑惑地朝这边望来。宁毅挥了挥手,她便露出一个赧然的微笑。

聂云竹那完全不符合她气质的饼摊已经开了,宁毅早已知道地点,但这是第一次过来。

"生意还是不好……"

风雪降下的路口,宁毅一边吃着手上那块煎饼,一边笑着开口说道。

旁边的聂云竹望着车上那些没卖完的饼,微微抿了抿嘴,随后无奈地拍了拍手:"大雪天,没什么人来买啊。"

"早就跟你说过了,让你等到开春的时候再考虑这些,有没有?现在吃亏了吧。"

"好不容易决定下来的事情,当然得快点做起来,要是等几个月,不知道人会不会变懒,到时候谁知道又是什么心思呢?"

"喔，我看你就是想试试出来摆小摊的感觉……"

尽管聂云竹摆摊之后宁毅并未来过这里，但即便下雪，宁毅也都坚持每天锻炼。每日清晨，在那小楼前的台阶上，两人总会说上一阵子话，如今彼此之间已经随意起来。聂云竹的饼摊生意不好宁毅自然知道，早几天还安慰一番，过得一阵自也免不了打趣几句。

如他所言，聂云竹之所以摆这个小摊并非因为生活所迫——或许有一部分原因——但更多的仍然是让自己适应更普通的生活方式的一种努力。家中钱财还没有到真正捉襟见肘的窘迫境地，至少这段时间，她还是在享受这种生活方式。

"昨天看见对街那边摔了几个人，后来差点打起来，说是什么镖局的……还有前几天那边店铺的招牌砸下来，差点砸到人……胡桃本来跟我一块儿在这儿的，不过刚才二牛过来了，我就让他们去买些米面。我故意说了些东西，他们大概要从这里走到东市那边去，可以让他们独处的时间长一些……"

宁毅吃着煎饼，聂云竹就在旁边絮絮叨叨地说最近几天的见闻，宁毅也跟她闲聊几句。过了好一阵，饼摊还是没人来光顾，宁毅笑着拍了拍身上的雪花："这生意，收摊吧，反正你卖得多一点儿的也就早上那段时间，现在何必还挨着？"

他说着拿起地上一张小板凳扔进小车里。聂云竹挥了挥手："不要啦，说不定还能卖几个。而且这车……我推不动，现在大雪天，每天早晚都是二牛过来推的……"

"我能推就行了啊。"

"宁公子……你还真不注意仪表，哪有文人才子干这个的……"

"哪有什么仪表不仪表……"宁毅笑了起来，"何况前些天拜托你的事情到今天也差不多了，现在还有时间，正好去看看成果如何。如果成果不错，说不定你这饼摊就有救了。"

"不过是些咸鸭蛋，你还少放了盐……"聂云竹撇撇嘴，笑着说了一句。不过听宁毅说起这个，聂云竹便也不再反对，到旁边一个同是卖糕点的老婆婆那儿让她帮忙捎句话，随后过来与宁毅一同收拾东西。过得片刻，她又有些得意地跟宁毅说自己的道理。

"其实啊，这些事情我跟胡桃还是不熟，要到卖得好、能赚到钱的那一天，还要花上好一段时间摸索适应，所以我想着，如果冬天做，每天做少一点，费的米面也少些，说不定到了开春就能赚钱了。要是开春的时候才开始，浪费也多，得到夏天才有可能熟悉，所以还是早做早好。"

"你懂得的东西倒蛮多的嘛。"宁毅笑笑，"我看你想尽快把胡桃给嫁出去才是真的吧？"

"是有这个考虑啦。"两人推动小车，一路往聂云竹的家的方向行去，聂云竹轻笑着，"早些年自是想着姐妹俩相依为命，不过终究不可能这样的。如今她既能找到自己的归宿，我也为她高兴。呵呵，当初她与二牛在一起时，还老想瞒着我，后来还是二牛壮着胆过来求亲我才知道，她担心我一个人没办法照顾自己，因此一直不肯嫁。我既然当她是妹妹，自也不能拖累她太久。"

"呵呵，怕是你将来有可能与胡桃一块儿嫁给二牛……"

聂云竹倒并不避讳这样的玩笑，此时抿嘴笑了笑，真像是认真地想了想，随后摇头道："怕是不行。二牛性子纯朴敦厚，是个好人，不过跟我说不上话。我若嫁他，早几年怕是能相敬如宾，过几年恐怕便得挨打骂了，到时候，反倒是胡桃最难做。"

"落差。"宁毅点了点头。

两人一路前行，穿过热气升腾的喧嚣闹市、居民区被积雪包围的院墙府门、秦淮河边的银树冰花，画舫楼船都靠了岸，一串串冰凌结下来，水殿龙宫似的。行人渐渐少起来，两人有一搭没一搭地闲聊着，就像经营了一个烧饼摊这时收摊回家的年轻夫妻：相公该是四体不勤的书生腐儒，这种天出来帮忙还穿上漂亮的长袍；娘子则勤快而贤惠，每日经营烧饼摊赚钱贴补家用，期待着家中相公有一日高中，得一官半职，光宗耀祖……

两人经过一条道路的时候，后方有马车飞快地过来，车上御者挥舞着鞭子："驾、驾……让开、让开……别挡道——"宁毅推了小车与聂云竹到路边停下。马车过去时，那车夫还狠狠地瞪了他一眼，他吐了口气，在后面开口道："那我还对——不——起——啦——"聂云竹低着头，抿嘴轻笑起来。

口中轻哼着某些乱七八糟的歌曲，宁毅推起小车继续走。聂云竹在后方望了那背影一阵，随后连忙跟上去，在小车一侧推了起来。

"宁公子一直哼的这些，不知道是什么曲调呢？"

"瞎唱，就跟山里人瞎唱的小调差不多。呃……民谣……"

宁毅形容了一番，聂云竹轻笑起来："乡俗民谣吗？这个我以前倒也学过呢……嘿，阿哥为何还不来……噗……这些倒是与宁公子那些曲调不太一样……"

她压低声音唱了一句，嗓音清澈如水，颇为悦耳动听，但街上毕竟不是可以唱这些的地方，因此只是压低声音唱一句，她就微微红了脸，随后捂着嘴笑了出来。

宁毅点点头，随后看了她一眼："对了，你唱歌弹琴很厉害，是吧？"

以往两人交谈，虽然聂云竹自称以色娱人，似乎没有多少芥蒂，但宁毅自然能看出她不喜欢这些娱人的事情，也就从不提这些东西。他自到这里，从没去过什么青楼楚馆，虽然多少猜到聂云竹是名妓之流，但的确想不到"名"到什么程度，到此时大抵已经没什么关系了，才问出这句话来。聂云竹点了点头："嗯，其实下过一番功夫的。"

"这么说……厉害？高手？"

"噗……大概是吧……"旁人自然不可能像宁毅一样问这种话，聂云竹觉得有趣，笑了出来，随后绷着笑脸，一本正经地点头，"嗯，妾身是高手！"

"喔，高到什么程度？"

那张绷紧的笑脸瞬间破了功："好几层楼那么高啦……"想起前些时日宁毅开的玩笑，聂云竹如此回答着，"到底干吗啊？"

两人正说笑间，小推车已经到了秦老门前那段路上。想不到康贤今天过来，轿子刚在路边停下，秦老也出了门，两人在那边投过来诧异的目光，随后笑了起来，不知说了些什么。宁毅挥手朝那边打了个招呼，康贤便朝这边说道："立恒这是为何？可要帮忙？"他的几个跟班眼下就在旁边，若要帮忙，随时便能过去。

宁毅在几米外停下，摇了摇头："没事。"随后指了指身旁的女子，"聂云竹……秦老、康老……我们没事在那边下棋……"他如此介绍着。

聂云竹敛衽行了一礼，双方稍稍打过招呼，宁毅问道："康老待会儿也在这儿吗？"

康贤点头："带来几样好东西，下午该是在这儿，立恒若有空，待会儿可与这聂姑娘一同过来，赏些书画。"

宁毅笑了起来："嗬，正巧，待会儿我也有好东西带过来，到时候一起研究一下。"

"如此甚好。"

待这些话说完，宁毅便告辞，推起小车前行。直到转过前方街道的转角，聂云竹方才的笑意才收了起来："公子方才问音律之事……"

"哦，我主要是在想，我这里如果有些歌可以唱出来，你是不是能帮忙谱琴曲什么的？"

聂云竹点点头，露出一个自信的笑容："应当是没什么问题的，至少这件事上，各种诗词唱曲也好，公子方才说的乡俗民谣也好，若是云竹办不到，整个江宁城中，怕是也没有几个人能办到了。"

"哇，真是好几层楼那么高啊……"宁毅这才大概估计到对方的层次，斜着眼睛，表示对其刮目相看。

"是啊，起码四五层楼呢，掉下来会摔死人那么高。"

"那就放心了。"宁毅想了想，随后又补充道，"不过，歌词怕是有些怪，只是几个人之间随意唱唱听听，怕是登不得大雅之堂，你得有心理准备才好。"

聂云竹点点头："嗯。"

两人说话间，河边那栋小楼越来越近了。

将推车停在小楼一侧的矮棚当中，随后帮忙搬了些东西进去，踏足厅堂之时，宁毅不由得想起了一个词语：登堂入室。感觉蛮邪恶的，他不由得笑了笑。

虽然两人每日清晨都会聊上一段时间，但这小楼内，宁毅还是第一次进来。

这栋小楼立于河边，周围有些树木，幽静雅致，却没有太多建筑，夏日或许凉爽，冬天里便显得有些冷。纵然外墙在冬日里加厚了，一些透风处也已经被厚厚的帘子封了起来，但主人家已经出门半天多，乍然进来，还是感觉比外面要冷些。客厅里东西不多，但看来还算雅致。对客人上门，聂云竹显得有些慌张，跑来跑去地想要找些东西，但茶水是凉的，也没什么可吃的东西，最后也只能招呼宁毅坐下，然后搬了一个小炭炉去外面，将小推车上炉中的火移进来。

她将小炭炉摆在房屋中央距离宁毅不远的地方，随后拿了个茶壶放在上面："呃……一会儿就好。"

宁毅觉得有趣，便笑了出来，这笑容令聂云竹微感窘迫，随后想起一件事："那些咸鸭蛋……"她跑到里面的房间搬出两个坛子，放到宁毅前方的桌上，"反正……是按照宁公子说的那样弄的，能不能吃就不知道了。"

她在准备那个饼摊的时候曾准备顺便卖些茶叶蛋、咸蛋什么的，跟宁毅说的时候，倒是让宁毅想起了一些东西，于是委托她做了眼前这些东西。钱是宁毅出的，制作过程与咸蛋差不多，只是用的石灰水、樟木灰等，盐也放得没咸蛋多。宁毅只说做个试验，让她严格按照比例来，现在已经过了二十余天，想来看得到成果了。

聂云竹对这些腌制方法古怪的咸鸭蛋本也有些兴趣，但此时更感兴趣的是宁毅在路上说的那些乐曲。她只是讨厌以色娱人，却并不讨厌这些艺业本身。一个能写出《水调歌头》这等词作的人平日里哼唱的、喜欢的到底是怎样的歌曲？她平日虽然不问，但心中自然是好奇的。她为宁毅端来一盆清水、一个瓷碗，随后搬来家中的古琴，拿来笔墨纸砚，什么都不说就坐到了圆桌对面。

宁毅从坛中取出一枚鸭蛋扔进水里去洗，见到对方的表情，不由得笑了起来，点头道："好吧，我唱给你听，你把歌词抄下来，不过唱得不好听可不许笑。这歌的名字叫作《伽蓝雨》……嗯，就是这个'伽蓝'……"

雪花纷落，歌声隐隐自那小楼中传出来。

  繁华声，遁入空门，折杀了世人，
  梦偏冷，辗转一生，情债又几本。
  如你默认，生死枯等，
  枯等一圈，又一圈的，年轮……

浮图塔，断了几层，断了谁的魂，
痛直奔，一盏残灯，倾塌的山门。
容我再等，历史转身，
等酒香醇，等你弹，一曲古筝……

一声弦音悄然响起……

苏府。

藏书楼的考校已经结束了，宁毅并没有出现。与苏老太公等人稍稍交谈之后，宋茂回到苏府为他安排的院落当中，吩咐跟随而来的管家宋开为他准备出门的东西和礼品。

在他来说，这次过来江宁的行程或许有点紧，特别是前面几天，先拜访谁后拜访谁有些讲究。他脑中想着一些事情的时候，宋开又进来了："老爷，文兴少爷求见。"

宋茂点了点头："让他进来吧。"

苏文兴是苏仲堪的儿子，苏家第三代男丁中排行第五——这个排行自然不只包括苏家三房，还有诸多堂兄弟。苏文兴是苏仲堪正妻亲生，宋茂是他的堂舅，幼时便对他极是宠爱。此时他会过来，宋茂心中对此已经预料到。

苏家第三代没什么可用之才的说法流传甚广，但单以外表看，今年二十三岁的苏文兴算得上仪表堂堂。进门之后，苏文兴先给宋茂行礼请安。宋茂笑了笑，在他之前将一些话说了出来："文兴，你今早说的那沽名钓誉之徒，真的便是这宁毅宁立恒？"

"堂舅，真是此人。他的背景我们早已查过，二十年来皆是寂寂无名的书呆子，什么也不懂，若非弄到家徒四壁，何至于要入赘我们苏家？"

宋茂笑道："我看倒是不像。"

"中秋那首《水调歌头》，他在爷爷、父亲他们面前也说是一道士吟出，只是爷爷说得严厉，让大家不许外传，我们也不好在外面公开说起此事……"

苏文兴心中郁闷，加上在这个疼爱自己的堂舅面前一向随意，此时便滔滔不绝地说着。宋茂笑着按了按他的手，随后又虚按两下："此事的可信度尚在两可之间，他若真是沽名钓誉，窃人诗词，堂舅自会试探一番……"

"可是堂舅你今日在藏书楼上还那样赞他，若是……"

今天早上苏文兴就跟宋茂说了宁毅的事情，方才在藏书楼里，宋茂一开始不知道宁毅是那群孩子的老师倒好说，知道之后仍然对其赞不绝口，苏文兴就觉得有些郁闷，只怕又给对方添了名声。宁毅如今虽然只是赘婿，但他的名气还是会化作筹码拥在苏檀儿那边的。

听外甥说起这个，宋茂在心中暗暗摇了摇头，随后拍了拍他的肩膀："文兴哪，你是接手你父亲的生意，舅舅早就告诉过你，眼光要放长远一些，勿要看着别人有点小名便不服气。如今在苏家，你檀儿妹子的夫婿虽只是入赘，但你爷爷是不会让人动他的。他若真有才学，你一时间拿他没办法，不妨与之拉好关系，也好找找他到底有何弱点。他若是沽名钓誉，总有一日是要摔下来的。你把他捧得越高，他便摔得越狠，所以在他摔下来之前，你何不多去捧捧他呢？"宋茂一张国字脸，看来端方憨厚，此时语气诚恳地说完这些，顿了顿，"我尚有事情要出门，这些话，文兴你且想想，自行斟酌，待到晚上，再去看看你父亲母亲……嗯，走了。"

"知、知道了……"苏文兴恭谨地行礼，"是外甥方才想岔了……"

宋茂笑笑，推门而出。

当宋茂从院落走出时，另一道人影也正沿苏府另一端的道路朝侧门方向走去。

与罗掌柜一同过来的席君煜此时并未与罗掌柜一道出去，自藏书阁的那些消息传来之后，他又与几人聊了一会儿才独自告辞。苏府的院子很大，他也不是第一次来，早已熟悉了。他在周围转了一圈，这个角度正好可以看见苏檀儿与宁毅居住的两栋小楼。

大雪纷飞，他站在那儿目光严肃地想了一会儿才转身离开，一路穿过几座积雪的院落，快接近侧门时，才听得一道声音从不远的地方传来："席掌柜，真巧！"

事实上这样的"巧遇"早已不是第一次，席君煜的心情今日却有些烦躁，他微微皱了皱眉，还是朝那边拱手行了一礼："七少，真巧。"

从那边过来的是一名穿着华丽的年轻公子，手上拿了一把折扇，年龄不大，面孔还有些稚嫩讨喜。苏家三房的苏文季笑着过来："席掌柜辛苦了。既然巧遇，正好今日家父在引春楼设宴，不知席掌柜……"

"呵呵，谢谢七少与三老爷的好意，只是君煜尚有要事在身，这宴会怕是无暇前去了。"

"席掌柜，你不要每次都这样说嘛……"

"七少又何尝不是每次都是如此说法？"

"那好吧。"苏文季正了正容色，"席掌柜，我知道你喜欢二姐。"

席君煜定了定神，随后淡然一笑："这倒是有些新意了。"

"席掌柜，你何必不承认，这等事情，家中有心人谁都能看出来……老实说，当初我们都以为二姐会选你，当日爹爹也说：'怕是选了席君煜，那事情便麻烦了。'如

117

今这事没必要瞒你，大家都知道你的能力，二姐手下的生意，有一半是你撑起来的，可最后二姐也好，大伯也好，爷爷也好，都没有选你。"反正已经开了口，苏文季挥动着手上还没有打开的折扇，一股脑地说了下去，"谁也不知道他们为什么要选那个宁毅。你别说我说得难听，我就是在挑拨离间，这些事情我不挑拨你也会这样想的。而且刚才在前面，那个宁毅没在场也大出风头，你知不知道？爷爷会越来越看重他，但他不过是个赘婿……"

席君墨听着这话，淡然地笑了笑："七少，我知道他们如今尚未圆房，到现在都是分房而睡，看似夫妻，实为陌路之人。只要他们未曾圆房，这个赘婿就是个笑话。"

"他们总会圆房的！你我都知道我二姐的性格，她既然已经开始与那宁毅相处，两人就总会圆房的。她从小教养就好，不守妇道之事她根本不会去做，她既已接受……"

"呵呵，七少，你便是这样肆无忌惮地议论你姐姐的？"

席君墨摇了摇头，举步前行。后方苏文季咬了咬牙："怎么谈论都是这样！席君墨你很清楚，姐姐早晚会接受他的，你这样子根本没可能……"

话未说完，席君墨陡然掉过头，大步走了过来。他身材颀长，本就显得高大，加上在商场打拼几年，此时阴沉着脸快步走来，风雪飞舞间，那气势的确有几分慑人。他盯着苏文季看了一会儿，随后冷冷一笑，摇了摇头："七少，别天真了……"

席君墨常常进府商议事情，苏文季也常常过来等，几次"巧遇"大家都是和和气气地说些客套话，苏文季何曾见过一向从容淡然、成竹在胸的席君墨这种脸色？

他先是微微一愣，随后开口道："席、席掌柜，你若来我这边，立刻便是苏府一等的大掌柜，苏家三房一切资源任你调配，你有多少要求，只要是我们能做到的，都会答应你。你若能将这些资源经营好，二姐毕竟只是一个女人，将来她接手大房不成，你要得到她，自然有诸多办法……我爹说你是聪明人，谁都知道你是聪明人，我们这边有诚意，多余的话没必要说，你自己想想便是……"

风雪之中回响着苏文季的声音。事实上，他早就已经准备好要向席君墨说出来了。在苏家大房的几名掌柜中，席君墨精明能干，一向是其中最为耀眼的一个，虽说如今在资历上还比不过几个老人，但他在将来能撑起苏家半边天的事实没有多少人怀疑，甚至多数人说，这席君墨本是读书考状元的料，乌家花了重金请他过去他也未曾答应，他会留在苏家，其实只是为了二小姐苏檀儿。

也是因此，自从苏檀儿成了亲，苏云方与苏文季便一直试图接近席君墨，释出好意。苏文季这人自知本事不行，但一向自诩苏无忌，礼贤下士，对有能力的人极其厚待，讲究的就是"我或许无甚能力，我只要把事情放给有能力的人去做就行了"，这样的态度也曾得到过外界不少赞许。

席君煜听完他的话，就那样看了他一会儿，片刻之后，手掌往他肩膀上用力拍了下去，在苏文季疑惑时，席君煜仍旧是摇头冷笑道："七少，别天真了……"

"这是你最好的机会……你知道我说的是不是真的。"

苏文季摸不清对方的想法，又被对方的态度弄得糊里糊涂，席君煜拍在他肩膀上的手掌颇为用力，他只好重复着这些话，片刻之后，但见席君煜叹了口气。

"呵呵，七少，礼贤下士，宽以用人是好事，我知道这是三老爷教你的。没办法管理，就不要指手画脚，这本也是个取巧的法子，可你不明白，真正能用人的人，一定要压得住人，若有一日你手下两人意见相左，你却连个决断的能力和威望都没有，你怎么用人？"

看着眼前的男子，席君煜觉得好笑。苏文季想了半晌："至少……这对你岂不反而是一件好事？"

席君煜摇了摇头："我席君煜不会跟注定失败的人站在一起。"

他说完这句话，转身离开。眼见那身影大步远去，苏文季迟疑了好一会儿，终于意识到一点："你生气了！你生气了！"

"这句话还算有些进步。"席君煜淡然地说着，随后头也不回地挥了挥手，雪花像是在空中陡然炸开一般，"醒醒吧，七少，你们斗不过苏檀儿，她从一开始就没把你们放在眼里！"

风雪飞舞，苏文季目瞪口呆地看着那着一袭墨衫的身影大步离开，片刻后才猛皱眉头，按捺怒气。虽然心中想着这么多次接触，这似乎是第一次让席君煜变得失控、生气，该是有了转机，但因为席君煜的那几句话，不爽的心情还是压不下去，随后，他顺手一拳打在了旁边的树干上。

他本身力气不大，平日里这样打上一拳只是会痛而已，这时候他已经做好了痛的准备，咬着牙关将手在空中晃动了几下，呼的一下，整个脖子都感到冰凉冰凉的，肩膀上也满是积雪。苏文季愤怒地抬头往上一看，眼神随即变得错愕，嘴巴一张，惊恐的神色眼看便要泛起……

远远看去，树下的人朝那树打了一拳，那棵树悠悠地摇了几下，然后……

轰——哗——

白绿相间的颜色将人影淹没，两只手与一只脚在雪堆上摇晃挣扎着。

片刻后传来丫鬟的呼声："来人啊——来人啊——七少爷被雪埋住啦——"

    听青春，迎来笑声，羡杀许多人，
    那史册，温柔不肯，下笔都太狠。

>烟花易冷，人事易分，
>而你在问，我是否还认真……
>千年后，累世情深，还有谁在等，
>而青史，岂能不真，魏书洛阳城。
>如你在跟，前世过门，
>跟着红尘，跟随我，浪迹一生……

琴弦轻响，一声一声犹如潺潺水流，女子的嗓音低低的，唱腔之中有摸索，有沉思，有疑惑，结合了平素唱词唱曲时的一些单音唱法，又将宁毅方才教她时那些转折保存了下来，曲调不高，绵软悠长如醇酒一般。

男子便在这样的歌声中细细碎碎地剥掉了鸭蛋的蛋壳，琥珀般的颜色随着蛋壳落下逐渐出现在空气中。在这个与宋朝类似的年代，松花蛋在乐声之中第一次出现在人前，随后被放在前方的瓷碗当中，琥珀色的蛋清中花纹蜿蜒。宁毅听着聂云竹唱出的与原版颇有不同的《伽蓝雨》，隐约间能感到一丝古韵。

即便他身处这个时代，许多时候所见所闻的依然是简单的生活，简单而枯燥，平日里走在秦淮河边，那些楼船、建筑并不如电视里拍得那样好看，道路上各种脏乱。古韵这种东西，是一种特定的心境，如每晚苏家院子里的灯火，如那日教小婵唱的《明月几时有》，如大雨瓢泼间小楼内外的安逸，在那些能让他联想到许多年后的时候，古韵才会自心中生出。他毕竟是个现代人，这样的心境才是真正沉淀了时光的气息，如诗如酒。

静静地听完这首曲子，聂云竹有些欲言又止。她从未听过这样的民谣俚曲，可是那些能登大雅之堂的乐曲之中，也未有如此奇怪的唱法。千年以降，乐曲一道走的都是单声音乐的道路，即便千年以后，每一支地方戏曲追求的唱法其实都是从气势气韵上下功夫，要说变化，远不如结合了各种风格的现代音乐来得繁复。这一曲唱完，以聂云竹的功力，她自然能清楚感受到歌曲追求的繁复变化，从某种意义上来说，这种简单肤浅却又在另一方面追求技巧变化复杂到极点的乐曲几近邪道，但对她来说，确实有着诸多的震撼和启发。

另一方面，歌词过于浅白，有些地方似有拼凑嫌疑……她看看宁毅，倒像是随意说了句话，加上毫不经意地追求着有趣的唱词方法，最后便拼出了这样一首歌。只是即便这样，也实在是太令人惊异了，那散碎浅显的词句实际上也有着一些若有若无的意境，信手拈来若一个玩世不恭的游戏。在这之前，聂云竹从未想过有一天会被这样一首乐曲弄得有些无措，乱了心绪。

"公子这唱法，可是平日里随意拼凑起来的？"虽然这令人难以置信，但想来也只能是这样了,若真是熟悉音律的人,就算是编首民歌小调也绝不会变成这样。

"能听吗?"

"奇怪,但是有趣。"聂云竹想了想,谨慎择词,随后笑道,"只不过……怕是只能平日消遣,或二三好友聚会时随意唱唱,呃……怕是……"

她有些不太敢说,宁毅笑了起来:"登不得大雅之堂,呵呵。"他略顿了顿,"不过本来也只是我喜欢,自己听听,觉得有趣。"

宁毅行事一向随和率性,聂云竹早已习惯了,这时候见了他的态度,心中那些疑惑与纷乱也就去了,不过是首古怪些的歌曲,只要能唱来听的,大抵都是为了让人心情愉悦。她本对音律之道钻研极深,也有了一些需要捍卫的规则底线,却对眼前的事情不感到奇怪,只觉得对方本该如此才是。

"其实是好听的。"她笑着点了点头,"只是……我以往没有听过这样的词曲,要全用新的曲谱,倒是得研究几日……"

宁毅笑着点头:"呵呵,当然,我又不赶时间。其实能听上一遍就觉得很好了,刚才就很好听。"

"公子过奖了,其实很多地方唱功发挥不出来……"聂云竹说着,随后望向碗里的鸭蛋,"这咸鸭蛋,为何成了这样?"

"这叫松花蛋,你起个名字叫翡翠蛋、玛瑙蛋、富贵蛋什么的也行……这一坛给你尝尝,这一坛我拿走了。以后卖贵一点儿,应该有生意,全天下应该只此一家,别无分店才对……"

宁毅笑着将松花蛋介绍了一番。他原本拜托聂云竹腌制了两坛,一共五十个,这时候倒只打算拿一坛走。反正他弄这个也只是想吃,给谁卖都一样,但聂云竹懂乐曲,以后他还得拜托她谱曲呢,就当投资了。

小小地推拒了一番,聂云竹还是收下了。又闲聊了一阵,聂云竹从厨房里找了几根稻草绳将那小坛子绑上,宁毅提起瓦坛告辞离开。聂云竹送他到门外,不久之后才折回房间。

"雨纷纷,旧故里草木深……"

轻声哼着那乐曲,揣摩着,聂云竹走到桌边,看着那写了歌词的纸稿,随后拿起碗中的松花蛋,贝齿轻启,咬了一口,细细咀嚼,口中还在一字一句地哼唱着那歌词。

从未听过的古怪词曲,从未吃过的鸭蛋味道,这些东西涌入心中。方才宁毅在时,心倒是安静的,此时她却不知为何变得有些乱了。

"斑驳的城门,盘踞着老树根,石板上回荡的是再等……"

"雨纷纷,旧故里草木深……"

"城郊牧笛声，落在那座野村，缘分落地生根……"

"我听闻，你始终一个人……"

"跟着红尘，跟随我，浪迹一生……"

轻柔的嗓音只是淡淡地哼，她脑中却想起许多事情，想起方才两人一同推车回来时的情景。她放下手中的松花蛋，走到门边，轻轻开了门。风雪自外面飞舞进来，她站在那儿朝远方的路上望过去，那道青衣长袍的身影撑着油纸伞，在风雪中渐行渐远，已然只剩下最后的模糊影像了。

"跟着红尘……"

心怦怦作响，她觉得自己像是站在红尘的门口了，胸口微微起伏着，思绪如潮，时而觉得那曲词中的意境难言，时而觉得又有一些别的什么，咚咚咚，咚咚咚，在心口拼命敲打，随后又觉得自己想得太多了。

"宁公子是正人君子，当只是随意写下的词句……聂云竹……"

"聂云竹、聂云竹、聂云竹……"

远处的身影早已消失在风雪中了，她将房门关上，抿了抿嘴，走回圆桌旁坐下。确实是自己想太多了。她用手撑着脸，侧着头看那歌词，口中轻声唱几句，随后又趴下来，下巴搁在了交叠的双手上，平望过去，那咬了一口的松花蛋就放在不远处，门外透进来的一束微光，正照在那琥珀般的颜色上，漾起晶莹的霞彩。

她就那样趴在那儿，怔怔地望了那晶莹的颜色好一会儿，光线昏暗的房间里，看起来像小女孩似的……

马车离开了苏府，宋茂掀开帘子看了看外面的风雪，随后扭头向宋开确认了一遍准备好的礼品。

"上次买到的那棵人参……然后是求林甫同林大家写的字……嗯，人参放中间，不起眼一点，秦师最喜欢的是字画，这幅字他当是喜欢的……"

宋开跟在宋茂身边已经好些年了，为人谨慎可靠，这些早已交代的事情不可能出错，宋茂之所以确认一次，也仅是因为无事可做。对方才与苏文兴的那番对话，他实在是有些感慨，这外甥能力不够、眼界不广着实令他叹息，但他目前也实在是无法可想。

宋茂虽然与苏家走得近，但若真要说与这妹妹、外甥之间有什么骨肉相连般的亲情，还是不可能的。在老家时，他与作为苏府二夫人的堂妹就没有太多来往，后来稍稍发迹，苏家花了大笔钱财投资到他身上，雪中送炭他记在心里，不过，这也就是对苏太公以及苏家而言了。

时间流逝，如今他已经位居知州，以往苏府算是他背后的一大助力，现在也不过是锦上添花而已。苏家二房将来若能掌控整个苏家，对他来说，自然有些好处，但关系其实是不大的。苏文兴与他是更近一些的亲戚，若能掌控苏家，大家的利益牵扯也就多一些，但是以这外甥的资质，能不能管好苏家，实际上也是在两可之间，日后说不定反倒会牵累自己。而如果是那苏檀儿掌控苏家，那女娃儿是有能力的，更能审时度势。自己是知州，对方一定会巴结上来，实际上这一股助力也不会改变，而因为自己的存在，妹妹与外甥这一支就算拿不到苏家的管事权，但仍然会保留苏家人的身份，有些小权力，衣食无忧。这样一来，他们既能成为自己与苏家的纽带，而对能力不够的文兴来说，也未必不是一件好事。

他脑中犹豫着要不要做这样的选择。当然，如今苏太公还健在，他自然也要顾及亲族关系，对妹妹、外甥更亲近一些。那《水调歌头》的名声他之前也听过，最近打听一番，得到的消息却有些蹊跷。若宁毅真是沽名钓誉之徒，看在外甥的请求上，自己也是会顺手将之揭穿的，不过这是晚上才需要考虑的事情。他看看礼品，摇摇头，将这些念头抛诸脑后。

见到他的表情，管家宋开将礼品单递过来，随后笑了笑："老爷，秦公辞官已有数年，但近日听闻北地局势复杂，金辽纷争频繁，朝堂之中又有让秦公复起之声，老爷觉得，秦公可会复出？"

宋茂摇了摇头，停了片刻才说话："怕是很难。秦师当日离去，其中情况复杂。黑水之盟，秦师一肩承下所有罪责，其实是为其他人背下黑锅。若是一般的事情倒还好说，不过，以最近几年的形势来说，他要复起怕是困难了……"

武朝近百年来国力积弱，辽人一直犯边，武朝先后两次求和，签订的条约都是为人所诟病的——六十五年前的檀渊之盟丧权辱国，几乎断绝了武朝收回幽云十六州的意志和可能；六年前的黑水之盟中，需要缴纳的岁币被提高了一倍有余，更是在众多爱国人士的心上狠狠地划了一刀。

当辽军南下，时任吏部尚书的秦嗣源是力主抵抗的，甚至亲赴前线督战，但后来前线几战失利，主和派占了上风。决定议和之后，据说有些心灰意懒的秦嗣源又自前线星夜兼程地赶回来，接下了议和的使命。

据说当日他走上金銮殿时身上战袍未脱，须发皆乱，衣甲破了几处，烟熏火燎的，手上也受了伤，看来极其悲壮。众人还以为他要以死相谏，当时才即位一年的官家连忙叫人拉住他，谁知他并不是要反对，竟是要一肩担下议和这种吃力不讨好的事情。

当时朝堂之上自然也有各种反对之声，说他在前线督战不力，如何还能承担议和之职，分明是想从中作梗，破坏议和。不过，稍懂一些的人大抵也明白那几场失利并非这位一直为文官的尚书之责。这事情商议了两天之后，上面的人竟真将议和的责任交给了他。

随后的黑水之盟，林林总总加起来，岁币几乎翻倍，不过考虑到武朝的状况，辽人答应了金钱、布帛不足之处可以陶瓷、珍玩等物品相抵。这时候檀渊之盟已经过了一个甲子，辽国发达，对这些物品的需求多了起来。和谈达成之后，虽然当时的官家并没有处置他的意思，但秦嗣源心灰意懒，一力扛下了战事失利以及议和的多项罪责，在天牢被关了一月之后虽被放出，但还是黯然挂冠而去。后来他连老家都未回，只称："此为千古骂名，无颜见家乡父老。"便在江宁隐居，直到如今也未复起。

"就算上面的人真让秦师复出，以秦师的心境，这几年内……也是不会再出山了。"宋茂想着，摇了摇头。

车内安静了片刻，那边的宋开想起什么，压低了声音。

"老爷，听说秦公当年办事能力极强，许多事情上看来不拘小节，却从来无人敢以此事非议他。近几年金辽纷争不歇，小人也听到一些说法，说黑水之盟便是考虑当年金国日盛，多次向辽国请求贸易权未果，于是秦师设计以大量奢侈品为饵，挑动两国纷争。黑水之盟前面几年，武、金之间便有黑市贸易流通，六年前黑水之盟签订后，朝廷不只向辽国纳贡，甚至偷偷运出大量瓷器珍玩乃至于胭脂水粉给金国。也有说法，官家将宫廷中的物件选了一批送出；而第二年，半之……"

宋茂皱了皱眉："此事为何人所说？"

"家中四少爷曾与人议论此事，似是四少爷本人的推测……"

"老四。"宋茂叹了口气，"以一国之力为筹码挑拨，此等想法实在太过异想天开，老四不务正业，整日里只会瞎想……但无论是真是假，勿要与他人说起。"

"小人明白。"

说话之间，马车已抵达目的地。要说起来，宋茂与秦嗣源并非真正的师徒身份，只是秦嗣源当年管吏部，宋茂后来搭上一些关系。对方离任之后，虽然因为黑水之盟，许多人不再与秦嗣源有联系，但只要来江宁，一向面面俱到的宋茂都会执弟子之礼过来一趟。

他的人生格言是，锦上添花不如雪中送炭。秦嗣源的两个儿子如今也在官场上，虽然还在四品以下，但秦嗣源当初替一大批人背了黑锅，有他的背景在，两个儿子他日很有可能被官家重用。而且看最近一段时间的情况，秦嗣源过几年复起的可能也不是没有。

居江宁之后，秦嗣源居住的地方并不奢华，一座简简单单的书香院落而已，宋茂执弟子之礼送上名帖，不一会儿便被邀请了进去。进去后他才发现，这里已经有了另一名客人。这位衣着华丽的老者宋茂之前未曾见过，但想来身份不凡，之后经过秦老一番介绍，宋茂才明白对方的身份——成国公主驸马康贤康明允。

这位老人虽不涉朝堂，但他是当今圣上的姑父，在文坛声誉极盛，能够与他结识，对当官的自己自然颇有助益，于是宋茂连忙以弟子之礼参拜。

秦老与这个弟子平日是没有多少关系的，不过这几年对方每年都来，这时候他当然也表现得亲切。他本与康贤在赏字画，这时候便拉了适逢其会的宋茂过来，宋茂一时间也是受宠若惊。不过他虽有才华，与这两人比起来却差了许多，因此不敢乱插嘴，只是恭谨地侍立一旁，听两人议论交谈，偶尔被问及，他才开口回答，心中想着过几日可以去成国公主府上拜会一趟了。

也在这样的气氛中，外面忽然传来脚步声，随后是秦公小妾芸娘的声音："他们在书房赏画呢，公子进去便是……呃，这是……"

秦老与康贤正在研究一幅长卷，只见康贤一边仔细看，一边随口说道："倒是来了，真不知有何等物件能令老夫吃惊……"秦老便笑了起来。

随后，有人推开虚掩的房门，走了进来。

这人想来与康、秦两人很熟了，只见他穿一身青色长袍，手上提着一个坛子，令宋茂吃惊的是，来人竟只有二十岁出头。那人进来后，原本笑着想要说话，看见宋茂，也微微愣了愣。宋茂心想这大概是康、秦二人的子侄辈，正要自我介绍，秦老已经开了口。

"哈哈，立恒你可来了。来见见、来见见，这位乃是老夫当年的弟子，宋茂，宋予繁……"

那年轻人笑着一拱手道："宋兄，幸会。"

随后，宋茂听秦老说道："予繁，此乃我与明公小友……"他笑着，"宁毅，宁立恒。"

宋茂的瞳孔微微一缩，随即他露出质朴的笑容："宁公子……莫非便是那'明月几时有'的宁毅宁立恒？哈哈，久仰。"

几人寒暄几句后，便见康贤与那宁毅随意地说起话来："方才不是说有好东西拿来，莫非便在这坛子里？"

"哈哈，自然。"宁毅将那坛子随手放到桌上，"正好宋兄也在，今日便一块儿尝尝这松花蛋……"

康贤微微一愣，随后似乎有些哭笑不得地摇头："亏得老夫方才还想着是何等新奇的事物，想不到是些吃食。宁毅小子，此事并非老夫自夸，天下间，老夫未曾吃过、见过的点心菜肴可真不多，你今日怕是要出点丑了……哦，这看来像是咸鸭蛋。虽然样子不一样，但如此腌制出来，也无非咸鸭蛋，你莫非能腌出一朵花来？"

宁毅笑了起来："便是腌出了一朵花来让你看看……"

宋茂对甜蛋、咸蛋什么的没有多大兴趣，他如今身为知州，在这两人面前也一直很拘束，此时看着几人说笑，随后那小妾芸娘从外面端了一盆清水，拿了几副碗筷进来，竟也是与宁毅颇为熟稔的样子。他想着今日藏书楼所见，心中震撼不止……

第七章

期待落空纨绔失望　围栏夜话夫妻交心

从下午宋茂离开开始，苏文兴就一直在等待夜晚的到来。

之所以有着这样迫切的心理，并不仅仅是因为他自己，还因为在这之前，他就已经跟几个兄弟、死党夸了口，说自己舅舅过来，便一定能将那宁毅沽名钓誉的文士面孔揭穿。这也是为什么出现了藏书楼宋茂大赞宁毅的情况之后，苏文兴会急匆匆地跑去询问。

"我看你舅舅是不想掺和到这些事情里来吧，你看他在藏书楼说的那些话……明显一开始不知道宁毅就是老师嘛，话都说出口了，说别人有大才什么的，现在收不回来了。老五，你就别唬人了……哼，真不知道那宁毅到底做了些什么，把人唬得一愣一愣的。你们说，他以前不是什么专业的骗子吧？"

暮色已至，几名年轻男子坐在院中的凉亭中聊天，大都是苏家二房一系的人。说起来，要不是宋茂的到来，苏文兴此时也成不了众人的中心。平日里这几人说是利益结合，说是同盟，实际上不过是一道吃喝玩乐的朋友，由于有着亲戚关系，自然走得更近一些。

既然同为二房，又一起捞好处，吃喝玩乐、扮才子狎妓之余他们当然多少会忧虑一下二房将来的命运。虽然苏檀儿一向是胸有成竹的样子，并且依靠银弹攻势也令苏家年轻一代的许多人保持了中立，但若真要比支持者，苏檀儿终究是女子身份，多数人还是站在了二房或三房那边。当然这样的站位也不怎么可靠，如今苏家的第三代基本都还没什么地位，一旦动真格地斗起来，他们的数量也不过是壮壮声势而已。

　　当然，他在成为家中举足轻重的一员之前，多少也能做些事情，打击一下对手的优势和气焰。这帮平日里没事就喜欢扮成才子上青楼喝花酒的年轻人，对平日里独特偏偏又有了他们求也求不到的名声，兼是苏檀儿的夫婿的宁毅，自然怎么看怎么不爽。

　　要是我有这个名气，秦淮河上哪个头牌的房间不能进？但这家伙竟然连青楼都不去，浪费啊。再者他的名声根本是假的……简直不能忍……

　　但怨气归怨气，平时他们遇上翻个白眼没什么，真要对其造成什么打击，很难。宁毅跟苏太公等人说那词不是自己所作时，苏仲堪与苏云方都在，因此他们也听说了，然而苏老太公下了严令事情不许乱传，谁敢明目张胆地跑出去以苏家人的身份证明这事？虽然他们也曾悄悄地放出流言，可流言太多没人信。在家里他们也不可能跑过去揭穿些什么，人家早承认了！这立场真是够光棍，什么都不怕，偏偏还有许多人认为他是故意藏拙。

　　他们作为苏家人，是不可能跑到外面去"大义灭亲"的，家里也不能自己来，这局就设得有些困难。这次宋茂过来是个最好的时机，堂堂知州，他完全不知道其中内情，只要在某个场合义正词严地指出宁毅沽名钓誉，老太公也不能拿不知情的宋茂怎么样。消息一传开，自己这边就只好"壮士断腕"与对方划清界限，说不定将来去青楼时还能跟某个美人深沉一番："我家二姐那个赘婿啊，原本我以为他是真有才学之人，谁知他……"

　　因此，宋茂一到，商议过一番的众人立即簇拥着苏文兴去说这事，毕竟宋茂以往对苏文兴的宠爱众人是看在眼里的。说完之后，苏文兴趾高气扬地出来道："妥了。"不久之后，藏书楼里，宋茂却大赞宁毅。众人对苏文兴嗤之以鼻，毕竟宋茂这人一向以忠厚刚直著称，在藏书楼赞扬那宁毅时看来是发自肺腑，之前大概是苏文兴在吹牛。

　　"你们懂什么，当时那宁毅不在现场，就算要说他又能说些什么，无非说他教书不行。我舅舅这是借花献佛，先给他点好处，待到他回来，没了警惕，晚宴上便能考校他一番，他就算想要推辞也没办法。"

　　从舅舅的房间里出来后，苏文兴回想着宋茂说的话，觉得大有深意，向着众人解释了一番。不过，到得傍晚时分，又有人怀疑起来，但众人终究还是相信苏文兴多一点儿。

　　"那是文兴的舅舅，不过举手之劳的事，他不帮文兴帮谁？文田你少担心了。"

　　"想要揭穿他，自然得先接近他，夸赞他一番，然后到了晚间宴席上随便问些东西，他的底便会被揭出来。以往外面那些才子宴请那宁毅也好，请教那宁毅也好，他总能随便说点东西就推开，不就是因为彼此并不熟悉吗？知州大人夸奖了他，他无论如何都得做出些亲近的样子，然后才是出撒手锏的时候。文田，知州大人的考虑，岂会像你一样简单？"说这些话的是苏家男丁中排行老二的苏文圭，样貌稍显消瘦，但还算有些本事，话本小说看得多了，总是自比诸葛亮，遇上大小事情总会有些点子，他的话要比苏文兴的话有说服力得多。他出了声，原本有些烦躁的苏文田便有些尴尬地笑了起来。

"呵呵，我不是因为看见府上在传那宁毅有多少多少才华，觉得看不过去吗？"

"能有什么才华？我们都去调查过，书呆子一个。"苏文圭微微皱了皱眉，"照我看来，这宁毅的诸多行为都是二妹在背后操纵。今日晚宴大家机灵点，知州大人若是当场发问，说不定二妹便会开口圆场，或是说那宁毅身有微恙，或是搞出什么小意外来，知州大人不好咄咄逼人，你我便要帮忙推波助澜几句，让那宁毅下不来台。总之，这次揭穿他，他日在旁人面前与之划清界限，到时方能名正言顺地将二妹打下去……"

众人连忙点头，议论了几句，苏文田问道："文兴，不知知州大人下午究竟是去了哪里？若是被人留下用餐，今日怕是要错过了。"

苏文兴摇了摇头："我也不清楚，大概是见舅舅的师长之类的人物吧。"

"那想来是大人物了……"文田笑道，"文兴，你说若有一日能带着我等一同前去，那该有多好。若能得几句指点……"

"哼，文田你平日里读书不用功，人家指点你一两句，你就能开窍了？"

"豫山书院中的先生皆是庸才，我用功又有何用？那些大人物自不一样。想我苏文田当日一首诗词，迎春楼的韶华大家都赞不绝口，若能得那些大人物指点一二，自然便可登堂入室……"

这苏文田平日便有些呆，偏偏自以为有资质有文采，平日里去的几家妓寨的女子，若不是因为他大把砸钱，怕是理都不会理他。众人暗骂一句傻气，却也懒得与之辩论。片刻后，一名跟班过来报告，宋茂回来了。

"知州大人似是与那宁毅一同回来的，两人像是已经认识了，相谈甚欢。"

"如此便是了。"苏文圭站了起来，面色沉静如水，将折扇拍在手上，"知州大人已在铺陈前势，否则以那宁毅的赘婿身份，又是晚辈，就算真有些许才华，知州大人又何须做出此等态度？晚上的事情想来无误，大家……准备吧。"

凉亭之中，那身影淡然孤傲，大有运筹帷幄、江山万物尽在算计中的感觉，众人为之倾倒，纷纷应诺，斗志昂扬。

从外面回来的宁毅自然不会知道家中正有一群人在暗暗地谋划对付他。在秦府明白与宋茂之间的亲戚关系时,他是有些吃惊的,但随后自然能调整过来,只是"宋兄"要改成"宋叔"而已。

宋茂这人看来朴实,实则精明,对宁毅来说,跟精明人打交道反而没什么压力,特别是在某些形势明显的情况下。只是回到苏府之后,另外一些情况还是令他有些意外。

看到他与宋茂一同归来的苏府人应该不多,这也不是什么大事,两人在府门口就分道扬镳了。宁毅提着那装松花蛋的坛子一路往后院走去,不多时便见到了正在半途等他的小婵。小丫头大概已经在附近的院子里晃荡了许久,一张小脸红扑扑的,看见他便叫了声"姑爷",随即笑着跑过来,看起来有些兴奋。

"今天没事了吗?对了,有些东西给你……"

小婵与他的关系算是苏府中最亲近的,他见到她,松花蛋自然得给一个。宁毅将坛子提起来在空中晃了晃,还没伸手去打开,坛子就被注意力明显不在这个上面的小婵张开手抱在了怀里——她大概以为宁毅让她帮忙拿东西呢。

"姑爷、姑爷,你听我说啊,今天你好出风头呢。"

"哦。"宁毅心中有数,不怎么惊讶,"我知道,藏书楼的考试吧。黑子他们怎么样?老太公要是奖励了他们一些好东西,小婵你说我这个当老师的到底是分一半好呢,还是分另一半好呢?"

"嗯嗯。"小婵用力点头,为宁毅出了风头而高兴,"除了藏书楼那边,还有另外的事情啦。姑爷真厉害,一句话就帮小姐搞定了贺家那边的生意……可惜小婵当时跟着小姐看雪景去了,没有看到姑爷说话时那个贺老爷的表情,一定很有趣……今天小姐啊,表小姐啊,席掌柜啊,听到的时候也吃惊得不得了,只有小婵不奇怪哦……不过姑爷真的是什么都懂呢,太厉害了!你说,要是待会儿见到小姐……"

"……"

犹在飘舞的雪花中,婵儿如同小母鸡一般抱着那个恐怕她自己都没有注意的坛子,一边走,一边兴奋得叽叽喳喳地说个不停。宁毅沉默地听了半晌,终于叹了口气。

"小婵,到底什么贺家的事情,可以从头到尾再说一遍吗?"

喧嚣的人声中,火光将入夜后的苏府点亮了,青瓦飞檐,雕梁画栋,雪花一落下,便被空气中的热力推开,或是融化掉了。

今天的晚宴刚刚开始,自苏府侧面一所偏厅附近延伸开,二十六桌的规模,桌子有圆有方,人数两百出头,这不过是苏府在这个冬季的一场普通晚宴而已。其他季节少一点儿,临近年关,这样的宴会就变得频繁起来。

苏府主系的三房、诸多堂亲表戚、为苏家做事的一些元老、各地聚集过来的一些掌柜都已经入了席。最中央的圆桌旁自然是苏太公、宋茂以及与苏太公同辈的几名老人，加上苏伯庸、苏仲堪这些主家。周围几桌的布局是有讲究的，真正对苏家有过贡献的人才能坐进来。譬如豫山书院的山长苏崇华、管理一地业务的大掌柜苏云松以及其余一些掌柜，哪怕是三房直系，也得是真正管事的，有这等地位的人，才能坐到附近。如果席君煜被邀请过来，大抵也能坐到这里。

至于苏檀儿，她如今虽然管着大房的许多事情，但毕竟女子之身，如今还没有正名，与宁毅更隔了一张桌子。两人之间没有多少对话，但看起来神色如常，当然，各自心中到底在想些什么，那就很难说了。

从苏檀儿这一桌开始，落座的规矩就松了许多。在靠后一点儿的一张方桌旁，苏文兴、苏文圭正聚集在一块儿，偶尔心怀鬼胎地朝这边望过来。

这时候的苏檀儿与宁毅怕是无论如何想不到，这样一场普通的宴席中，会有几个人一直情绪忽高忽低地注意着他们两人，并且直到最后，那情绪也无法得到丝毫排解。

"待会儿宋知州他们一定会过来，然后会夸奖那个宁毅，一旦宋知州说起来，大家就立刻注意，好戏要开场了。"

对这件事，苏文圭自认已经看得通透，特别是在那边最初的几段谈论中，宋茂就提到了宁毅一次，并且夸他教学有方之后，对这想法就更加笃定了。待到宴席开始后一刻钟左右，各桌之间开始动起来，又过了一刻钟，宋茂才拿起酒杯与苏仲堪在附近稍微走动一番。

以宋茂的知州身份，原本他坐在主席位上始终不动也是无所谓的，不过他一向面面俱到，这走动一番，并不是拿着他知州的架子，而是将身段如以往一般放在了苏家亲朋的位置上。这样子一来，和周围几桌的招呼打完，已经算是非常给面子了，但随后，他果然以随意的姿态朝着苏檀儿与宁毅这边走来，同时说了几句话："苏家有檀儿、立恒两人在……"

"我过去……"苏文兴拿起一只酒杯靠了过去。他才刚刚走近，只见宋茂与苏仲堪转身走了。他微微愣了愣，掉头回来。

"怎么了啊？"

"不知道啊，舅舅就随便说了几句……"

"以知州大人的身份，本就不该多说，怕是知州大人觉得时机还不够吧。"苏文圭阴沉着脸想了想，"可能是要等二妹与宁毅过去敬酒时，才好说些话做考校。"

火光萦绕间，宴会闹哄哄地进行了下去，人影走动，小孩打闹，酒桌上觥筹交错，几人心中有事，没什么心情吃喝玩闹。不一会儿，苏檀儿与宁毅起了身，他们便也拿着酒杯站起来,混在人群中朝主桌那边走去。苏檀儿与宁毅敬完酒回来了,苏文兴与苏文圭也疑惑地回来了,望望宁毅又望望宋茂,眨眨眼睛,随后又商议了一番。不久之后,苏檀儿与宁毅这对夫妻又起身,在不远处与宋茂有了交谈。苏文圭推推苏文兴,苏文兴跟过去……最后又拿着酒杯回来……

酒席渐渐散了。

如果严格按照规矩,老太公离开之后,其余人才能走。不过老太公喜欢在这里跟几个老兄弟说说话,气氛也热闹,看时间差不多了,便笑着挥了挥手:"有事的,吃饱了喝醉了的,便自散了、散了,呵呵……"

原有的孩子闹够了,已经开始打盹;有的人喝吐了,趴在桌子上。老太公这句话一出来,气氛变得更轻松了,部分人离开,也有人过来这一桌向老太公等人问安,聊些有趣的事情。苏文圭等人的脸色阴沉得一塌糊涂。苏文兴因为宋茂要过来已经夸口好几天,这时则感到面子掉地上摔八瓣,如今拼也拼不起来。

"什么嘛,根本没戏……"

"你舅舅从一开始就没打算考他些什么……"

"说不动你舅舅帮忙,直说不就成了吗?出来的时候你还说什么晚上一定……"

视线那头,宋茂已经站了起来,似乎在笑着说:"不胜酒力……"大概也要告辞,而苏檀儿与宁毅也已经去老太公那边打招呼。当宋茂快要走到门口的时候,苏檀儿与宁毅也转身要走了。脸色漆黑的苏文兴陡然站了起来:"等等!"

喧闹的声音被这话压下去一瞬,随后又响了起来——有许多人注意到了他,自然不会觉得那句话是针对自己来的。门口的宋茂朝这边看了一眼,苏檀儿与宁毅疑惑地望过来,然后朝周围看看,转身继续走。老太公偏了偏头,看着苏文兴,眨了几眼:"哦,文兴啊,你们那边说什么呢?有事?"

"我、我、嗯……没、没事……"

他将这句话说完,悻悻地坐下。

片刻之后,他再度站起身来,往宋茂离开的方向追过去。

自酒宴上离开,回到房间,宋茂喝了一口宋开早已准备好的醒酒茶,随后洗了把脸。

他喝的酒并不多,对他来说不过是漱漱口的程度。此时脑袋依旧是清醒的,他在桌边坐下,拿出一本帖子放在一边,随后磨了磨墨,又抽出几张宣纸摆好,备好毛笔,手上摆出写字的姿势,心中斟酌着。

今日收获颇丰。

原本他对秦师只是例行拜访,预期的收获不多。他的为官之道,原本就是重要人物都得多拜访，谁也不知道什么人什么时候会发挥具体的作用，平日打好关系总是没错的。对与秦嗣源之间的师徒之情，他本未抱什么大的期待，这事情无非摆在这里的一个筹码，如果日后秦嗣源复起，多少会记得自己一些；若对方没了复起的机会，自己总能与他的两个儿子有些联系。这个来往的程度不算深，连他自己也没想到，今天会或多或少地进一步。

今日在秦府之中，那宁立恒在两位老人面前表现出来的随意的确吓了他一跳，看起来自然而然，又并非子侄辈之间的来往，难怪秦师介绍的时候说的是他与明公的小友。不过心中震撼归震撼，事情不坏，当他坦白地说出与苏家、与对方的亲戚关系之后，秦师对他的态度明显变了，不再是那种纯粹的普通弟子与师长之间的客套。关系有这种程度的加深，他就很满足了。

而另一方面，他还认识了康贤康明允。

宋茂想着这些，在宣纸上首先写下几个字：康公明允赐鉴。随后他又停了下来。过几日要去拜会明公，他斟酌着帖子的用词，随后在"赐鉴"的"赐"字下画了一笔，在旁边写个"道"字。道鉴，适合用于道德正人、望重学者。

这些用词是小节，不过他此时想的也的确是这些事。至于试探宁毅是否沽名钓誉的念头，从在秦府与宁毅打过招呼之后他就将其打消得一干二净了。平心而论，以他目前的地位，不至于怕秦嗣源，也不至于怕康明允，而仅仅以布衣身份与这两人相交的宁毅，他就更谈不上怕或畏什么的，如果真要做什么，宁毅对他来说也只是个小人物，但何必呢？

反正二房接苏家也好，那个叫苏檀儿的小姑娘接苏家也好，自己能得到的都没什么差别，何必呢？从那个时候起，可以做的决定就已经一清二楚，宁毅这人到底是不是沽名钓誉都好，反正自己没必要去揭穿他，那么当然也没必要去试探什么了。

至于那个一心想要让对方丢脸的外甥……这只是小事而已，既然决定做下，他就不再放在心上了。

片刻之后，宋开进来报告："文兴少爷求见。"他点了点头："让他进来吧。"目光仍专注地停留在眼前的宣纸上，随后他动笔写起后面的文字来……

雪风拂过，雪景下的夜色有着几分孤寂与寥落，远远地有寺庙的钟声传过来。

远处的宴会基本已经散了，自二楼围栏边朝那边望过去，火光似暗淡了许多，宁毅趴在那儿随意地望着灯影摇曳的苏家大院，雪幕之中，一个个房间、一座座阁楼中的灯光极有意境。

脚步声自楼梯那边传来，不用去望，他也知道那是谁。这脚步声与平素爱上来拉他下去的小婵并不一样，小婵的脚步活泼许多，这脚步娴雅而安静——或许说从容而安静会显得更加贴切一些。

他偏了偏头，那抹银白色的身影正从视线那头过来。他只看见了狐裘的一角，因为身边是一根柱子，那身影走到柱子那边便停了下来，同样趴在栏杆上往院落间望去。

两人沉默着一同望了一会儿，若是偏头去看，可以看见女子那美丽又犹带青涩的侧脸。不久之后，苏檀儿开了口："相公很喜欢在这里看景色呢。"

"很漂亮不是吗？"

宁毅笑了笑，知道对两人来说，摊牌的时候到了。

"相公是个怪人。"

"嗯？"

雪花在落，名为夫妻的两人站在那柱子两边，看着四周绵延的院落。偏过头去，苏檀儿微微低了低头，嘴角溢出一抹微笑。

"其实……倒也并非相公怪，小时候檀儿也喜欢站在这楼上看风景。相公发现了没，这边的视线是最好的。"她伸手朝远处指出去，"那里是爹和娘住的院子……二姨娘的……爷爷的稍微被挡了些……三叔在那边……那盏灯笼，应该是文英那帮人在走……"

夜色中的苏府，一片片区域在苏檀儿的指点下变得非常明确，也有提着灯笼在院落间走动的人影，苏檀儿驾轻就熟地一一指了出来，片刻之后，稍稍想了想。

"小时候妾身不住在这里，但常常到这里来玩，坐在这楼上看来看去，奶娘找不见我，就知道要来这里寻。我在上面看见奶娘过来，就到里面躲起来，嘻，每次都躲在一个地方，奶娘笨笨的，我有一次换了个地方藏，她就找不见了，在外面唤了好久……

"奶娘每次找过来的时候都说上面风大，或者说要吃饭了。相公或许想不到，妾身小时候身子很好，吹吹风根本就不会生病，喜欢像男孩子一样跑来跑去，追追打打，但是他们后来都不跟妾身玩了。至于吃饭，为什么要吃饭呢？有时候妾身好像感觉不到饿，问奶娘，奶娘也不知道。娘亲生我的时候，爹爹说想要个男孩子继承家业，可是生下来的是个女娃，爹爹说也好，有个大家闺秀。其实妾身也不像个大家闺秀……"

她仰了仰下巴笑了起来，但那笑容之中没有什么阴影。此时的她纵然没有多深的学问，但容貌行止，至少在"看起来像大家闺秀"这一项上是毫无问题的。

"所以后来……嗯，后来妾身可以自己选座院子的时候，就跟小婵她们搬到这里来了。相公可能不知道，刚搬进来那会儿，妾身是住在这边的房间里的，因为这边的视线要好些。不过……后来便搬到那边去了，相公可知道是为什么吗？"

"看不到别人，别人也看不到你吧？"

宁毅随口答了一句，苏檀儿沉默半晌道："相公以前……可有什么理想抱负？"

"我啊……"宁毅想了想许久以前的事情，"想砌房子。"

"呃？"这个答案显然令苏檀儿有些意外，片刻之后才道，"砌房子？类似……泥瓦匠吗？"

"哈哈。"宁毅抬头笑了起来，"没错，泥瓦匠、泥木匠之类的……嗯，差不多。"

"这倒是未曾想过……"苏檀儿低喃一声，宁毅在栏杆上轻轻敲了几下，随后拿出一枚洗了的松花蛋来，隔着木柱递了过去："对了，给你尝尝。"

"鸭蛋吗？"

下着雪，这一处回廊上从下方照射上来的光线还是挺足的，但要分辨出鸭蛋蛋壳上那些不同的斑纹却是不行了。苏檀儿倒也不怎么介意，拿了那鸭蛋，轻轻在栏杆上敲打几下，伸手慢慢地剥壳，剥了几片又停下来。

"我……妾身小时候，其实想要当个变戏法的戏子……当然只是这样想而已。家里年年请戏班过来表演，小时候看着好神奇，老想着学会了也许能飞天遁地成神仙，后来便也学到了一些，如同那日你教小婵的一般，相公你看……"

她在那边伸出左手来，雪花中皓腕晶莹，仿佛要发出光来，纤巧细长的手指上捏着她方才剥下来的几片蛋壳，随后手指轻轻摩挲着，散着荧光的尘埃自她的指间如细线般往下散落，神奇而瑰丽。这大概是跟某些戏子学到的秘方，表演完毕，她轻声笑了出来，有些开心。

"不过当然，爹爹和娘亲都不会允我去当什么戏子的。太小的时候，有些东西感觉不出来，渐渐地大了，妾身才发现爹娘都有些不开心。爹爹想要个男丁，但后来就算娶了两个姨娘，还是没能给妾身生出一个弟弟妹妹。有的时候，爹爹当然会……当然会觉得……"

可能因为这话有些不好说，苏檀儿在那边停顿了许久，才深吸了一口气："反正……从那时开始，妾身就觉得很奇怪……为什么女孩子就不能继承家业呢？他们明明什么都做得没妾身好，就算跑去学堂学诗文算数，妾身也扮成男孩子去了……当然会被看穿，但不管怎么样妾身都不出去，打也不出去骂也不出去，就一定要坐在那儿把课听完。好在是家里开的学堂，后来爷爷也发了话……所以现在小七那些丫头能去学堂听课，也是妾身这样犟出来的……"

一边说话，她一边缓缓剥着蛋壳，这时候微微笑了笑，随即才像是发现了什么，咦了一声，举起那剥了一半的松花蛋。琥珀色的蛋清与其中的花纹映着下方的灯光，透出光芒来。

宁毅转了个身，靠在栏杆上："松花蛋，可以吃。"

"嗯？"

以前从未见过这种鸭蛋，苏檀儿想了想，随后才将那松花蛋送到嘴边咬了一口，又回到正题上。

"妾身知道，这些话相公或许不爱听，男人都不爱听妇道人家说这些东西。妾身也从来不跟别人说，但是觉得……这些一定要说给相公听听，哪怕相公不喜欢……檀儿也想说，檀儿并非独断专横、跋扈霸蛮的女人。与相公相处半年，妾身觉得相公的性子也许听得下这些古古怪怪的心思，檀儿将来确实想要……想要管好苏家，但也只是这样的心情而已。檀儿与相公是夫妻，是有白首之约的，檀儿不希望相公也跟他们一样，对妾身有太多芥蒂……若是……若是……"

她努力斟酌着词语，宁毅笑了笑："如果我真跑去当个泥瓦匠呢？"

苏檀儿想了想，笑道："妾身也想当个耍杂耍的呢。"

"呵呵，其实……"宁毅从怀中拿出一张折了的宣纸，在空中挥了几下打开，递给苏檀儿，"看看这个。"

光线不足，那宣纸上以毛笔画了些古怪的图画，又有这样那样的图案，模模糊糊的一片。苏檀儿微感疑惑地望了宁毅一眼，随后拿起那图纸，就着微光仔细看了起来……

这宣纸上各种物件的样子都有些古怪，许多地方更是有些完全看不懂的线条文字，倒是与西来的波斯文、胡文有几分类似。如此看了好一会儿，苏檀儿才承认自己看不懂，抬起头来："相公这是……格物？"她看不懂图纸，却多少能猜出这该属于什么范畴，家中是丝织起家的，织布机之类的图纸她自然看过，与宣纸上的图形相比，倒是难以分清楚谁更复杂。

这年月儒学重人文轻格物，苏檀儿怎么也想不到，自己这个平日里淡泊，诸多行为令人难解的相公竟然在认真研究这些东西。事实上苏家有专门研究织布机改良的人才在，但基本是当成维修工来用。匠人、手艺人的社会地位的确低下，即便夸大一点加上"格物"这样的名字，旁人也不会理解。虽然到了许多年后，"格物致知"被理解成儒学中蕴含的侧重物理学的一面，但在这个时代，真正的"格物"，与儒学的关系并不大，人们探讨事物内在的规律，是当成人生哲学的方向来探讨的，若是往物理发展，那便是奇技淫巧，为人不齿。

不过，作为一个商人，还是能理解匠人的价值的，苏檀儿对此事显然并无成见。宁毅笑了笑："无聊的时候做做，不知道两三年会不会有成果……"

苏檀儿道："其实，家中也有几个老师傅，对这些事情有些心得，不过……"她不歧视这些，但匠人毕竟地位低下，若是这个相公整天跑去跟对方聊这些，就算那几位老人家在苏家比较受尊敬，宁毅显然也会受到非议，于是她欲言又止，好在宁毅也摇了摇头。

"并不迫切，只是自己没事时喜欢想想。"

"倒是不知道，相公画的这些，到底是用来做什么的呢？"

宁毅顿了顿道："吃的，现在不好说。"

他望了望苏檀儿手中的物件，苏檀儿随后才反应过来，看着那个剩下一小半的皮蛋："莫非……这个也是相公……"

"嗯，基本上是。"

苏檀儿愣了半晌，随后才将那剩下的小半个皮蛋放进嘴里，缓缓咀嚼着，咽了下去。宁毅望向远处的院子，苏檀儿双手撑在栏杆上，低着头，也不知在想些什么，过得许久，才见她悄然笑了起来，那笑容似是有些恍然，又似是觉得自己做了些多余的事情。

"其实，相公早就知道檀儿过来要说些什么，是吧？"

片刻后，宁毅点了点头："大概能猜到一些。"

"相公不是书呆子。"

"呵……"

"相公在学堂讲故事是有深意的。"

"那个倒的确是随口说的。"

苏檀儿不理他，望着远方，继续说道："《水调歌头》也不是道士说的。"

"……"

"相公是有才学的人呢。"

"喀，这个真没有……"

苏檀儿心中认定了一些东西，此时已经自说自话了，过了一阵才偏头望过来，这一次是提问："不过，相公那天在贺府，莫非真看穿了贺家的心思，也猜到了薛家的事情？"

宁毅与她对望了几秒钟："若我说是，你信吗？"

"那相公便是生而知之，檀儿这些年的经验就全然无用了……"

苏檀儿皱了皱鼻子，笑了起来，显然已经自己找到了答案。在这一点上，她其实还是很自信的，而这种自信也有其根据。事实上在宁毅来说，他并非真猜对了，只是碰巧因为一些残缺的信息而与贺家人的想法撞在了一起而已。苏檀儿会这样想，宁毅自然也没必要解释什么。

"相公是个怪人呢。"她如此总结着。

"娘子也是吧。"

"嘻。"苏檀儿开心地笑了起来,"檀儿放心了。"

雪落无声,覆盖了整座江宁城,在这扰攘的人世间,这笼罩着欢声笑语的房间里像是在某个角落被悄然推开的窗口,被这片天地温柔地笼在其中。

武朝景翰七年冬季,岁月仿佛一幅笔触柔和的画卷,大雪之中,温馨一片。

宋茂所在的院落里。

房间里的灯火晃了晃,光影在窗棂上微微摇动,年轻的男子已经进来请了安。房屋一侧,样貌敦厚刚直的中年男子坐在桌边,一边写字,一边有一搭没一搭地与对方说些闲话,至于说的是什么,怕是一个字都没有进到他心中去。

质问自己这个舅舅的事情苏文兴是不敢做的,此时只得跟随着说些话,只希望舅舅什么时候能给句解答。

不知过了多久,外面远远地传来一声钟声。宋茂放下毛笔,抬起头来,将宣纸压好。

"这帖子还未写完,便回来之后再写吧。"他笑着站起来,转身望向心不在焉的外甥,随后走过去,沉默了好一阵子才道:"文兴,你觉得,要打败你檀儿妹子,执掌苏家,有多难?"

苏文兴心中存的本是宁毅的事情,但听到这个问题还是严肃地想了想:"不敢欺瞒舅舅,檀儿妹子她……的确能力出众,若她真的执掌大房,外甥……一点儿信心都没有……"

这话说出来有些艰难,但他在舅舅面前显然坦白才最重要。苏文兴说完,宋茂摇了摇头,拍拍他的肩膀:"你想得太多了。有一件事你永远不要忘记——你檀儿妹子,只是个妇道人家。"

"我、我明白,但是她做的事情,确实……"

"你们啊,为何总想要去打败她?"宋茂笑了笑,"苏家如今是老太公当家,即便老太公过了,也有老太公的兄弟,纵是旁支,也有话语权。你要想想,苏檀儿若真的执掌苏家,真正独当一面的时候,她因为女子身份在外界遭遇的压力才是最大的。老太公给她机会,让她管理事情,但毕竟还是在你大伯的羽翼之下。你觉得,她在苏家受到的压力,比之她将来执掌苏家在外界受到的压力,孰大孰小?"

苏文兴一阵迷惑:"舅舅是说……"

"呵呵,你们……能力不需要超过她,也不需要在商场上打败她。只要她无法平平安安地接手苏家,吞掉二房、三房,或是直接压过二房、三房,这,便是破局。归根结底,她只是一个妇道人家,她的能力要高出你几十倍,才能做到你们轻松就能做到的事情，而你们只需要维持原状便够了。她的能力若拿不下二房、三房，仅仅是维持大房，那么老太公绝不会把这个家交给她，因为作为一个女人，仅是这样她还担不起苏家。文兴，你们二房、三房会安安分分地让她吞掉吗？"

苏文兴已然明白过来，有些兴奋："怎、怎么可能，我等岂会坐以待毙？！"这简直是坐着就能赢的仗。

"这道理你父亲明白，你三叔也明白，但他们不会与你们明说，怕的是你们这些孩子失了斗志。你如今既已知晓其中道理，也勿要乱传。该做的事情，还是要全力以赴地去做，明白了吗？"宋茂拍了拍他的肩，"走吧，陪舅舅去与你父亲、母亲叙叙旧。"

"嗯。"苏文兴点头，正要跟上，随后想起来，"但是舅舅，那宁毅呢……他是檀儿妹子的夫婿，要给她捣乱的话，这岂不是最好不过的机会？"

"这件事……"宋茂走到旁边拿起已经凉了的醒酒茶喝了一口，在脑海中斟酌词汇。能与秦嗣源、康贤这等人谈笑风生的人，他即便是真无才学，又岂是你这等小毛头可以对付的？多年的官场经验让他自动过滤掉一些东西，从不想说重话，但回头看看这外甥的样子，想起这些年毕竟是有些真感情，还是叹了口气。

"这件事……旁人如何去做都好，我要文兴你置身事外。无论那宁毅是否有才学，你都要切记此事。"他顿了顿，说出这个晚上最不想说的一句话，"免得自取其辱。"

爆竹声声辞旧岁，总把新桃换旧符。

气氛热烈、扰扰攘攘的年关一直到出宵，都有着各种各样的事情。即便是以赘婿的身份，这些事情也不可能避过。年前苏檀儿要求宁毅陪同的各种拜访便是为这一阵子做准备，大房、二房、里亲外戚、合作的商户，各家各户的串门互访少不了。若是家中亲戚，苏檀儿与宁毅一同前去便是；若是出门，大多是跟随苏伯庸，毕竟苏檀儿还未正式接手苏家大房，年前只是谈谈生意，年后这类有象征意味的镇场子的初访还是得由苏伯庸带队。

年关以前，来回拜访了许多人的知州宋茂便自江宁离开了。由于宋茂的几句美言，宁毅在苏府更受重视了。下人方面，以前虽然不会有什么仆大欺主的事情发生，但要跟他打交道的人不多，其余的人态度都比较冷漠，现在热络的仆人多了不少，不过这种事对宁毅来说原就是可有可无的。

而主人方面，什么三少、四少、五少、六少对宁毅明显没什么好脸色了——以往都只是冷漠以待的，现在不得不警惕起来。当然他们也做不了什么事情，因为老太公对宁毅明显更重视了。有了藏书楼的那次考试，宁毅的分量明显重了许多。苏家人都知道老太公的心结——他一直希望苏家多少出些文人，稍稍脱去这商人的身份。

商人再有钱又如何？一旦出点事情根本保不住自己，只能任那些当官的搓圆捏扁。文人就不同，只要有了功名，哪怕再寒酸也有为自己说话的能力。武朝以武闻名，原本也是以武立国的，然而开国之初出了几次大的动乱，上面吸取了教训，便以士大夫治天下，如今也同宁毅所知的宋朝一般，待士大夫极厚，重文轻武。

宁毅既然让老太公看到了这点希望，自然更加受到重视。特别是在拜年时，老太公与宁毅的交谈明显比旁人久了许多，旁人也都看在眼中。老人家主要是想要跟宁毅聊聊读书、学堂之类的事情，宁毅也就随口说些寓教于乐的道理。老太公不懂这些，他更容易接受棍棒出孝子、严师出高徒这些，但他当惯当家人也有个好处——对专业人士，绝不指手画脚，乐呵呵地听完，也只说："若有不听话的人，尽管管教，怎样管教都行。"随后又感叹，"子安兄有个好孙子啊……"这说的是宁毅的爷爷。

老太公如今身体不差，精神也矍铄，虽然对孙子孙女们管束不多，看来慈祥安逸、和光同尘，但对这个家的掌握绝不含糊。如今的苏家，没人敢在这样的事情上随意触他老人家的霉头。大年初一的这次谈话之后，关于宁毅的白眼、闲话自是少不了，甚至多了许多，但想要动他，给苏檀儿添麻烦，拆老爷子的台的人，怕是少之又少。

虽然学堂已经休学，但偶尔遇上苏崇华的时候，宁毅能感受到对方眼中的一丝警惕，这让他觉得有些好笑。

这只是感受到的些许变化，对宁毅来说，有没有这些变化，他都不会有什么改变，层次低的人翻不起滔天巨浪来，只会翻白眼的人就算绞尽脑汁，做出的事情怕也只能让人也翻翻白眼。白日里宁毅一般要跑这跑那，偶尔会去一些与苏府有合作关系的商人家中，知道宁毅名气的主人会叫些读书的孩子来与宁毅"亲近亲近"。他们当然是怀着善意的，不过那些孩子只是读过几本诗文而已，因此只是小打小闹一番。

从中秋传出一首《水调歌头》之后，宁毅便未曾再出现在江宁主流的话题圈中，如今《水调歌头》每日仍在唱，但他本人基本已失去了热度。真说起来，这家伙今年二十岁，苏府赘婿，在那毫不起眼的豫山书院教教书，据说还弄了个什么古怪的黑板，几乎不与文人才子往来，这种隐士般的生活虽然奇怪，但也顶多说他是个性格古怪的人罢了。

长袖善舞的文人才子或许成名较快，但完全不擅此道的宅男型文人也是有很多的，只是似宁毅这样一词惊艳的情况比较罕见。

自从那天晚上的一席交谈之后，宁毅与苏檀儿的关系倒是拉近了许多。以往苏檀儿是以对待书呆子的方式来对待宁毅，总是试图主导局面，但初步"理解"宁毅这人之后，她便放松了许多——两个人都是"怪人"，这样的认知让她觉得很满意，当然主要还是因为宁毅并不介意她抛头露面做生意，因此她偶尔跟宁毅谈起一些商户时也更加随意。有时她提起一些难题，随后跟宁毅说起她的解决方法，并且问："相公觉得如何？"当然，她这样做更多的是满足她的交流欲和表达欲。能够理解和接受她的人太少了，即便偶尔她也能跟小婵等人说说，但那与自言自语无异，能够与宁毅这种跟生意无关的人说说生意，对她来说，是一种不错的放松方式。

宁毅会很自然地附和、调侃几句，或者露出几分赞叹的表情来，苏檀儿便觉得心满意足。这种表达欲与能力的高低无关，能力再高的人，偶尔也会觉得憋闷，希望心中所想至少能有个人知道，而这个人，最好还是毫不相干的人。这与在郊外挖个洞，把心中的秘密说完再把洞埋起来的减压方式是一样的。

当然，大部分的时间，两人交流的是些完全不相干的闲话。晚上回去，吃饭，讲故事，下五子棋，原本觉得宁毅那些故事未免有些儿戏的苏檀儿这时候也完全以放松的心情听起来，偶尔还让宁毅多说一段，或是下五子棋时得意地炫耀几句。其实，下五子棋是小婵最有天赋，赢得最多；而宁毅最难缠，他若认真起来，绝不忙着赢棋，对方只要有两颗棋子摆在一起，他便立刻去堵住，一直堵一直堵，堵到对方心中觉得憋屈，棋盘上摆了一大片之后，他才趁着对方不注意的时候展开反攻。

他这种下棋风格最是让三个小丫头受不了，夜晚暖洋洋的房间里偶尔便传出婵儿或是娟儿、杏儿的抗议声："姑爷太赖皮了。"苏檀儿的学习能力最强，同样也不缺乏耐心，她抿着嘴不厌其烦地与宁毅堵来堵去，看谁熬得最久。有一次两人把整副围棋盘摆满了，下了个和局，三个小丫头在旁边窃窃私语，说姑爷小姐是妖怪变的。这样过得两天之后，宁毅无奈地笑："你我何苦这样自相残杀……"一脸严肃堵棋子的苏檀儿终于忍不住抿嘴笑了出来，随后又是一脸笑意地将宁毅的棋子堵住。

此后两人才多少养成了默契，彼此下棋不再用这种纯考验耐心的下法了。

苏檀儿偶尔问起宁毅要做的东西，宁毅往往会比画一番："哪，这里要用铁皮弄个圆筒，竖着放起来……到这边可以倒水冷却一下……不过要求抗强酸，我还得把硫酸，呃，也就是镪水的浓度提高。问题是，没有抗强酸的容器我就很难提高浓度，而浓度不能提高的话，我也很难制造出抗强酸的容器来，这就变成鸡生蛋还是蛋生鸡的问题……不过要制造玻璃也实在不容易……呃，你听懂了吗？"

她既然要问，宁毅也无所谓，随口就说。苏檀儿只是随口问问，这时候一愣一愣地道："呃……相公……到底是想要做什么啊？"

"哦，吃的东西，你如果要知道具体的形象……大概就跟盐差不多。嗯，海带汤，海带汤的味道很好是吧，我们把一百斤海带熬成汤，过滤，把水晒干，大概可以得到一点点跟盐一样的东西，虽然纯度不高，但是放到菜里面的话味道会很好……嗯，就是这个。"

"呃……海带汤……用一百斤海带的精华来做菜……那能做多少菜啊？"

"一碗菜应该没问题。"宁毅眨了眨眼，"所以说消耗太大了，我想用另外一种办法造出来。"

"哦。"苏檀儿点点头，一只手托着侧脸，看起来一副牙疼的模样。如果随便造点东西出来可以等同于一百斤海带的精华，听起来是很厉害啦，不过……海带汤也不见得有多好吃啊……

"相公是怪人……"最终，她还是诚实地说出了感想。

宁毅想要做的，便是味精。

他以前有过这方面的经验，至少对味精生产的现代化工业流程是明白的，但老实说，明白这一流程毫无意义。抗强酸的容器、发酵酶，什么育菌啊，育晶啊，冷冻啊，温度控制啊……这些东西在千年后很简单，但在武朝，纯属痴人说梦，偏偏他除了知道最现代化的生产流程之外，就只知道味精从海带汤中提纯的历史，对这中间的跨度、最初的简单工业制法完全不明白。如果要按部就班地造出谷氨酸钠来，他首先得引导半个工业革命。

当然，坐以待毙不是他的性格，味精这东西无论如何是要试试的。这几个月他已经画出基本流程图，无聊时还会思考替代方式。年前他就在江宁的各个集市中走动，观察一下这个世界的发展程度，甚至找到了《梦溪笔谈》这类书籍研究一番。

一如他对苏檀儿说的那样，这的确是无事时做着玩玩的，几年内他并不期待有成果出现，自然也不会找个团队一定要把什么什么东西弄出来。中间无数衍生产品的出现，意义可大可小，目前他做做基础考察就够了。除了这些事，他在这个时代找不到太多有趣的目标来实现。

不过，其他他感兴趣的东西，或者说，比之味精，他更感兴趣的事情还有一样——学武功。

正月十五那天晚上与苏檀儿等人一同出门，他第一次见到了传说中真正的武林高手，虽然不像电视、电影里那么高，但也相当高了……

爆竹连响，灯火如龙。按照武朝惯例，正月十三城中便要上灯，正月十七下，一共燃灯五日，城内舞龙舞狮，整夜不眠，但自然以十五上元佳节最为热闹——雪仍未化，各个灯会、诗会又开始活动起来，比起中秋夜的规模犹有过之。

这一天晚上的热闹并没有中秋那晚诗会比斗的烟火气，更多的还是自年关以来未完的聚会气息。如果说中秋那个晚上人们更喜欢欣赏文人才子的书卷气息，更乐见诸多偶像比拼的风采，那么上元一夜，人们则更加侧重于自己与家人、亲朋的庆祝——吃元宵，猜灯谜，逛夜市，然后才注意一下那些文人才子所在的烟雨楼台。

这种情况出现的理由是复杂的：大雪封路，过往客商行人减少，部分游学的学子在年前就返回了老家……各种诗会还是有的，但不像每年中秋那样泾渭分明了，濮园诗会、止水诗会不在上元正式举行，这一夜通常以丽川书院的学子的表演为主。丽川是江宁的官学，若非中秋有潘府举办的止水诗会，他们那边的学子的质量该是最高的。

不过，即便许多正式一点儿的诗会并不举行，文人才子们还是有大量宴席可以去赴，交流一番年关的佳作，部分丽川的学子也会分散来参与这些宴会，然后以自己的诗作抢抢同学们的风头。总之，这一晚还是延续了年关以来的喜庆气息。

入夜之后一片繁华，亥时（晚上九点）的钟声敲响时，宁毅正与小婵在朱雀大街附近的小吃摊边吃汤圆，周围是绘着各种灯谜的花灯，将整个街市照得犹如白昼。

晚上宁毅与苏檀儿随着苏伯庸去一苏府世交家中赴宴，基本礼数尽到之后，苏檀儿便与宁毅告辞出来，说是小夫妻到朱雀大街这边走走逛逛，实际上并非全为此。

苏檀儿手下几名掌柜今天晚上在这附近的明秀楼谈生意，苏檀儿心系结果，因此在路上稍稍游玩之后便到明秀楼对面一家小茶楼里找了张桌子坐下，一边听着茶楼里的戏一边等待结果。宁毅与她听了一会儿戏，待到名叫席君煜的年轻掌柜过来报告初步结果时，他便起身准备到周围走动一阵。

"逛逛朱雀大街，看看有什么好吃的，每样尝一点儿。"

"记得给妾身带些回来。"

苏檀儿甜甜地笑着，如此对他说。随后小婵也跟了过来。下楼的时候宁毅回头看看，发现苏檀儿已然转成了云淡风轻的眼神，与那年轻的掌柜说着话。由于过年前后苏檀儿曾领着他到苏家的各家店铺里转过，这个席掌柜宁毅也见过几面。这人有野心也有能力，只是锋芒外露，还不够内敛，不过也是相当出色了。这让宁毅想起多年前自己还年轻的时候，见过不少这样的年轻人，有朋友，有对手，只是到最后，让自己最吃惊的反倒是那个一向优柔寡断，跟在自己身后的唐明远，如此想来，倒是有些讽刺。

不久之后，他便与小婵在朱雀大街附近沿着一个个小吃摊尝过去。道路两旁尚有未融的积雪，秦淮河附近有风吹来，但是不冷，整条大街都是热火朝天的感觉，舞龙舞狮，灯会杂耍，各个摊贩的火炉中都升腾着热气。小婵吃不了多少东西，买了盏小灯笼提在手里，灯笼上有一只猫的图案。不过，这猫的额头上画了个"王"字，宁毅就姑且认为是头老虎了。

"姑爷、姑爷，那个蜜饯黄连的灯谜怎么解？"

"会不会是同甘共苦？"

"姑爷、姑爷，黄绢幼妇，外孙齑臼是什么？"

"呵呵，这个想不知道都很难，曹操问过杨修，谜底是绝妙好辞。"

"姑爷，这里有个好难的：一形一体，四支八头。一八五八，飞泉仰流……这个是什么啊？"

"我怎么知道？"

"原来姑爷也不知道啊……"

"前面两个有没有猜对，你去问了吗？"

"姑爷说了就对了啊。"

"过来吃汤圆……吃完汤圆告诉你是个'井'字。"

"哦，原来是'井'字。"

宁毅对小婵实在发不了什么脾气，吃几颗汤圆又转战下一摊。这个摊子的五香豆倒是小婵的最爱，她买了半瓷杯慢慢吃，小灯笼晃啊晃的。不一会儿，小婵没头没脑地说道："小姐其实很累的。"

"嗯？"

"刚才啊……刚才小姐在茶楼上，姑爷准备离开，其实很多事情姑爷知道的，对吧？"

那张小脸有些认真，宁毅想想，笑着点了点头："那边谈不妥的话，终究还是得你家小姐拍板，我在那边其实也没什么用，有时候还会适得其反。"

"果然姑爷都知道……"小婵点点头，看了宁毅几眼，有点欲言又止，但终于还是说道，"姑爷怎么不帮小姐呢？"

"你家小姐很厉害的，不用操心。"

小婵想想，随后又笑了起来："最近小姐很开心。"

"嗯？"

"因为姑爷啊。以前小姐很少跟人说这么多话……呃，也说啦，不过不会说生意上的事还说得很开心，还和姑爷讲故事啊，下棋啊……所以小婵想，姑爷要是愿意帮帮小姐，小姐一定会更开心。姑爷也知道，小姐她、小姐她毕竟跟小婵一样都是姑娘家，出去做事，总有人说闲话，小姐嘴上不说，心里肯定有很多心事……"

小婵是真心为苏檀儿着想，鼓起很大勇气才说这些，又怕自己得寸进尺越过了丫鬟的本分，让宁毅不开心，便不时为难地瞅瞅宁毅，随后却整张脸被宁毅伸手揪成了大饼。

　　"婵儿几岁进苏府的？"

　　"世碎（四岁）。"婵儿迟疑片刻，才嘟囔着比画了一下，待到宁毅放开她的脸颊转身往前走，她才小跑着追上去，补充了一句，"婵儿是四岁时被卖进来的。"

　　"四岁，真小……"

　　"娟儿也是。杏儿姐比我们大一岁，当时五岁。小姐那时候八岁。"小婵对这些事没有避讳，笑得还有些甜，"我那时候真是太小了，人牙子本来不要的，正巧苏府要几个小姑娘，小婵就被选上了，家里本来想把哥哥卖掉的。"

　　"平时倒没听你提起家人啊。"

　　"小婵被卖到苏府，就是苏府的人了嘛，哪能整天提他们呢？"小婵低头想了想，"其实小时候的事情小婵也记不起太多了，就是饿。听说本来有个弟弟，生出来不久就被饿死了。家里那时候本来是想要卖哥哥的，哥哥总能做点事了，后来卖了小婵，卖二十五年，家里得了三十五两银子。其实跟着小姐算是通房丫头，这是有福分的事，多少年我才不管呢。现在小婵每年给家里寄十两银子，哥哥去年成亲了，还写了信来给小婵，说娶了邻村最漂亮的姑娘，就是字丑……嗯，小婵前年回去过一趟，今年三月也能回家看看嫂嫂……"

　　许多事情是如今社会上的常态，小婵说起来倒也没有表现出多少伤心之意，说到后来还开心起来，随后又有些心虚地抿了抿嘴："姑爷……"

　　宁毅笑道："所以檀儿就像你姐姐一样，是吧？"

　　"嗯。"小姑娘连忙点头，随后又摇头，"小婵只是丫鬟，不敢这样想的。"

　　"那她常常跟你们说生意上的事情，也常常跟那些掌柜说，我就算帮她，多我一个为什么就不一样呢？"

　　"可是、可是……姑爷就是不同嘛……"

　　"呵呵，别多想了，你家小姐之所以会跟我说那些，就是因为我不懂，我也不做生意。我如果真能帮忙，那就的确要变成谈生意了。"虽然在自己和苏檀儿面前表现得非常单纯，但小婵并不笨，相反非常聪明，对她为苏檀儿着想的些许心机，宁毅并不在意，毕竟是人之常情。两人在人群中一路朝前走，宁毅笑着："你家小姐比你想的厉害得多，如果她没这么厉害，那我帮不帮她都没什么用，她趁早收手最好。虽然你觉得我厉害我也很高兴啦，但是也不要……呃……"

　　宁毅的话音突然止住，后方传来小婵"姑爷就是很厉害啊"的声音。明亮的花灯灯光下，宁毅微微皱起眉头，疑惑地看着自己的左手——拇指外侧多了一抹嫣红，黏黏的还未干，这是……血。

哪里沾上的？

疑惑间，宁毅回头看了一眼。街市灯火辉煌，人群来往，各种声音不绝于耳，朱雀大街那头，一条黄龙随着锣鼓锵锵锵锵的声音飞舞而来，热闹如常的上元景色中，几名衙役混杂其间，似是正在寻找什么。

下一刻，血花突兀地绽放……

第八章
巾帼英雄独自刺杀　蓦然回首再见那人

　　宁毅回头不过片刻，十几米外的人群中就出现了突兀得令所有行人都来不及反应的一幕。

　　这街道上本就行人众多，数十米宽的街道虽然还不至于到摩肩接踵的程度，但各种声音确实交织成一片，道路两旁还有些孩子在跑动，偶尔放个爆竹，点了就跑，引得附近的摊贩行人一阵笑骂，远处那条黄龙正随着喧天的锣鼓声舞过来。这样的情况下，一般的声音很难引人注意，然而，忽然响起的这道声音并非喧闹声，而是凄厉的叫声。

　　那是啊的一声惨叫，人之将死时的呼喊声撕裂了这股声浪。由于正好回过头，宁毅眼中看见的，还有无数花灯间倏然射出的金属冷光。那速度实在太快，像是电风扇的扇叶，在刹那间划出两圈虚影。血花随着惨叫声高高地从行人头顶飞过，一条断臂冲天而起。

　　弄得清状况的与弄不清状况的，反应过来的与未曾反应过来的，各种人声混合在一起。

　　"呀啊——"

　　叮——叮叮叮——

　　呐喊声、金属交击的声音化为波纹朝四周散开，一道黑色的身影在行人的头顶旋转，另一道身影呐喊着自下方冲上去，却失去控制，摔飞出去，撞裂了另一侧的桌子与长椅，木屑飞舞着冲到几米之外。

轰隆隆隆。

被撞爆的煤炉，飞起的汤锅、开水，燃烧的炭火，被惊散的食客……场面一片混乱。黑色身影又落了回去，挥斩手中的兵器，旁边两盏被波及的灯笼破了，火焰在空中蔓延。

这一切不过发生在短短的瞬间，宁毅或许也属于看到了却反应不过来的人，根本弄不懂这是怎么回事，只看到仅仅十几米外，手臂与鲜血乱飞，随后有人呐喊着朝出手的人冲过去。出手那人跳起也不过两米多高，像是撑杆跳起的体操运动员，黑色的衣裙不停翻飞，下方冲过去的人被她顺手轰出数米，撞散了无数东西。

这血光与断臂落下时，众人终于反应过来了，大叫起来，小婵还在问："姑爷，怎么了？"被宁毅一把抓住肩膀拉到了身侧。一名感觉不对的行人朝这边退过来，被宁毅一把推开。

呼喊的声音在夜色中炸开，十几米外，兵器交击的声音密集地响起，有人啊地狂呼，气氛肃杀，犹如战场上的两军对垒。那边挂着的花灯本就繁密，街道上空像是挂着蜘蛛网，不时有一盏灯爆开，或是一整条绳索带着花灯掉下来，地面上有人被劈飞出去，一只手已经没了，正捂着伤处惨烈地嘶喊。

江宁城中偶尔也会出现打架斗殴的事，或是两批人在街头血拼，参与者有镖局、帮派、高门大户的护院，打起来的理由各种各样，但眼前这突如其来的情景却不一样，方才跃起在空中的仅仅有一名女子，围攻她的却尽是五大三粗的男子，他们穿着如同江湖人的蓝衫短打，身上满是过着刀口舔血生活的肃杀与血腥气，尽管如此，这些人遇上那女子，仍然占不了上风。

宁毅望着前方那混乱的场景，周围人群逃散的速度开始加快。小婵双手箍住宁毅的腰，口中喊着："姑爷、姑爷，打起来啦……"她急得直跳，想要拉着宁毅离开，但宁毅只是单手抓着她的肩膀将她护在身侧，前方若有人跑过来要撞上，他便顺手推开来人。

人太多，那边身影的晃动宁毅看也看不清楚，好在人渐渐减少了，道路上散开一个半径十几米的大圈，但混乱比之刚才未有半分减弱，兵器声、惨叫声、火焰随着掉落的花灯在道路上燃烧的声音、远处孩子的大哭大喊声，有人在寻找同伴，也有人被推倒了努力爬起来，前方，一匹被绑在树下的老马受了惊，挣扎狂嘶。空气中突然响起一道声音："武烈军缉拿凶犯，闲人散开——"喊话间，一个人的胸口被那黑衣女子手中的长剑刺穿，飞退出十几步，轰然躺倒在地。

尽管说起来她是被五六人追杀还游刃有余的状态，但厮杀的场面并不像电视里的武侠片那般优雅。女子手中的剑看来不过是半米多一点儿的长度，比匕首和宁毅见过的军用砍刀长，但是比一般的长剑短，剑身看起来宽一点儿，笨一点儿，估计也照顾了劈砍的耐久性。女子身形高挑，但显得有些单薄，黑衣黑裙，面上还蒙了面纱。她攻击得不多，只是叮叮当当地格挡，小范围地奔跑躲避。

参与攻击她的几个人中有一名身高达两米的大汉，拿着桌子甚至旁边木棚的立柱当武器，这时候她甚至躲得有些狼狈，但每一次出手几乎都能有成果。她这样长的剑，要刺穿敌人的身体并不容易，但她出剑的力道极大，单薄的身体持着剑，简直像是全力地撞过去，一剑就到底，也是因此，方才被刺穿那人被撞飞出十几步才倒下。

片刻的打斗中，女子的黑色衣裙上已经满是斑斑点点的血迹，绝大多数是敌人的，但她之前很可能已经负伤了，否则宁毅的手上也不可能沾上那点血迹，不过这时候看不出来。视线清晰之后，出现在宁毅眼前的，便是那女子拖着一名受伤敌人的头发不断后退的情景。阵阵喧嚣中，被拖在地上的男子不断呐喊，挥手蹬脚想要抓住女子的手，但在这样激烈的情况下抓了几次都没能抓住。

前方有两名同伴冲过来，但是被她挡住了，侧面的大汉抢起一张桌子就砸了过来。女子本就在迅速后退，这时候手上猛地用力，双腿一蹬，地上的男子几乎被她拉得凌空飞了起来。女子落地，翻滚，桌子几乎是从她的头顶掠了过去。她转了一圈又站起来，被拖着的男子也落在地上，灰尘四溅，他的头发也被揪了一个圈。女子站起来的时候，哗地把他的头皮都撕开了，鲜血横流。女子一脚踢在了他的背上。

前方两人冲来，见同伴被踢得陡然从地上站了起来，其中一人连忙伸手去扶。后方黑衣女子的剑尖却唰地从被踢飞的男子身上穿透过去，直刺扶人者的胸膛。

"啊——"伸手按住同伴的肩膀的男子大喊起来，飞快地后退，三个人如同夹心饼干一般退出十几米，冲散了一团由花灯燃烧而引起的火焰，又在点点光芒中轰然倒地。女子一个空翻拔出了剑，倒在地上的男子用力推开上方已经被刺穿的同伴："杀了她！"他的胸口已经被剑尖刺入一点儿，小腿在方才的飞退间被几根竹签刺了进去，此时鲜血淋漓，好不狼狈。

一枚梭镖从不远处射来，唰地在黑衣女子的肩膀上带出一股鲜血，随后，一名手持大刀的蓝衫男子也逼近了，刀光飞舞，逼得女子不断飞退。

火焰摇动，烟尘滚滚，马声长嘶，绑在不远处树下的老马此时挣脱了绳索，疯狂地朝混乱的打斗现场冲了过去，直奔向还在呐喊犹豫、来不及奔走的人群。骚乱已经扩展出去，眼见那老马奔跑过一半的距离，一道光芒唰地飞了过来，在空中荡出微妙的弧线，噗地刺进了老马的脑袋——是那黑衣女子将手中的剑当暗器射了出来。

奔行的老马如受雷击，借着惯性朝前冲出几米，随后才轰然倒地，鲜血如泉水般从它的头上涌了出来。

那边的打斗未有半点停歇，刀光之中，已经失去武器的女子不断躲闪。陡然间，那黑色的裙摆莲叶般晃了一圈，持刀挥下的男子便踉跄后退，神情痛苦，却是中了撩阴腿。旁边，另一名手持双刀的蓝衫人也扑了过来，试图将女子逼开。然而下一刻，女子继续前进，双刀便砍在了空处。手持单刀中了一记撩阴腿的男子在明白自己成了目标的瞬间试图挥刀躲避，然而持刀的右手陡然被夹住，膝盖那里传来咔的一声响——他的小腿被蹬断，扭了过去。痛楚传入脑海的那一刻，一只白皙的手掌在他的眼前陡然变大。

黑衣女子的衣袖很长，打斗之间几乎让人看不见她的手，直到这时才能看见那白皙的手臂唰地从衣袖里刺了出去，衣袖像鞭子一样发出震动空气的响声。女子握拳，指节直冲对方的眼睛。

砰。

波纹一般的力道从眼睛直接传了进去。旁边持双刀的男子挥刀斩来，试图救援，然而就在那一刻，女子出手如电，身形也随之绕去了持单刀男子的身后。

啪啪啪啪啪啪。

眼睛、鼻梁、喉结、太阳穴、脊椎、后脑，当那双刀男斩过来时，女子早已站在了单刀男身后，手掌带动衣袖如钢鞭般自空中砸下，一掌拍在对方的百会穴上。

"呀啊——"

手持双刀的男子红了眼睛，刀光挥舞如车轮。宁毅隔得远远的，看不清楚他的动作，但能看到无数火花溅出来。几秒钟后，一柄大刀陡然自男子的背后刺了出来，当这人倒下后，身形单薄的黑衣女子站在那儿，手持大刀，满身鲜血，朝宁毅这边望过来。

身高两米的大汉又抓起一张桌子挥了过去，那女子却不再躲避，单手在空中一挥，那桌子就转了九十度，朝旁边砸了过去。紧接着，她拖着大刀就冲了过去，大汉刚刚挥舞起另一张桌子，那边刀光已经升了起来。

轰——

那单刀男的刀本就沉重，几乎与鬼头刀的重量相当，以那女子的身形，拖在身边看起来都有些怪异，然而这道刀光直接劈碎了那张桌子，大汉整个胸口的骨骼都被劈爆，大刀嵌在里面，与他一同轰然飞了出去。桌子的碎片还在空中飞舞，那女子的满头长发也在空气中飞扬，下一瞬，她已经如鬼魅般朝着死去的老马那边冲去。

这时候整个现场就剩下两名蓝衫男子还活着。小腿受伤的那个刚刚爬起来，不敢冲上去，而使梭镖的那人从头到尾都在游走，眼见女子冲来，梭镖在空中呼啸着疯狂旋转。然而女子直接拉近了与他的距离，两道身影撞在一起，倒地，翻滚。女子一个转身站了起来，鲜血仿佛围绕着她的身体转了一圈。使梭镖那人的喉咙已经被割开，梭镖的绳索落在了女子的手上。黑色的裙摆动了一下，那长长的飞镖拖着绳子，唰地飞过十余米的距离，嵌进最后那名小腿受伤的幸存者的脑门里……

这整个打斗过程维持的时间并不算长，只有三四分钟。结束时，周围的人已经散得更开了，也安静了不少。几名衙役捕快拔出刀，站得远远的，不敢过来。女子也不管他们，她此时浑身是血，走到老马的尸体边，浓稠的血液已经流了一地。她伸手拔出自己的剑，拿出一块布来擦了擦，唰的一下，反手收入后背。

宁毅与小婵也退后不少，看着这一幕，他整个身体都有些战栗……

花灯点起的火焰在街道上一簇簇地燃烧，老马的尸体下，鲜血早已流淌成一个浅洼，与伏尸、散落的各种杂物混杂在一起，一片狼藉。当那黑衣女子朝着相邻的一条街道奔去之时，几名持刀的衙役捕快根本不敢有丝毫阻拦。

宁毅举步想要偷偷跟上去，却发现小婵死死地抱住了他。其实两人相差不过一个头的高度，只是小婵此时蜷着身子躲在他身侧，就显得有些矮。宁毅望过去时，小婵也正皱着小脸望向他。她抱着宁毅叫了好久，拉也拉不动，一副快要哭出来的样子。与宁毅的目光碰在一起时，她的眼睛和嘴巴陡然变圆了，愣了一秒钟，表情有些可爱，随即她低下了头。

宁毅撇了撇嘴，随后才拍拍她的肩膀："走了。"

"哦。"小婵连忙放开手，宁毅朝那条岔路走去，小婵跟了几步，清醒过来，摇了摇头，"不对，姑爷你要去哪儿啊？"

"看热闹……"

"不行！"小婵跳了起来，揪住宁毅的衣角，"不要啦，姑爷，那个女贼好厉害！姑爷我们去吃东西啦，小姐还在等我们呢……"

"没事的，我就远远地看……"

"不要啦，那个女贼都已经跑掉了……"

"哪有那么容易……呃，她如果真跑掉了我也就看不到了啊……"

砰的一下，小婵从背后将宁毅抱住了，两只手箍得紧紧的，手上的五香豆撒了宁毅一身，脑袋在宁毅的背后拼命摇："不行啊，姑爷，不许去……"

宁毅站在那儿，一时间无语问苍天，随后看看周围："小婵，你这样抱着我，成何体统？"

方才情况混乱，大家都在看打斗，宁毅将她护在身边没多少人注意。这时候听得宁毅说话，小婵反应过来，身子一僵，顿时如同触电般放了手，但随即又死死地拉住了他的衣角，小脸红扑扑的。宁毅笑了起来，伸手在小婵的头上揉了揉，顿时将她的头发弄乱了——一个包包头的头巾脱落了，半边头发散成了马尾辫。小婵嘴巴一扁，宁毅举步向前走去："没事的、没事的，就看看到底是怎么回事。"

"姑爷啊……别去啦……"

街道那头又有蓝衫短打的武烈军人赶来，小丫头拉着宁毅的衣角，亦步亦趋地跟着，神色焦急，一副想哭的表情，围着包包头的头巾也掉了，她伸手拿着，想绑却绑不上去，模样煞是可爱。

那黑衣女子方才打得浑身是血，若是一路奔行，肯定会引起恐慌。不过，稍稍有些混乱的情景仅仅持续到她接下来跑去的那条街，当宁毅与小婵赶到那条街道时，行人惊惶的情景已经没有了，显然那女贼要么是进了周围的店铺宅邸，要么是很快变了装。不过，经过某个茶摊时，宁毅听得有人在议论方才朱雀大街那边的打斗。

"听说那女刺客在飞燕阁行刺武烈军的宋宪宋都尉，虽然没成功，但是杀了十几人才走，啧啧，血流成河啊……方才在朱雀大街那边打了一场，现在又不见了。这等高来高去的绿林强人，哪是他们留得住的……"

武烈军戍卫江宁一带，口碑算不上好，那都尉宋宪到底是何许人也普通人虽然不清楚，但当官的能有几个好人？市井间说起来，自是觉得大快人心。不过，真要说高来高去就完全留不住人那也不可能。附近的人流当中偶尔会看见那些蓝衫短打的身影，应该是武烈军中最精锐的一批人了，数量可能不多，但依旧在寻找那女刺客的踪迹，宁毅偶尔观察一下他们寻找的路线，随意地跟着。

小婵这时候已经放下心来，跟在宁毅身旁偶尔小跑几步，一边弄她那散掉的包包头，一边板着脸赌气："姑爷找不到、姑爷找不到、姑爷找不到……"

飞燕阁的刺杀和朱雀大街的打斗只是这个夜晚发生的小小插曲，波澜只在一定范围内掀起，也只在一定层次的人群中传播。武烈军再有来头，也不好在正月十五这样的日子封城或封路找人。在这个新闻基本依靠口耳相传的年代，绝大部分人依然在继续他们的活动与庆祝。

与乌衣巷大概隔了一条街的旧雨楼是江宁首富濮阳家所经营的规模最大的酒楼之一，高五层，占地面积广。虽说是酒楼，但是在这里大家想要的娱乐几乎没有找不到的。濮阳家自从往书香门第方向发展之后，一部分产业也融入了书香氛围，这栋楼是经营得最好的一处。

整栋酒楼是四方的"口"字结构，中央的天井宽大，因此没有照明方面的问题。其间假山亭台、奇木花卉，极是精美。若有需要，这些东西还可以移开，搭建出一座临时的舞台。酒楼外侧还有一片用围墙围起来的房屋以及草木，从上方望下去，顿觉赏心悦目。酒楼中处处可见各种充盈着风雅气息的书画，名贵的屏风，精致的瓷器、漆器等。

濮阳家在这栋楼上花了大价钱，而这栋楼收获的名气也不负所望，有钱、有家世、自以为有文采的人常以在这边宴请一次宾客为荣，知府大人之类的高官若是于府外宴客，也常常会选择来这里。当然，有钱才是硬道理，两袖清风的文人便只能在受人邀请时过来。这栋楼已经算得上是金钱与风雅的最好结合了。

今天濮阳家便在这里宴请了诸多才子。此时尚未回暖，河面上风大，六船连舫不太好弄，这次的聚会其实也相当于另一个濮园诗会——以濮阳家的濮阳逸为首，按照濮园诗会的规格邀请了许多人过来。不过，这次倒没什么人带家眷，位列"秦淮四艳"的绮兰大家作陪。这两三年来，名妓绮兰也算得上是濮阳家的招牌了。

宴会气氛比之中秋的濮园诗会要随意一些，但大家依然诗性颇浓。除了之前就与濮阳家有关系的几名才子以及薛进之流，今天还有一位名气颇大的人过来。这人在江宁年轻一代中常与严谨稳重的曹冠齐名，但性格洒脱，诗作也常常天马行空，被人称为有唐时遗风，他便是中秋时参与丽川诗会的才子李频。

李频这人的名气比之濮阳家能请到的几人要大。其实，大家都是年轻人，差距很难衡量，不过旁人说起濮阳家，往往会因为铜臭气息多扣几分，于是看起来就比止水诗会、丽川诗会那些才子低了几个档次。这次李频会来这里赴宴，众人都很奇怪，但能请到他主要不是因为濮阳家的财力，而是因为他年前曾在豫山书院听了宁毅的几个故事，苏崇华与他便认识了，但谁也想不到苏崇华的面子竟能大到这种程度，平日里宴请一番不算什么，但上元佳节这样的日子能将李频请来，濮阳家顿时觉得面上有光。

其余那些才子原本觉得李频过来可能抢了自己的风头，但好在李频这人低调，今日也只是随手作诗，虽也是好诗词，但并不会盖了大家的光芒。他说笑间也是进退有礼，不多时便让人觉得自己也成了他的朋友而不是对手，与有荣焉一般。绮兰这人有着专业的交际手腕，自然不会只亲近李频一人，相对于旁人，反倒对这位才子有些疏远，长袖善舞间能很好地控制住局势，于是场面热烈，其乐融融。

丽川诗会以及其他一些聚会传出的诗作依然会源源不断地汇集过来供大家品评，这边的众人诗兴也浓，诗作虽然及不上丽川，但李频偶尔调侃那些丽川才子几句，旁人就觉得那边的才子也不算什么了。宴会上觥筹交错，偶尔行酒令，品诗词，绮兰姑娘弹奏歌舞一曲。快到亥时三刻时，濮阳逸过去与李频说话，同时与苏崇华、过来的薛进说笑几句。

不一会儿，众人谈起去年中秋那首《水调歌头》，随后问起宁毅的事情来。濮阳逸说得随意，但他其实早就想请宁毅来为这诗会增增声色。苏崇华笑着说起宁毅在苏家的一些事情，又谈起年前宋茂的考校与夸奖。其实对宁毅，他以前是抱着无所谓的态度，但现在心中警惕起来了，最主要还是怕对方抢了他这个豫山书院山长的名头。毕竟他经营这么多年没有起色的书院，宁毅一来就教了批好学生出来，这对他来说，根本与打脸无异，加上苏太公对宁毅的器重，他自然担心。不过表面上，他自是摆出谈论小辈、与有荣焉的态度。

"假的吧，我可不信。"薛家跟苏家一向不睦，薛进此时也不再掩饰太多，"我年前可是听说，那《水调歌头》是他听一道士吟出来的，喊……他窃为己用而已……"

"哈哈，薛兄你又拿此事来说。"薛进话音落下，另一道声音自旁边传来，却是乌家人。江宁布行三家，薛家与苏家一向不和，但作为行首的乌家与这两家关系都不错。来人是乌家的二少爷乌启豪，与苏檀儿、薛进都认识，过年苏檀儿拜访乌家时，宁毅与他也有过一面之缘，这时候他笑着道："道士这说法可是没多少人会信。"

旁边濮阳逸笑道："我也是不信的。不过对这立恒老弟，我倒真是心慕已久，苏山长，下次可得替我引荐。"

随后话题自宁毅这名字上移开，众人又说笑了一阵，绮兰表演了一曲歌舞，乌启豪在窗户边往外看了一阵之后笑着转了回来："濮阳兄，说来真是巧了，你我方才所说之人，此时似正在楼下盘桓。苏山长、李兄、薛兄，我上次与立恒只有一面之交，不能确定，你们且来看看……"

他这话其实小半间厅堂的人都能听见，顿时便有人感兴趣地聚过来："乌兄如此感兴趣，说的到底是何人？"

"立恒？此人莫非是……"

这议论不多时便传遍了二楼的聚会大堂。内侧的窗户边，乌启豪与几人站在那儿看了几眼，伸手指了指："诸位看看，似乎便是那人，他旁边那丫头，不就是檀儿妹子身边的丫鬟小婵吗？"

楼下天井的假山附近，宁毅与小婵正有些无聊地闲逛着，在一片花灯之中打量着四周……

上元夜，旧雨楼。

五个月前的中秋夜，《水调歌头》词作一出，惊艳江宁。甚至有人说，此作一出，接下来几年的江宁诗会，都难有人再作出好的中秋词。到得如今，这首《明月几时有》在各个饮宴欢聚的场所中仍是每每被唱起，五个月的时间不但没有冲淡这首词带来的震撼效果，反而随着时间的过去越传越广，甚至东京、扬州这些地方，这首词作也屡被传唱，名声愈盛。然而随着时间的过去，江宁范围内关于词作者的讨论却渐渐淡了——太久没有消息传出来，就算是认为对方抄袭之类的猜测或负面评论，众人说得几次也没什么议论的心情了。即便是上元夜，方才濮阳逸与苏崇华等人提起宁毅，也只是小范围地讨论，如果要作为一个话题跟所有人说，那是没什么意思的，你要说人家是隐士，是狂生，反正人家整天教书又不理你。也是因此，这几人到窗户边朝外看时，大部分人还是不明白到底发生了什么事情。那边的绮兰大家方才歌舞了一场，这时候坐在那儿一边休息一边与几名才子言笑晏晏，注意到这边的情况，她小声地向身边的人询问起来。

整个聚会场中皆是这等情况，窃窃私语一阵之后，才有人穿过去："似是那宁毅宁立恒此时身在楼下。"

"作那《水调歌头》的宁立恒吗？"

"濮阳家竟连此人也请了来？"

"那苏家不过经营布行生意，濮阳家江宁首富的面子怎能不给？只是……倒听说此人沽名钓誉……"

"他从不参与这等聚会倒是真的，不过据说谈吐很大气……"

众人的小声议论，绮兰只是笑着听着。《水调歌头》这词她也唱了许多次了，不过这等集会，似她这种身份，自然不可能将心中的好奇表露出来，只是顺着旁人的话头说上几句，偶尔朝濮阳逸那边看一眼。

窗户边，苏崇华等人已然认出了下方的宁毅，薛进笑了笑："那不是小婵还是谁？前面就是立恒嘛。"濮阳逸倒是往苏崇华那边看了一眼，苏崇华这才笑了起来："果然是立恒与小婵那丫头。"

薛进探头看了看："不知道他们在干吗，叫他上来嘛。"乌启豪道："看样子似是有事。"他们这样说着，濮阳逸一时间也在思量，过得片刻，苏崇华倒是笑道："既然适逢其会，叫他来一趟倒也无妨。上元夜，能有何事？无非随处闲逛而已……"

苏崇华是宁毅的顶头上司，他这样一说，濮阳逸才有了决定，看薛进似乎想要直接叫人，连忙说道："岂能如此？岂能如此？以宁兄弟的才学，自是由我亲自去请，诸位稍待。"一旁的乌启豪道："我与你同去。"

当下两人向周围众人告罪一番，推门下楼。厅堂里一时间尽是议论宁毅过来将会如何的窃窃私语声以及对宁毅才学的种种猜测，到得此刻，便再度浮了上来。薛进冷笑一番，与身边几个熟人说了几句话，然后微感疑惑地望了望苏崇华：这老东西搞什么鬼……苏崇华对他没什么好感，拱手回座位，与微笑旁观的李频交谈起来……

"姑爷跟——丢——了！姑爷没——找——到！"

楼下的中庭里，小婵抑扬顿挫犹如唱歌一般说着话，声音中多少有些幸灾乐祸，但更多的还是为宁毅找不着那女贼而放心下来。这一路过来，她扎不好包包头，干脆连另一边的绸布也扯了下来，散成两条羊角辫，走路时，发辫一晃一晃的，依旧是乖巧懂事的丫鬟形象。

宁毅知她心事，笑了笑，回头。小婵以为姑爷又要伸手弄乱她的头发，双手轻轻扯着自己的两条辫子连忙退后几步，抿着嘴笑得开心。

"谁说我跟丢了？"

"姑爷就是跟丢了。"

小婵回了一句嘴又笑，宁毅翻了个白眼："我们走着瞧。"说着，他朝某个方向望过去。

事实上他还真没跟丢，只是小婵的担心他明白，既然她为自己跟丢了而开心，那便由得她这样以为好了。这座酒楼中一片热闹的气氛，看来诸人庆祝，其乐融融，但其中的许多细节逃不过宁毅的眼睛。

随着武烈军一些人追踪过来，按照那女贼可能逃逸的路线以及武烈军军人的分布，自己与小婵应该是一直咬在后面，落得不远。旧雨楼后方的围墙有一层积雪不正常塌落的情形，正门前方有两名武烈军的军人在与酒楼的护卫交涉，此时才被允许进来，而方才宁毅与小婵绕了半圈，注意到有一间类似杂物室或休息室的房间似乎被人强行打开了。宁毅特意找了一名小厮说了几句话，让他注意到那边的情况，这时候那个小厮正有些慌张地跟一名主事说话，手上拿着些红色的东西。

那可能是染血的布片，也可能是被换下来的整件血衣，但是遇上这类事件，在大概弄清楚情况之前，酒楼是不好报官或做其他方面的事情的，最主要是怕大惊小怪搅了今晚的生意。先不说这里的人还不清楚朱雀大街或飞燕阁的事情，就算知道是刺客，只要与自己无关，让她自行离开便是，若是衙役、军队被调过来，不光今晚的生意要黄掉，最后可能还要背上干系被敲一笔。因此酒楼暂时只能自行调查，提高警惕。

两名武烈军成员之后，又有两名成员自门口进来，他们注意着周围的可疑人物。酒楼的管事也叫了几个人过来，叮嘱了一番，随后这几名小厮打扮的人也分散开了，同样不动声色地探查着内部的不正常情况。螳螂捕蝉，黄雀在后，宁毅只要跟在这些人后方看着局势，安安静静地当一只好黄雀就够了。

自听说了气功、内功的神奇，宁毅便一直想要见识一下，然而半年多了，这才见到一个看起来有真材实料的人，他是绝对不肯放过的。接下来会怎么样还很难说，但他只要有机会，办法总能想到，随机应变就是了。他未曾想到的是，在从一楼去往二楼的途中，自诩黄雀的他倒是被两名完全不在计算中的猎人给堵住了。

"宁贤弟、小婵，真是巧遇。"从楼梯上下来，首先在转角处跟两人打招呼的，是有过一面之缘的乌启豪。随后，另一名年轻男子也是拱手打招呼："立恒贤弟，久仰，在下濮阳逸。"这人宁毅是第一次见，但名字倒是听过，是濮阳家的接班人。

乌启豪又介绍了一番，宁毅这才知道上方正有另一场濮园诗会在举行。他自是不打算去的："抱歉、抱歉，在下尚有要事，诗会是不便去了，两位盛情……"客套话没说完，乌启豪已经亲热地挽起了他的手，摆出热络且豪迈的态度："既然来了，怎能不上去坐坐？看贤弟正要上楼，莫非楼上也有邀约？哈哈，此事倒是无妨的，只耽误些许时间，让濮阳兄着人上去知会一声便是。何况诗会上苏山长、李德新等人都在，大家仰慕贤弟才学，贤弟若过门不入，可不是交友之道……贤弟且去露露脸便是，若真有急事要先走，大家自会体谅。哈哈，说起来，濮阳兄念叨此事好久了呢……"

乌启豪亲热地拉着宁毅上楼，濮阳逸则是温文尔雅，说话得体。诗会在二楼一侧，宁毅既然上了楼，一时间还真是推不过了。他回头看看，小婵蹦蹦跳跳的，很是高兴，被他的目光一扫，顿时抿着嘴，让表情变得含蓄了一些，眼睛纯真地眨啊眨的。

这丫头……

小婵的心思一看便知。宁毅偏过头往厅堂内瞧了瞧，薛进那张笑脸赫然在其中。他这半年来与秦老等人来往，自己也看了许多东西，若是小场面倒也无妨，但眼下真不是时候。宁毅回头看看几名蓝衫武烈军人的位置，又环顾了一下楼中那帮小厮，微微皱了皱眉。

随后便又是各种各样的寒暄、打招呼，座中才子数十，宁毅有印象的少，没印象的多，真认识的也就是李频、薛进、苏崇华等人。待到濮阳逸介绍一番，那久闻其名的名妓绮兰也站起来向他行礼，道几句"久仰公子大名"。这女子十八九岁的年纪，长得很漂亮，但宁毅只是拱了拱手："幸会。"

"在下真有要事在身，今日不便久留，诸位……"

机会稍纵即逝……虽然说这未必称得上机会，但对宁毅来说，跟这样一帮书生聊天论诗甚至还去参与这些低段数的钩心斗角，哪里比得上武功有趣。宁毅不是想要突破人类极限的浪漫主义者，若是纯粹追求力量，他以前就了解过一些军队特种兵的训练方法，要豁出去练出一身硬气功也不是没有可能，但是太多东西他已经见识过，古代有的，千年之后都有，唯一没见过的，便是所谓的内功。他直接开口告辞，话没说完，便有人说了起来。

"宁公子一身才学，当日濮园诗会，一首《水调歌头》惊艳四座。今日上元佳节，亦是濮阳家举行诗会，宁公子何不再留下一首大作，我等日后说起，也好与有荣焉哪。"

"没错，宁公子若再留一大作，日后必成佳话。"

这算是赤裸裸的挑战了，宁毅微微皱眉："改日，在下今日确实有事在身。"

"有什么急事可以说出来，我等或可帮上宁兄。"

"没错，君子坦荡荡，宁兄若真有急事，但说无妨。"

随后便有人小声地说出来："这人莫非是看不起我等？"

"太过狂妄……"

"怕传言是真……"

语声不高，但恰恰能传入众人耳中。前方坐席上，绮兰以旁观者的身份看着这一切。她是知道濮阳家求才若渴的心理的，这个宁毅的名声从一开始便是两极分化，但濮阳逸仍然对其抱有希望，毕竟沽名钓誉之徒这帮二世祖中太多了，若对方真是有才，那拉拢过来便是大收获，不过依现在的情形看，怕是没有这等好事了。宁毅亦不动声色地皱了皱眉，有些叹息，随即宁毅偏过头望了望窗外，两名蓝衫男子正从对面走廊经过，还没转回来。这时薛进陡然跳出来，挡住了他的视线。

"宁兄，让小弟来说句公道话。这样可就是你的不对了。"薛进笑得开心，"中秋夜那首《水调歌头》，足以证明宁兄你有大才，今日聚会，大家方才说起你的名字，都是真心仰慕，赞不绝口。外间有人说宁兄你沽名钓誉，《水调歌头》是剽窃，小弟是从来不信的。今日我等说起你你便到了，这是上天注定的事情，是缘分！小弟也知好诗词绝非随口能成，宁兄可在此稍待片刻，待到有些灵感，随便作一首，也不一定要《水调歌头》那样的绝妙好词嘛。只要有一首，下次在街上若再遇上有人拿此事非议宁兄，小弟绝对大耳瓜子抽他！叫上十几二十个家丁打他！把他抓进衙门，以毁他人声名告他，叫知府大人折腾他！哈哈，如此岂不快哉！"

薛进说得手舞足蹈，宁毅看着他表演，竟也笑了出来。

"总之，我等正是及时行乐的年纪，今日诸位兄长高贤在座，绮兰大家作陪，盛意拳拳，能有什么急事？若真有急事，一切损失小弟背了！若要道歉，小弟陪你去，负荆请罪嘛，是不是？"

薛进这话说完，另一侧，满堂的窃窃私语中，也有一道声音响了起来："立恒，既然大家都这样说，你便不要推辞了。年轻人懂得韬光养晦是好，偶尔也得露露锋芒。今日你便稍稍放开些，表现一番，如何？"

宁毅回过头去。

慢条斯理的话语，正是来自一脸和煦笑容的苏崇华，仿佛是为着豫山书院出了这样一个小辈而高兴。宁毅目光扫过，脸色陡然冷了冷，随后嘴角拉出一个笑弧来，那笑容看在苏崇华眼中，竟有几分苏太公发怒时的威严，又有着丝丝诡异感，苏崇华竟完全看不出这表情是什么意思。

苏崇华脸上努力维持着笑容，好在那边薛进继续说了起来。

"宁兄，你这种反应到底是何意思？老实说，近日有一传言传得沸沸扬扬，传是你亲口对苏家长辈所言，你那《水调歌头》乃是幼时听一游方道士吟唱。小弟本是不信的，宁兄品性高洁，岂会如此，只是抵不住众口铄金。宁兄，若真有此事，便是小弟看错了你，你今日若真要走，便从小弟身边过去，小弟绝不阻拦，只当认错了你这个人!"

　　他这话在逻辑上是没什么可取之处的,胜在说得义正词严,宁毅真要走了,第二天剽窃之名就坐实了。薛进话音落下,厅堂内有些安静,大家都等待着宁毅的反应。濮阳逸想要解围一番,一时间却不知道说什么好。随后,只见宁毅一转身,从薛进身边走了过去,口中淡淡地说了一句:"也好。"

　　薛进回头正要说话,却见宁毅直接走到旁边一张矮儿前,拿起了毛笔。这聚会本就是诗会,笔墨纸砚随处都有。矮儿那边原本还有一个人坐着,一张脸上满是幸灾乐祸,这时候微微僵住了。宁毅将毛笔笔锋浸入墨汁当中,停顿了一秒,目光穿过众人,朝苏崇华那边投过去。就在苏崇华身侧不远的桌旁,一名青衣侍女正在为空了的酒杯斟酒。天气冷,这个侍女穿得比较厚,但那道身影的轮廓,宁毅还是隐约认出了一点儿。

　　想不到……他还真没跟丢……

　　小婵原本听了薛进等人的话有些生气,这时候却有些惊喜,跟了过来。李频等人也跟了过来。毛笔在墨汁中浸了两秒钟,朝宣纸落下:"也好,今日上元佳节,诸位既然如此盛意,小弟也不敢藏拙,献丑了!"

　　目光跟随着那侍女的背影,毛笔在纸上唰唰唰地写了起来,但毕竟不是钢笔字,即便以狂草挥毫,宁毅写得也不算快。李频在旁边看着,片刻后帮忙将写下的字念了出来。

　　"青玉案……元夕……"

　　他声音清朗,厅堂内的人都听得清清楚楚。又过得片刻,李频观看的容色与站姿都变得正式起来,又读道:"东风夜放……花千树——"

　　这《青玉案》的第一句当真是大气铺开。

　　薛进、苏崇华瞬间变了脸色。众人有的凝神肃容,认真等待下句;有的则皱起眉头,心头泛起不好的感觉来。

　　对苏崇华来说,他是更倾向于宁毅这人仅有小才的说法。什么《水调歌头》是由一道士所作的讲法他自然不信,但他人在豫山书院,对宁毅每日的做法有着相当的了解,宁毅的教书方法简直儿戏,基本的经史子集或许是读过,但要说才学什么的,他实在看不出来。就算那日宋茂亲口说过宁毅在教书上有一套,在苏崇华看来,这也不过是取巧小道,一时或可建功,时间一长便不成体统。

　　他对宁毅怎样混日子其实毫无意见,苏老太公的打算他从一开始便清清楚楚。作为经历过官场的人,对乱七八糟的事情他的承受能力强得很,买一首诗词成个才子之名而已嘛,自己当年若能这样也不会客气,所以对宁毅的教学,他从来不发表意见,可是有了宋茂的夸奖就不同了。到了大年初一老太公找对方谈教书,他所感觉到的，就是浓浓的威胁。

宁毅以往行事低调，不与太多人来往，无懈可击。作为苏家一员，苏老太公发话之后，想要在家中拆掉他的台，那几乎是不可能的，但今晚确实是个好机会，他无意间逛到这里来，真是推也推不掉。苏崇华只是想了想便做了决定，开口让濮阳逸叫宁毅上来。只要他上来了，自己作为长辈，开口让他作一首诗，他便推不过去，更何况还有薛进在这里推波助澜，再加上周围这么多文人。俗话说文人相轻，宁毅中秋一首词就盖过了所有人的风头，此后却什么动静都没有了，谁会真的服他？

苏崇华的这种算计其实与宋茂抵达苏府那日苏文兴等人的想法类似，都是让旁人来揭穿宁毅的底细。苏崇华已经做好了今晚就让宁毅身败名裂的准备，随后的一切也真如他所想的那样——众人窃窃私语，就是不肯放宁毅走，薛进表演夸张，但这时正需要他这种表演，而他的那句话，就等于压垮骆驼的最后一根稻草，落得恰到好处。

然而，如果说宁毅随之而来的那个眼神只是让苏崇华觉得意外，他那样干脆地动笔则让苏崇华心中立刻咯噔了一下，意识到了这个算计有误，而听到这首词的第一句，已然明白，自己在布局到最得意的时候，被反将了一军。

宁毅太干脆了。

纵着眼点或许不同，但苏崇华与薛进都感受到了这一点。宁毅这样从容的态度，只能证明他在这方面不会有问题。第一句出现后，旁人都还来不及认真揣摩它，而且，单句顶多能说无可挑剔，不能说好或不好，然而，当片刻之后李频念出"更吹落，星如雨"时，这首词最初的轮廓已然出现在众人眼前，大气而瑰丽的气象也随着轮廓的成型铺展开去。

唰唰唰。

"宝马雕车……香满路。"

"凤箫声动……"

"玉壶光转……"

"一夜——鱼龙舞——"

上阕即成，苏崇华坐在那儿，微微叹了口气，举起前方的酒杯喝了一口，闭上了眼睛，知道今天晚上的想法皆成了泡影。这感觉和在官场上算计别人不成一样，计算完全失误的滋味绝不好受，他觉得实在是看不透眼前这个小子。另一边，薛进微微张着嘴，表情讶然，眨眨眼睛，说不出话来。整间大厅一片静寂，只有低声复读这首词的声音，外面的喧闹声传了进来。

如果说中秋那首《水调歌头》是循序渐进，从平淡起手，以毫不令人感到突兀的高超手法拓开清逸隽永的大气象，那么眼前这首，从起手就是毫不含糊的大开大合，如同泼墨山水，狂草疾书，从一开始就用最瑰丽的笔调展开气象。"东风夜放花千树。更吹落，星如雨。宝马雕车香满路。凤箫声动，玉壶光转，一夜鱼龙舞。"仅此一阕，不断提起的比喻便已将整个上元夜景描写得淋漓尽致，又仿佛将这热闹浓缩了数十倍，再重放在众人眼前。

这大厅里的气氛变得有些肃然。宁毅停了停，回头看看，表面上像是在打量众人的反应，实际上依然是在注意那名走动的青衣侍女。方才他一边写词，一边不时瞥上几眼这女子的行动，而她仅仅是疑惑地朝这边看了一眼，就继续专心地走动、倒酒等。这时候她微微侧身站在一根柱子旁边，目光斜斜地朝窗外的走廊望过去。整间大厅内，除了宁毅，大概不会有人去注意她。

宁毅转回来，毛笔在砚台内转了转，低喃了一句："蛾儿雪柳黄金缕……"那边李频没听清："嗯？"见宁毅落下毛笔，随后才明白过来。

"蛾儿雪柳黄金缕……"

字仍然在写，宁毅的视线一端，那青衣侍女再度转过身，为一个人倒酒，目光却不动声色地转到另一边。走廊上，两名蓝衫男子也已经转了过来，正往里面瞧。濮阳逸似是发现了这事，一名大概有些地位的与会者在他的暗示下过去询问、交涉，与那两名男子在门口小声地说起话来。旁人正专心听词，自是无人理会。

宁毅举笔写下下一句"笑语盈盈暗香去"。

两名蓝衫短打的军汉终是不敢打搅这么多文人的聚会，声音压得也很低，随后终于转身朝走廊那头走去，途中还从窗户望进来。宁毅写完这句停了停，这时，两人消失在了那边的窗口，青衣女子也端着酒壶沿着圆形的道路往门口去了，并给坐在门口附近的桌子边的人倒了酒，然后稍微等了等，应该是在计算那两人上去三楼的时间。

"众里寻他千百度……"

在李频的声音中，宁毅用余光注意着那女子的动静。她终于不动声色地走出门，朝走廊那端瞧了瞧。许是蓝衫汉子已经不在了，她举步将行，"蓦然回首"一句同时响起。那女子似是注意到了什么，身形一停，朝这边望了一眼，微微蹙着眉。惊鸿一瞥，宁毅不动声色地收回目光，专心写下这首词的最后一句。

最后一笔落下之后，旁边的李频叹了口气，目光扫视周围："蓦然回首……那人却在灯火阑珊处。"

这句话完，安静中有人叹息出来："好啊……"厅堂那边的绮兰大家早已听得眼中异彩涟涟，听完这"众里寻他千百度，蓦然回首，那人却在灯火阑珊处"，却是不由自主地站了起来，想要说点什么或是举步朝这边过来，随即才发现这样有些不妥。她轻轻咬了咬下唇，双手揪着手帕，扭头朝旁边看了看。更多人还在咀嚼下阕的意境，宁毅搁下笔，李频将那宣纸小心地拿起来晃了晃，又仔细看了一遍才递给旁边的濮阳逸，随后看着宁毅，目光难言，叹了口气，随后退了一步，作了个揖。

这首词上阕极尽繁华，以令人佩服的笔锋刻画出上元盛况，即便只有这半阕，也已经是让人惊叹的好词。然而到得下阕，竟又将一份意境自这最为繁华的刻画中抽离出来，前半阕入世，后半阕脱俗，两相对照之下，产生的巨大冲击力难以言喻。在座的众人中，有人还在揣摩，有人明白过来，也只是隐隐叹息，目光复杂。这份意境放在眼下，毕竟还是有所指的。

当然也有几人第一时间注意着旁人的动静，例如薛进便是第一时间注意到了那边绮兰大家的起身。他方才说了那些话，这时候被一首词直接打成笑话，虽然眼下没什么人有心思理会他，但一时间也有些愤懑难言，毕竟方才说起来是他与宁毅在对峙。片刻之后，薛进忍不住说道："那、那你为何要对家中长辈说什么《水调歌头》乃一道士所作？"

宁毅搁了笔，心中计算着那青衣侍女消失在窗外的时间。他对薛进这等人原就是什么感想都没有，这时候听他出声，也只笑着看了他一眼："此事薛兄从何人处听来？"

薛进愣了愣："虽是道听途说，但是绘声绘色，你、你到底是否说过？"

宁毅看他几秒钟，眨了眨眼睛，笑了起来："说过。不过谣言止于智者，薛兄或许少听了半句。"

两人对话，薛进语调稍高，宁毅却是淡然开口，声音怕是传得没李频那样远，不过这句话一出，那边的苏崇华也瞪了瞪眼睛，显然想不到他竟会这样说。薛进一脸错愕，还没说话，宁毅朝周围拱了拱手："在下确实尚有要事在身，绝非欺瞒，这就告辞了，再会。"

这下子已经没人敢阻拦了，有人还拱手行礼，道"宁兄有事速去便是"或者"无妨无妨"。

这边薛进瞪了瞪眼睛："你……"话音才出，宁毅拍了拍他的肩膀，做出要说点什么的样子，周围李频、乌启豪、濮阳逸等人都凝起神去听。两秒钟后，"那道士当日……"只听得宁毅说道，"吟了两首。"

这话没有真的压低声音。宁毅一本正经地说完，点点头转身离去。薛进脸上一时间涨得通红，说不出话来。小婵原本在旁人身后默记那首词，这时候连忙笑着跟了出去，两人一前一后，消失在走廊上。

场面一时间有些安静，旁人暂时找不出多少话题，李频看看那首词，笑道："此词一出，上元词怕是也不太好写了。"

濮阳逸点了点头，弹弹那宣纸，叹道："好词……"随后与他人传阅起来。那边，绮兰扭头望着宁毅与小婵消失的窗户，有些怅然地坐了下来，片刻之后便再度笑了起来，与周围几人如常说话，调动起气氛。等那首词传过来，她就要表演一番了。

　　半个时辰之后，这首《青玉案》往江宁各处传开……

　　女子走出院子里的房门倒水时，前方的灯火映出了上元夜的繁华。金凤阁后方的这座院子不大，但算得上精致，若非金凤阁的几名头牌，大抵没办法住在这样的院子里。今日上元佳节，这样的院子却并非灯火通明，这是相当罕见的情况。

　　其实这座院子的多数灯火是不久前才熄掉的，已近子时，过来探病的人也不多了。聂云竹看了看，转身回到房间里。小院的主人元锦儿正躺在床上望着油灯发呆，随后冲她一笑。聂云竹也笑了笑，放好脸盘，坐回床头去。

　　照理说，聂云竹今晚是不该过来的。虽然每隔几日会过来教一次琴，但她已经离开金凤阁，夜晚、节日尤其不该靠近这里，这次算是例外。今夜她与胡桃一同上街赏灯，随后遇上了一名向她学琴的金凤阁女子。此女出来是为染了风寒的元锦儿抓药，聂云竹听了，让胡桃过来探望一趟，得知元锦儿想见她，看看时间也不早了，这才自金凤阁后门进来。

　　元锦儿如今是金凤阁的招牌，虽然是碰巧染了病，但这样的日子想要闭门谢客还是很难的，之前一直有人过来探望，确认元锦儿真是生病后，交谈了几句才出去。如今被誉为"江宁第一才子"的曹冠也来探了两次，此时在外面与一群才子饮酒赋诗。聂云竹进来时，他还托元锦儿的丫鬟扣儿送进来一首诗，咏病中美人的，元锦儿也只好笑笑收下，让扣儿出去答谢。

　　"说起来，这曹冠的确算得上文采斐然……妹妹怎么样？"

　　表示姐妹俩要说说私房话，将胡桃也打发出去之后，元锦儿才将那诗笺拿给聂云竹看看，聂云竹看了一遍后放下了。元锦儿也好，聂云竹也好，见过的才子都多，这类顺手写成的诗作虽然能见才情，想要惊艳却有些难了，她关心的还是元锦儿的病。元锦儿笑着摇摇头。

　　"其实病倒轻，吃一两服药大概便好了，只是因着这风寒，恰巧月信也到了，全身酸软乏力，想要开口唱歌更难。好在妈妈应允了今日为我挡住些客人，她那边怕是得焦头烂额。"

　　"妈妈心还是好的。"聂云竹点点头。有秩序，比较宽裕，人便多少有些良心，若是其他地方，她当年怕是也赎不了这身。聂云竹笑了起来，说些其他的事："妹妹与曹冠如何？"元锦儿最近与曹冠走得比较近，她多少是知道的。

　　"能如何，才子佳人的名声罢了。姐姐不也说嘛，他毕竟是有才学的。对元锦儿来说，曹冠、李频又有何区别？对曹冠而言，到底是元锦儿还是陆采采，大抵也是无妨的。"

元锦儿年纪比聂云竹小，平日里活力十足，开朗中夹杂的俏皮算是旁人喜欢她的最大理由，不过今天显得慵懒灰心。聂云竹拿毛巾给她擦擦脸："别这样说。他既然选你而不选陆采采，自是对你更有好感。"

"锦儿说了，想找个有家世的，能把锦儿当猪养的，嘻，曹冠没钱，所以不是很喜欢。"

"若真把你养成了猪，怕是会立刻被扫地出门。"聂云竹拍拍她的脸，"曹冠既有才华，他日高中想是没问题的，到时候不也的确能把锦儿你当猪养吗？"

"天下才子多呢，便是别人口中的什么江宁第一才子，要高中便那么容易吗？何况家中若没钱打点，只中进士的话，想要补个实缺也要等啊等啊等……"元锦儿躺在那儿说着，随后抿嘴想了想，"云竹姐，你说，锦儿也给自己赎了身，与你一同去卖那松花蛋，如何？"

聂云竹笑了起来："病傻了吧？"她偶尔过来一次，与元锦儿也有些交谈，因此元锦儿也知道她目前弄了辆烧饼车，最近又捣鼓了什么松花蛋之类的，只是还没见过样子。

元锦儿想了一会儿，傻笑："不是啊，只是胡桃也要成亲了，她成亲之后，云竹姐你也会觉得孤单吧，正好锦儿可以去陪你。云竹姐你把松花蛋说得那样好，想必是稳赚的生意，锦儿也算有依靠了啊。"

"整天想着给人当猪养，这时候却说要去做事，想来你是病糊涂了。"聂云竹只是笑，她自然明白元锦儿这话作不得数，只是突发奇想而已，"哪有稳赚的生意，我也才摸索到一点门路，之前天天亏本呢。而且啊，怕是不好嫁人，要成老姑娘的。锦儿还是找个能把你当猪养又能疼你的大才子吧……"

"能当女掌柜也蛮威风啊……"元锦儿当然只是说说。随后两人聊起曹冠、李频等才子。其实才子年年有，每年都很多，两人也认识不少。元锦儿生了病又来了月事，嘴巴稍微恶毒了点，聂云竹竟也听得开心，其间谈到了宁毅。

"那首《水调歌头》真好啊，可惜这样的人却入赘了商人家，而且这词句还是买来的……"

聂云竹轻声道："你又不认识那宁立恒，怎知那是买的？"

元锦儿抿着嘴笑："云竹姐若有兴趣，倒可以去前面听听墙脚，今日上元，那些才子一准儿又得说起来，怀疑那词是买的。"

关于宁毅的话题就这几句，聂云竹没有说自己的看法，元锦儿也只是随口点评过去。过得不久，元锦儿说得有些累了，聂云竹拿着杯子过来让她喝些水："休息一下，最好是能睡上一觉。"

元锦儿拥着被子却不睡，外面隐约传来热闹的宴会声音。聂云竹坐在床边陪她，随后将旁边的古琴抱过来放在腿上，顺手弹拨出几个音符来，过得一阵低唱出声：
"长亭外，古道边，芳草碧连天……"她的嗓音轻盈柔软，只是随口缓缓唱出，却给了整个空间一份空灵的气韵，似是将外面那嘈杂声掩盖了过去。元锦儿朝这边望来，聂云竹看着她笑了笑："晚风拂柳笛声残，夕阳山外山。"

"云竹姐，这是何种乐曲？"

琴音缓缓地响着，聂云竹笑而不答，不久之后又唱道："天之涯，地之角，知交半零落……"

这首《送别》是宁毅年前交给她的第二首歌曲，聂云竹最近都在推敲，待到一曲唱完，琴音又响了许久才停下。

元锦儿疑惑地道："倒像是《阮郎归》。只是上阕第一句该是七字才对，下阕有些不同，平韵转仄了，怎能这样呢……不过云竹姐的唱法真是好听……"她想了想，瞪大了眼睛，"莫非云竹姐在研究新唱法？只是……这样也有些……呃，该是游戏之作吧……"

元锦儿接触的大多数人只是唱匠声匠，唯有聂云竹已然登堂入室，或可称师了，要改些唱法，聂云竹是有资格的。当然，真要人接受这种唱法很难，不过这反正不是公开发表。在元锦儿听来，好听固然是好听，但这唱法的确太过出奇，她惊讶了一阵，只当是游戏之作，随后才回味那歌词中的意境。

"虽然简单，可这句子的意境真是好，可惜并非词作，只能称短句了。云竹姐的才华，锦儿真羡慕呢。"

"非我所作……锦儿少动来动去的，好好休息吧。"

"云竹姐遇上意中人了吗？"

"别胡思乱想，嫁不了的。"

"喔，想来是哪家的姑娘了……嗯，这类短句游戏，也像……"

这首《送别》其实也是注意押韵的，但不尊词牌，也不是诗作，听来意境虽好，但只能称是游戏之作。她这样想，聂云竹也不多解释，只是笑着将她塞进被子里。就在这时，外面响起脚步声，却是扣儿与胡桃。扣儿的神情有些紧张，手上拿着一张诗笺："小姐、小姐，出意外了、出意外了，这次曹公子怕是又要输了……"

先前聂云竹还未过来时，扣儿在床边服侍元锦儿，主仆俩就说起过今晚的诸多诗作。以数量来说，丽川那边的佳作自然是最多的，但以个人来说，曹冠今夜发挥甚好，几首佳作都为人称道，去了濮园那边赴宴的李频则表现中庸，因此在扣儿看来，今夜的诸多诗会，怕是曹冠的名气又要被坐实一次了。然而扣儿这时没头没脑地跑进来，显然又出了问题。元锦儿疑惑地道："怎么了啊？"

"濮园那边又有诗作过来了，这次大家都被吓到了，外面的气氛好怪呢……"虽然这次不是六船连舫，但濮阳家的诗会在上元夜还是被称为濮园诗会的。

"濮阳家……又怎么了？"虽说将来的目标是被人当猪养，但毕竟有过这么久的接触，元锦儿终究还是希望曹冠名声高的。她一边问，一边疑惑地接过那笺纸。

旁边的聂云竹倒是笑了起来："看来李频李公子终究还是忍不住了……"濮阳家在五个月前杀匹黑马出来已经很令人惊愕了，这次想来是一晚上都平平无奇的李频发了飙，拿出一首佳作来震慑了众人。这个不出奇，李频这人的风格一向有些剑走偏锋，有时候确实很让人感到惊艳。

听得小姐这样说，胡桃的神色有些复杂，似乎有话不知道该不该说。扣儿拼命摇头："不是啊、不是啊，不是李公子，是那宁毅宁立恒，他又作了一首上元词……"

"啊？"

聂云竹愣了愣，连忙也朝那笺纸上看去。旁边扣儿已经绘声绘色地说了起来："外面说得好有趣呢。听说这宁毅今天本来没有打算去参加诗会，只是逛街的时候被人看到，就被请上去了，一大群人还刁难他……"

聂云竹看着那笺纸上的词作，看到一半时，已经听不到那些杂音了。

她与宁毅来往已经有些时日，他们并非因为才学来往，但对宁毅的才气，聂云竹听说了。两人之间从不提才学诗词，只以普通朋友的身份来往，但若要说聂云竹心中没有期待、疑惑之类的，自是不可能。

对她来说，眼前便是她未曾见到的宁毅的另一面。

"东风夜放花千树。更吹落，星如雨……"

元锦儿小声地念着，直到最后那个落款：

苏府。

宁毅。

宁立恒。

第九章

青玉案打消质疑声　施小计售卖松花蛋

金凤阁后方，元锦儿的房间内，扣儿正绘声绘色地说着不久前发生在旧雨楼中的事情："然后呢，那个宁公子写下这首词的时候，那些人就都傻眼了，原本想要刁难他的那个薛进还问：'你不是说那《水调歌头》是个道士作的吗？'然后宁公子就告诉他……哈哈哈哈——宁公子说，那个道士当日……呼呼呼呼……吟了、吟了两首……哈哈哈哈哈——"

她这句话说完，躺在床上听着的元锦儿也是陡然爆发，笑得前仰后合："云、云竹姐，这人好生风趣。"

聂云竹拿着那笺纸在看。她是认识宁毅的，脑海中不由得浮现出扣儿描绘的情景来。想起宁毅那人不拘一格的性子，倒像是会做出这种事情来，也是忍俊不禁。

扣儿其实一直是支持那曹冠曹公子的，说故事时倒是说得开心，片刻之后又变得有些忐忑："小姐、聂姐姐，这首词……真的那么好吗？前面曹公子他们的脸色真的很奇怪啊。小姐你以前也说诗词比拼没个定规的，曹公子已经是最厉害的了，莫非真的比不过……"

元锦儿笑了笑，又看了看那首词，与聂云竹交换了一个眼色之后，才微微摇了摇头："照扣儿你说的情况，今夜过后，'江宁第一才子'之名，怕是有人要冠到那宁公子头上去了。可惜……他是商人家的赘婿。"她皱了皱眉，"这等人物到底为何会入赘？莫非是被那苏家逼的？"

以前，由于赘婿的身份，宁毅的词作总被怀疑抄袭，这次怕是没什么人再敢怀疑了，那句道士吟了两首词的戏言自然也是没人肯信的。元锦儿疑惑着，旁边犹豫了很久的胡桃拉拉聂云竹的衣袖，小声道："小姐，这宁公子，莫非真就是那个宁公子？"

她的声音不大，但旁边的元锦儿与扣儿都听得清楚，瞪大了眼睛："云竹姐……认识那宁毅？"

聂云竹想了想，顺手拨动了旁边的古琴琴弦，几个音符跳出来，片刻后她才说道："若我说他便是方才那歌曲的作者，锦儿会怎么想？"

"啊……"元锦儿愣了半晌，想着那古怪却好听的曲子，再看看眼前的《青玉案》，真是纯正大气到了极点，然而那"长亭外，古道边"又委实离经叛道，不拘一格，实在难以想象出自同一人之手，"若真像云竹姐说的这样，那还真是……有些古怪了……"

"聂姐姐，你真认识那个宁公子啊？他到底是个什么样的人，给我们说说嘛……"

扣儿朝聂云竹那边靠过去，聂云竹看看手中的词作，略想了想，才微微抬起头，目光转向房间一侧的角落。

是呵，他到底是个什么样的人呢？

现在想想，自己也难以形容出来。初见时自己掉进河里将他也拖了下去，他将自己救上来又挨了一耳光，却未曾辩解。后来相处时他是那样随意，每日早上跑来跑去，停下来时还会与自己交谈。纵然众人早已听说了他的才名，他的一举一动间却并不以书生自居，每日里在意的，都是些古古怪怪的东西。

"不过杀只鸡而已，不用谢我了。"

"炭笔……用来写字的……"

"锻炼身体嘛……百无一用是书生。"

"如果能学点武功……就是跑江湖的很厉害的那种……"

"《伽蓝雨》……登不得大雅之堂的，不过我喜欢听。"

"松花蛋……你要叫富贵蛋、翡翠蛋都好……"

如果与旁人说起这些，说不定会让旁人觉得这人狂傲，但在接触过程中，她只觉得轻松，有着与其他所有温文才子都不一样的轻松感。狂傲这种东西，总是在对某样东西非常得意的情况下才有，但她能感觉到，对方真的没有对那些东西沾沾自喜或是觉得睥睨众人，依旧是云淡风轻的模样，别人喜欢的，他称不上讨厌，但也并不以之为喜。不过说起来，几个月来的接触中，虽然对方未曾真的在她面前表现出文采风流的一面，她也未曾提及，但不可否认，她心中还是有些期待的。

明月几时有，把酒问青天……能够作出此等词作之人的才气到底能到何种程度呢？聂云竹心头其实也有着小小的期盼。纵然与宁毅那随意洒脱的一面相处时感到轻松，她也更愿意相信这才是对方更真实的一面，但她还是期待有一天能见识到对方那属于文人的另一面。

直到她此时看到这首《青玉案》，脑海中勾画着对方写这首词时的情景：众人奚落、阻拦、刁难，而他从容以待，轻松地笑着……要是自己当时能在那里就好了……

听着扣儿的问题，看看那首词，聂云竹心中忽然泛起这个强烈的念头。外间上元夜灯火如昼，他在酒楼上说有急事，不知道是什么事，不知道他此时在哪里。这些东西，她忽然都很想知道……

片刻后，聂云竹将这情绪压了下去。

子时的钟声敲响之时，宁毅正与小婵在回程的路上走着。小婵口中一遍遍念叨着那首《青玉案》，偶尔问一句："姑爷、姑爷，什么什么黄金缕来着？"宁毅便回答一句。

他有些无聊，因为词作写过之后，人还是跟丢了。

动笔写词的时候他想过这首词还真是应景，特别是在他一直跟踪那女刺客的情况下。不知道是不是因为太应景了，或许是最后那句"蓦然回首，那人却在灯火阑珊处"引起了女刺客的注意，当他随后与小婵跟下去，在周围转了几圈之后才发现，那女刺客竟完全消失了。

或许反而是因为这首贴切的词露了行迹，这倒是真的想不到，不知道改成"蓦然回首，那人不在灯火阑珊处"会不会好一点……终于确定人跟丢了时他有些促狭地想。

如果那女刺客真对自己产生了警惕，他再执着地找下去，那就是有害无益了。事情既不成，那便干脆放手，他与小婵逛了一会儿之后一同转回来，途中小婵还在为方才的事情而兴奋，一个劲地模仿薛进那错愕的表情，还双手叉腰，得意地笑："哼，这下子以后可没人敢说姑爷的坏话了吧。"

宁毅笑了笑："啊，再说坏话也没用了……"

"为什么啊？"

"因为道士只吟过两首啊。"

"嘻嘻……"小婵笑了起来。

无论如何，旁人说他抄袭的问题，到目前为止算是基本解决了。

有些事情——例如今晚——看起来只是意外，实际上未必没有算计在其中。从一开始，宁毅就觉得理想的解决方法就是这样。他是没什么洁癖的人，只有自己知道的诗作在这里就是一种战略资源，以后有事或许就可以用。只是目前并没有什么事情，他拿来满足些许虚荣心没什么意思。小婵既然将事情透了出来，他也没必要去否认，为了可以解决的事情去背个骂名。

每日里与那群才子交往，混点名气什么的，这种事情他从来没有考虑。既然只是随手做，就做得简简单单，他沉默了五个月，想想总有避不过去的时候，那便可以把事情解决掉。今天他倒是真心想要追那女刺客，毕竟在他心中，才子之名可有可无，属于送上门了就随手拿一个的性质，武功就很不一样了。谁知道会发生这样的意外，薛进、苏崇华等人既然把话说到那种份儿上了，他也只能顺水推舟。

他对这些事情的考虑或许没这么具体，也没有认真筹划过，不过以前的经历已成习惯，游戏、休闲时或可放松，肆无忌惮一点儿，例如与秦老、康老、聂云竹等人聊天时表现出的样子，但只要感受到威胁，哪怕再小，他也立刻变得不一样了。这些看似随意的应对，在他的潜意识里或许已经来回推敲了好几遍甚至几十遍，但他也只能在无聊时笑骂自己一辈子逃不开算计。

武功暂时还是没什么希望，诗词的事情解决了多少算有点收获。走得一阵，小婵忽然说道："姑爷，小婵不喜欢这词……"

"嗯？"

"还众里寻他千百度……姑爷，你刚才追那女飞贼呢。"

宁毅愣了愣，笑了出来。小婵抿了抿嘴："姑爷，我待会儿告诉小姐，你可就麻烦大了……"

"嗯嗯，知道了。"宁毅点了点头，笑着朝前走。小婵从后方跟过来："姑爷啊，我是真的要告诉小姐的啊……"

"知道了……"

小婵多少是喜欢宁毅的，可是这种事情她不可能为了宁毅瞒着苏檀儿，但她又不希望宁毅与苏檀儿心生芥蒂，一时间在"忠心于小姐"与"为了姑爷为了家庭和谐而隐瞒"两个选项间摇摆不已，见到宁毅又是满不在乎的样子，觉得自己这样苦恼竟有些多余，恨不得扑过去咬上他一口。

"姑——爷啊……"

"知道了知道了……词是这样写，可又不是指寻她，更何况最后不是没寻到嘛……走了、走了，快一点儿……"

主仆两人在街上似乎是追追闹闹的时候，小茶楼中，已经谈妥生意的苏檀儿也收到了那《青玉案》的词，知道了方才在濮园诗会那边发生的一切。此时她托着下巴坐在那儿，目光淡然地望着某处，也不知在想些什么。方桌一侧的座位上，席君煜看了看那写着词作的纸张，显得非常安静，或许只有特别熟悉他的人才能发现他眼底的那一丝阴郁之色。

原本生意谈妥，苏檀儿还得等宁毅与小婵回来，他也可以在这里与苏檀儿谈谈接下来的生意计划，毕竟是上元夜，多少也能提及一下其他的琐事。无论宁毅那人如何，他与苏檀儿已经合作了好几年，有些东西是冲不淡的，他感觉气氛也是不错的，然而这首词作一来，小娟又说了听来的传言之后，当苏檀儿安静下来时，他知道所有的东西都被冲得七零八落了，再说些什么，苏檀儿或许还会做出认真听或微笑回答的样子，但实际上已经没有意义了。

不一会儿，宁毅与小婵自那边上来，苏檀儿笑着向席君煜点了点头："相公来了。如果没有其他重要的事情，席掌柜先回吧，今日之事，辛苦了。"

"那么我先告辞。"席君煜笑笑，拱手行礼，随后又跟宁毅打了个招呼。准备下楼的时候他回头看了看，只见苏檀儿用力地抿着嘴，在宁毅身前用力地朝桌上的纸张指了指，眼中的笑意却是浓浓的，像是很有默契的朋友间的动作。他与苏檀儿也是有默契的，但那只是在生意场上的默契，苏檀儿这人看似柔弱温雅，实际上许多时候认真得可怕。默契配合下做成某些生意时会感到很有成就感，但他从未见过对方这样的笑容。

宁毅拿起那纸笺看了看，也笑了起来，口中解释着什么。大概是发现对方的衣服有些乱了，苏檀儿笑着伸出手，替他拉了拉长袍的领口……

马车穿过街道往苏府的方向去时，帘外的夜市依旧热闹。苏檀儿坐在车厢里侧的座位上，低头整理一些单据之类的东西，装单据的小木盒就放在旁边。少女并腿而坐的姿态显得淑雅秀气，当然比之三个小丫头又显得成熟很多，习惯了发号施令的人自有其气质。一面整理，她一面也在与宁毅说着话。

"这样子的话，明日上午你还是得去爷爷那边请个安，妾身便不出门了。相公的话，明早锻炼之后还请尽早回来……对了，明早厨房那边准备的是相公爱吃的粉皮……"

今天上元，晚上其实就已经与老太公说过话了，不过有了这《青玉案》的事情，明天大抵宁毅又得去见见他。苏檀儿说完，忍不住又笑了起来。

"相公每次都是这样出人意料，太吓人了。"

这一个多月来与宁毅取得初步谅解之后她自然不再用以前的眼光来看宁毅了，但今晚这首词还是出乎她的意料，初看时也愣了半晌，想着这古古怪怪的相公本领的底线究竟在哪儿。不过，与宁毅碰面之后她没有表现出半点惊讶的样子来，此时一边整理单据一边轻声说话，态度安然。当然，不去看宁毅而是静静地整理东西这种小动作，也是她尽量不让自己有太多情绪波动的小方法。

回到苏府，穿过一座座院子，苏檀儿还得往父亲那边去一趟，大概是为了晚上跟人谈妥的一些事情。她转头对宁毅道："相公不会这么快就睡吧？"

宁毅点了点头，苏檀儿笑道："待会儿回来，有些东西给相公。"

"什么啊？"

苏檀儿眨了眨眼睛："卖个关子。"

她要与苏伯庸说的事情大概不多，不一会儿，站在二楼走廊上吹风的宁毅便远远地看见苏檀儿一行人打着灯笼从那边院子里出来了。隔得远了，人影显得小，灯笼的光芒偶尔消失在矮墙和树后，随后又在拐角处出现。比较热闹的大概要数偏东的侧门，午夜时分车马都从那边回来，灯光也汇聚在那儿，随后散开，往苏府各处移动。

小院倒还是如往昔般安静，大房人丁不旺，这一片也不热闹。又过了一会儿，苏檀儿与三个丫头都回来了，下方响起轻盈的脚步声。

小婵咋咋呼呼地自楼下跑过，仰头看见宁毅，做了个眯着眼睛的包子脸，然后跑进小房间里烧热水。走上楼来的苏檀儿手上提了个包袱，她轻轻地走到柱子一边，将包袱压在栏杆上。

"众里寻他千百度，蓦然回首……那人却在灯火阑珊处……"她小声却又慢条斯理地念着，片刻后望了宁毅一眼，笑了起来，"小婵说相公在寻一个厉害的女刺客。"

"是啊，可惜跟丢了。"

"那相公为什么还写'在灯火阑珊处'？"

宁毅耸了耸肩："有什么办法。词只能这样写啊……总不好写什么'蓦然回首，人不见了'，不押韵嘛。"女刺客跑掉了，他其实也蛮遗憾的。

苏檀儿轻轻捂着嘴，趴在包袱上笑得停不下来，随后才道："有时听相公说些故事，便隐隐感觉到了，相公莫非真的向往那些绿林任侠之事？"

"倒不想当什么侠客，只是对那气功、内功之类的事情觉得有趣。"宁毅也不掩饰，摇了摇头，随后指指楼下，"咻地从下面能跳到上面来，一拳能打穿一堵墙，听说有人能这样，所以觉得有趣，恰好今天跟小婵看见的那个女刺客也很厉害，想必真有这种本领，突然间的发力不似普通人。"

苏檀儿点了点头："妾身也听说过。这几年去外地时都由耿护院他们陪着，偶尔也听说一些绿林强人的事情，但相公说的这些却看得不多，即便真是官府缉拿住的凶人，其实也不过是些五大三粗的汉子，凭的一股蛮力狠劲。也有些天师道童之流，不过拿些符水戏法骗人，妾身学过些，因此是不信的。真说有什么内功真力，练了之后如仙人一般的实在太少了，而且听说皆要从小练起，十数年才得建功，相公如今便是找到，怕也有些晚了……"

说到后来，她又笑了起来，看着宁毅的表情带着些许幸灾乐祸。她是不信道听途说的性子，这种有趣的事情，她若有机会，也是要得到确切证实才会死心，相公显然也不会听听就作罢。对那"众里寻他千百度"，她只当是相公当时寻人，兴之所至的联想，不再在意，将话题转向他处。

"方才也听小婵说起，当时在那旧雨楼，除了薛进，崇华叔竟也在？他当时是让相公不要推拒，展示一下才学？"

苏檀儿是何等人物，一听小婵提起当时的情景，便明了了苏崇华的心思，这时候从宁毅的笑容中得到答案，也偏过头，无奈地笑了起来，随后回头道："相公的想法呢？"

"嗯？"

"相公若对那小书院没兴趣，妾身明日便与崇华叔谈谈。"苏檀儿笑道，"相公若喜欢那小书院，妾身明日便去找爷爷谈谈。"

豫山书院山长是苏崇华，但其实一直由二叔苏仲堪隐形管理，在苏家地位比较超然，但一般人还是会认为是倾向二房多一点儿的地方。以往苏檀儿自不会向宁毅问起这些，但这时候如果宁毅真有兴趣，她也有把握与宁毅一道将这里从爷爷那边要过来。

宁毅笑着摇了摇头："随便教点儿书就行了，麻烦事情多了受不了，你也知道我平时不喜欢这样那样的邀约应酬。"

苏檀儿点点头："那便该与崇华叔说说了……其实说起来，崇华叔教孩子虽然不行，处理事情还是挺厉害的，他当山长，相公在那里也悠闲。对了，这个是给相公的……"

话说完，她将拿来的包袱递给宁毅。

"什么啊？"

"一些衣帽鞋袜。"

苏檀儿说完，笑着转身往楼下去了。

宁毅看了看："哦。"

他拿着包袱下楼，放在桌子上打开，的确是衣服、鞋袜之类的。他拿起来看了看。小婵在外面敲了敲门，随后捧着盛了热水的木盆鬼鬼祟祟地进来，又将门关上："姑爷洗脸了。呀，小姐将衣服拿给你啦？"

"嗯。"宁毅走过去洗脸，小婵在旁边用手指捅捅他的背："姑爷，姑爷，小姐跟你提起女刺客的事情了吗？"

173

"你把什么事情都跟小姐说了？"

"啊？没有吗？"

宁毅洗了脸回过头，见小婵一脸暗自焦急的模样，才笑："说过了，你又在想什么呢？"

"姑爷你想啊，如果小姐不跟你说，不是代表小姐把这件事放在心里了吗，那小婵就不该说了。"小婵松了一口气，笑了起来，"不过小婵早就知道，小姐才不是这样的性子呢……不过下次姑爷你不要写这么让人误会的词句了啦，小婵刚才犹豫好久，就怕小姐误会了，可是又不敢跟小姐解释说姑爷跟那女刺客没关系，词中的人应该也不是指她。如果解释了，小姐反而会多想，但要是不解释，小姐反而自己想过去了怎么办？然后呢……呀……"

小丫头在旁边好生纠结地唧唧呱呱唧唧呱呱，宁毅忍不住笑着在她的额头上弹了一下："就你想得多。"

小婵捂着额头："就是的嘛，当丫鬟的要把方方面面都想到才行，小婵很聪明的，嘻……"小丫头今晚先是担心宁毅跑去找那刺客受伤，后来为这事说与不说纠结了一路，说完之后又为宁毅跟苏檀儿的关系纠结，这时候终于放下心来，小小地自夸一句，又问道，"衣服姑爷试了吗？"

"没有，明天试吧。"

"不行，这全是小姐为姑爷做的。"

"呃？"宁毅愣了愣，看看那衣服，"布料好像几个月前就见过……"

"小姐几个月前就开始做了啊。"小婵将那件长衫展开往宁毅身上比，"去年六月的新布料啊，那时小婵还替姑爷量过尺码呢，因为小姐说每年得给姑爷做两套衣衫才行。不过小姐常常有事，做得也不快，断断续续的，原本说过年时给姑爷，结果前些天改了改内衬，就到上元了……"

"做了两三套了啊。"宁毅指指旁边的衣柜。

"那是让府里的织娘做的啊，有一套是小婵跟娟儿、杏儿姐做的。这套是小姐亲手做的啊……对了，姑爷坐下，试试鞋子。"

宁毅笑笑，看看那长袍。小婵蹲在那儿给他换鞋，小声道："姑爷、姑爷会不会一直记着小姐在成亲那天走掉了？"

宁毅看看她："你又在想什么？"

"没有啊，其实小婵觉得小姐是很好的，虽然、虽然那次走掉对姑爷是有一点点不好啦，不过她那时候也不知道姑爷你是什么样的人嘛。六月的时候小姐很忙的，但就算那样，她想好之后，也决定给姑爷做衣服，因为是一家人啊。她说既然她已经是姑爷的妻子，每年亲手为姑爷缝制两套衣服鞋袜总是要的。其实小姐的针工不算太好，我跟娟儿、杏儿姐的女红也不是很好啦，姑爷那件衣服有些地方是请织娘代工的，但小姐没有，有时候还装作很不经心地跟府里和店里的织娘说事情，然后问些诀窍，因为小姐不想让人说闲话，所以一直做了半年多，这些东西才做好……"

宁毅笑了起来，看看那衣服，随后看着蹲在那儿的小婵好一会儿，伸手没好气地弄乱她的头发："你就一直在我面前说你家小姐的好话吧……"

这次小婵倒没有躲，而是抬起头来，可爱而自信地笑："因为小姐真的很好啊。"

"知道了、知道了……"

"我帮姑爷把衣服收起来。"

夜深了，片刻之后，小婵也从房间里离开。宁毅在房间里看了几页书，起身推开窗户时，对面的房间里，灯火还亮着，苏檀儿正在那儿埋头整理单据账册，写着东西，黑影映在窗户上，模样专注而认真。年头年尾正是商户最忙的时候，这情形大抵还要持续好一阵子……

上元过后，密集的走访和应酬便不多了，周围的一切都开始从年关那热烈的气氛里走出，恢复成平日普通的生活。

那首《青玉案》的传播速度之快难以估量，几天之后在茶楼酒馆就开始听人议论这些了。对宁毅，肯定他的才学并且揣摩他为何入赘的讨论多了起来。这时候已经没什么人再说他抄词窃词，一部分人似乎也将"江宁第一才子"的赞誉扣到了他的头上，当然，亦有部分人说此人脾气古怪，恃才傲物，空负一身才学——这些标签浓缩一下，便是所谓的狂生。

剑走偏锋能够解决问题，但肯定会有副作用，不过这样的副作用原本也是宁毅在期待的，因为这样一来，之后旁人的试探基本上会消停下来，他也可以安心教书，没事研究下化工什么的。最近他已经订了一批瓷瓶当试管，可以用来复习一下简单的化学反应。

比较有趣的是十六那日清晨。宁毅依旧出去跑步，遇上聂云竹在小楼的门口等他，看见他之后优美地敛衽行了一礼："宁大才子好。"场景颇有才子佳人的感觉。宁毅点头："小姐你好。"聂云竹瞬间红了脸，后退半步，脸上像是要烧起来，一双眼珠子转来转去，看看宁毅又立刻晃到其他地方，有点找不到归所。

"宁、宁公子怎能如此说？"

"呀？你刚才说宁大才子你好……我难道不该这样应对吗？"

"怎能如此！宁公子应当说……应当说……说……"她站在那儿手足无措地想了半天，随后才噗的一声笑出来，"总之是太过轻薄了……"

这段小插曲之后，聂云竹不再提起宁毅大才子的身份，同往昔一般与他聊了起来。当然，她还是很感兴趣地问起了昨晚诗会上的情况，比如诸人做派等，得知绮兰也在，她笑着问起对方的反应："据说那绮兰姑娘极好诗文，可曾被宁公子的诗才折服？"

"应该会被折服吧，本公子几层楼高的才华，她不被折服还能怎么样呢……你说是吧？"宁毅光顾着观察那女刺客了，根本不清楚绮兰姑娘如何如何，想了想，随口敷衍了几句。

聂云竹笑了起来："公子所言极是。"

"我也觉得我所言极是……"宁毅笑着站起来，"走了，还有一段要跑。"

"明日再会。"

"明天见。"

冬日天亮得晚，此时整片天幕还是灰蒙蒙的。小楼之中摇着黄豆般的灯火，聂云竹站在楼前目送他离开，眼中还蕴着浓浓的笑意。天气犹寒，宁毅的身影完全消失在那片青灰之中后，她望向天空，笑着吐出一口白雾，搓了搓手掌，转身朝台阶上走去。

今日一天她想必都会是好心情。

过了几日，宁毅在街头遇见了康贤。这老头坐了轿子不知道要到哪里去，八抬大轿，加上固定的四名仆人，浩浩荡荡的。康贤看见宁毅，把他给截住，然后吩咐了几句，自己在前面走，让轿子在后面跟着。

"斯文败类！"

"康老新年好……我又做什么伤天害理的事情了吗？"

"众里寻他千百度，蓦然回首，那人却在灯火阑珊处。词好，场合错了，凡事留几分余地。狂生隐士之名，你这等年纪，就算有隐逸之心，也不该表现到这个程度。"

两人沿着积雪未融的街道一路前行，康贤想的事情还与以前无二，不过说起这事，神情中倒没有多少严厉。

宁毅笑了笑："就这样？"

"当然不止！今日已是正月十九，新年以来十九日，你竟不来老夫府上拜会。此事，老夫很生气，后果，很严重……对了，年前有次经过这边，你那红颜知己的小摊当是摆在前方的街口，此时是换了地方，还是尚未摆出来？"

康贤指指前方的街口，宁毅摇头道："老人家说话要负责任，别说得这么暧昧……年前也没多少人买吃的，自然是收了摊，再摆出来大概还要过几日，跟新一批的松花蛋一起卖。康老为何问这个？"

"便是为你那松花蛋……味道虽古怪，但尚可入口，最重要的是卖相好，这几日宴客时我就想，若是在桌上摆上一碗，哪怕只是看看也赏心悦目。过几日等那聂姑娘将小摊摆出来，便让她去我那边送上一些。"

宁毅点了点头："依各人口味，也可配些醋、酱料之类的入味，让你家中厨子实验几次就行，但是一次不要吃太多，太多了，身体会不舒服的。"

"你那松花蛋的味道也不是顶好，老夫岂会吃太多。"康贤开了个玩笑，随后拍拍他的肩膀，"我也知你家中情况复杂，不过也无须在意太多，明年年关尽管带你家妻子过来一趟。以你的才华，无须老夫的名头帮衬，老夫也有兴趣看看，能让你甘心入赘的女子，到底是何等风采，哈哈……"

正月末，天气逐渐回暖，一堆堆积雪融化成涓涓细流汇入秦淮河中。草长莺飞的春日气息一步步临近，豫山书院便是在这样的气氛中开了学。宁毅去学堂第一日，便遇上了一个意想不到的人。

"宁兄，以后大家便为同僚。同在书院授课，小弟有诸多不懂之处，还请多多关照。"

李频李德新，在江宁人口中，这人乃是与曹冠齐名的才子。只不过曹冠作风沉稳，他则性格洒脱，因此旁人往往将曹冠列为第一。他这样的人，居然跑来豫山书院授课，实在令人费解。宁毅与他打了个招呼，其余倒不理会。不久之后苏崇华过来跟宁毅说话，宁毅才知道李频在去年便与苏崇华说了这事。

"想必是被立恒的才学折服，因此想要来书院进一步讨教，此人倒是颇有诚心。"上元之后，苏檀儿找苏崇华吃了顿饭，大抵是点明了宁毅对书院不感兴趣的事情，因此苏崇华最近对宁毅的态度又和气了起来。

李频比宁毅大了五岁，据说已有进士功名，只是还未得实缺，他也未去汴梁各处打点，只在江宁这边厮混，混些名声，也是个怪人。当然，就算要打点，没有多少背景的人想要得实缺也要大费一番周折。他为人谦和，样貌也英俊，虽然家中已有妻子，但在外亦颇得女子青睐，特别是才子之名太有杀伤力。以往苏檀儿怕也是将李频这个名字当成偶像来看待的，现在倒是淡定了，在家中说起此事时，她笑道："想必是被相公的风采折服了。"

折服李频的未必是文采，当然那两首词作或许是一部分原因，但在宁毅看来，李频更感兴趣的，似乎是宁毅说的那些故事。他跑来豫山书院教的不是诗文，而是射御、书、数，这些课程都在下午，上午他便跑来旁听，最初的时候还弄得一帮年纪小的学生颇为局促。

李频偶尔会针对宁毅说的一些东西发问，这些东西在宁毅看来也是一些比较关键的地方：经过总结归纳的社会规律、穷究事物道理的研究方法、纯机械的因果论……这些东西宁毅会随口说出来，但不愿意说得太透，因为一旦透了，那就变成了现代理论，变得离经叛道起来。李频偶尔问一句，宁毅就会多说一点儿，李频或许能懂，孩子们却是不懂的，往往颇为疑惑。

李频大概也知道宁毅未必会跟他多谈，因此只是偶尔在课堂上提些问题，平日里遇上也只与宁毅打个招呼，寒暄几句。

时间到了二月，聂云竹的小车又被推了出去。她是煎饼、皮蛋一起卖，但皮蛋卖得比较贵，目前来说，生意不是很好，只有往康贤那边送了一批算是一笔进账。

这天在秦府，宁毅被康贤奚落了一番。

"你那松花蛋竟卖二十文一枚，咸蛋再贵也不过十文，又是在卖煎饼的小摊上卖，你想，那聂姑娘的煎饼不过两文钱，配上二十文的松花蛋，买煎饼吃的人不会去买松花蛋，能买松花蛋做零嘴的人往往又不吃那煎饼，这等搭配，当真是胡来。"

"呵呵，新兴事物，一开始就贱价卖，以后价钱就卖不上去了。如果是我来做，说不定会想办法卖到五十文，只不过她做那生意也不求赚得太多，所以才这样随意。"

"哈哈，真是人心不足蛇吞象，五十文一枚，你当那是金母鸡下金蛋吗？现在二十文你都难卖出去……呵呵，不过你也不用担心，过些时日老夫宴客之时尽量帮你宣传一番便是，二十文的价，还是有不少人吃得起的。到时候你可得感谢老夫，算是欠老夫一份人情……"

康贤说得得意，其实也不是真打算拿人情来要些什么，秦老便也在旁边附和了一番。宁毅对人情什么的原也不是太在意，这时候无聊地撇了撇嘴："康老能帮忙，感谢了。不过，你就算不帮忙，一个月的时间我也能把生意铺开，卖二十文给你看看，如何？"

"哦？当真？"

"咸蛋都能卖十文，松花蛋卖二十文有什么难的，只是现在没什么人知道而已……"宁毅耸了耸肩，"谁叫我最近无聊呢。"

"卖不出去啊……"

东方未明，聂云竹坐在小楼前的台阶上，托着下巴，有些苦恼地说着。

"前几天也像宁公子说的那样，去找了附近几家酒楼的管事，可是他们说以前没人吃这个，而且卖得太贵了，不给放到他们的柜台上卖。"

这年头毕竟生产力不足，米面杂粮类主要拿来充饥，价格便便宜些，肉类蛋类便卖得有些贵。比如，一块煎饼一般两文钱，可以视为人民币一块钱，那么十文钱的咸蛋便是五块一枚，而松花蛋在宁毅的建议下卖到二十文，这已经接近奢侈品了。在这个小康人家才偶尔吃肉吃蛋的年月里，这类东西自然难卖。

当然，江宁一带富人还是很多的。以青楼而论，比较红的姑娘，进门三贯，也就是三千文，三两银，加上歌舞弹唱三贯，上床三贯，一次一共九贯，相当于四千五百块钱。卖身价格比这更高的姑娘只有少数。若是不卖身的，如元锦儿、陆采采、绮兰、以前的聂云竹等人，反倒价格更高，没个上限，但横竖一大帮人等着砸钱，你若小气，门都没的进，进了门还小气的，下次自然不睬你。苏檀儿那帮兄弟每次从她手上讹个几十两银子，放在普通人家已经是巨款一笔，但真要去充充阔气，呼一班狐朋狗友，也只够花一两次。

虽然肯花九千文找姑娘的人未必肯在路边摊吃二十文的松花蛋，但至少证明，具备这种购买力的人在江宁还是有的。

他们想要以二十文的价钱把皮蛋卖出去，就得找附近一些比较高档的地方，比如出名的茶楼酒楼，让他们帮忙寄卖，但这毕竟是新事物，你说我卖一枚蛋二十文，帮帮忙，人家又不是做慈善的。虽然聂云竹长得漂亮又算得上才女，但这些本领在一板一眼谈生意的场合用不上，这二十文一枚的咸蛋寄卖生意自然没有谈成。有两个酒楼管事根本没跟她谈，也有一个见她漂亮却出来卖煎饼，想要动手动脚，她便直接走掉了。

这对一心想要摆脱以前的身份，如普通人一般努力赚钱生活的聂云竹来说自然是一个打击，不过她性子也犟，一般人若遇上这样的事情，怕是会考虑不再卖皮蛋，但她不会有这样的打算。宁毅一路跑得大汗淋漓，这时手上拿了一枚铜板在玩，随后笑了笑："说起来，最近倒是跟人打了个赌，说这松花蛋一个月就能卖开。"

"卖开？"

"嗯，每天至少得卖上二三十个吧。"

"呃，"聂云竹想了想，随后笑了起来，"我会努力卖到三十个的。其实……说不定可以寄放一批到金风阁……"

聂云竹显然犹豫了好一会儿才说出这句话，此时她心中想的事情跟宁毅想的显然不一样。在她看来，宁毅这人性格好，又是个独特幽默风趣的大才子，但与经商大抵是无关的。他发明了松花蛋，托自己帮忙卖，或许是与人夸了口——这也是人之常情——自己卖不出这么多，他便得丢面子。若非实在没什么办法，她也不会考虑金凤阁。楼里的妈妈虽说遵守契约，未再逼迫她什么，但真要说是个良善人那也未必，欠了人情不好还，然而，动用这样的关系大概是她此时能想到的唯一办法了。

宁毅听她说起金凤阁，微微愣了愣，随后才明白过来："不用这样。"他摇了摇头，随后指指那停着小推车的棚子，"今天中午早些收摊吧，然后把车子包装一下，这副样子太简单了，卖不出二十文。"

"包装？"

"呃……便是随意装饰一下。"

聂云竹点点头，以疑惑的目光表示懂了……

到得中午放学，宁毅去市集吃饭，随后带着各色油漆、大小毛笔、刷子到聂云竹这边时，她才知道他要干吗。

下午，两人将小车洗干净，宁毅用粉笔做了简单的构图，揣摩一阵之后，才搬了张矮凳坐下动笔。

聂云竹没办法帮忙，只能偶尔在旁边蹲着看一阵。她回房看见胡桃，胡桃说道："宁公子是想要在小车上作画来卖松花蛋？"

"想是如此了。"

"可是，油漆能画好画吗……"

"诸多漆器不也是以漆作画，宁公子……想来于此道也有所涉猎……"

聂云竹其实有些担心，琴棋书画乃风雅之学，宁毅画工精不精另当别论，可以他如今的名声，在这种小推车上作画竟然只为卖那松花蛋，若被人知晓，怕是又会给他惹来非议，越是画得好，这种可能性就越高。

胡桃的情绪其实也不好，她最近一直在为小姐担心。自从元夕那天确认了与小姐来往的这位宁毅便是那第一才子，并且真有才学之后，她的担心就与日俱增。她固然想早些与二牛成亲，但小姐没个归宿，她根本不放心。如今小姐对这人似乎有了好感，可如同小姐说的那样：嫁不了的。

对方的身份是赘婿，小姐便是喜欢他，也根本不会有结果。那人才华越高，小姐就陷得越深，反倒喜欢不了别人。苏家家势大，对方妻子一旦知晓此事，找上门来，自己这边可怎么办才好？如此想想，她越发着急了。

中途宁毅也将聂云竹叫出去过一次，问她这小摊叫"聂记"还是叫"竹记"为好，聂云竹想想，选了竹记。

到得傍晚时分，晚霞从秦淮河弯道的一侧照射过来，小车的装饰终于完工了。

聂云竹过去看时，有种目瞪口呆的感觉：这画的风格，她从未见过！

他不是画得太差，而是画得太好，太离奇——车上那画作的构图，是立体的。

这年头有了油漆，漆器的图案风格自然也多种多样，或细腻或粗犷，但眼前这辆小车绝对是整个时代的独一份。图画其实很简单，不过是几棵竹子——象征着雨后竹林的一角——隐藏在一片雾气当中，一侧画着一枚皮蛋被切成四瓣，不过算不上多么栩栩如生，"竹记松花蛋"几个字浮动在画面上。然而，图画是立体的。

对宁毅来说，这只是采用了一种非常简单的手法——通过控制图画各个部分比例的不均衡来达到让竹林显得更立体更逼真的效果，而"竹记松花蛋"这五个字配合着浮动的影子，有一种在雾气中又像要坠落又像在飘荡的效果。只有那枚皮蛋画得差强人意，因为一时间配不出很漂亮贴切的颜色，只能让它尽量漂亮。由于油漆混合会显得模糊，宁毅在不同图案的边缘都仔细地加上了清晰的黑色线条，这样能造成更加明显的冲突感和立体感。这辆小车若是推出去，绝对能第一时间吸引路人的眼球。而且它与主流画作不同，旁人只会以为是商人想出来的小道，而不会觉得是某某才子精心绘制的画卷。

虽然条件有限，但是看着对方那一脸惊讶的样子，宁毅对成果总体还是满意的。大概是想起了宁毅对音乐的古怪品位，聂云竹道："立恒的作画，竟也是如此……呃，如此奇怪，这种风格，云竹以往从未见过，简直像是要从车壁上长出来一般……"

图画这种东西，如果走比较写实的风格，第一眼的冲击力往往不够。图画与音乐本就有所不同。见聂云竹想要伸出手去摸那柱子，宁毅才笑着叫住她，随后指指上方的雨篷。

"油漆未干，可碰不得。上面的雨篷该换副样子了，明天我会去买来。这几天油漆未干，你也做不了生意，呃……我们需要准备一些东西，比如漂亮的小碗碟、各种作料、豆腐。吃法多种多样，但是看起来要干净漂亮，嗯，这是第一步……"宁毅计算着，"这些事情做完，再来解决那些酒楼顽固不化的问题……"

接下来几天的下午，两人按部就班地做着事情：收罗漂亮的碗碟，采购各种酱料，搭配各种吃法。对宁毅每日下午过来，聂云竹显得很高兴，但是胡桃不开心，终于忍不住在某天晚上跟小姐抱怨了一番："小姐，采购那些东西根本划不来……"

宁毅选择的都是很漂亮的碗碟，在普通人眼中实用性不大，价格也贵。虽说这些东西一半是宁毅出钱，说是算作入股，但在胡桃看来，这也没什么意义。家中的钱本就不多了，攒着点用，小姐还能用上好一段时间，但现在那宁毅简直就是想当然地乱花钱，而小姐不愿意推拒，只能跟着走，到时候失败了，那宁公子不在乎浪费钱，小姐也不能怎么样，岂不是把最后的身家也花掉了？

"要胡桃说，那个宁公子的才学肯定很厉害，可他未必懂经商啊。咱们不过摆个小摊而已，哪有这么多讲究？小姐，你不能陪着他胡闹了！咱们胡闹不起的……"

"宁公子是有真才学的人，既然如此自信，我自然相信他，未到最后，胡桃你又怎知他没有办法？"其实聂云竹心中也没什么底，不过她也只能这样对胡桃说。

"有才学的人小姐见得还少吗？"胡桃反驳道，"才学是才学，做生意是做生意，那些有才学的人不也照样赌钱败家？到最后一文不名。胡桃虽然不懂生意，但看得多了，大街上那么多摆小摊的，都是这副样子，那些大酒楼或者青楼就完全不一样。小姐，那宁公子入赘商贾之家，听说他的妻子在苏家管事很厉害，说不定他是咽不下这口气，拿小姐来当试验……"

"闭嘴！"聂云竹目光一凝，打断了她的话。

胡桃抿着嘴站在那儿好久，泪水自眼睛里滚落下来，随后才咬咬牙，哽咽着说道："小姐你也知道，你嫁不了宁公子的。小姐若嫁得了，胡桃也就不说了……"

话说完，房间里安安静静的，好久都没有声音。聂云竹坐在床边，倚靠着床框，目光偶尔动一下。过了好久，灯影摇曳了一下，她才用力闭上了眼睛："我知道的……"再睁开时，她微微笑了笑，"胡桃你也去睡吧，不早了……"

油漆刷好过了几天，碗碟、酱料也准备妥当了。老实说，小车现在推出去，整体形象是相当惹眼的，无论是小小竹林的立体图案还是"竹记松花蛋"这五个字。能不能将松花蛋卖到二十文似乎在此一举。虽然聂云竹在宁毅面前表现出自信满满的样子，但心中大概是不怎么信的，这一点宁毅心中自然明了，只不过结果既然还未出现，他倒也不必解释太多，说再多也不如把事情做了之后再看效果。

接下来，如何让几家酒楼愿意帮忙寄卖聂云竹的皮蛋就是他的事情了。

这事其实也简单，他们不愿意让聂云竹拿过去，那让他们主动过来拿就是。一桩生意既然是垄断，想要做开，办法多的是。

当天下午宁毅跟苏崇华请了假，说最近几天上午会晚来，让苏崇华安排一个人督促学生们念书——反正最初一个时辰也就是摇头晃脑地读和背，宁毅在不在区别不大。

二月底的江宁已经到了草长莺飞的时节，树枝上抽出了新芽，杨花清雅，飘飞如絮，清晨时分走在街上能听见鸟儿鸣啭，风还稍稍带着些凉意。学人才子们起来比较早，不少人会呼朋唤友，选择在上午时分乘船畅游秦淮。渺渺的乐声自远处画舫上飘荡过来，伴着漫天柳絮，好一幅文墨隽永的景象。

日头升起来的时候，宁毅正走在江宁的街道上。虽然这是他第一次经历江宁的春季，第一次看漫天柳絮飘落，但对这种古代气息，他已经见惯了。

开了春，道路上行人多了起来，主要是从各处会集而来的客商和背着行李的书生，偶尔也有镖头、武士之类的人物，个个五大三粗，不知道谁才是有真功夫的。一个胖墩墩的孩子在街边逗狗，做鬼脸，终于把那条狗给惹恼了，汪汪汪地拼命追在孩子后面，终于追得他扑通一下掉进河里。孩子在水中扑腾着游出好远，回过头还在做鬼脸。他的娘亲在不远处看见了这一幕，叉着腰在河岸边大声骂。

聂云竹的小摊在几条街外，今天是第一天推出来，不过早晨两人已有交谈，宁毅这时候不是过去看那小车给人的震惊程度的，只是要去附近的酒楼看看，走到半道竟遇上了迎面而来的李频，大概是准备去学堂。

"立恒。"同僚一月，李频每天上午跑去听听故事，知道宁毅素来会提前准备，这时候见他竟不打算去学堂，有些疑惑。李频问了之后，宁毅也只回答有些事情。他既然不去上课，李频去豫山书院也没事，便问道："可要在下帮忙？"

"呵呵，一些小事，不用。"宁毅想了想，"李兄住在这附近？"

"就在前方巷子里，立恒若是有暇，不妨去寒舍小坐。"李频笑道，"拙荆也是久仰立恒大名，早想见见了。"

宁毅笑着婉拒了一番，随后道："李兄既住在附近，可知这边最好、东西卖得最贵的酒楼茶楼有哪几家？"

"前方春意楼、杨絮楼、四海楼都是不错的，还有几家在那边的街道上。在下此时正好无事，立恒若想要去，在下倒可陪同。"

李频这人看来随意洒脱，说话做事又能面面俱到。宁毅笑了笑："今日倒是不必了，随便找一家贵的便可。李兄此时若有食欲，不妨一块儿去吃顿早点，小弟做东。"

随后两人往那边街道上看起来最华丽的一家酒楼走过去。此时还未到每天早上真正最热闹的时候，宁毅与李频过去时，酒楼之中还有些空位，宁毅顺手打赏了小二一钱银子，那小二立刻殷勤起来，一路引宁毅与李频上了楼。随后宁毅随意点了几样贵的肉粥和点心，李频则只点了一碗三鲜汤面。

"李兄常来这里吗？"倒上茶水，宁毅问道。

李频笑了笑："东西比外面贵了些，但味道还是不错的，偶尔会过来一趟。"

"那……现在就是这春意楼每日最忙的时候了？"

"呵呵，这倒不是，大概再有一刻钟左右，这楼中便人满为患了。"

"嗯。"宁毅点了点头。

对宁毅来这里的理由，李频显然是好奇的，不过面上倒没有表现出来。李频一边喝着茶水，一边与宁毅闲聊，话题不是他平日里关心的那些故事所对应的《论语》中的道理，而是一些琐碎小事，就连楼下一棵柳树前年被砍掉引起的一场纠纷，在他说来也很是有趣。时间逐渐过去，宁毅与李频点的东西也上来了，酒楼中客人渐满，喧嚣一片。宁毅喝了一口粥，敲了敲桌子，朝方才那小二举了举手，对方便立即过来了。

"两位公子还有何吩咐？"

"要两枚松花蛋。"

"松、松花蛋？"小二迷惘地看着他。

"没有？"宁毅一副微感错愕的样子，随后想了想，从身上掏出五六十枚铜板，指指外面，"从这边过去，拐个弯，那边街口有卖的，车子很漂亮。买两枚过来，配料的话……醋和酱油就行了，你这边就有。二十文一枚，剩下的是你的，去吧。"

他只是淡淡地说完，挥了挥手，便扭头跟李频说起其他的事情。前世养成的那种指挥人的气势出来之后，小二虽然一愣一愣的，但一时间竟有些不敢反驳，只记住了松花蛋、醋、酱油，便拿着钱去了。酒楼要做大，规矩上是不允许反对客人这些简单要求的，更何况这客人进来的时候给了一钱银子呢。

不一会儿，小二便将松花蛋买了回来。他大概是向聂云竹问了怎么吃，这时贴心地拿了个小碟子装了些醋和酱油过来。宁毅分给李频一个："尝尝，新东西。如果不太习惯，可以蘸蘸醋或者酱油试试……其实最好的是卖相。"

酒楼中依旧热闹，两人吃完皮蛋，宁毅看着那热闹的景象，又挥了挥手："小二。"

小二便又过来。宁毅掏出几十文钱，看也不看他："再去买两枚。"然后回头与李频说话。

那店小二有些为难，迟疑了一阵子："公、公子，此时生意实在有些忙，走不……"

"嗯？"宁毅被打断，瞥了他一眼，随后偏着头与他对望了几秒钟，表情淡然，只是目不转睛，随后双手交叠放在桌上，皱眉道，"走不开？"

"没……小人……小人会想办法……"

小二拿着那些钱走了，一会儿就将皮蛋买来了。宁毅将皮蛋放在桌上，待小二离开，才道："不宜多吃，倒可带去书院，给其他人尝尝，李兄要不要带一枚回去？"

李频笑了起来："宁兄今日过来，莫非是为这松花蛋？"

"呵呵，确实是。"

"不知具体为何？"

"没什么，一个小赌。"东西其实已经吃完，宁毅笑着将皮蛋塞进兜里，站起来，"李兄，走吧。"

两人一道下楼，街上的行人也多了许多，宁毅与李频交谈几句，看看那边的几栋酒楼："我与人约定，一个月内至少将这二十文的松花蛋每日卖出三十枚。毕竟是新东西，直接送过来，他们不肯放到柜台上卖。以这酒楼每日的收入来看，如果贿赂那些管事，三十枚松花蛋的生意得不偿失，人家也看不起，只能反其道而行。明日我就雇几个闲人，每日请他们来这里吃顿早点，持续六七日，附近几家酒楼大概就会去拿货。松花蛋的卖相还是不错的，切一个放在外面展示，卖二十文应该没问题……不过，附近几家酒楼，每日早间都这么忙吗？"

"附近商旅来往，除了冬季，一向热闹，应当没有问题。"李频想了一会儿，望向宁毅，"三十枚也不过是每日六百文的生意，以立恒此时的名声，只要能让此松花蛋出名，随随便便也不止三十枚，为何如此大费周章？"

"呵，赌约中定下了这一项……"宁毅笑了起来。其实做生意，往往是比拼人脉，以宁毅这时的名气，要么替松花蛋写一首词，要么跟濮阳家的人打个招呼，松花蛋几百文的生意，对濮阳家来说不过洒洒水，根本不会放在眼里，但这样与康贤在酒宴上帮忙宣传几句又有什么不同？康贤之所以把标准定得这么低，也是因为规定了宁毅只许用些普通的手段，稍稍花些本钱，将松花蛋的销路铺开。

这不过是小手段，说出来没什么出奇的，李频想了好一阵子："这事倒也有趣。如此说起来，一些闲人不太可靠，在下在这边认识不少朋友，每日里都会在这附近吃早点，让他们表演一番只是举手之劳罢了，而且……肯定不会露出什么破绽。"

他看看宁毅，随后又挥了挥手："自不会让立恒之名泄露便是，我会叮嘱一番，让大家绝不做多余之事，只以普通人的身份来，如何？"

李频是与曹冠齐名的才子，附近的朋友多半也是这类人，他若真要运作，影响力或许比如今的宁毅还大，因此听完这一番保证，宁毅想了想，点头："如此就谢过李兄了。"

第二天早晨，小楼前方的台阶边，聂云竹喜滋滋地跟宁毅汇报战果："昨天松花蛋卖出了六枚，煎饼很快就卖光了。这可是第一次把煎饼卖光呢，所以我跟胡桃今天准备多做点。而且松花蛋也是第一次卖出这么多……"她明显在为煎饼而高兴，还看了看宁毅的表情，"好的开始。只要名气打开了，松花蛋卖出三十枚肯定没问题。"

　　宁毅撇撇嘴,附和着笑了起来。松花蛋的销路他本就不担心。

　　三天之后,第一家酒楼便开始让聂云竹送松花蛋过去,李频知会的一班朋友也没露出什么破绽。只是没想到,这番热心,随后竟给聂云竹带去了一些困扰……

第十章

旧相识引来新麻烦　小生意推演大道理

　　清晨，阳光在市集的东边漾出光芒的时候，小车也已经被推到了固定的路口处。聂云竹与胡桃收拾了些东西，随后提着篮子准备去送货。她依然是一身朴素的布衣，包了一块头巾，是与多数妇人村姑一般的打扮。不过，她哪怕是这样，也掩不了那股过人的气质，若是面对面交谈，让人更加无法忽略她那文雅清丽的容貌。

　　昨天第一次往春意酒楼送了皮蛋，算是有了个开端，今天还是她过去。按照宁毅的规划，将几种配料装在漂亮的小瓷瓶里，并准备好瓷碟，送去之后，取一枚皮蛋切成四瓣，拿四个小碟，每碟倒上一点儿酱料，以不同的风格做展示。皮蛋切开之后卖相本就不错，配上红色、黑色、白色的酱料，给人的视觉冲击绝对是足够的，即便这家酒楼并未拿出最显眼的位置做展示，昨天也林林总总卖出了十多枚。

　　这样的进展让聂云竹有点措手不及，不过如果还有第二家，每天三十枚皮蛋的计划便基本完成了。

　　同样的晨光下，就在她提着篮子穿过街道往春意楼走去的时候，李频正走出巷子，稍停了停，随后去往街道另一头的四海酒楼。一个朋友已经到了，在那里等他："谢兄来早了……子山呢？"

　　"子山今日未与我同来，说是昨晚见一好友，待会儿将与其一同前来。"

　　"如此甚好。"

　　一切发展如常，李频的号召力还是没问题的。这三四日里，他找了些平日在附近不同酒楼用餐的朋友，让他们在酒楼热闹的时候帮忙叫小二买个松花蛋，举手之劳而已。由于宁毅那天说过几人便够，他就没有知会太多人，这些朋友也是比较能保密的，随意的表演毫无问题。昨天就听说春意楼已经将那松花蛋摆上了，也算是有了初步的成果。

李频对宁毅的才学是有些好奇的，至于松花蛋倒没有太放在心上，与这名为谢绛的好友会面，交谈了一番，上楼等了一会儿，原本约好的另一名好友也到了。这人名叫沈邈，字子山，也是江宁有些名气的才子。与沈邈同来的还有一人，样貌端方，仪表堂堂，二十多岁的年纪，身上却有着相当稳重的气质，一进门就对李频、谢绛作了个揖。

"德新、希深，好久不见了。"

"燕桢！"

李频惊喜地站了起来。这人与他们其实也是旧识了，原本在江宁也是与李频、曹冠不相上下的人物——顾鸿顾燕桢。他三年前进了京，据说会试高中，此后大抵是在汴梁活动，走各种门路寻找实缺，想不到竟从那边回来了。

众人一时间大喜。

"到底是何日到的？竟不是第一时间联系我等，这账记下了。"

"今日当在金风阁设宴，接风洗尘。"

"罚酒！"

"不知此去东京三载有何见闻所得，可得仔细说说。"

四人笑着在桌边坐下，顾燕桢与几人说些京城琐事。

"如今在东京等地，所言最多者当属近年来辽、金两国交恶之事。自陛下任用李相以来，李相整顿军务，严肃军纪，如今朝堂上下一片振奋。若是猜测不错，少则三五月，多则一年，朝廷必会抓住机会与金国结盟，一振自澶渊以来举国的颓丧之气，收复幽云，指日可期！"

自去年下半年金国在完颜阿骨打的领导下与辽国爆发大规模冲突以来，起兵收复幽云，一振国运一直是这些武朝士人最常讨论的话题。六十年前澶渊，六年前黑水，百年欺压，如今机会终于到了。自当今圣上任用李纲为相以来，李纲大力整肃军务，如今局势已经明明白白，一切都仿佛已经压在了一根弦上。未来仿佛只隔了一张薄纱般的窗户纸，一旦被挑破，便能看见大军出雁门，直取幽云，复唐时天朝旧貌的景象。此时四人说起来又是一番热血沸腾，随后顾燕桢也说起他这次的收获。

"这次在东京，最终得钦叟大人青睐，得补一七品实缺，呵呵，饶州乐平县令，七月将去上任。还有些时日，我便回了江宁，与诸位一叙……"

他口中这"钦叟大人"乃唐恪唐钦叟，在这些士人眼中也算是相当有名，他们自然又是一番询问，对他得到实缺自也是各种羡慕嫉妒，打趣了一番，才提起一些风月雅事。顾燕桢原本在江宁算得上风流人物，颇得各种佳人的青睐，去了东京三年，自然不会没什么风流韵事，顾燕桢便笑着说些琐碎趣事。

"实际上名声、才气与江宁这边也相差不多，东京女子多半高傲，那边又是天下士子云集，想要折服她们，那可不容易。在下在东京三载，最近最红的几个姑娘之一——李师师，在下也只与她有过一面之缘……"

随着谈话的进行，不知不觉到了酒楼最为热闹繁忙的时间，李频想着是不是该叫皮蛋过来，顾燕桢忽然停下来，拍了拍桌子，随后与那店小二说道："拿四枚松花蛋来。"

店里自然没有。随后顾燕桢指点了一番地方，竟也是驾轻就熟。见李频一脸讶然，顾燕桢笑了起来，小声道："昨日在翠屏楼与穆方兄一叙，忽然见他叫这松花蛋叫得煞有介事，在下一问，才知是德新兄拜托之事，自得牢记在心。呵呵……方才我说的可有错？倒不知这松花蛋与德新有何关系。"

李频也笑了起来："倒是没什么关系，也是一个朋友所托，游戏之举，只是不能以各自的名气刻意宣扬罢了。"

"了解。"打起赌开起玩笑来，什么事情都有，见李频说是游戏之举，顾燕桢也就不再在意，随后又说起东京的风貌。到得吃饱喝足，李频与顾燕桢单独聊上几句时，李频才打趣道："方才说起那些东京女子时，燕桢似有些犹豫之色，莫不是在东京吃了瘪，此时不好说吧。"

顾燕桢笑着，随后无奈地摇了摇头："德新明察秋毫，确实有些事情，不过与东京并无太大关系……呃，若说关系，也有……不知德新这几年可有去过金凤阁？"

李频摇头："金凤阁去得少。回想起来，燕桢当年倒的确常去。呵呵，最近金凤阁那元锦儿倒是与曹冠颇为亲近，燕桢也知那曹冠乃我丽川死敌，我若去了，怕是只能吃闭门羹……呃，到底有何事情？"

"三年前去东京之前，曾有一红颜知己在金凤阁中，前几日进城，当晚便去找她，可惜……三载光阴，她如今已不在金凤阁了……"顾燕桢手指敲了敲桌子，神情微微有些惆怅，"不瞒德新，在下以往风流，自认也见过许多女子，唯此女……让在下最为倾慕，淡泊安静，文采气质完全不似风尘之人。记得三年前与她告辞之时，她说的是：'祝公子金榜题名，衣锦荣归……'在下此次多少也算是金榜题名，衣锦荣归了，可惜啊……早知如此，三年前她便是开口拒绝，也该为她赎身的……"

李频想了想："如此说来，三年前的话……元锦儿之前乃是潘诗，嗯，听说她的确是赎身嫁人了……"

"怎会是潘诗。"顾燕桢不屑地挑了挑眉，"潘诗此女，一俗物尔，怎值得在下为之倾心。在下说的乃是云竹姑娘，她素来低调，若非不肯争名，金凤阁中怎轮得到潘诗出头……此事，只能说有缘无分而已……"

"云竹……这名字当年似曾听过……"

"德新当年若真见到她，自然便会知道她的好。此女诗文唱曲，无一不是上佳，心中所想也与那些想要当花魁，争风出名的女子截然不同。在下虽不清楚她的过往，但若非有一番坎坷身世，怎会落入风尘？在下原本以为可助其一臂之力，只是知她性格，一直未敢提起为其赎身之事。唉，现在已知'花开堪折直须折，莫待无花空折枝'的道理，可惜已然晚了……"

"打听过她如今的下落吗？"

顾燕桢摇了摇头："问了，只是那边未给答复……既然不给答复，自是嫁人了。若她只是离开金风阁，此时还在江宁，当还有名声才是。以当日的情分，她也不会拒绝在下的。"

情之为物，最令人伤感的便是这样错过，李频想了想："不多问问？至少知道她如今在哪儿。"

"问到底又有何用？她最终选了何许人，在下确感好奇，可是……若能不见……"他望望李频，笑了起来，"或许不见……也有不见的好。"

李频点点头，拍拍他的肩膀："也罢，过段时间便会忘记的。"

一群人在四海楼上谈论这些事情的时候，酒楼过了最繁忙的时间，客人渐渐少了。方才跑去买松花蛋的小二与前两天被叫去买的几人商量之后向管事反映了一下，那管事看看这边俨然羽扇纶巾颇有身份的四人，挥手做出了指示。店小二出了门，穿过街道去到那边的路口，与聂云竹说了明天送松花蛋过去的请求，而在这之前，也有一名翠屏楼的店小二过来了，说了同样的要求。

第二天早晨天未亮，聂云竹就等在了小楼的台阶前，等宁毅过来了，便喜滋滋地与他说了销路已经扩展到三家的消息，一边说，一边有些疑惑地注意着宁毅的神情。其实这市场拓开的情况对她来说有些诡异，常常有人从酒楼叫小二买松花蛋，可名气还未打出去，怎么会有这种情况？或许是他在背后做的手脚。

如果真是这样，她会感到佩服。不过，尽管擅长察言观色，但聂云竹此时自然没办法从宁毅脸上看出除高兴以外的太多内容来。其实她也高兴于自己能自力更生，但并没有因此而忘记与宁毅商量前面腌得不够多，中间万一缺货的应急措施等。

清晨，路口，小车，四海楼。

聂云竹拎着竹篮过来告诉小二各种搭配吃法的时候，决定稍稍打听一下其中的内幕，在她想来，事情多半与宁毅脱不开干系。

"小二哥，前几日让你过去买松花蛋的都是些什么人啊？我想了解一下，到底是哪些人爱吃这个。"

"哦，皆是些有学问的才子呢，也有说这个叫翡翠蛋、富贵蛋。昨天小人过去时无意中听见，其中一人还是自东京回来的，是高中的老爷……这等人也知松花蛋之名，聂姑娘这松花蛋，莫非是自东京学过来的新奇事物？难怪其他地方没有的卖呢……对了、对了，姑娘你看，昨日要这松花蛋的，便是那位才子老爷。"

聂云竹笑着回过头去，那边有两名士人正走进来。沈邈是第一个看见柜台上从竹篮里拿出来的松花蛋的，心想李兄的目的已经达到了，心感有趣，便伸手捅捅顾燕桢。顾燕桢望过来时，正见到一名围着头巾的村姑将用于售卖的松花蛋拿出来，也是颇感有趣地与沈邈低笑了几句。一两秒后，顾燕桢口中还在说着话，人却已然愣住了……

漂亮的碗碟被从篮子里拿出来，切开的松花蛋一角蘸上了调配好的鲜红酱料，红黑相对，鲜艳无比。聂云竹正将小碟往柜台上放，此时也看清楚了那边的两名男子，眨眨眼睛，微微露出疑惑的神情，片刻之后，似是记起了什么，脸上收敛了笑容，微微弯了弯腰，扭过头来，继续将松花蛋往外拿。

"那……小二哥，麻烦你了，如果有什么酱料不够，过去取便是……"

顾燕桢这时已经带着满脸的疑惑走到了柜台旁边，扭头看着她做这些事。那小二大概也看出些不妥，一时间犹豫了，没有过来问顾燕桢需要些什么。待到柔声细语地跟小二拜托完事情，聂云竹收拾好竹篮，才笑着朝顾燕桢点了点头："顾公子。"

"云……竹？"顾燕桢看着那些松花蛋，"你怎会……怎会出来售卖这些东西？"

"有何不妥吗？"聂云竹收拾东西往外走，微微皱了皱眉，反问了一句。顾燕桢跟上去，想了好一阵子，话到口边又顿住，片刻后才终于吸了一口气，抚平情绪。

"我、我自东京回来，去金风阁找你，才知你已不在了。我问了你如今在哪儿，她们不肯说，只以为你得了个好归宿，也为你高兴，可你如今……怎会如此？抛头露面出来售卖这些东西？"

街道上人来人往，聂云竹低头走着，略想了想，才微笑道："谢谢公子挂心，云竹虽然抛头露面，但只是以双手劳作赚钱，并无不妥之处。相对于以前那种生活，此心已得归所，公子无须担心了……呃，尊友尚在楼中等待，公子还是尽快过去吧。"

顾燕桢叹口气，苦恼地摇了摇头："无妨……方才那人乃是沈邈沈子山，当初也曾与你有过几面之缘，你方才没认出他吗……"聂云竹低着头，他看不见表情，随后又笑了笑，"也是，你方才如此等打扮，他应该未认出来……"

聂云竹一直低着头走，他就在旁边跟着，不知道该提什么话题才好，只好断断续续地说些往事："犹记得那年白鹭洲头，云竹一曲琴音技惊四座，在下当日就曾说过……那年选花魁，本以为云竹必能独占鳌头，谁知云竹连争夺的心思都没有，在下方知云竹淡泊的心性……离去之时，本欲与云竹吐露心声，可到得后来，还是几句简简单单的客套话……可我在东京之时，却是日日都在思念你……"

想着想着，顾燕桢心绪涌动，几年来积存的想法一次爆发了出来，最后这句话算是豁出去了，话说完便要去挽对方的手。只是聂云竹经商摆摊或许是新手，这方面却早就有经验，陡然蹙眉朝旁边挪开了几步。顾燕桢愣在了那儿，聂云竹看了看他，皱着眉头没有说话，过得许久，终究还是露出一个微笑，敛衽行了一礼。

"云竹……姓聂。"

"嗯？"顾燕桢迟疑片刻，随后才道，"你……此时夫家的姓？"

云竹摇了摇头："家父便是姓聂。之前沦落风尘之地，以色娱人，云竹不愿到最后连这姓氏也卖了，因此只用了云竹之名。当初在金凤阁，这姓氏未跟旁人说过，然而如今总算赎身离去，总算能恢复全名了……公子当初青睐，云竹心感高兴，公子现在还记得那些，云竹也只有'荣幸'二字可说，公子将来若真记得有那样一个女子，妾身也希望，那是聂云竹，而并非金凤阁的名妓云竹。"

说这番话时，她从头到尾都在微笑，态度和煦但透着一股自尊自立之感，话语间很好地把握了距离感。

顾燕桢自是能听懂话中含义："你、你是怪我只记得当初在风尘之中的你……可是……"

"妾身并无责怪之意。当日云竹的确身处风尘之中，卖艺，卖笑，以色娱人，事情是这样便是这样。公子是真的关心云竹，云竹也是真心感激的，因此想告诉公子，如今虽抛头露面，但云竹心中安乐，比之当初在金凤阁不知要快活多少倍，公子无须为云竹担心。"她微微屈身一礼，"妾身还有事情，先走一步，公子请回吧。"

还有一家酒楼的松花蛋要送，她心中想着这事。毕竟是好不容易打开的销路，她不敢去得太晚。至于顾燕桢……当初各种才子见得多，也有一些纵横欢场自命风流、颇得女子欢心的男子，顾燕桢在这其中也算是相当出众的，风度才学、举止心性，都让他能被许多女子喜欢上，只是如今对自己来说，只是一个印象深一点儿的普通男人罢了。

记得他当年似是上京赶考去了，之后不久自己就为自己赎了身，如今能再遇上，确实有些意外，但也仅仅是遇上了而已，以后或许她还会遇上很多人，不算出奇。

金凤阁的花魁往事，她心中并不觉得有多么风流雅致，也不觉得有太多可歌可颂的事迹。在那些才子学人眼中，或许一场诗会、一场风流韵事可以被啧啧称道许久，谁又被某某名妓看上了，做了入幕之宾，又或是美人倾心于某人，心甘情愿地献上了处子之身之类的，乃是男子最高、最风雅也最令人羡慕的成就，可在她来说，那不过是一个女子在诸多看不见未来的情况下，心中惴惴不安地一步步挨过去的可悲时日罢了。

　　自教坊司中出来，她不安地承受着成为妓女的命运，好在琴棋书画都懂，算是给了她一个小小的机会，随后她努力向人展示自己，努力地拿捏和学习如何吸引他人，却又不至于让人想起粗俗肉欲的法子——暗示他们这样谈诗听琴乃高雅之事。纵然有了些名声，她仍旧心头惴惴，害怕哪一天会突然出些意外——那些有权有势之人真的豁出去了要将某个女子弄到手，这种压力不是什么名妓、大家扛得住的。因为各种牵制、顾虑，她不敢真把自己的名声弄得太响，怕成了什么花魁，最后变成男人展示自己魅力的工具……

　　在金凤阁的那些日子里，能保住自己身子的女人没有几个。没有其他价值又想三贞九烈的姑娘，哪有什么好结果，被强行灌了药的，被绑起来各种鞭打折磨的，没有哪个女子能扛到最后，真有勇气自杀也没几个，或者自杀不成，最终还是改变不了任何事情。便是卖艺不卖身的头牌，某个时候被有权有势的人给强行要了身子，又有谁真能给她撑腰？

　　最可怕的是，那些姑娘便是一开始反抗得非常激烈，不久之后也会渐渐适应，渐渐麻木，渐渐开始与人说话，渐渐开始适应这种生活，渐渐开始在屋檐下向其他女子述说自己遇上了怎样怎样的男子……那段时间里，她每天都在害怕那便是自己将来的写照，或者如同极少部分女子一般，自尽了，又或者疯了，再无价值之后，被扔出金凤阁，变成个乞丐婆，衣服也不穿便在街上跑，最终过不了冬季便变成一具腐烂的尸骨。

　　顾燕桢提起往事或许很怀念，但那其中没有她怀念的事情，甚至心头是有些不悦的。不过这也不是他的错，如同立恒不久前说过的，有人惦记终究是一件好事。他的想法是善意的，她便该露出笑容面对对方，谢谢他的善意，并让他明白这些事情。当然，他或许不明白自己说的归宿的意思，便认为自己嫁了人，也罢。

　　一路去到翠屏楼送了松花蛋，顾燕桢一直在对街看着她，这才让她觉得有些麻烦，但现在也无法可想，说不了什么。"我在东京……日日都在思念你……"他所想的，他们所想的，或许皆是那个笑着、弹着琴、唱着曲，或者在别人的乐声中跳着舞不断取悦他人的云竹——这不是他们的错，她不生气，但眼下又的确觉得为难了……

　　这几年来或也有自弹自唱自娱自乐的时日，但她确实想过，从今往后，再不以这些手段和笑脸取悦旁人了。这顾燕桢就算说起这些又能怎么样呢？自己若不弹琴、不唱曲，不舞蹈，不再附和那些风月诗词或者赞美某某才子文采高绝，那么大家坐在一起，又能有几句可谈的话？不过想到这里，她又不由自主地想起某个例外来……

　　如今她才发现，原本做那个决定时自己是那般坚定，可是年前立恒问起琴曲之事，自己竟丝毫没有往这些事情上想，而是毫不犹豫地开了"几层楼高呢"这样的玩笑。后来自己不仅弹琴谱曲，而且好几次在他听那《伽蓝雨》《长亭送别》时，自己与他谈笑间竟都想着要是能在他面前多展示些便好了，想要跟他说：我其他的曲子唱得更好，其他的词曲或许比这些古怪的小曲更好听。当他随口说起对单调的词乐不喜欢的时候，自己心中甚至还微微有些气恼，进而生出了小小的表现欲，想要说："若是我唱起来，可不是那样的哩。"

聂云竹已经明白，如同对方没有在自己面前刻意表现出才子的一面，自己在他面前也没有展现以往那些技艺，可那并非因为阴影，只是因为没有真正谈到，若那人真的想听，自己肯定愿意以这些才艺去取悦他，而完全不会觉得与之前在金风阁中的情况类似。

回想起前几日胡桃跟她说的那些话，她想，这样的心情，或许已经改变不了了……

她想着这些，抱着篮子淡淡地笑了起来，一路回到路口的小摊。胡桃凑过来，以为她在为松花蛋高兴。

"小姐，这下一天可以卖出很多了吧？"

"是啊，三十枚的任务肯定没问题了。"只是……事情似乎与立恒无关，因为立恒平日里是不大跟这些才子往来的……她为此疑惑着，随后扭头看看周围，顾燕桢似乎已经没再跟着了……

"小姐，你在看什么呢？"

"呵呵。"她微笑着摇了摇头，"没什么……"

另一方面，神色复杂的顾燕桢回到酒楼上，与那沈子山碰面。

"子山，德新与那卖松花蛋的小摊到底是何关系，你……知道吗？"

"理论上来说，那种人多的酒楼有忙不过来的情况，三四天的时间基本就能见效，目前不算是雇人，但是按照请人的工钱来算，预计一家酒楼顶多也就两贯，目前有四家酒楼，每天卖出六十到八十枚非常轻松。利润的话，一枚松花蛋八文该是有的，半月有余就可以回本了……"算盘的声音在房间里响起，宁毅口中不停，随意进行着计算，"倒是如果市场扩展太快，之前腌制的蛋不够，就可能供不应求，所以在我看来暂时不用考虑继续扩大目标。不过，新东西要打开销路还是没问题的。"

康贤在那边喝了口茶，挑了挑眉："这几日我也见到了，只是本来还在猜你这小子到底有何妙法，却想不到还是这招请人当托，手法实在简单。"

"呵呵，兵有奇正，用正不成的才会出奇。本身是件简单事情，能把问题解决就行,何须考虑太多?"宁毅笑了笑。

"这倒也是。"康贤点了点头,"不过立恒这手法,到底算是正还是奇?"

秦老在那边笑道:"也正,也奇。若单说手法,大概要算奇,不过在这里没什么出奇的,该算是正。"他想了想,"立恒之前说至少五十文一枚,如何卖法?"

"呵呵,五十文往上,那就没边了,卖的不只是松花蛋了。"宁毅笑了笑,"富贵蛋、翡翠蛋,我若自己有一家酒楼,弄得金碧辉煌,然后大肆渲染这蛋的象征。若是在每一桌宴席当中放上一碗,说点吉祥寓意,再没事写点小故事什么的,以后大家就不是吃蛋,摆上去,为的是富贵象征,五十文、一百文,甚至一贯、两贯,就全看定价。若再有康老这等富贵之人在宴客时摆上几碗,说上几句话,身价自然更高,有钱人也会趋之若鹜。"

"那日听立恒说起五十文一枚,本以为又是何等惊人计策,想不到,仍是这平平无奇的办法。"康贤笑着摇了摇头,随后想想,"不过,想来的确如此。"

宁毅笑道:"这世上哪有什么惊人计策,说到底,无非定下一个目标,然后解决问题而已。就如战场之上,兵出正奇,以弱胜强,实际上哪有什么以弱胜强,真说起来,都是以强胜弱。"

"这等说法倒是未曾听过。"秦老皱了皱眉,"兵书上虽说用奇不如用正,提倡正道之法,避讳剑走偏锋,可但凡兵法变化,皆是力求以弱胜强,毕竟若我强而敌弱,这兵法有或者无都无多大意义了。立恒这说法,老夫不能苟同。"

"呃,没有这说法?"宁毅微微愣了愣。

"确实没有。"康贤笑了起来,"如同立恒所言,若计策皆是用来解决问题,自是敌强我弱才有问题,我强而敌弱的情况下何需用兵法?因此兵法所载,若非军阵之基本,则大抵都是探讨以弱势对强势的状况。"

"倒也是这样。"宁毅笑着点了点头,"说法不同,在下也只是纸上谈兵而已,呵呵,见笑了。"

"本就是纸上谈兵,老夫于兵法原也不熟……"秦老喝了口茶,似是想起些往事,笑容有些复杂,随后道,"横竖无事,立恒那说法究竟从何而来,不妨详述一番。"

宁毅想了想,片刻之后抽来旁边的棋盘:"原也是看法的不同,不过事情是一样的,兵法之以弱胜强,在这里看来,其实讲究的是如何将双方的强弱掉转。"

他从对面的棋瓮里拿出十颗白棋,随后从自己这边拿出五颗黑棋,然后一份份地分割白棋:"简单来说,敌方数量为十,我方仅有五,打是打不过的,以计策使其分兵四份,各为一二三四,以我方五份攻其四份,将对方击溃,我方优势之下,损一份,余四份。以四打三,然后以三打二,以二打一……战局已定,以弱胜强,其实细分下来,每一次皆是以强胜弱。"

秦老笑道："立恒所说，未免太过理……"话还没说完，他忽然愣了愣，随后去看那棋子，皱起眉来想些事情。康老原本也想说这说法过分理想，真是纸上谈兵，见到秦老的表情，也沉思起来。

宁毅笑了笑："太过理想，确是如此。"他伸手将白子再聚拢起来，"实际战阵太过复杂，要得到如此理想的状态确实不可能。不过，这只是见事之法，并非从一开始就能进行如此精确的计算，但是若从结果推回去，每一场以弱胜强或是以强胜弱的战争，分割下来，皆是此等局面，不存在真正弱兵可以胜强兵的状态，因为强与弱，本身就是由他们能否打败、杀掉对方来决定的，这里以成败论英雄，敌强我弱，便想办法将对方隔开、分化、操纵，尽量让每一次战斗都在局部上以强胜弱，在细部上甚至可以划分到每一位军士上。当然，再好的将领也不可能把握全局到这种程度，但是每一支部队，对上另一支部队时，到底是胜是负，还是有一定把握的。"

"商场、战场、为人、做事，我不相信有真正以弱胜强的情况，当然，诸多看不见的因素大概也是强弱的一部分——情报、人心、好恶，乃至运气。目标摆在前方，路或许只有一条，又或许有很多条，如何达到目标的前一步却可以这样逆推回来。细分的话，或许会发现每一步都很简单，因此我是不信有什么奇谋的。"宁毅想想，推回那棋盘，又自嘲地笑了笑，"当然，纸上谈兵，那些领兵打仗的将军就算不这样想，也会很厉害。总之，我说的只是如何去看事情，解决不了实际问题。"

"然细部上的确是以强胜弱，从无以弱胜强之理。"秦老叹了口气，"立恒这说法浅显，但颇合大道，兵法……的确是以弱变强，而非以弱胜强，若能将这两者分清楚，那倒是……"

一件事摆在那里，如何去看待其中的规律，对普通人来说怕是没什么用处，但对秦嗣源、康贤这种人，意义却不一样。秦老深思之时，康贤却微微摇了摇头。

"此等说法太过清醒。立恒看重那格物之学，与旁人不同，故能有此领悟，确也发人深省。只是立恒可曾想过，这等计算之间，人为何物？甚至人心、世情，这诸多事物……"

秦嗣源这人务实，但对人情世故也很懂，只是或许受到有些往事的困扰，他听得宁毅这说法时是有些感慨的。康贤这人则比秦嗣源更加看重人情世故，因此首先察觉的便是这些。听到这句话时宁毅望了一眼那棋盘，笑着摇了摇头，并不回答。

他以前为人行事，走的是现代的分析体系，世事万物皆为数据棋子，运气和意外也只算作一种概率。到了一定程度，所谓的奇谋其实是不存在的，无非胃口大、胃口更大和胃口大到过分的区别，但如今不一样。天行健，君子以自强不息。儒学是极其中庸保守和严谨的学问，但其中的某一点又给人一种极端向上的希望，最大地肯定了人自身的修养和努力，肯定了个人的意义，肯定了自反而缩，虽千万人而吾往矣。

其中的理由很复杂，但在某种程度上，这或许是儒家遏制格物，与西方那种"因为，所以"的严谨冰冷的逻辑体系越走越远的理由。

这话到这里便不能再深入了，随后三人自是聊些琐事。宁毅随口问起武烈军都尉宋宪的事情，在秦老、康老好奇的目光中，他坦诚承认是由于元夕的事情，康贤才笑起来："哈哈，众里寻他千百度，众里寻他千百度，我原本只觉得立恒以此词明志，想不到还真有个'众里寻他千百度'，不知他人得知后要笑成什么样子……倒是立恒你竟对武人游侠之风有兴趣，这可不好，再厉害也不过十人敌、百人敌，倒不如你方才那说法，虽也有些问题，但发展下去可为一方儒将，那才是万人敌……对了，阿贵，你来。"

话虽然是这样说，但他随后还是将名为阿贵的跟班叫了进来。这男子的称呼虽然听来俗气，但地位怕是不低的，只是在康贤面前恭敬而已，宁毅知道他全名叫作陆阿贵。随后康贤问起那宋宪遇刺之事，这人想了想。

"宋宪此人，小的也不是很清楚，不过宁公子若对武艺感兴趣，据说他的确是身怀高深武功之人，等闲十余人不能近身，在武烈军中颇受重用，如今统帅最精锐的近卫营。只是……此人人品上风评不好，据说张扬跋扈，睚眦必报，早年绿林出身，为求功名曾杀过不少昔日同伴。宁公子对武学感兴趣，但若与其不熟，在下觉得还是尽量不要接近他，毕竟本身艺业在江湖中是忌讳。"

"那……陆兄知道，这等有高深武艺之人，江湖上多吗？"

"高深武艺，宁公子是指真能倒树碎石的内功了，这等人真的极少，现在各支军旅之中或多或少能有几人，几支乱军匪军当中或也有此等强人。似那日刺杀宋宪的刺客，在下虽然未见，但听说过当日之事。此人一击未中，在飞燕阁大开杀戒，后来伤了连宋宪在内的十余人后才离去，伤势却不重。宋宪本身便是高手，而此人已是江湖上超一流的好手了。即便如此，她到底是何许人，在下也猜不出来。"

陆阿贵顿了顿。他与宁毅见的次数多，有时也聊几句，对宁毅还是有好感的，因此抱拳说道："其实……恕在下直言，高深的内功，绝大多数从小练起方有作用，先不说宁公子能否找到这样的人，便是能找到，如今也无用……就算有用，武学一道，其实神奇的并非内功。再厉害的拳术，就算锻炼数十年，在这方面又有惊人天赋，锻炼出来也是无用的。此类技艺，均需在对战杀伐中不断磨炼，对方一招攻来，应对无须细想方才有用，然后才是快、狠、准，杀气、血气之类的气势。内功不过是出力之法，若只练了内功，也敌不过一个经历了战阵厮杀的老兵。宁公子乃有大才之人，将来为官为将均是万人敌，何须在此事上舍本逐末？"

无论武侠小说中写得有多么浪漫，但实际上谁会真向往那种过了今天不知道有没有明天的日子？绝大多数人还是"习得文武艺，售予帝王家"的想法。这陆阿贵跟在康贤身边许久，多半也是觉得宁毅不凡，为练武浪费时间可惜了，因此话里的意思也简单：你一个书生，打架的机会都没有，没有融会贯通的环境，练了武功等于没练。宁毅知道他说出这番话用心良苦，连忙感谢了一番。

之后又聊了一阵，宁毅告辞出来。下午阳光正好，秦淮河边春光怡人。他沿着河岸散步了一阵，心中仍想着武功的事情。接近聂云竹居住的小楼时，还在这边的河湾，他便望见那边一股黑色的烟柱冒了出来，简直如同起火一般。

他一路赶过去，走到小楼前方时，只见厨房之中浓烟滚滚，一道人影被淹没在浓烟当中，正拿着东西乱拍，同时咳嗽个不停。人影在浓烟中时隐时现，终于还是从房间里跑了出来。

那正是狼狈的聂云竹，她被熏得脸上都是一道一道的黑色印子，纵然是微凉的春季，此时也是满头大汗。聂云竹手上拿了一把大蒲扇，跑到走廊上，郁闷地回望那被烟尘包围的厨房，大概还在想着怎么杀进去。偏过头时，望见前方道路上的宁毅，她微微愣了愣。

宁毅忍不住笑了起来，随后聂云竹也笑了起来，不好意思地用手背擦了擦脸颊，在汗水之中拉出一道更明显的黑灰印记来。

她那个笑容有些赧然，但不知道为什么，配合脸颊上一道道的黑印，却只让人觉得纯净清丽……

时间其实还早，小车还没有推回来，大抵是胡桃与二牛在那边守着，聂云竹先回来了，找了些樟木在家里烧成灰。见到宁毅过来，她委实感到意外。

松花蛋的腌制需要二十天以上的时间，以前预备做这桩生意的时候，她其实提前准备了一批。当然，由于聂云竹心中没底，数量还是在宁毅的要求下加上去的，但现在看来，还是少了。

松花蛋可能供不应求的事情她跟宁毅说了个大概，宁毅也发表了一些看法，无非开源节流，没什么出奇的。节流方面，给每家店铺限定一下送去的数目，当然也得跟各方面协调好，说些好话。开源则没的偷懒，只能加快做的速度。这几天聂云竹都出奇地忙，当然这份辛苦她在早上不可能跟宁毅多说，只是喜滋滋地报告成绩而已。

之前腌皮蛋宁毅让她用的是樟木灰，现在她也是每天弄些樟木回来烧，今天这些木柴比较湿，一不小心弄得满厨房都是烟。随后宁毅与她一同进去处理，弄了好一阵才将烟雾驱散，之后将炉灶里的湿柴抽出来一部分，燃起小火慢慢地烧。宁毅坐在炉灶前看着火的时候，聂云竹在旁边洗了脸和手，随后拿了湿巾给宁毅让他擦脸。递毛巾时，聂云竹脸颊微烫，手腕都微微发抖，不过除了她自己，旁人怕是看不出来。

家中久不待客，毛巾就只有她与胡桃的，她不好拿胡桃的给宁毅用，只好拿自己的。这个举动似乎过分暧昧了，聂云竹心中像是揣了只小耗子，看宁毅随意地擦完，她再伸手接过来，口中说些无聊的话："立恒……刚才自哪里过来呢？"

"刚从秦老那边过来。"宁毅扔进去一根柴，"本来就是跟康贤打的赌，刚才炫耀了一下，嗯，很有面子。"

"那便好。"宁毅说起这个，聂云竹心中也有些喜悦，她原本便担心这赌约完不成，让宁毅丢了面子，想不到速度会这么快，"今天上午又有一家店要我送松花蛋过去，这样就有六家了……"

"这么快……"宁毅想了想，"不过那条街附近，卖得起的应该也就这几家了吧，以后能维持这个局面就差不多了……"

如果不考虑扩大规模，纯粹是玩的话，维持这几家酒楼的供应应该是聂云竹与胡桃的极限了。至于扩不扩大，那是她的事情，宁毅不想在这上面插嘴。聂云竹想了想，在旁边蹲下来，笑道："太快了，云竹一下子都反应不过来。老实说，几天前，云竹一直担心会误了立恒的赌约。"

"呵呵，赌约其实是小事，开玩笑的，不过……能赢当然最好，哈哈。"

"那个老爷子是驸马爷呢。上个月去送松花蛋时看到，老爷子的宅院好大，毕竟是公主府。其实年前立恒介绍时我便在想是不是那人，想不到是真的。立恒也真厉害，竟能与这等人谈笑风生，还能打赌玩笑。"

这话并非奉承。不管怎么说，康贤这等地位的人，都该是立恒的长辈才对，她以前也见过不少这等年龄差距的人交往，双方相见，年轻的必执子侄弟子之礼，就算长者亲切，那也是对后辈的亲切，可是似立恒这般似乎对谁都轻松以对的，实在是未曾见过。其实，这样想来，自己又何尝不是其中之一？

"下棋认识的，大概没有太多功利之心吧。"宁毅拨弄了一下火苗，"也都是明事理的老人家，敬他的学问、观点也就够了……呃，你之前便听说过他是谁？"

"自然是听过的。立恒介绍之前，怕是还见过一次，两次……说不定是两次。有一年白鹭洲头表演，明公当是去了，只是有许多人，妾身也不可能全记得……"她回忆着那些事情，随后轻声笑了起来，"而且当时众多年轻才子在场，胡桃啊，其他认识的姐妹啊，都只顾着看那些才子，主宾席上的大官也有人议论。不过，明公虽然有学问，可他是驸马啊，而且已经老了，我自然记不住，想来明公也是记不住云竹的……"

"喔、喔。"宁毅促狭一笑，"就顾着记那些才子了……"

被旁人调侃这事，聂云竹或许会觉得不舒服，但这时她并没有类似的心情，只是微笑着道："是呢，女子当时献艺，自是顾着记些才子。嘻，云竹当时爱记些有钱的，当然，若诗文学问能入眼就更好了，赶紧巴结上，每日里算着赎身的钱……"她说到这里停了下来，随后道，"立恒认识李频李德新吧？"

199

"认识，之前说过吧，现在在同一座书院教书。"

"曹冠呢？"

"听说过。"

"那……顾鸿顾燕桢？"

她说出这个名字，注意着宁毅的表情，宁毅想了想："这个倒是没听说过……谁啊？"

"没，也是才子。"她低头笑笑，"不相干的人。"

有些事情，聂云竹没跟宁毅说，事实上，她也不适合跟宁毅说。

顾燕桢近几日都去小摊那儿找她，说些话，人是诚恳的，但对她来说委实有些困扰，特别是一些小问题也尾随而至。顾燕桢大概自胡桃那儿得知了她还未嫁人的事情，这几天竟也帮她拉起了松花蛋的生意。今天上午的那家，并非如立恒说的那样在附近的街区，而是在更远一点儿的地方，是顾燕桢用了影响力叫朋友帮忙关照的。

这些事情她自然不好说出来，生意做开了，好意不知道怎么推。顾燕桢那边一心想着"你想要卖松花蛋，我就帮你"，却不知道她其实快忙不过来了，回想立恒只说"有这几家就够了"，让她觉得有些暖心，可也没办法问他该怎样将这局势控制下来。她心中本有些猜想，觉得市场的扩大可能跟立恒有关，但现在看来又不是，总不好跟他说如今另外有个男子在帮忙，这男子是她以前在青楼认识的……

她有些在乎立恒的想法，终究还是没说。反正……做生意能做大总是好事，如今她忙碌一些，接下来大概要请人，或许可以让二牛的家里人帮帮忙……唉，原本没想过能到这一步的，她原来向往的只是那种每日守在小车边赚赚生活费的充实日子而已……

她不说，宁毅不可能知道这些，在他看来，松花蛋这桩生意对聂云竹来说已经趋于饱和了，也跟李频说过，让他那些朋友不用再做下去。李频前两天问过他一句："立恒跟那松花蛋的摊贩是何关系？"宁毅只答是朋友，对方便不曾再问，他也没有察觉有什么不妥。

另一方面，前两天顾燕桢找李频问过这事。那时顾燕桢心如乱麻，气势汹汹，李频知道松花蛋小摊的主人便是顾燕桢以往喜欢的女子之后，并未将宁毅的名字说出来。他是心思缜密之人，知道宁毅本为苏府赘婿，不可能与那云竹姑娘有什么暧昧。当然，不管有没有，让人知道这事总是不好，无论是实情还是谣言，传出去都是大忌。于是他只说是一个朋友的游戏之举，并且提醒顾燕桢那云竹姑娘可能并未嫁人。顾燕桢后来向胡桃确定了这点，也就不再深究了。

其实对宁毅来说，聂云竹这边的松花蛋只是小事，每天早上跑步时聊聊天，占用的时间也不多，并非他生活的重心。

他在豫山书院附近租了栋房子，上午给孩子们上课，下午如果不去秦老或聂云竹那边——实际上去得也少——他便在这里进行一些化工研究。他如今拥有的是一些古文版的化工书——《梦溪笔谈》一类的书，这些化工书对许多现象有着记载，虽与现代化工体系的理论无关，但至少可以给最初的研究指明方向。

他做了一些简单的铁架子，购买了当作试管的陶瓷瓶，加热装置则用油灯，另外屋里还有各种金属的、木制的、陶制的瓶瓶罐罐以及各种他能找到的化工原料。老实说，如今的武朝也有一些作坊的生意涉及化工，不过他目前的状态看起来更像是炼丹，跟那些作坊技术的研究不太像。

前世的化学课程他早已还给老师了，虽然由于那时涉猎的产业较多，有的反应关系还能记得，但都已经不成系统，像是玩游戏时支离破碎的科技树。古文书上的一些化工记载可以唤起一部分记忆，但也是聊胜于无而已。他需要慢慢恢复知识体系，目前只能随意地组合看反应，譬如将锈铁放入镪水之中加热，去除了铁锈，就将这一现象在小本子上记下来，然后能记起一些琐碎的理论，譬如铁生锈是容易被氧化，这个是知道的，至于逆转这个过程应该怎么操作，那他就全忘了，化学式也不记得了，他如今只能记起一个化学概念就往小本子上记一个，然后慢慢试验。

化学线，首先是往硫酸、硝酸这些强酸类物质的方向走，因为反应强烈，也容易被观测。当然，最重要的是小心，免得出问题把自己给搭进去。超前的技术他其实也掌握了几个，目前如果需要，火药能配出来，工业酒精或者高度酒也能制，蒸馏法毕竟简单。过段时间要把酒精灯弄出来，虽然酒精灯比油灯好的理由他也记不清楚了，大概是无烟……许多大型化工产业的轮廓他也不是不明白，但配套技术跟不上。当然也有不怎么讲究的，比如土法炼钢，放在现代是胡来，在这里就没问题，反正他已经大概记起来了，以后有必要时再说。

最初摸索这些化学反应的过程总是比较无聊的，多数时候自己也不知道烧出来的是什么。小婵常常跟着宁毅，他在房间里做试验，小婵便在屋檐下无聊地走来走去，偶尔也跟宁毅说："姑爷难道是要炼丹药吗？"小丫头有时候会幻想姑爷忽然飞走了，比如托着下巴坐在屋檐下的时候，摇晃着裙摆坐在栏杆上的时候，如此想着，听姑爷在里面随口说些叫作《西游记》或者《封神演义》的故事，便有些担心，又有些憧憬。

当然，姑爷大部分时间给她的感觉还是可靠与踏实的，但对小姑娘来说，浪漫嘛，便是这样的东西，因此在闲暇之时，听着姑爷的声音，她心中会小小地幻想一番，要是姑爷突然飞走了，自己一定会哭啊哭啊哭很久，可要是姑爷肯带自己走呢……她微微地感到开心。又想，那姑爷也得带小姐走才行……她坐在那儿偶尔惆怅偶尔笑笑，间或偷偷瞄一眼房门，告诉自己不能再想这些事情，随后悄悄地走进去，可爱地出现在姑爷面前:"姑爷,有小婵可以做的事情吗?"

"出去。"男子戴着口罩,称量古怪的粉尘。

"哦……"

小婵灰溜溜地出去了。

春光明媚,草长莺飞,小丫鬟抱着双膝倚在屋檐边,仰着头想自己的小心事,在庭院盛开的稀疏野花之中有着说不出的孤寂落寞。

房间里,宁毅看看旁边的窗户,微微皱眉。早就让她小心了,自己采购的化学物质虽然不纯,但房间里腐蚀或微毒的物质还是有的,虽说小丫头平时办事伶俐,但这些事情还是不能让她碰。随后他继续说些自己记得起来的神话,不一会儿小丫头就高兴起来:"姑爷、姑爷,小婵昨天跟小姐在酒楼也听了个故事呢……"

然后小婵叽叽喳喳地说了起来。不久之后,宁毅从房间里出来,小婵就更加高兴了,两人聊着天,如平日一般沿着道路朝家的方向走去。姑爷仅仅是在这个房间里的时候是显得有些疏离的,小婵偶尔想起来,就会在夕阳的余晖中回头冲那栋讨厌的房子做个鬼脸。

除了小婵,大部分时间,宁毅的社交生活还是与苏檀儿展开的,在目前这个年代的背景下,两人的相处模式其实有些古怪……

年关过后,宁毅与苏檀儿之间的相处模式变得越来越自然。当然,这里说的"自然"并不是形容这个年代"夫妻"间的相处模式,而仅仅是"两个怪人"的相处模式。

年前摊牌之后,苏檀儿第一次为自己的位置找到了平衡点,心里踏实之后,许多事情也就轻松起来。以往她总想费心费力地维持"家"的模式,如今就不用这么刻意了;以往总要在饭桌上主动寻找话题,权衡哪些是可以说的,哪些会是对方感兴趣的,哪些又需要避讳,免得引起对方的不快,谈生意的感觉似的,如今自然无须这样,但话题倒反而多了起来,根本无须刻意去找,随便说些什么也觉得有趣。

虽然宁毅每天早晨都会出去跑步,但夫妻两人往往会在家中吃过早餐才出门,只是方向并不一样,苏檀儿坐马车,宁毅则是轻装步行。小婵在这时通常面临两个选择:跟小姐还是跟姑爷。当然她也可以留在家中,但那两个选择显然更有用。虽然她跟着姑爷过去没什么事做,但可以听姑爷讲课,还可以听些故事,每次听姑爷随意地说些引人入胜的故事,她就会想姑爷真是学识渊博……

最近一段时间,苏檀儿是比较忙的,开春的时候都是这样,于是小婵还是选择跟着小姐去。前面说过,她虽然待宁毅和苏檀儿纯真质朴,但办起事情来相当可靠,她每天负责的也并不只是贴心地服侍人,有一次宁毅就见过她气呼呼地训人的样子——皱着眉头非常认真，简直可以说凶悍，一边训还一边指出其中几个人钩心斗角互拉后腿的事情来："你别以为我没看见！"她安排好弥补的方法，又说了几句，手中挥舞着一把短尺点点点点，看上去简直像是要打人，然后她又看着那短尺愣了愣，抓抓头发："遭了，小姐要的尺子……"一扭头，又道，"还不快去！"打发走众人之后，她转身噗噗噗地赶紧跑，宁毅在后面笑个不停。她虽然是贴身伺候的丫鬟，但是被当成管理人员来培养的，当然，这两者并不冲突。

宁毅会在中午或者下午回到家，有时与小婵一起，因为小婵会在中午下课之前跑去找他，若小婵没过去，自是他一个人。苏檀儿过了中午多半回来了，有时在房间里，有时在客厅里，也有的时候坐在院子中的凉亭里。娟儿与杏儿有时跟着，有时不见，她们也得去处理一些大房中关于下人的琐事。

苏檀儿在想事情的时候喜欢咬自己的手，有时候咬拳头，有时候轻轻地咬手指，多是无人之时才会做出这种动作。有一天傍晚，宁毅回来，在夕阳的余晖中，苏檀儿穿着鹅黄色的裙子坐在凉亭里看账本，白皙的贝齿轻轻啃噬着拇指的指尖，偶尔翻过一页。宁毅走过去，站了一会儿，正想打招呼，苏檀儿忽然回过头来，依旧是咬着指尖，大大的眼睛与宁毅对望了片刻，有些懵懂无辜的感觉，随后又转回头去，安安静静地继续看账本。

宁毅见她不搭理自己，耸耸肩，有些无趣地走开，心想这女人真淡定。他走出不远，苏檀儿在背后喊了起来："相公！你吓死我了！"宁毅回过头，见苏檀儿正气鼓鼓地望过来，用手轻拍着心口。片刻之后，宁毅无言地摊了摊手，苏檀儿也没好气地笑了出来。

从回到家，到吃完饭，到晚间消遣，到最后就寝，大家都是聚在一起，说话聊天，谈这谈那。有时候，宁毅会觉得苏檀儿与以前的自己有些类似，当然，面临的具体问题不一样，心情和感受到的迷惘也不一样。有时候他想，苏檀儿面临的问题或许比自己更严苛——她是个女人。如果苏家有一个男子更聪明、更有能力一点儿，事情会很简单，或者如果她笨一点儿，事情也会很简单，偏偏她处于这个夹缝间，于是只能向前，还得不时面对自己的女性身份而招致的问题。

有时候他们会在二楼那根柱子边"巧遇"一次，隔几天就会一块儿看看整个苏家大宅的风景。苏檀儿会说些乱七八糟的事情，有些是不能在旁人面前说的，就算在婵儿、娟儿她们面前说了也不好，主要是没有意义，或者是她在生意上的一些打算、一些得意的小算计，也有家长里短。比如有个堂哥刚在她这里讹了几百两银子，说看见一样好瓷器，买了价格肯定涨，苏檀儿笑眯眯地给了钱，转头上来跟宁毅说那家伙在外面养了女人，还咬着手指说："以后可以威胁他，要不然就告诉嫂嫂，让嫂嫂去闹……"

苏檀儿很聪明，在经商上也很有天赋，但毕竟只是十九岁的年纪，面临的压力许多时候无处去诉，宁毅或许是唯一一个能够给她以减压空间的对象。在她看来，自己说的东西，这个相公懂一部分，但未必能全搞明白。宁毅有时候也说几句她不懂的东西，她就那样听着，这样的时刻，就算宁毅用词再古怪，说的东西再不可理解，她也不会感到稀奇。

有件事情是比较奇特的。第一次在一起聊天时，宁毅给了她一枚松花蛋，第二次聊完，苏檀儿有些欲言又止，随后问道："相公没带吃的吗？"然后说，"下次带点吃的吧。"

此后宁毅每次都会给她揣点吃的，一小包糖、花生、蜜枣之类的——苏家不差钱，提供这些东西没什么压力——也有这个季节已经很难吃到的梨。有一次宁毅顺手拿了一张大饼，冬末春初，天气冷，饼冻得跟牛肉干一样。苏檀儿也不介意，拿着慢慢撕，吃完了心满意足，然后才说："相公故意的吧。"

到得二月，话题就更加随意了，他们看起来像是交往模式很奇怪的朋友，一个经商，一个弄点离经叛道的小发明。有一次苏檀儿问宁毅："相公为何从来不去那些青楼，赴赴那些才子的邀约呢？"

宁毅耸了耸肩："就会两首词，泡不到妞啊……"

苏檀儿在那儿想了好久才大概理解这句话，笑了起来："用钱砸她们嘛。那些堂弟表弟啊，每次从檀儿这里讹上几十两，光顾的尽是些有名气的姑娘。相公拿上几百两，再加上才名，什么绮兰、陆采采啊，见上几面想是无甚问题的……对了，元夕之后，檀儿听人说那绮兰姑娘对相公颇为倾心呢，有几日夜夜吟唱相公的《青玉案》，而且琴声婉转凄绝，说不定啊，相公还能跟她成什么佳话……"

她转着眼珠瞥瞥宁毅，宁毅想了想，点了点头："有这种事？那我明晚去一趟好了……人家也不容易……"

苏檀儿这晚吃的是蚕豆，她拿目光冷冷地瞥他，随后嘎吱嘎吱地咬了半天，哼笑："那相公便带上小婵一块儿去吧。"

宁毅身上不缺钱，主要是因为一直可以跟小婵要，而他又用得不多，苏檀儿也未在这些事情上有什么意见。不过，就算小婵乖巧，若宁毅真跑去招妓，小婵会站在哪一边可想而知，就算表面上什么都不说，暗地里肯定会使阴招下绊子。宁毅叹了一口气："唯女子与小人难养也……你这女人口蜜腹剑，一点儿都不实诚。蚕豆还我，不许吃了！"

苏檀儿拿着小袋子退开一步，笑得像只狐狸："檀儿经商好几年了，从未听过商人真有实诚的，相公便担待吧。"

二月就在这种对宁毅而言波澜不惊的氛围里过去了，学生、聂云竹、小婵、苏檀儿、化工，有时他也跟秦老、康老碰个面，闲谈几句，有时从其他途径了解一下宋宪、武烈军的情况。他偶尔也会回忆那女子的武功，不过那女刺客元夕之后已经杳然无踪。

三月初，苏家的生意也忙，不过苏檀儿还是空出了一天，与宁毅、三个丫鬟一块儿去江宁城外郊游。下午回来后，宁毅去茶楼喝茶，无意间听得隔壁有几个学子打扮的人在谈论松花蛋，说是如今经营那松花蛋的女子是才艺双绝的佳人，不过只愿靠双手养活自己，于是研究出了松花蛋的制法，一位才子仰慕其心性，本已追求数年，此时略施小计，不到半月便为那新奇事物打开销路云云。

事实上，虽然聂云竹很忙，但要说松花蛋的名气传出很远那是不可能的。几人谈论的"略施小计"，正是宁毅让李频帮忙找人当托的事情。宁毅心中好笑，不知道李频怎么因这件事跟聂云竹扯上关系了，还追求数年，行事太不小心，这下可是惹火烧身了。不过，再听片刻，他才发现事情并非如此。

"这顾鸿顾燕桢几年前便已名扬江宁，此次自东京归来，便是为这女子。他如今已有功名在身，对其仍一往情深，实是难得……"

"手法用得也巧妙，不过数日，便将问题解决……才子佳人，假以时日，必成佳话。"

"在下却觉得不然，那女子抛头露面，操持这等生意，实非良配……"

听得一阵，宁毅才发觉这些人讨论的尽是那名叫顾鸿顾燕桢的男子，回想起聂云竹前些天似乎有所指向的问题，他想到了一些事情，不由得摇头笑了笑。

第十一章
花魁大赛全城盛事　争风吃醋比斗诗词

第二天天未亮，宁毅就到了那小楼前，聂云竹正如往常一般坐在台阶上等他，见到他过来，露出一个与平日里无异的笑容。宁毅看了她一会儿，揉了揉额头："最近很累？"

"呃？"聂云竹愣了愣，随后有些迷惑地摇了摇头。

宁毅在旁边坐下，斟酌着词语："为什么……没跟那个顾燕桢明说一下，让他……停下来？"

黑暗中的晨风带着寒意，小楼前陷入沉默当中。片刻后，聂云竹的声音从旁边传来："立恒……怎么会……立恒……为什么……问这个？"

"呃，我就是听说了……那个顾燕桢……"宁毅摊了摊手，不知道该怎么表达。

"我、我、我跟那顾燕桢没关系……他们瞎说的……立恒……呃……我……"

聂云竹的声音似乎有些不对，宁毅扭头望过去，黑暗中只有一侧房屋中传来的光芒，光芒之中，女子的表情似乎有些愤懑，想要强调些什么却又有些抓不住重点。宁毅看了半晌，觉得难以理解，缓缓地说道："嗯，我知道了……"

聂云竹望了他一眼，皱着眉头，一副快要哭出来的样子，但随后还是深吸了一口气，认真地望向宁毅，开口一字一顿强调。

"我跟那个顾燕桢没有关系。"

黑暗中只有一侧房屋中传来的光芒，秦淮河的水流声随着风声传过来，夜雾如山。宁毅看着她那表情，这次用力地点头。

"嗯，知道了。"过得片刻，他又想了想道，"那你跟他到底什么关系啊？"

聂云竹原本表情还带着认真，听了这句话，脸上表情复杂，似乎是挣扎着想要将认真的表情维持下去，就那样绷了几秒钟，终于忍不住噗地笑了出来。

"以前在金风阁认识的人。"

她看看宁毅，不知道为什么，方才宁毅问起顾燕桢时，她心中陡然有些紧张。不知道对方听到了什么话，心中是如何想的，她只能努力去想怎样坦白最好。这时候却因为宁毅的那句问话，她再回答时，心中竟是一点儿波澜都没有了，云淡风轻得和之前大家在楼前聊天时一样。

宁毅顿了顿问道："前几天听你说起，是很有名的才子吧？"

"立恒没听过我才觉得奇怪呢。"

"忘了。"宁毅摇了摇头，"那现在怎么办？"

"我也不知道啊，已经想让二牛那边的几个亲戚来帮忙了，但暂时还没有想好。"聂云竹托着下巴，也有些苦恼，"原本呢，我会做的事情不多，只想弄辆小车，卖点煎饼，证明自己不是完全无用。对那松花蛋原也是这样想的，也以为要卖上很久才会有人喜欢，谁知就这几天，竟然卖出这么多，做都做不过来了，太快了……嗯，我是很高兴啦，可以后应该怎么办，之前真是没想过。立恒你说呢？"

"松花蛋……你想继续做下去吗？"

"原本我便不会做生意啊，所以只打算摆个小摊的……"人贵自知，聂云竹在金风阁那么多年，见过不少真正成功的商人。做生意，卖东西，有利润就有风险，有些事情不是她的心性可以轻易弄清楚的，"不过突然生意这么好，却做不了……又觉得怪可惜的……"

"接下来事情会变得有些麻烦。"

"嗯？"

"松花蛋会卖得更多，你会请一些人。最初的一两个月，销量会扩大，特别是……康贤在家中宴席上宣传一番之后，翡翠蛋、富贵蛋……供不应求，你会继续扩大规模，新东西都是这样……"

宁毅拿了根树枝，一边随意地说着，一边在地上画来画去："这个时候你会发现自己缺乏管理经验，本来是用一些稍微熟一点儿的人譬如二牛的亲戚、朋友弄成的小作坊，但是各种磕磕碰碰开始出现。另一边，松花蛋开始有人仿制，三个月差不多就可以出来了，或许还稍微早一点儿，就算严格保密，也拖不到四个月之后……

"松花蛋本身的技术含量不高，你每天拖干柴回来烧，买石灰粉，这些事情有心人一查就能查到。现在出了点名，又是供不应求的状态，几家酒楼内都传开了，说不定已经有人盯上你了。你卖松花蛋，上面有没洗干净的泥粉痕迹，对方用做咸鸭蛋的方法做实验，问题不大，而如果扩大规模弄座小作坊，做法会暴露得更快。

"然后就简单了，价格战。会做的人越来越多，他们还会弄出一些新吃法来，二十文卖不出去，你只能降价，他们也降价，然后更多的人会做，到了最后，卖松花蛋也就跟卖烧饼差不多了……呃……"

宁毅说着，扭头望过去，聂云竹也托着下巴扭头望过来，眼中似是有些笑意。宁毅撇了撇嘴，拿树枝指了她一下："到时候，你会受到打击。"

聂云竹想到的是其他的事情："其实立恒在这些事上很厉害，是吧？"

"嗯？哪些事？"

"做生意。"

宁毅沉默片刻，随后道："我是很会做生意的老妖怪转生的，难道也要告诉你吗？"

聂云竹抿嘴轻笑，随后抚了抚耳畔的发丝："其实我一直想问，松花蛋忽然能卖出去这么多，跟立恒有关系吗？"

"打了赌，总得做些事，不好等着输吧。"宁毅笑了起来，"最初确实是我的想法，现在看来出了点意外，弄巧成拙了，倒给你增加了负担。早知道只是请些闲人，点到即止就好。其实，因为估计到你做不了这么多，我还特意让康老别在驸马府上乱宣扬……"

"原来真是这样啊。"她喃喃地说着，嘴角泛出一丝笑意，"立恒找了托？"

宁毅点了点头。

"可立恒……不是不认识顾燕桢吗？"

"那天早上遇上李频，随口提了这事，他说有几个朋友横竖无聊，可以帮忙，想来是才子之类的人，我不认识，那顾燕桢或许就在其中吧。我跟康老打赌之时约定过，不以名声为这松花蛋做宣传……呃，记得你第二天跟我说松花蛋卖出了六枚吗？呵呵，有四枚都是我买的。"

聂云竹眯了眯眼睛，一脸恍然："啊……我还奇怪呢，为什么酒楼小二会忽然来买四枚松花蛋，毕竟立恒把推车弄好才一天呢，原来……呵呵……"

黎明前的天空中还有星星，聂云竹抬头笑了起来，心中豁然开朗。

"立恒觉得该怎么办呢？"

"觉得有意思就做大，没意思就停下来。看你觉得是不是有意思了。"

"其实也蛮有成就感的，觉得自己很厉害，可我也知道自己是不会的，立恒……会教我吗？"

微沉默了一会儿，宁毅看了她一眼："好。"

武朝景翰八年三月的清晨，一句淡淡的回答在秦淮河畔黎明前的雾气中响起。随后两人聊起其他琐琐碎碎的小事，餐饮、连锁、高度酒、产业链之类的。小楼的台阶前，两人如平常般说着话，至于说了什么反倒不重要了。后方小楼的房间里，名叫胡桃的侍女趴在窗户上叹了口气，心中为自家小姐担忧着。

白雾流动、散开，阳光升起来，江宁城中的人群开始活动。让我们拨快太阳运行的速度，当时间接近中午时分才放开手指。聂云竹正拿着个小包裹，漫无目的地走在城市中商铺云集的街道上，因为胡桃跟二牛目前正守着铺子。

若按以前几日的习惯，她这时候会连忙赶回去想着怎么增加松花蛋的产量，下午该到哪里去买木柴，权衡哪儿的价格更便宜，但今天有些不一样。从早晨开始，她就被一种心绪紧紧地包裹着，心中思绪翻腾，到得此时也未有丝毫平息。

自前些日子胡桃对她说出"小姐你嫁不了他的"以来——或许更早，从她察觉自己的某些心情以来——到这几日顾燕桢的纠缠，陡然拓开的松花蛋生意与加重的负担一同袭来，她其实一直有些恍惚不定，不过今天不是这样，一整个上午她都很高兴，心情开朗，各种阴霾一扫而空。

远远地，她看见一面苏记布行的旗子。这样的布招牌她常常看见，江宁有好几家苏记的分铺，以往由于宁毅的关系她都不怎么多看，但这一次她站在路边静静地看了好一会儿，看店铺中客来客往，生意繁忙。

她脑中不时响起宁毅今天说的那些话，尤其是他点头说的那句"好"以及后面的几句。

"不过，有一点你要记住，我要你记得，现在到底是为什么而决定进一步的。就算现在钱不多，你也过得很开心，你只是想有个煎饼摊，证明自己可以做成很多事情，这才是我认识的云竹姑娘。如果将来有一天走得太快，你要记得你现在的心情，该停就停，该退就退，不要勉强，免得到最后舍本逐末，忘了自己要什么。握不住的沙，随手扬了它。即便回到现在这里，你也没有失去什么……"

她点头之后，立恒说话的态度很随意，拿着树枝在地上点点画画，一副驾轻就熟的样子，唯有这段话，他说得郑重，随后像是自嘲地笑了笑，不知道想到了什么。这话聂云竹记住了，不过她当时的心情与宁毅的不太一样。

有些事情、有些心情，在悄然间发生，宁毅并不知道。事实上，昨天上午，宁毅与苏檀儿她们去郊外踏青，吃些东西，婵儿、娟儿她们放放风筝。郊游的人多，宁毅并不知道，聂云竹与胡桃远远地看到过他们。

那时聂云竹与胡桃联系到了二牛的一个同乡,去乡下买鸭蛋,回来的时候看见宁毅与苏檀儿在那边。这是聂云竹第一次见到苏檀儿,远远地望过去,两人在草地上说话,一种难以言喻的复杂感觉瞬间涌上心头。早晨她与宁毅见面时就被低落的情绪包围着,随后宁毅又忽然问起顾燕桢的事情,那一瞬间她真觉得像是忽然被什么东西绞住一样。

好在随后这种心情便被释放掉了,但她看见宁毅,就一直想起昨天郊外的草地,想起衣着华贵又年轻美丽的苏檀儿,不过,渐渐地,另外一些情绪又涌了上来,特别是在宁毅点头说出自己是松花蛋的幕后推手之后。这个想法她已经有了很久,此时才陡然变得明晰:如同外界都在说的那样,这样一个人,为何会去入赘呢?

理由且不去管它,但聂云竹忽然想,立恒有诗才,有商才,他如今每天过着悠闲淡泊的日子,真的每天都开心吗?她以前对苏府了解不多,赎身之后更是没了消息来源,只知道苏府很有钱,跟她这样的普通百姓真是天上地下。后来宁毅因为两首词出了名,她多少听到一些消息,说立恒并无商才,而苏家小姐经商很厉害,将来甚至会接管苏家。可立恒有商才啊,他有这样的才能,却是入赘身份,只能一直在那苏檀儿后方藏拙,他会怎么想呢?

立恒随意地解决了松花蛋的事情,会不会也有不甘寂寞的意思?他不能在家中出手,于是在外面顺手为之。

于是她忽然明白了自己能做些什么。

也许她能成为他的工具,让立恒在自己身上证明他比那苏檀儿更厉害,如果能到那一步……

她本质上还是心性娴静的女子,有些事情不好去想。她将小包裹抱在怀里,轻轻咬了咬下唇,从苏记布行的门口走了过去,过去的时候还偏头朝里面看了看,然后抿了抿嘴,有些孩子气地想着,将来她的铺子要比这间大很多很多……

春去夏至,四月,天气进一步转暖的时候,江宁城外进入农忙时节。若是人身处其间,整片天地给人的感觉都是活力盎然。对这个年代的人来说,夏、秋两季大概是最好过的日子,没有春日的绵软,没有冬日的寒冷,阳光正盛,白云如絮,一切都明媚得让人心旷神怡。

苏家也忙,第一批春蚕丝已经出了,这批蚕丝是一年中分量最重的,苏家分布于各地的小作坊也已经紧锣密鼓地运作起来。虽说普通百姓没什么讲究,但新货上架,旧货分流之类的事情还是要做的。苏檀儿继续着开春以来的忙碌生活,夜间时常忙到很晚。每隔几晚,感觉空闲一点儿了,看见宁毅在对面二楼楼上,她便悄悄地过去，聊天，吃点水果零食——她平时是不吃这些的——有时候她想要说些话，宁毅却不在那儿，心中便隐隐有些失落。

年关之后，她也注意到一些事情，有时候会根据各地传来的消息苦思下一步的对策，或是整理一些账目，对一些分铺传来的问题做处理，往往会忙到很晚，杏儿便会进来给她添一杯茶，婵儿、娟儿在外面下下五子棋，有时候打个盹。即便很晚了，只要她这边卧室与客厅亮着灯，对面的小楼中，有一间屋子里，灯也始终亮着，宁毅会在那边看看书，写写字。若是她这边散了，小婵过去睡觉时，那灯光才会在悄然无声中熄灭。

最初以为是巧合，后来她特意留了神才确定了——有几天她做完了事情，故意待到很晚才将灯盏吹熄，不久之后，那边的人影也映在窗上，吹灭了油灯。

这个发现她没有说出来，也没有去思考对方这样做到底是为什么，有些事情本就无须去说去问。此后每次准备睡时，她都习惯看看对面，黑暗中，看见对面的灯光也灭了，她才上床休息，心中一片温暖。

对宁毅来说，这件事或许只是随意而为，他如今已经不打算接触诸多麻烦事，也没有什么雄心壮志——除了成为武林第一高手这种——但以他的性子，大家既然同住在一座院子里，让他放着一个多少有自己以前的影子的女孩子每晚忙碌到深夜，而自己自在安睡，终究还是做不到的，看着对面的灯光灭掉之后自己才睡下也仅仅是针对自己的随意作为，至于苏檀儿那边会不会继续这样，那是她的事了，他没打算劝阻什么。

夏日既临，秦老又将棋摊摆了出来，时而跟这样那样的人下棋，不过年纪都比这个身体今年二十一的宁毅要大，有些名气的人有好几位，当然没有名气的普通爱棋人更多。宁毅去年已经认识了好几位，今年有人过来问他是否那位写《水调歌头》与《青玉案》的才子，宁毅也只笑着点头。

跟李频的关系算是拉近了不少，中午下课，宁毅偶尔会与他去酒楼吃些东西。最主要的是因为毕竟在松花蛋的事情上宁毅欠了他一个人情，尽管后来有顾燕桢的事，但又不是他的错。

李频这人极懂分寸，几个月来，宁毅大抵算是了解了这人的性格和经历。他早几年也曾上京赶考，中了进士，但因为策论过于激进，得罪了一位吏部大员，补不了实缺，于是回江宁了。虽然外表谦和，但若放到千年后，李频大概还是愤青的类型，闲聊时不说，若论起学问来，有些想法还是掩盖不住，一目了然。

简单来说，这家伙家境殷实，精通儒学、书、数，于射御之道也有些造诣，君子六艺皆识，在这个年代已经非常不错了，待人接物应对得体，但因为想得多，总体上讨厌腐儒，喜欢实干但又不离大道的人，想要为天地立心，为生民立命，为往圣继绝学，为万世开太平，但一时断了门路。一般的儒生得罪了大官，不得升迁，恐怕要一生郁郁，他也曾苦闷过一段时间，如今便振作起来，思考儒学，思考武朝，思考前面的道路，算是一个拿得起放得下的人。毕竟还年轻，若再过上几十年，说不定他会变得像另一个秦嗣源。

宁毅欣赏聪明人，不喜欢跟其他的文人才子瞎混，但跟李频还是聊得上话。当然，交友之道切忌交浅言深，李频也有分寸，如今两个人在书院中算是关系比较不错的同僚，但要说好朋友或者知己，那还早。

其实如今豫山书院中稍微年轻一点儿的老师就他们两个。由于李频跑来这里，虽然没有做过多少宣传，但今年上半年，书院竟多收了十几名学生，这是题外话了。

时间渐渐过去，宁毅到江宁已经满了一年。有时候想想，这一年里他倒也没有经历太多事：抄了两首词，出了些名，认识了一些人还混熟了，多少适应了这个时代，如今的日子仍旧一派悠闲，偶尔听见关于北方金、辽两国摩擦的议论，偶尔也听一些商户、镖师说起外地道路不宁，处处有匪寇占山为王，有几拨比较大的如今正被朝廷围剿之类的消息。造反这种事传得并不广，在如今富庶的江宁听起来有些没有实感。

到得四月底，秧苗插完，喜庆的气氛在江宁内外悄然生了出来，主要是因为端午将至。除了五月初五那天秦淮龙舟赛，还有一场延续六日的盛会将在端午举行。江宁一带的青楼将会趁这段时间举行一场活动，决高下，选花魁。

如果说江宁每年的节日诗会——中秋、上元是属于才子们的狂欢，那么五月初的这场花魁决选则是属于佳人们的盛会。当然，多数大家闺秀，或是已经嫁人的真正"佳人"在这几天往往不是很高兴，这或许是件值得深思的事情，但也无须批判。这个年代的风尚便是如此，有涉风尘的故事更多的还是被认为风雅，而非下流肮脏。

作为每年最为风雅的几件事之一，一如中秋、上元的狂欢，这场花魁决选背后也有着官府的支持。诗才无分高下，才子之间的硝烟味不算浓，更多的是文无第一的自由心证，因此官府方面只需要维持基本的秩序就行，但花魁决选算是真正的比赛，要决出四大行首，再从中决出花魁，这就需要一个尽量公正的评判人。这个立场相对公正的评判，便由官府来担当，以杜绝作弊和诸多扯皮的事。

整个比赛的规矩说起来其实也简单，花魁嘛，终究是出来赚钱的，能拉人砸钱支持便行。不过若细说起来也有复杂的一面。六天的时间，江宁的青楼几乎是放开了迎客，取消掉诸多酒水费，或是在准备好的露台上，让自己院中的姑娘进行演出，客人若是看到喜欢的姑娘，便买花送过去，这些花，便是人气的佐证。这期间其实也有诸多的炒作手法——如何调动看客的情绪；如何渲染出选花魁的热烈气氛；如何在其中加上文雅的成分，提高姑娘们的身价，譬如让相好的才子写诗夸赞……总之，全看各家青楼的手段。

江宁十里秦淮，城内大大小小的青楼有六七十家，最初的三天只是开头，将气氛炒热。这时候各家青楼都会很有默契地不断宣传，但演出台上最卖力的其实是那些平日里名气不算大的女子。她们有的只是卖艺，有的卖艺也卖身，不管有没有基础，靠着这几天的表演总能拉到不少人气，而这几日支持过她的客人她也会记住。

光顾的人自觉没多少文采或没多少钱，不可能得到那些有名气的女子的亲睐，自然会选择这些女子。譬如苏檀儿那帮堂兄弟，虽然整日里认为自己文采风流，口中多半念着想着陆采采、元锦儿这些人，但在青楼中的相好，其实都是名气稍低的女子。他们这几日在苏檀儿那边讹钱讹得比较勤快，大抵也是希望这几天能来捧捧场，为喜欢的女子露脸。

后三日才是重头戏。白日里虽然与前三天无异，但晚上会在白鹭洲附近举行大型聚会，知府大人以及诸多社会名流也会到场，共参此风雅盛事。按照前三天的成绩，基本每家青楼会有一到两个名额，初三那晚一共百余名女子在此表演，从中选出十六位，初四晚上则从十六位中选出四名行首，初五晚才是花魁诞生的日子。这三晚能来参与盛会的自然是些有钱人，花魁也是在他们的支持下产生的。

"选花魁这事，每年由江宁官府操办，那些花束也皆是官府准备。所谓送花不过是赚个吆喝，前几年甚至有人一送万朵的，呵呵，哪有万朵花给他送……不过这些事情做得也漂亮，仅凭青楼干不来这个，通过官府才能热闹起来。卖花所得的银子，官府征其两成，每月利税照算，这两成便是凭空得来，每年光是这笔银子便不少……"

秦淮河畔，中午时分，宁毅与李频从酒楼上下来，李频笑着跟宁毅讲述近日炒得沸沸扬扬的选花魁之事。今天是四月三十，花魁赛的第一天已经开始了，江宁城中诸多青楼都弄得很隆重，丝竹之声远远地传来，一艘画舫正在河面上缓缓而行，彩绸招展，还有一艘小船停靠在秦淮河边，小船上除了艄公，还有一位漂亮的女子。她忽然朝这边招手出声："李公子，李公子……"却是认出了李频。

"晌午天热，两位公子若是无事，可愿来舫上喝杯茶，歇息一阵？"

宁毅有些奇怪地望望李频。李频看着他的表情，却笑了笑，朝小船上的姑娘拱手拒绝，那姑娘说了几句也不再勉强。待到走远一点儿，宁毅笑道："哈哈，李兄交游广阔嘛。"

"之前去过，她便记下了。"李频笑得有些得意，"若方才立恒有意，我们上去坐坐，对方也得恭恭敬敬地迎着。钱是不用花的，若才子能写首诗赞赞某个姑娘，那边甚至还有润笔相赠。名气大些的才子，对方自荐枕席也是心甘情愿的……"

"以李兄的才名，想必自荐之人不少吧？"

"的确有过。不过立恒若愿说出姓名，登堂入室想来非常容易，呵呵，怕是没多少女子推拒得了的。自元夕以来，在下与那绮兰姑娘有过几次见面，她对立恒可是牵挂得紧，我看立恒若愿为她赋诗一首，便是一亲芳泽也不无可能啊，哈哈。"

以往李频与宁毅不常说这些，但此时开了头，也就谈笑下去。才子的诗词因佳人而扬名，佳人也离不开才子的陪衬，每年的花魁大会自然少不了诸多诗词的映衬，以李频这样的身份，若是为某个女子写首赞美的诗词，立刻便能提高对方的身价。去年的四大行首分别是绮兰、陆采采、元锦儿以及成了花魁的冯小静，据说李频就是站在冯小静那边为其呐喊助威的才子一员。

"说起来其实也是意气之争。"李频摇头笑笑，"前年元夕、去年上元，止水诗会与丽川诗会难分高下，双方弄出些火气来。当时曹冠大出风头，成为止水诸才子之首，他为元锦儿写了两首词，止水其余人自然也站在元锦儿那边，于是……呵呵，丽川这边一帮人便选了冯小静。当时乌家支持的绮兰姑娘其实才是实力最强的人，但乌家是商人，想要低调，因此不曾拿钱乱砸，最后竟让小静得了上风，也真是奇怪了……今年倒不会这样，主要是立恒凭空杀出，如今大家心头空落落的，怕是不会再有意气之争了。不过这也难说，若是立恒也有心仪之人，哈哈，说不定大家便要群起而攻之……"

宁毅平日里不逛青楼，应酬都不多，李频也是清清楚楚的，于是说完笑了笑："立恒这几日可有什么打算？"

"初三晚上去白鹭洲看看表演。"

"弟妹许你去？那可得好好筹划一番……"李频促狭地说道。他如今在豫山书院授课，从某种意义上来说可以算是苏府的客卿，苏家也请他去吃了几次饭，与苏老太公、苏檀儿都见过，苏檀儿偶尔也去书院一趟，他也清楚苏檀儿并非什么恶妇，只是有些时候，女人终究是女人。他此时说的筹划，是指在表演过后参加某位佳人的宴席。通常来说，你帮了哪位女子，当晚就会有一场庆祝宴会，对方不但会出来感谢，还会有额外的表演，诸多才子满足之下又有诗作出来，为其扬名，也为自己扬名。

听李频说完这些，宁毅笑着摇了摇头："是与檀儿一块儿去的。"

李频愣了愣，随后反应过来："倒也是，那几天的表演，大家自是拿出浑身解数来，便只是看看也是相当不错的。"

这次可以算是江宁水平最高的演出欣赏，早几日宁毅与苏檀儿在二楼栏杆边聊天时，苏檀儿便说了要空出时间与宁毅去看看。其实她也知道，宁毅对这种热闹也是喜欢凑的。李频倒是有些可惜，他家中有妻妾，却不打算带着她们去，主要是之后的宴会并不只是接近佳人而已，结交一些人，扩大交游，扬扬名气，这才是他的主要目的。

两人走了一阵，在路口分别，去往不同的方向。宁毅没什么事情，径直回了家。苏檀儿与几个丫鬟也已经回来了，婵儿、娟儿叽叽喳喳地说着今天在路上看见的表演以及听说的事情，又憧憬了一番初三、初四、初五几天的表演盛况。不过，到得傍晚的时候，却有一封信被送进来，随后有两名掌柜急匆匆地进府，在隔壁的院子里与苏檀儿商量了许久，到得晚餐之时，苏檀儿才有些抱歉地说看表演去不了。

"忽然有急事，怕是不能陪相公一道去了，相公与小婵一块儿去吧。"不久之后，苏檀儿又像是在楼上一般小声笑着，"文定、文方他们也有几十上百两银子，妾身把私房钱给小婵，相公若见到哪个姑娘表演得好，尽管买了花送上去便是，送多些晚上还有酬谢的宴席可吃……相公得了姑娘家的亲睐之后，可不许说妾身小气哦……"

"奸商……"察觉出对方的某些小算计，宁毅叹了口气，笑了出来。

苏檀儿笑着皱了皱鼻子："哼！"

虽然在宁毅面前表现得自信满满，不过有一些事情不由得她不去考虑。四月最后这个晚上，回到自己的房间的时候，苏檀儿其实有些惆怅。她望着对面那亮着灯的房间，静静地想了一会儿。依旧是少女身段、少女面容的她在平日里思考时有着一份特有的成熟气质，眉头微微蹙起之时也往往有着好几年来培养出的一股气势与稳重，但此时不同，虽然在想着、思考着，她的表情却没有多少沉重之意，只如少女一般，思考着属于少女的心事，有时候坐在桌边托着下巴，伸手无聊地翻翻书页，油灯的光芒中，那也只是属于少女的烦恼而已。

随后她将小婵叫了进来，如往常一般笑着告诉了小婵初三看表演的事情，也拿出些银票来放在外面。对娟儿、杏儿不能去看表演，小丫头显得有些沮丧，当然自己能看也是高兴的，挣扎许久才说道："小姐，让我……换娟儿陪姑爷去吧，我和杏儿姐陪小姐你去处理作坊的事……娟儿她想看很久了呢……"

"初四把事情处理完，初五咱们就可以一块儿去看了。"苏檀儿笑了笑，随后伸手轻轻碰了碰婵儿的脸颊，看看小丫头姣好的面容，又回过头，望向院子那边的窗户，再想了一阵，才做了某个决定。

"小婵，其实你喜欢姑爷吧？"

那边没有回答，小婵的身体陡然定在了那儿，随后，眼珠慌乱又可爱地转着，整张脸都红了，一时间整具身体都像是缩小了一截……

五月初三是个大晴天。

这一天对宁毅来说并非多么特殊的日子，他照常跑步，照常吃饭，照常上课。不过江宁城中这几天倒是非常热闹，在街上走走逛逛，总能看到一些青楼表演，人们津津乐道于这样的事情，也常常说起某某姑娘得了许多花，或是哪两人为争风吃醋打了起来。哪怕是一件寻常的事情，到了茶馆酒楼，说起来总能加上不少弯弯道道，颇有戏剧性。

这两三天苏檀儿的确有些忙，早出晚归的。她做的事情比较保密，但宁毅隐约知道一些，大抵是跟"宫引"什么的有关。苏檀儿最近做事大多不动声色，但暗地里确实是朝着这个方向去的。她想当皇商，与汴梁那边拉上关系，并且……估计已经找到了方向。

这年头的皇商有两种。檀渊、黑水两次求和以来，赔偿北方的布帛需求很大，皇家不会给高价，但等于是薄利多销，而且与皇家拉上关系之后，那边总会给些好处补偿。另一方面，如今武朝朝廷到处收集好东西，真正的好丝绸若能卖去宫里，这条线走通之后更会有诸多好处。苏檀儿并非妄想，她一边找关系，一边改良技术，寻找突破口，这次出事情的恐怕便是她暗中弄出来的那个技术小组。在一些关键的技术方面，商家的保密措施也是异常严格，一旦有事，除了苏檀儿、苏伯庸，恐怕就算是负责的掌柜也不太好拍板，但真说忙倒是不忙的，就是无法放松罢了。

宁毅目前也不明白苏檀儿的全盘打算到底是什么，毕竟这些只是他从闲聊时的一些片段推测出的，但自己这个年仅十九，平日里温和有礼的妻子在这方面的胃口之大倒是令人欣赏。世上从无奇谋，只有胃口大、胃口更大的区别而已。这件事情一旦办妥，苏檀儿掌苏家就再无悬念，其余两房始终只能小小地捣个乱，下个绊子，这就是眼界的不一样。

而尽管没什么人能反应过来，但苏檀儿并非在走什么捷径，她终究是在技术的改良上下功夫，然后争取机会。她做事扎扎实实，虽然或许也有运气的成分在其中，但就算是宁毅也不得不承认，这个时代的某些女人做起事来比眼下的许多男人要务实得多。苏檀儿今年十九岁，也不知她是多久前就在计划这些事。

对这些事，宁毅心中欣赏了一番便不再过多理会。初一、初二的白天，小婵还是陪着小姐出门，到得初三这天，她便仔细打扮了一番随宁毅去学堂了。老实说，这两天以来宁毅觉得小丫头有点奇怪，好像有心事一般，昨天晚上走路的时候晃晃悠悠的，撞到树上才清醒过来，今天偶尔会失神。当然，只是少数时间如此，大部分情况下她还是与平时无异，叽叽喳喳地跟在后面说话，中午放学与宁毅在外面吃些东西，揣一小包糖果在怀里，但是不吃，宁毅偶尔看向她，她就露出很正经的表情。

"家里人……是不是出什么事了?"

"呀?"

"你这两天,有点不对劲……如果家里人有事,能帮的还是要帮一下,告诉我也没关系……"

宁毅如此说着。小丫头先是有点脸红,然后才拼命摇头。

"没、没什么啊,小婵家里人没事……真的没事……"如此强调过之后她才心虚地看看宁毅,"呃,那个……小婵就是高兴。今天晚上很热闹的,前几年小姐带着我们去看过一次。那时小姐和我们都扮成男孩子,小姐扮得可好看了,我和娟儿就扮不好,嘻嘻……"

宁毅撇了撇嘴,应该没什么事,小婵不说,他自然没必要追问:"那今天小婵不扮成男装再去吗?"

"啊……"小婵今天打扮得很漂亮,一身白色缀碎花的夏日衣裙,窈窕乖巧的样子,这时候她低头看看,有些为难,"也不是一定要换装啦,小婵早上打扮了好久呢……"

"那就不换了。"

宁毅挥挥手,小婵那紧张的表情便放松下来,她伸手拉住宁毅的衣角跟在后面小跑几步,白皙的皓腕一晃一晃的:"姑爷真好……英明神武……"

"不学无术……"宁毅笑了起来。

时间还早,今天晚上江宁城城门是不闭的。去往白鹭洲那边看表演的大部队一般是在傍晚集合,到那时,画舫、花车会一起开动,一路游行并逐渐汇集。当然,下午也有人去往那边郊游,各种摊贩、杂耍也会过去,许多人晚上即便进不了主会场,也会在周围看些表演,待到会场里的表演结束才与画舫、花车一道回去,一路上也能欣赏到不少佳人的歌舞。

宁毅此时还没打算去白鹭洲,毕竟他没有要支持的美女,就与小婵一路往秦老摆摊处走去。秦嗣源今天晚上不会去凑热闹,但据说康贤还是会去的。

下午的河岸边,清风吹过,杨柳微摆,水花一浪一浪地扑打着河岸。宁毅与秦老一边下棋一边聊天,小婵则坐在旁边的凳子上,裙摆下小腿踢啊踢的,绣鞋轻轻摇动着,一面看风景,一面点头唱歌,唱的是宁毅教给她的《明月几时有》,模样轻松惬意。她今天没有束那包包头,发丝随风轻扬,显得青涩纯真,但隐隐也有些长大了的感觉。

歌声浸在下午河畔的风里,与风声、水声无比契合,秦老笑道:"调子虽有些怪,但小婵姑娘唱得可真是好听。"小婵便高兴起来,她可是为这首歌练习了好久呢。

时间再过去一点儿，接近傍晚的时候，金风阁后方的小院子里，元锦儿卸了妆，享受着这一点点的轻松时光。虽说今天晚上才轮到她正式表演，但这几天的应酬颇多，从早上开始便要应付一位位才子、金主的拜访，周旋于各个因争风吃醋而看对方不顺眼的雄性之间，稳住局势，控制气氛，尽量不让任何一个人真的生气，让他们互相之间暗暗比斗又不至于真撕破脸，对她来说也是很耗心力的事情。

其实赛花会的隐形比斗从半月前就已经开始了，这些天基本都是这样的事。今天下午她才稍稍得闲，只应付了诸如曹冠这样比较重要的客人的问候。方才她在外面的舞台上弹了一曲，听完大家的赞誉声，然后从容答谢，随后回来卸妆，这段时间曹冠等人又过来看了她一次，这时才有了独处的时间。接下来一直到傍晚花车开动前的这段时间都是属于她的，而她作为四大行首、金风阁的招牌，不用在花车上献艺，只要养精蓄锐，准备晚上的表演便好了。

"今天晚上没事的，只要保证前十六就好啦……这几天忙来忙去，肚子饿，吃不下多少东西，妈妈还让我少吃点，根本是想要饿死我……"

穿着短衣短裤——实际上就穿了两件内衣——卸妆之后也没怎么补妆，此时头发也是乱的，元锦儿慵懒地躺在凉床上，白皙粉嫩的肩颈、裸足、皓腕全无防备地袒露在外面，一面说话，一面在胸前抱着一盘宴客的果子蜜饯往嘴里塞。随后那果盘便被房间里的另外一人给抢去了。

"妈妈让你少吃些是怕你表演之时腹胀。你要吃便吃些汤饭，这时拼命吃果子，晚上又不吃饭，表演时胀了气怎么办？嘴里的也吐出来，你都不怕噎着……"

元锦儿原本还想去抢果盘，然而那只手得寸进尺往她嘴巴掏过来，她便唔地闭了嘴，鼓着腮帮怎么也不张开，然后挣扎了一番。那只手没好气地拍拍她的脸，她爬到凉床里面咕嘟咕嘟把东西全嚼了吃下去，随后咳了好久，捂着喉咙："呃……我把果核吞下去了，喀喀……"

那只手倒了小半杯水递过来："只许喝一口，待会儿吃饭。"

"知道了，云竹姐……啊不，云竹哥哥。"

房间里的另外一人正是聂云竹，今天的她一身黑色长袍的男装打扮，长发束起来，戴了学士巾，若是拿把扇子，真有几分羽扇纶巾的潇洒风范。当然，乍看之下一些人或许会将她当成男子，但真要认出她的性别还是容易的。女扮男装不仅要化妆，要善于表演，更得有天分，聂云竹或许化妆表演都不错，可惜缺乏天分。

若在以往，聂云竹是不会轻易靠近金风阁这边的，但如今有些不一样，这两个月来，松花蛋的生意在静静地发展。她在宁毅的指点下雇了一些人，后来要一两名厨子的时候通过了元锦儿这边，毕竟如今她能找到的关系也就是这边了。现在她渐渐将自己当成一名商人，虽然平时完全不像，也没有跟人谈很复杂的生意。

两个月中，松花蛋虽然同宁毅预测的一般打出了名气，但生意做得沉默而低调，一些东西还在酝酿。聂云竹倒是与元锦儿恢复了偶尔的来往，最主要的是因为元锦儿要在这次花魁赛上出些风头，金风阁的妈妈就与聂云竹约定，她若能帮忙，以后她要做什么事情，这边会尽量帮忙。

"说起来，曹冠这次倒真是热心，比之去年不知道要卖力多少倍，锦儿你看这些诗词，真是用心……"

聂云竹笑着整理桌上的一些诗稿，那边锦儿笑着在凉床上站了起来。仅仅穿着亵衣的她抚了抚发丝，让平日里以活泼出名的她此时看来有些妩媚："他啊，就是想要为去年的事情找回场子罢了。"说着话，少女的身体在床上轻轻舒展开来，随着预定的舞步缓缓摆动，纤秀的赤足随意踢踏，在凉床上踏出轻快的足音，间或一个摇摆，柔软的身体随着摆手而后仰，眼看要坠下去，却又飞快地转了一个身，发丝舞动成圆，脚朝前方踏出一步，定格在那儿，然后自然地盈盈拜倒，谢礼。

"其实锦儿才不在乎成不成花魁呢，四大行首还好，成了花魁，不知道得变成什么样子。冯小静成花魁之后，据说有一日被指挥使陈大人逼迫，差点跳楼，若非有人居中说了些话，怕是要让那陈勇陈大人给拔刀杀了。我啊，若成了花魁，怕是得立即找个人嫁了……"

"那时要赎身，身价可就更高了。"

"总有愿娶的吧，花魁呢，娶回去吹牛也好啊……"

"锦儿莫非还未找到能让你心甘情愿嫁掉之人吗？"聂云竹笑着问道。

元锦儿皱了皱眉，随后差点将嘴巴拧成猪嘴，她走到桌边气呼呼地坐下，伸手要去抓果盘，又被聂云竹伸手打开。

"云竹姐就喜欢说这些让人气馁的话。男人……哼，反正云竹姐总有好男人喜欢。对了，前些天我还听说，三月时那顾燕桢回来了，不但追求云竹姐，还帮云竹姐卖松花蛋来着，可是被云竹姐当街打了一耳光，颜面尽失……顾燕桢呢，高中了，有了官职，衣锦还乡，还有钱，锦儿可想嫁这种男人了，云竹姐身在福中不知福。"

云竹笑了起来："锦儿你也说了，男人……这样一来我不是也一样，找不到心甘情愿嫁掉之人吗？锦儿若真愿嫁，似顾燕桢一般的男子难道真找不到？"

"可是我不喜欢啊，说不定顾燕桢是个好男人……"元锦儿本是开玩笑，这时微微耸了耸肩，在桌角发现了一颗瓜子，偷偷地剥掉外壳扔进嘴里，"那……云竹姐的立恒大才子呢，莫非云竹姐也不愿意嫁给他吗？"

云竹拿了一件外衣扔在她脸上，笑道："这事可不许乱说。我或可不要这名节，立恒乃有家室之人，莫要污人清白。"

"知道了，知道云竹姐你回护他。"元锦儿将衣服从脸上扒下来，嘟囔着，"今天晚上云竹姐你不是说他也会去吗？待你引荐了，锦儿便去勾引他，看看他到底是何等人物。哼哼，待到他那妻子知道了，尽管叫人来金风阁将我乱棒打死好了，锦儿跟她拼了，倒看谁打得过谁……说不定云竹姐以后便能跟他远走高飞、双宿双栖了……"

"满嘴瞎掰……"

"嘻嘻。"元锦儿笑着道，"话说回来，当日云竹姐为何要打那顾燕桢啊？锦儿只是听说有这事，可不知道具体如何发生的。"

聂云竹想了想，深吸一口气："他原本的确也是谦和君子，只是那时太过孟浪，我才打了他……他不是什么坏人，这事，大概也难分对错，莫再说了。"

回想起来，三月做了决定的那天，再见到顾燕桢的时候便跟他摊了牌，她自然没说宁毅之事，然而这次拒绝得确实非常彻底。顾燕桢大概也有些慌神，说了好些露骨的话，也问她是否有相好的什么，最后竟过来抓她的手。她当时下意识地扇了他一耳光，后来洗了好多次手，还是感觉有些厌恶。

当时正处街头，行人不少，顾燕桢也有个朋友在，这一巴掌虽不算重，但也将他打蒙了，此后他再未过来纠缠。只是之前顾燕桢的宣传太高调，后来这一巴掌的事情便也在一定范围内传开了，只是想不到连锦儿也知道了。这种情况是聂云竹不愿意看到的，她虽然有些恼那孟浪的行为，但君子绝交不出恶语，她此时自然也不愿看到传言加深，污了对方的声名。

元锦儿大概明白她这想法，笑着点了点头："不过，今天晚上那顾公子也会去，云竹姐……不，云竹哥哥要是被他看见了怎么办啊？"

云竹笑了笑："我一身全黑，到时只躲在暗处，谁又能真认出我来？这次去只为锦儿你助威，其他人等，皆不欲接触。"

"呃？那宁公子呢？"

两人先是微微沉默，片刻之后……

"锦儿错了！云竹姐饶命啊——"

求饶声自院子里隐隐传出来，夹杂着银铃般的笑声，夕阳的黄光渐渐自西方泛起。

另一边，秦淮河畔，秦老收起棋摊，在宁毅与小婵的帮忙下，往家的方向走去。秦老邀了宁毅在家吃饭，大家反正也熟了，宁毅便没怎么推辞。待到晚餐吃完，秦老与他家中两位夫人，加上宁毅与小婵，五人一同散步往大道那边过去。夕阳壮丽，宁毅与秦老在前面交谈，后方三名女子看起来像是一家三代。小婵年纪还小，那位名妓出身的二夫人芸娘说些话逗弄她，弄得小丫头面红耳赤，秦家大夫人则慈祥地在一边看着。

鼓与乐声已经在街上响了起来，不时有队伍经过。秦老笑着跟宁毅说话："若见到明允，且跟他问声好。"他今日虽不去，但到得初五的龙舟赛、花魁决选，大抵还是会带着家人去凑凑热闹。随后又有一支队伍过来，众人站在路边，那是知府大人的仪仗。一大批军士随行，浩浩荡荡，江宁知府当先骑在马上，从这边过去时大概是看见了秦老，竟还朝这边行了一礼。秦老此时算是庶民身份，便以礼相答，随后向宁毅偏了偏头，笑着示意："前些日子，你问那都尉宋宪，此时武烈军指挥使陈勇、都尉宋宪都在这儿了，喏。"

队伍之中，骑马行走在知府后方的两人似乎无意间朝这边望来。陈勇身材微胖，看着道路两旁的群众，面带笑容。那宋宪则是目光冷峻严肃，颇有气势。宁毅笑了笑。其实前段时间他打听一番，这宋宪早已与他在街头"遇见"过几次，于他来说，早已认识了。不过元夕已过，宁毅就算知道他长什么样子也没什么用了。

一行人在前方道口分开，秦老回家，宁毅则与小婵在漫天壮丽的晚霞中朝城外走去。江宁城中丝竹之声、锣鼓鞭炮之声已经响起来，秦淮河上、画舫上彩绸招展，排成长列，城中道路上，一辆辆花车在众人和锣鼓的簇拥下前行，火把与灯盏在城市间浩浩荡荡地汇集在一起，朝着这边蔓延而来。

砰的一声，烟花在白鹭洲附近的天空中亮起。下方的人流里，小婵一边牵着宁毅的衣角往前走，一边抬头看，偶尔脚下被石子绊一下，脑袋便撞在宁毅的后背上。

花魁大赛的会场说是在白鹭洲，其实是在白鹭洲与江宁之间的一座驿站附近。这处地方背山靠水，绿地广阔，巨大的集会场早已被围了起来，附近的河面上楼船画舫连成一片。随着花车的陆续抵达，外面的绿地上此时也已是人潮涌动，各种小吃杂耍在草地间摆开，火光绵延间，敲敲打打之声此起彼伏，非常热闹。

众人想要进去会场看表演其实也简单，费用就是一朵花，进去后看见喜欢的姑娘就能献给她，而一朵花是一两银子，记一千文。尽管武朝江宁一带富庶，但这对普通人家来说已经是一笔不小的款项。这次过来的人数近万，能进去的在三千人左右，其余人大概会在会场外娱乐一番，等待比试结束，或者中途便回家睡觉。

如果按照宁毅的眼光来解读一番，这是一个贫富差距相当大的社会，比千年后要大得多。尽管也有人抱怨不满，但大家已经习惯了太多事情，思维中，这样的情况才是理所当然的。有拖家带口的人，在外面热闹的草地、河滩上与家人一同乘凉休闲，花上几十文上百文算是奢侈一番；也有没钱的人，单纯过来看看杂耍表演，听听会场里传出来的乐声，某个姑娘得了花魁之后，一同欢天喜地。

进去的三千人，大半不是有钱人，穷一点儿的才子们想要附庸风雅一下，认识一些人，就得咬牙掏钱，以免错过机会。真正的有钱人是最顶端的数百人，估计要不了一天，他们会贡献这场盛会百分之九十以上的收入，几十两、数百两、上千两不等,甚至有破万的,每每让人津津乐道好一阵子。在扬州、东京两地,每回花魁比赛之时,据说盛况更是空前,远远超过江宁。

宁毅抵达之时,花车都已经进去了,门口那边凭票据入场,人群熙攘,堵得厉害。宁毅与小婵便跑去了旁边的草地上,找了个稍微空闲点的小摊,一边吃豆花,一边看着那边的盛况。拥挤的人群之中,熟人挥手打招呼的声音不时响起,偶尔也有想要偷偷进去的人被赶出来,双方骂骂咧咧,想要进去大概还需要一段时间。小婵坐在小桌子旁边,买了豆花却不吃,从怀里拿几颗梅子之类的果脯放在豆花碗里做点缀。宁毅看得无奈。

"这样能吃吗?"

"好看嘛。"小婵说着,拿勺子挖了一勺带着梅粒的豆腐脑放进嘴里,含着回味许久,模样有些陶醉。宁毅对她这种一勺豆腐脑能吃出这么久的功夫感到钦佩,无意中想起很久很久以前,似乎也曾经有过一朵棉花糖能舔出一小时的岁月,不由得看着小婵的表情笑了笑,放下调羹,看着周围,悠闲地等待着。

对他来说,悠闲在大部分情况下其实是耐心的体现。他来到武朝之后,多数情况也是如此,悠闲是因耐心而养成的习惯,是多年培养出的泰山崩于前而不动的一种定力。不过,在喧嚣的人群中,他与小婵坐在这儿,感受到的或许是真正的悠闲。片刻之后,小婵指着人群那边:"咦,姑爷,文定少爷和文方少爷他们。"

那边人群里的果然是苏家的苏文定、苏文方等人,同行的还有他们的几个朋友,宁毅以前也听过,大多是有些小名气的才子。这边的人望过去时,那边的人也看了过来,两人望见宁毅与小婵,却有些尴尬。

这些人平日里与宁毅没什么话题,偶尔在苏家寒暄几句,不过他们最近到苏檀儿面前讹钱时宁毅倒是每回都在。他们用的是做生意等各种各样看似奋发向上的理由,苏檀儿每回都唠唠叨叨许久,还会指点一番有关做生意的诀窍。尽管他们也明白这个堂姊妹对他们做的事情或许都是心知肚明,但此时遇上宁毅终究有些尴尬。

在苏文定、苏文方等人来说,一方面宁毅是入赘的,另一方面他真有才华,并且在苏家已经传开了,没人敢真的小觑他。而且,就算不是这样,他们也得给苏檀儿面子,因此这时候大概犹豫了一阵考虑该不该过来打招呼。宁毅只是冲他们点头笑笑,算是替他们解了烦恼,他们也就没有过来。

随后宁毅又看见了康贤家的仪仗。又过了一阵,门口那边终于人流稍减,宁毅和慢吞吞的小婵也已经吃完豆花,往那边过去了。两人在门口遇上了李频,与李频同行的还有两名才子,双方互相介绍了一番,等到小婵也乖巧地冲他们见了礼之后才一同进去。

初三这天的会场其实比较宽敞，毕竟有一百多位姑娘献艺，若是在一座舞台上轮流来，等表演完都快天亮了。

参与者自围好的门口进来，首先望见的是修饰一新的驿店、酒楼等建筑，多数是原本就有的。里面也提供酒水茶饭和各种休憩的场所，附近的山石、水滩、圆形舞台等的布置各处都有所不同，简直像是一座主题公园。

舞台一共设了五处：楼船水榭、茶楼舞场、河湾小楼、靠山的小栈、中央的圆形大鼓。哪位姑娘大概什么时候在哪边表演也都有安排，通常是抓阄决定顺序，但也有一些刻意的调整，譬如四大行首或是一些公认比较红的姑娘，表演时间会错开，尽量避免出现同一时间四大行首在各处表演，让人不知道去看谁的情况。

楼船画舫上下自然是姑娘们休憩的场所，场地周围也有大大小小的棚子，同样也是各家青楼的地盘，得到邀请的人才能进去与表演者见见面。周围几家酒楼大抵文墨飘香，比较好的诗词会挂出来，为某某姑娘助威造势。要往台上献花也并非当场往上扔，旁边有人登记。

"此次能得顾兄青睐，四大行首，渺渺姑娘想是得进无疑了。前次顾兄为渺渺姑娘所作《怜幽》一诗，便如佳肴珍馐，读过之后，留香数日，顾兄诗才令人钦佩。来，敬顾兄一杯。"

此时已入夜，烟花放过了，各座舞台上的表演已经开始，场地之中人群聚散，去往中意的舞台看表演。旁边的文墨楼上，顾燕桢正与几人暂作休憩。这几人以顾燕桢为首，主要是喜爱一位名叫骆渺渺的姑娘。这位姑娘出道不久，但名声已经很高，追求之人众多，这次比试，进入前十六毫无悬念，还是争夺四大行首的热门人选。顾燕桢前几日为其作了几首诗词，助其声势。

这几人互相吹捧几句，过得片刻，一位美丽女子过来打了个招呼。顾燕桢先前也曾为她写了诗，她表演已完，这时候过来答谢一番，又陪了两杯酒。她显然对顾燕桢有些意思，但也知道对方如今追求骆渺渺，过得片刻自感没什么希望，又有其他事情要做，便告辞去了。

这文墨楼上偶尔有妈妈陪着姑娘上来答谢，也算热闹。第一波的热络情景过后，好友沈邈倒了酒过来："让人羡慕啊，燕桢在哪儿都有佳人青睐。"

顾燕桢笑了起来："佳人青睐又如何，我青睐的佳人可不曾青睐于我。"

旁边的人还以为他说的是骆渺渺，感兴趣地询问起来。顾燕桢也很豁达，说起前些时日追求一女子，欲纳其为妾，同去乐平，却被其扇了一耳光。他态度自然，旁人纷纷表示钦佩，赞其拿得起放得下。沈邈知他性格，片刻后笑着过来："你心中可不是如此说的。"

"不如此又能如何？"顾燕桢淡然地与他碰了碰杯，一口喝完杯中的酒。

"那聂姑娘喜欢的到底是何人知道了吗？"

"大抵是查不出来的。"

"说不定聂姑娘真是心性淡泊，不欲嫁人呢？"

"哪有这等可能？"顾燕桢微微皱眉，压低声音，语速转快，"那松花蛋之事，背后必定有人操纵！可恨……可惜当日我追问德新，德新回护那人，口风一丝不漏。哼，我只想知道此人到底是何方神圣而已，若真是惊采绝艳，我顾燕桢自然也是心服口服……"

"其他人那儿便问不出来？"

"他们所知的只是那人与朋友开了个玩笑打了个赌，因此通过德新找人当托，还要求不能利用名声相助，此人或也是有名的才子……唉，以云竹心性，喜欢的自然是此类人物。当日云竹的婢女胡桃曾暗示我追求她家小姐，并隐隐透露她家小姐似有心仪之人，但当时纠缠还不深，而且对方于她家小姐也绝不适合。后来出了那件事，她知道我与她家小姐已无希望，自是回护小姐，不再透露对方身份……"顾燕桢摇了摇头，"在我想来，怕是云竹喜欢上了七老八十的名宿，爱慕其才华见识，被冲昏了头脑……云竹不是势利之人，以她那淡泊的心性，不是没有此等可能。"

江宁一带，名人众多，若聂云竹真喜欢上什么有名的老头，就算他顾燕桢有钱如今又当了官，恐怕也毫无办法。这类老头多半交游广阔，若云竹真心许之，绝不是他这样一个年轻才子可以对付的。两人正议论间，酒楼另一侧隐隐传来喧闹声，似是有事发生。

从这边看过去，却是两拨才子在互相嘲笑争吵，一个上楼来答谢的姑娘有些忙乱，想要居中劝说，却没什么效果，其中一名年轻人似是已经被嘲弄得面红耳赤，颇为难堪。

随后有人笑着走来这边，手上拿了一张纸，说明原委："哈哈，那姑娘乃是柳叶楼的唐静，歌舞已毕，得到的声名也不错。这边这位公子出了百朵鲜花，她便上来答谢，后来赋诗一首，却出了丑，呵呵，大家且看这诗算是什么。"

与顾燕桢在一起的多是有名的才子，学问非一般人可比，这时候将那诗作拿过来，看了一眼，随后便笑了出来。那诗作果真不行，仅仅应了平仄而已，斧凿痕迹过重，若再差点，怕是要成打油诗了，亏这人作得出来，还想充才子。顾燕桢看了笑笑："这等诗词……呵呵，此人怕是出身商贾之家吧。"

其实这年头写诗差却附庸风雅的人很多，只是得看地方，一些商贾写打油诗，在固定场合也有人吹捧，但若没有自知之明，到耆老名宿云集的地方乱作，那就怪不得被笑了。这时候那人便被笑得够呛。顾燕桢这边的一人也笑道："燕桢果然慧眼，此人家中经营布行，叫苏文定，才学是没有的，对方的人当中怕是与他有宿怨，此时才让他下不来台。"

"呵呵，文定，难。"顾燕桢摇摇头，笑着看戏，"不用理会，由他们去吧。"

那边被人嘲弄的正是苏文方、苏文定等人。苏文方如今喜爱的姑娘便是唐静，这次攒了钱过来支持唐静，写了首诗也算是发自内心，可惜文采确实不够，这时候被人揪住笑个不停，不过他这边也有才学稍高于他的人，当即出来说："你们又能写出什么歪诗来？"

那边的人笑着："自比你作得好。"

双方随即斗起诗词来。才两首过去，苏文方这边便捉襟见肘，对方那边有一人诗才上佳，仅写了一首赞美唐静的，便压倒众人。唐静虽有艺业，但平日名声不显，对这等争风吃醋之事一时间也有些不会处理。随后也有人过来笑着跟苏文方等人说了顾燕桢这些人的评价，并且朝顾燕桢那边指指点点。

顾燕桢虽不想参与这事，但这边几人的评价终究是传过去了，好在这事也平常，他便继续在这边看戏。苏文方、苏文定等人更觉难堪，对方根本是当场以诗词追求唐静，偏偏他们自诩才子却没办法还击。

那边的人笑道："季问兄的诗才岂是尔等可以企及的，便是拿到止水诗会、丽川诗会上，众人也得赞一声好诗。尔等方才不说比诗也就罢了，这等诗才也敢献丑，我来教你写诗吧。"

这人说着，写下一首，倒也中规中矩，随后又有人写了一首，一时间群情踊跃。那陈季问的诗才确实不错，顾燕桢也听过名字，看那边热闹，便随意猜想待会儿会不会打起来，在这里打起来的话多半会被赶出去。随后，他将目光转向楼下。

一名熟人正朝这边酒楼过来。

那人是李频李德新。两人以前很熟悉，但挨了聂云竹一个耳光之后，他又去找对方问了聂云竹背后那人的消息，方才虽说得轻描淡写，但李频不愿意说出对方的身份，甚至说"我知你性格，此事勿再多谈"，从某种意义上来说，两人已经决裂了，因此顾燕桢微微皱起了眉头。

与李频一道过来的还有一名不认识的年轻男人，双方正在交谈什么，两人身后，一名穿着碎花白裙的清丽丫鬟正跟着，想是与那不认识的男子一同来的……

"诗词之事，不懂的话就不要在这里装了。这首诗传出去，丢了你的面子不要紧，人家还以为唐姑娘没有眼光……"

"没错，唐姑娘，这等不学无术之人，你最好还是不要再理会了。在下此言发自肺腑，对唐姑娘，我与庆亭兄等人也是仰慕多时，此时实在看不惯唐姑娘受此侮辱……"

　　文墨楼这头，喧嚣不断，占上风的一方以自己的形式奚落着处于下风的几人。这类争吵从来就不是凭空而来的，事实上苏文方、苏文定等人早与对方有怨，只是这样的时候被人抓住把柄委实尴尬。

　　这边话说得看似漂亮，很顾那唐静的面子，但唐静何尝不知道对方是随口瞎掰，要拿自己给苏文定等人难堪。只是她如今没什么名气，对方又有身份背景，她一个小小的艺伶，根本惹不起这种人，不可能撕破了脸站在苏文定等人一边，而对方铁了心要给苏文定等人难堪，她想要温和地圆场，又没这个手腕，几句话才出口，就被对方巧妙地压了回去，一时间毫无办法。

　　在场的不只他们双方，还有许多围观的人，这时候谁要是抓了狂才是真丢面子。因此苏文定虽然涨红了脸说不出什么话来，同行的倒还有人能强撑着说几句："文无第一武无第二，你这等诗词，真以为能高出多少来？"

　　"功底高下，一看便知。如今在场的有这么多位有才学之人，要不要一个个问过去啊，用不用再重复一下方才沈邈沈兄等人的评价？"

　　"林子逸，能说出这等话来，摆明你是强自硬撑了，哈哈，也罢，传出去之后，正好证明与苏文方、苏文定这等俗物混在一起之人到底是怎样的货色！"

　　"不服气，那就继续比啊。来、来、来，大家一起写，写了拿出去让人评。苏文定，没话说了，还是在酝酿情绪，有什么佳作要出来？也好也好，季问兄，我们先来，借花献佛，待到他写完，我便帮你磨墨，如何？"

　　混乱的场面，争吵的双方，看热闹的、议论的、冷眼旁观的、谈笑的人，将文墨楼二楼的气氛烘托得很是热烈。顾燕桢看着这无聊的一幕，随后望向旁边的楼梯，方才见到的李频与那带着丫鬟的男子此时正自楼梯口走上来。他在心中想着该如何跟李频打招呼，随后才发现李频与那男子稍稍停留了一阵之后竟往争吵的那边过去了。

　　看起来，这名带着丫鬟的男子与正被奚落的苏家兄弟认识。这男子看来年轻，不过二十出头，举手投足间倒是有些气度，就不知才学如何。不过对方这样的年纪，自己以前又从未见过，想来学问也有限。只是李频在旁边，看来情况要变得复杂了。

　　旁边几人也有认识李频的，已经说与周围众人听，随后顾燕桢也想起一件事来："德新如今是在那名不见经传的豫山书院，这豫山书院，似乎便是那经营布行的苏家办的？"

　　有人想了想，才点头："如此说来，德新怕是与那苏氏兄弟也认识，眼下说不定会为两人出头。"

"这下有好戏看了。"有人笑了起来。

李频的学问与曹冠、顾燕桢齐名，他们都是见识过的，也相当佩服，但那陈季问的才名也不薄，以往比斗诗词，即便与曹冠、顾燕桢这等人也能较量一二，就算名头上比不过，在文辞上斗一番，于他来说也能更添名气。何况此时双方的火气看来都很大，怕是谁也不愿在大庭广众之下丢了面子，李频若想以柔软手腕化解只怕很难，想来一场文墨大战一触即发，大家都是兴奋地准备看戏。

顾燕桢也是微笑着看着那边。他如今心中对李频已无好感，只觉得李频与那等不学无术之人相交实在自甘堕落，不过对李频的文才还是肯定的，觉得待会儿与陈季问的比斗应该没有太大悬念，徒然给双方都涨些名气而已，或许沾了更大光的反而是那青楼名妓。这样想着，他只感觉到一阵无聊，当然面上自然没表现出来，与众人说笑着看着。

不过，就在这样的期待中，在双方的火气都涨到最高点的情况下，随后的事态发展却出乎了所有的意料，一时间简直让人无法理解……

宁毅与小婵在会场之中走来走去，大概已经看了半个时辰的表演。

他们本是与李频等人一块儿进来的，只是进来之后又分开了，各自寻找喜欢的节目。宁毅对这些节目有些兴趣，只是实在没什么选择经验，于是选择权都交给了小婵，由着小丫头带着他转来转去。看了最初这批表演之后又遇上单人行动的李频，双方聊了一阵，便决定到文墨楼上休息一阵，喝杯茶水。

在楼下时宁毅便听到了上面的喧嚣，一路上来，本没料到会遇上文定、文方这两人。原本大家在门口就没怎么打招呼，就算碰面了，也就点点头便罢，不过这时候情况有点儿不一样。一上楼，小婵还在左瞧右瞧地寻找空桌子，宁毅则一眼看见了不远处的苏文定。主要是因为对方也正往他这边瞧过来，先是微微愕然，愣了半晌之后，目光变得有些复杂，似乎是想要打招呼。

宁毅看看旁边，觉得情况似乎有些奇怪，但一眼又看不出什么来，总之与他无关就是了。对方既然有了这样的表情，隔得又很近，只是点头就走怕也不太好，于是他随意地点点头："文定、文方，你们也在啊。"小婵则在后方有些苦恼地说道："姑爷，好像没位子了。"

"呃，堂兄……"苏文方反应过来，在不远处点头道，神情也有些奇怪。他与苏文定的年龄比宁毅只稍小，因此称宁毅为兄。这时也不可能直接转身下楼，宁毅只好与李频走过去，小婵向两人打招呼："文方少爷、文定少爷。"宁毅看看几张桌子上的笔墨纸砚，纸上似还有写好的诗词，心想大概在以文会友，又看看旁边站着的一名自己方才似是看过表演的青楼姑娘，一时间自然只能理解成写诗泡妞之类的，当下笑了笑，随意开口寒暄。

"方才在下面转了几圈，有些累了，因此上来坐坐，真巧。哦……"他朝李频示意了一下，互相介绍，"或许见过面，文方、文定……这位李频……呵呵，不用管我们……"

一群才子什么的围着一个青楼姑娘，自然是要踊跃表现自己，李频也能看出局势来，这时也笑道："不用理会我们，我们自去……"话音未落，另一边有人打起招呼来："李频，德新兄，在下陈季问，久仰了。"

李频与那陈季问之前未曾正式见过，但在中秋诗会之类的场合也有隐形的交锋，也算是互相闻名。他笑着拱手："呵呵，原来季问兄也在，真巧。"双方之前虽然有些剑拔弩张，但这时候稍稍停下，看起来与苏文定、苏文方就像是一道的。与那陈季问一桌的有人听了李频的名字，当下也打了个招呼，双方便又是一阵寒暄，李频随意说着"诸位雅兴……"之类的话。那陈季问想了一会儿，才开口笑道："方才大家正为唐静唐姑娘作诗赋词，李兄既与文方兄、文定兄认识，何不也来凑个热闹？"

若在旁人听起来，这句话已经是主动宣战了，陈季问虽然知道自己的名气比不上李频，但自问才学不比他低，这才开了口。李频虽如宁毅一般能觉察出气氛有异，但还不太了解情况，便随口推辞了。另外一位拿起了毛笔却因为李频到来而一直未写诗的男子也笑着问了起来："倒不知这位公子又是谁？苏文定，你也不为我们介绍一下。"陈季问既然已经决定向李频挑战，其余人自然也不算什么了。

"他乃是……"苏文定本想直接说名字，随后又觉得还是要把苏家摆在前面，"他乃是我二堂姐的夫婿……"

对面的人笑了笑："哦……"

一旁正被议论的宁毅这时不知想起了什么事，微微皱眉，扭头望向后方的楼梯，回忆着一些东西，听得询问声，才回头过来拱了拱手，友善地跟文定、文方的这些朋友打了个招呼："呃，在下……"

那边的笑声传过来："呵呵，原来是……"

话没还说完，那人就愣住了。

不久之后，新上来的两男一女就坐在了对峙两方旁边靠窗户的座位上，带着丫鬟的年轻男子正望向楼下，看脸色大概是在想什么事情。这边，对峙的局势又恢复了，笔墨纸砚都已经准备好，方才准备以诗词教训苏家兄弟的人也已经提起了毛笔。然而，陈季问的笔提了好久，也不知他在想些什么，神色复杂。

那笔，迟迟未落。

窃窃私语声从人群中心朝周围蔓延开来，方才众人都是肆无忌惮地看热闹，许多人明白发生的事情，但这时，整个气氛却变得有些诡异，众人仿佛都在说着什么秘密一般。

顾燕桢望着那边好半天，夹了一口菜在嘴里慢慢咀嚼着，看不懂眼前的一幕。

"到底发生什么事了？"

第十二章
惊鸿一瞥再见偶像　锲而不舍刺杀终成

　　文人墨客斗诗斗文争的是一口气，即便输人也不能输阵，更不能输了风度。这类事情，顾燕桢等人其实是见惯了的，基本上看个开头就能猜到结果。

　　一般情况下大家都说文无第一，诗词上的水准差异可能明显一些，但通常也不会有太大问题。当然，眼下是因为陈季问在场，再加上苏家两兄弟实在差得过分，因此对方奚落一番之后将笔墨纸砚推过来，苏文定等人也不敢再下笔，免得再成笑话。若在外面，这种情况打起来都有可能，只是眼下围观者众多，若在这样的聚会场合打架，少不得要被维持秩序的官兵给架出去，因此两人一时间涨红了脸，话都说不出来。

　　当李频上得楼来，又表现出与那苏氏兄弟认识，这样的情况下，他想要脱身怕是没可能了。随后陈季问摆明了提出挑战，声音传来这边之后，顾燕桢与沈邈等人便笑了起来——这一番无聊的争吵终于变得有些意思了。

　　谁知道接下来不过几句话的工夫，那边原本剑拔弩张的双方就像是被泼了一盆冷水，虽然对峙的局面依然在持续，但那锐气都像是被什么东西无形间给压了下去。李频不过只打了几个招呼，便与同伴去往一边，看来不打算再插手，而原本想要写诗词的几人竟然犹豫着没有落笔。他们的诗才顾燕桢先前也看见过，特别是陈季问，水准还是有的，但他此时提着毛笔，心中似乎有什么顾虑，似是有了诗句，想要落笔又一直犹豫，在思考怎么可能出现这样的事情。

　　这边听不到那边的谈话，只能等一些信息慢慢传过来，诡异的气氛在周围一众看戏的才子间蔓延，而围观者还在窃窃私语，指指点点。苏氏兄弟放松了情绪，但同样有不好决定下一步的感觉，在那儿对视着，又往李频那边望过去。

"德新来了，竟让那陈季问犹豫着不敢下笔？何时有这样的事情的？"顾燕桢皱着眉头，不过他毕竟几年未回江宁，心中也是一阵震撼。

沈邈摇了摇头："方才还向德新挑衅，此时怎会下不了笔？"

"莫非是先前觉得有一首好词，此时才发现有一句未曾想好？"

同伴如此猜测着，随后，一个人离开了座位："我且去看看。"

那人绕过几个坐席，去到窃窃私语的人群中问了问，随后望向窗边李频等人的座位，这才有些恍然，接着他一路折回，笑了起来："原来如此，并非因为德新，而是因他旁边那人。陈季问他们这次，还真是有些倒霉……"

"那人年轻，到底是谁？"

"宁毅。"

"苏府宁毅？宁立恒？"沈邈愣了愣，随后哑然失笑，"呵呵，难怪了……让陈季问犹豫这许久的原来是他。这人从不参与应酬，难怪我不认识。我若过去写诗词，想必也得为难许久。碰巧遇上他，陈季问这次为难了……"

"是那《水调歌头》《青玉案》的宁立恒？我在东京也常听到那首'明月几时有'的名声，不过竟到了这种地步……"顾燕桢皱着眉头，先是疑惑，随后也住了口，看着对面的情景，心中咀嚼着那两首词作，惊疑不定。

陈季问犹豫了许久，终于还是将笔落了下去。与他同来的人如蒙大赦地围过去，似乎松了一口气。随后陈季问将诗作拿到苏家兄弟那边，但是目光一直盯着窗户的方向，先前那般傲慢的态度已然一扫而空，只说了几句场面话，然后便有些紧张地等待着对方的反应。

宁毅坐在窗户边，多少感受到了局面并不像他第一眼看到的那么友好。不过这与他无关，他这时的心思也不在这上面。

上楼的时候，宁毅突然感觉外面光芒闪烁，似乎看到了什么东西，但随后想想，连他自己都无法确定，似乎只是无意间留下的一个印象，在某个间隙忽然回忆起来，像是元夕那晚写"蓦然回首"时惊鸿一瞥的那个人。老实说，那时候他没能看到女刺客的样子，只是注意到了那个眼神，现在时间已经过去了四个月，方才与李频过来时感受到的那个画面，连他自己都觉得无法确定到底是不是那个人。

方才在会场中转来转去的时候，他看到那个都尉宋宪带着一些亲卫与人谈笑风生，这也让他回忆起了那个女刺客。今晚与元夕的某些场景类似，可能是因为这样，他在心中做出这样的判断。坐下之后，他还在有意无意地往下面看，视线中人群来往，让那印象越发稀薄下去。

该是他想错了。

宁毅完全未在意酒楼上的对峙，然而就在这片刻间，另一边的陈季问正在为宁立恒这个名字而犹豫。宁毅不了解对方的名头，对方却不可能没听说过那《水调歌头》与《青玉案》。这主要也是因为宁毅剑走偏锋，对人心和舆论算计到了极点——旁人要成就才子之名，往往会写几十几百首诗，并在每一场聚会上张扬，但宁毅只写了两首，加上时机的巧合、欲扬先抑的手法，还有那句"道士吟了两首"的随意与此后的低调，旁人顶多只能说他是隐士狂生，性格古怪，却完全无法忽视他的存在，而隐士这种人，由于自带神秘感，有些时候更让人觉得无法把握。

陈季问并非没有才学，若预先准备一番，确实可以与李频等人一争高下，但这时想着对方的两首词作，再想想自己方才预备的这首，一时间只能不断地斟酌，最终咬牙写出来之后，还是没有自信，只能等着对面的人的反应。

窗户边，宁毅没怎么在意对峙的双方，还是李频第一时间反应过来。陈季问写诗之时，他便打听了一下事情的发展，随后回来笑着告诉了宁毅。望望陈季问复杂的脸色，宁毅这才明白了对方为什么那样说话，不由得哑然失笑，随后看看苏文定、苏文方，起身走过去。

这时陈季问正将诗作拿出来，想说几句场面话，又不想惹人不快，斟酌得甚是痛苦，随后道："顾燕桢顾公子他们也在那边，哼，不学无术就是不学无术，方才的评语可不是我一人说的！"

李频望了望顾燕桢等人所在的地方，苏文定等人则连忙将那诗作交给他品评，李频拿在手中笑了笑："方才看来有些乱，还未向唐姑娘问好，失礼了。"首先是对被冷落在旁边的唐静说的。

苏文定等人这才反应过来，他们先前被逼得窘迫，竟连这事也给忘了。唐静之前也不知道该怎么办，忽然听见李频的名字，还有宁毅宁立恒，瞪着眼睛，一时间不知道该怎么打招呼，苏文定又不给她介绍，一个年纪不算大的姑娘家被冷落在一旁，甚是可怜。这时候她终于能跟李频见礼，然后宁毅也过来了："之前未与唐姑娘打招呼，真是失礼。"

唐静心中欢喜，连忙行礼："小女子唐静，见过宁公子，宁公子言重了，该是小女子先向宁公子问好才是。"

"呵呵，说起来，唐姑娘先前是在中央的大鼓上跳舞吧？想不到与文方、文定认识。"

"宁公子方才也看见了小女子的表演吗？"唐静的脸瞬间红了，她瞪着眼睛，有些紧张。

"自然看了，跳得很漂亮。"宁毅笑着点了点头，"德新方才也在，不是吗？"唐静受宠若惊："谢谢宁公子、李公子。"随后她看了一眼苏文定。

这边的气氛几乎就此化解开来，过了好一阵才说起以文会友的事情，宁毅看着桌上的诗作，李频也将手中那首递过来："好诗，立恒看看。"说着回头朝陈季问拱手行了一礼。

宁毅笑着看完，点头道："嗯，好诗。"说完也是一礼，那边陈季问的神色才放松下来，回了一礼，却不多说话。

"这首也是好诗。"不久之后，宁毅将苏文定写的那首拿出来看了看，然后递给唐静，"贵乎一片真心，唐姑娘还是收好它吧。"

桌上的几首诗词都是咏佳人的，宁毅竟将这最差的一首递了过去，唐静连忙点头："是。"说着将诗笺收进怀里。

他这几句轻描淡写，旁人即便想要说些什么，一时间竟找不出什么词汇来。

"贵乎一片真心？"

顾燕桢一直在看着那边，等待消息传过来。他先前也曾笑过那诗作几句，但在对方口中，一句话竟成了好诗，而那唐静也珍重地将其收进怀里，让他一时间觉得这样的事情有些荒谬。他是高傲之人，自恃才华，这一幕落入眼中，心情委实有些复杂。他回忆了一下那两首词作，本觉得自己的水准差不了多少，不过仔细想过之后，才发现自己若要下笔，恐怕也得犹豫一番。

对面已经没什么好戏可看，陈季问已经失了锐气，纵然心头不悦，也没什么好作品可以拿出来证明。沈邈笑道："德新也在，要不要过去打个招呼？"

顾燕桢摇了摇头："不用了，渺渺的表演快开始了，我们也先下去吧，招呼回头再打……今日之事，确实有趣。"

文墨楼上，李频与宁毅的出现令陈季问竟不敢下笔之事到明天会传成什么样还难说。于宁毅这或许只是件小事，他这时的心情不在这上面，而对唐静、苏文定等人则是一件大事，特别是唐静，她的名气还没有多少，这次不仅见到了李频和宁毅，两人还夸她舞跳得好，她的心情可想而知。

大家在楼上聊了一阵天，小婵要了些点心。点心送过来时，宁毅看见宋宪的身影出现在楼下，带着几个兵丁，似乎正在游荡，随后消失在视野中。他皱了皱眉，站起身来。

"有些事情，先下去一趟，待会儿上来。"

"嗯？"小婵正拿了一个小小的水晶包子往嘴里送，这时候抬起头来，拍拍手，打算跟上，宁毅笑着拍了拍她的肩膀："不用一起来了，你先在上面吃些东西，我马上就回来，待会儿还要一块儿去看表演呢。李兄，诸位，若是有事，无须等我。"

话说完，他转身就往楼下走去。

有些事情，他总要确定一下才心安……

另一方面，文墨楼不远处的人群当中，顾燕桢脱离了队伍，有些疑惑地跟随着前方不远处的一名黑袍公子。那黑袍公子身形颀长单薄，拿着折扇，戴了文士巾，远远看去颇有风度，该是很能引起女子心思的小白脸类型。他一边走，一边左瞧右瞧，似乎正在留意什么人……

都尉宋宪并不是一个无能的人。

自从元夕那场刺杀之后，宁毅便稍微留意了一下这个人。虽然这样有些像是守株待兔，难有多少结果，以他目前的身份也得不到太多精细的情报，而一些基本的信息，只要有心，还是能够得到的。

一如陆阿贵前次跟他说的那样，这人性格张扬，睚眦必报，心狠手辣，但绝不是个无能庸才。相对于武烈军的指挥使陈勇，曾经混过江湖的宋宪或许更像一个标准的军人，若非如此，陈勇也不会将武烈军的亲卫营交予他管。

当朝重文轻武，武烈军乃是戍卫江宁一带的厢军，屯居富庶之地，整体战斗力并不强，要说拿得出手的，也就只有以亲卫营为核心的几支编队了。宋宪在武烈军中的地位称得上是一人之下，自从元夕的刺杀发生之后，他也提高了警惕，每次出门都有诸多亲卫跟着。如今在这会场当中，宁毅只能远远地跟着，注意周围的情况，好在人多，没有人察觉他在跟踪。

自己既然能这样跟，别人便也能，假如有人也在打宋宪的主意，说不定此时便混迹在人群当中。他暗暗注意着情况，但人的确多，元夕夜连那刺客的样貌都没看清楚，这时也得不到什么有用的情报。宋宪带了大概十个人，走走逛逛，对表演似乎不是非常热衷，去到河边的舞台前时方分开人群，到给达官显贵们坐的位置上坐了下来，与其中一人交谈着什么，跟随他的亲卫便在周围警戒。

宁毅站在人群外围环顾四周，开始回忆元夕的那些事情，尤其是一些细节，借此揣摩那女子的行事作风，随后试图代入进去，想着自己如果要干掉宋宪，会用些什么办法。这事他想到一半，背后忽然有人拿折扇拍了拍他的肩膀。

"喂，这位兄台，长得高了不起啊，你站在这里，挡住了我的视线，你说该怎么办？"

宁毅中等身材，长得其实不算高，背后那声音也古古怪怪的，他听过之后便反应过来，笑着回头望去。只见那拿着折扇挑衅之人穿一身黑色长袍，比他只矮一个额头，但身体单薄许多，仰起来的，正是聂云竹那清丽又故作正经的脸。近处看来，她虽着了男装，但并没有多少男子的神态，反倒显得憨态可掬。

"兄台的理由说得这么充分，很显然是我的不对了。看你如此凶悍霸道，用不用交点保护费给你啊？"

聂云竹努力板着脸，伸出手来："好说！把身上的花全交出来，本大爷便饶你一次，否则当心打得你人头变猪头！"

聂云竹近来常常摆摊，在市井间学了不少这样的话，此时随口便说了出来。宁毅叹了口气，拿出进场时买的那朵花与票据放到对方手上，聂云竹这才扑哧笑出来："台上那霓裳姑娘唱得很好听吗，方才你听得如此聚精会神？"

"霓裳？"宁毅扭头看看，这才明白过来是指台上唱歌的姑娘，"呵呵，在想些事情。你几时过来的？"

"逛啊逛的无意中看见你，都在你背后站好久了。"

两人一道往不远处送花的登记处走去，聂云竹也从怀中取出一朵花，与宁毅那朵一同投入旁边的大箱子，随后将单据递给记录人："两朵，金风阁的元锦儿姑娘。"

"元锦儿姑娘还未曾上台哦。"

"也给。"

她这样说，对方便给记上了。宁毅笑道："过来为那锦儿姑娘加油的吗？"

"锦儿妹子以往与我感情不错。"聂云竹低着头，想了想才说道，"其实她这回的歌舞，我之前也参与帮忙了。"

两人每日清晨见面，无话不聊，但这事之前没听她提起，宁毅微感疑惑："不是说不愿再接近那地方了吗？"

"妈妈想要锦儿继续拿到四大行首的位子，跟我说，若我稍微帮忙，以后也帮我们宣传，我想想就答应了。如今与妈妈谈的是生意，与之前不同，因此倒没那么避讳了，妈妈那人在这方面还是不错的。"聂云竹顿了顿，与宁毅走往一边的途中又道，"想想其实是不该答应的，锦儿已经有些名声了，再大下去，是好是坏还难说。锦儿的性格也是……咳，不说这事……"她摇摇头，笑道，"对了，立恒待会儿会去看锦儿的表演吗？"

"四大行首，你又帮了忙，当然不能错过。"

"呵呵，锦儿跟我说她想认识你，毕竟是江宁最神秘的第一才子呢。到时候我便在台下指给她看……对了，不是说有个小丫鬟会跟你一块儿来吗？我方才还一直想该是谁呢。"

"在文墨楼吃东西等着，我是中途下来的。"宁毅想了想，"差不多该过去了。"

聂云竹笑道："一块儿过去吧，我去锦儿那边，正好同路。"

两人一边闲聊一边穿过人群，朝文墨楼那边折回去，路上宁毅回头看看宋宪的方向，想着先前那惊鸿一瞥或许是错觉。

同一时刻，在两人都未留意的不远处一栋小楼的屋檐下，顾燕桢正静静地站在那儿，目送着他们远去。

从在人群中看见聂云竹起，顾燕桢就跟了上去，花的时间很长。虽然在整个过程中，他都疑惑于一向心性淡泊的聂云竹到底是在找谁，但确实没想过会看到后来的一些情景。

整个时间段他都看见聂云竹是漫无目的地穿行在人群中，她没有跟人约好，但对找到对方显然是有着期待的。这样的一个会场，她不看表演，只是在三千多人当中悠闲地找寻一个不曾约好的人，委实有些奇怪，顾燕桢在以往几年都未见过她这样的一面。

那时的云竹与绝大多数的青楼佳人不同，她性喜安静，于琴曲舞蹈、诗文唱功上都有非凡的造诣，但并不张扬。相对于普通的青楼女子，她身上有一份书卷气，那并非假装出来的，而是真正的书卷气。她是个真正性情娴静的女子，与她在一起时，众人都有几分安宁的感觉。顾燕桢也不知道自己是什么时候感受到这股独特的，总之，他觉得自己能够理解对方那份与众不同的心思，因为他们两人是相同的人。

自东京回来之后，他在那个早晨再遇聂云竹，后来得知她为自己赎了身，却不再与之前的人来往，虽然一开始有些失落，但仔细想想，反倒觉得她便该是这样卓尔不群的性子，平和的表象下有着自信与高傲的部分。他喜欢的便是这样的性子，自觉以往两人也算有情，便追求了一番，直到挨了那个耳光，心情才变了。

这两个月来他还在寻找聂云竹背后的那个男人，虽然表面上是轻描淡写的模样，但也因此与李频决裂。因为李频这人真是不可小觑，能够看出他心中所想，绝不透露口风，怎样劝说都不行。他也因此微微乱了分寸，说了几句狠话。其实两个月来，他虽然偶尔会打听一番，但连他自己都不清楚找出背后那个男人后要做些什么。

后来他得出结论，这人或许是个有名望的老头，如果是这样子，那就没办法了，直到不久前他看到聂云竹的一些表现。

聂云竹女扮男装，气质扮得还是很像的，一副风度翩翩的公子形象。然后她在人群中发现了要找的那人，先是在远处的一侧探头看了好几眼，随后走到那人身后，似乎想要打招呼，但又在犹豫，等待那人回头发现她。这期间，顾燕桢从侧面看见了聂云竹的表情：时而挣扎，时而不悦，有时会露出一个笑容，有时举起手要打过去，但又停了下来，皱起眉头，为着前方那人的发呆而微微气恼，表情变幻间，一身的男子气质已然去尽，偶尔叹口气，偶尔摊手，露出无奈的小女儿神态……这些神情，他从未在对方的身上见过，以往在金风阁，他看过她与周围环境格格不入地蹙眉，看过她矜持中充满书卷气息的微笑，但眼下的这些表情……

男子始终未回头，没有看见身后女子复杂而可爱的表情和举动，直到聂云竹终于无奈地举起折扇打在对方的肩膀上，换上一副故作正经的笑容，随后两人一路谈笑，去那登记的桌旁献花——献花竟然只有区区两朵——再到离开……顾燕桢难以说清楚心中是什么感觉，只是面无表情地看完了这一切，过了好久才一拳砸在旁边的楼房柱子上，然后哈的一声笑了出来。

宁毅与聂云竹走到文墨楼下方才分开，上方，小婵正趴在窗台上看着，随后朝他用力地挥手。

"姑爷，跟你走在一起的那位黑衣公子是谁啊？"

宁毅去到楼上时，苏文定等人已经离开了，李频和小婵还在等他，小婵好奇地问道。他笑着道："一个女扮男装的家伙，看她长得漂亮，因此调戏一番。"

"姑爷真坏！"小婵将一块点心放进嘴里，笑得灿烂，对这话明显不信。不久之后，三人走下文墨楼，去人群中继续看接下来的表演。

人群中不时能看见那宋宪、陈勇的身影以及跟随着的武烈军亲卫，宁毅留了一份心思，等待着有可能出现的变故发生……

宁毅第二天早上跑步回来时，和煦的阳光已经自东方照过来。最近几天不太热，但都是好天气，感觉还不错。

昨晚的花魁大赛，宁毅原本料想可能发生的刺杀并没有出现，先前瞥见的那道目光想来是错觉。他与小婵在各座舞台间辗转看看歌舞，然后便回了家，一夜无事。早晨出去跑步时，他倒听聂云竹说起昨天晚上的事情。

"昨晚与锦儿在舞台后方看见立恒了，当时立恒站在靠前面一点儿的地方，手上拿了块大饼在吃。锦儿笑死了，说这样子不顾形象，哪里像是什么第一才子嘛。她出去跳舞的时候，你还在吃饼子，回来她笑着说，若在金风阁中，她舞蹈之时有位才子在座位上啃煎饼，一定会很有趣……"

宁毅这才记起昨晚元锦儿表演排得太晚，他那时候肚子饿了，的确是拿着一块煎饼一边啃一边看完全程的。

"不过锦儿这丫头古灵精怪，昨日既然认识你了，今晚若再被她看见，说不定会出来找你捣乱，立恒你可得忍耐一下……"

他跑完步回到家时，苏檀儿已经洗漱完毕，正在等他吃早餐："方才文方、文定来了，说是感谢相公昨日帮忙，不过这时有约，便又早早地跑掉了，真是一点儿诚意也无……"

苏檀儿一边说一边笑，宁毅摇了摇头："只是遇上，没帮什么。"

"相公又在谦虚了。方才娟儿、杏儿出去时都听见那些仆役在议论，说相公昨晚不战而屈人之兵，只是在旁边坐了一下，那陈季问便不敢下笔写诗词，先前高调，结果弄到气焰全无。嘻，可惜妾身昨晚不在，没能看到……"

"怎么传得这么快……"

苏檀儿笑着："还有方才文方、文定说，相公的一句话，就让那唐姑娘进了花魁赛前十六……"

后面这个确实算一件比较神奇的事了，宁毅摸了摸鼻子："这可跟我没关系。"

老实说，有没有关系那很难说。昨晚的花魁赛中，那唐静不是什么热门，如今名气不算大，远远比不上绮兰、陆采采这等人的长袖善舞，舞蹈和样貌虽也不错，但是带了些忐忑和青涩，进了前十六，于是一片讶然。随后有关宁毅在文墨楼头震慑陈季问，宁毅、李频两人赞她舞蹈跳得"很漂亮"的事情才有一部分人议论起来。虽然此事在这之前不知道已经传了多广，但这时候更是被传得神乎其神，说旁的才子写了多少多少诗作，这宁毅竟只用了五个字——"跳得很漂亮"；又传他的一句"贵乎一片真心"就能让旁人再无法批评一首差诗。随后也有人说起，据说就是听了宁毅这句"跳得很漂亮"，濮阳家的少爷濮阳逸竟顺手给那唐静加了五百朵花，这才将她送入前十六名。

三千人虽然不多，宣扬的也只有一部分，但这位唐静唐姑娘进入前十六名的理由，成了今年花魁赛第一夜中最具故事性的一件事，起承转合一样不差。宁毅一时间也有些无奈。

白日里宁毅依旧上课，江宁依然喧嚣，到得傍晚再与小婵去白鹭洲附近时，会场中的布置却已然改了。

昨晚的舞台一共有五座，进去的人看表演也没什么组织，但今晚已经正式起来。这时候才能够看出选址的巧妙，一座大舞台布置在江岸附近，前方大半是缓缓往上的山坡，舞台前方布置了众多座位，一侧江面上的楼船和不远处的小楼也都是布置好的观看点。舞台后方，大大小小的帐篷作为背景分布在空地上，那是各楼各人准备的地方。

一共十六位姑娘，今晚每人会表演两场。周围的观看席上，靠前的地方其实也划分出了一片片区域。观看位置最佳的一艘楼船是专门给达官显贵的地方，十六家青楼也各自圈了些位置给支持者们，这些位置多半比较好。楼船、另一边的小楼、舞台前方的空地，大多准备了宴席，就算没有布置桌子，也会安排一些姑娘提着美味的点心游走伺候着。

宁毅与小婵买的只是最普通的一朵花，只能坐坐中间或者后边的席位，好在问题不大，反正小婵怀里揣了不少点心。不过，当两人找了个视野稍好一点儿的散座坐下之后，才发现问题没这么简单。

先是苏文定、苏文方与唐静一群人朝这边过来，唐静向宁毅道了谢，然后那楼中的妈妈开始邀请宁毅到前方就座。宁毅拒绝之后，一名之前认识的才子也经过这边："宁兄何不去前排就座？"不久之后，濮阳逸也过来了，坐在一旁笑着与他交谈了一阵，这次倒没有说什么邀请的话，只是确定了宁毅想要安心看戏之后便离开了。

随后李频也发现了他，过来说了些话。

李频这次是坐过去为陆采采助威的，不过他也知宁毅的性格，一旦坐过去，便会有诸多应酬，自也不规劝。

总之，前方那些座位上的大多是有些名气之人，偶尔也能看见有人伸手指向宁毅这边，倒是不多，估计又谈到了昨晚唐静的事情。偶尔有人过来时，小婵坐在旁边一言不发地看着，拼命吃零食，像只馋嘴的老鼠，后来才问："姑爷为什么不去前面呢？"

"你想去前面？"

"没有。"她甜甜一笑道，"小婵觉得这里就好了。"

小婵对这种比试比宁毅要清楚，闲暇时跟宁毅说起她之前跟小姐过来玩时的比赛盛况和一些有趣的事情。这期间宁毅又看到了那个元锦儿，她应该是在表演之前出来拜谢那些支持者，就在前方徘徊，偶尔也朝这边眺望一下……理论上来说，她与宁毅还没有在正式场合被引荐过，不算"认识"，自然不会过来。元锦儿回去之后不久，宁毅就望见聂云竹的身影自那边的阴影中探出头来，元锦儿笑着往这边指，然后又笑着将聂云竹拉回去。

"宁公子。"正式比赛开始前的最后时刻，过来的也是一名熟人，是跟在康贤身边的陆阿贵，打过招呼之后，他指了指某个方向的一艘画舫，"老爷在那边，看见宁公子与小婵姑娘在这里似有些不胜其扰，若没有必要的应酬，公子不妨去那船上观看。那船乃是公主府的产业，二楼皆是些闲散之人，最是随意，位置也不错。"

宁毅朝那边看看，画舫的位置的确好，二楼也真没多少人。他看了看小婵，随后笑着点点头。两人随着陆阿贵一路上到画舫二楼，人果然不多，聚在这里的都是些年轻人，一些丫鬟下人在忙碌。陆阿贵将他与小婵安排在一扇窗前，旁边的茶几上摆着各种果品，相对于下方的拥挤，上面显得有些空旷冷清。陆阿贵笑道："若有好友，也可邀上来坐坐，地方还大。有何需要，宁公子随意吩咐下人便可。对了，老爷在那边。"

康贤也有应酬,此时人在那艘达官显贵聚集的主船上,中间隔了一艘画舫,陆阿贵说话时,那边正望过来,笑着点头示意。

与宁毅、小婵为邻,一侧的窗口坐了两名身份未知的男子,看见宁毅与小婵上来坐下,抱拳拱手朝宁毅笑笑,随后朝陆阿贵说了些什么,大概是询问宁毅的身份。小婵偶尔看看他们,过得片刻搬着她那把椅子靠到宁毅身边来,这才安心地准备看表演。

而在宁毅那一侧,相邻的则是一对姐弟。姐姐的年纪应该比小婵还小,十三四岁,却是相当正经的小大人模样。她原本扭头打量着宁毅这边,宁毅望过去时,她便自然而然地转过了目光看着舞台。不过,当宁毅转过目光时,她的目光便又偏了过来,就好像她原本有些好奇地打算看五秒钟,只看了四秒钟,被宁毅发现就转回头,这时候还得光明正大地补足一秒一般。姐弟中的弟弟十一二岁,坐在那儿好奇地左瞧瞧右瞧瞧,歌舞开始时,他拖着椅子靠了过来,像是要跟宁毅说秘密。

"哎,你就是那个宁毅宁立恒吗?写《水调歌头》和《青玉案》的宁立恒?我有几个问题要考你哦,如果你答出来了……"

"不是。"

"呀?"小男孩微微一愣。

宁毅神秘地低下头,手背掩在嘴边小声地告诉他:"我不是宁立恒。"

"哦。"

小男孩愣了半晌,悻悻地拖了椅子回到姐姐身边,然后大概是报告结果,那姐姐低头开口,隐约是在说:"他骗你的……"后面的便不知道了。

一如陆阿贵所说,这上面没有什么人来打搅,下方气氛热烈,偶尔呼声如雷,宁毅与小婵一边吃东西一边看。表演的空隙便会爆出某某人为某某姑娘献了多少花,也有才子作了佳作,经一些名人看过之后,便被念出来,以壮声势。楼船上的达官显贵们其实也有支持的女子,偶尔能看见姑娘表演完了上去答谢的画面。江宁一带的主要官员,包括陈勇、宋宪等人都在上面,不过宁毅此时没了昨晚那样的心思,自是安心看戏。

几场表演完后,小婵去到旁边拿来一副围棋,在那放果品的小桌上摆开,在下方的光芒变幻中,在窗口边与宁毅下着五子棋,气氛安逸闲适,轻松有趣。过得一阵,旁边那小男孩又拖着椅子过来了,托着下巴在桌边安静地看棋,好一会儿才说道:"围棋不是这么下的啊……"

也是在这段时间里,一名女子走到这艘画舫下方的人群中,仰起头朝主画舫上遥望了片刻,然后消失在人群中。

夜色下的河畔聚满了人，喜庆祥和的气氛还在随着夜色的加深、歌舞的进行不断攀升。

表演进行了大半之后，康贤才从主楼船上下来，一路回到自家的船上，与一楼一些人打过招呼，随后上楼，又跟遇上的小辈寒暄了几句，望向画舫一侧时，才发现情况有些古怪——

竟然有两对人在窗边一面看表演一面下棋。

"说来真是奇怪，为何每次见到，最为悠闲的总是你这年纪轻轻的小子，实在让人生气。下方众位姑娘卖力表演，你在此分心二用，不怕被人看见，骂你白瞎了这等好位子吗？"每次见到宁毅，康贤少不了要调侃几句，待看见那棋盘时，他才疑惑地道，"咦，这局棋真怪……"

康贤偏过头看看另一边的窗户前，两姐弟身前的棋局同样古怪。姐姐一脸不爽地蹙着眉头，拿着棋子似在算计，弟弟则眉飞色舞的样子："姐姐，你要是不堵这里的话，可就要输了哦。"

这样的局面康贤还是第一次见到，待宁毅笑着跟他说了五子棋的规则后他才恍然大悟："你倒是总能找些这样的东西来玩。"他过去看情况时，姐姐已经输了，见到康贤，一个叫"姑爷爷"，一个称"驸马爷爷"，随后康贤便笑着为双方介绍。

"看来都已经认识了。这便是你们常常问起的宁毅，宁立恒……立恒，这两位乃是家中小辈，姐姐小佩，弟弟叫君武，一个十三岁，一个十一岁。小佩可是家中有名的才女，早就看你不服气喽。"

康贤介绍得愉快，那边两个孩子则黑着脸，特别是姐姐，偏过头，颇为不悦。弟弟告状道："姑爷爷，他刚才骗我说他不是宁立恒。"

康贤微感愕然，待到他俩说了来龙去脉，才笑道："你这孩子一来便要考人，自是没好结果，以后要记得教训……立恒也是，整日里当孩子王，倒尽想着如何消遣孩子了……呃，小佩、君武，此时还有问题要问吗，保证让他答你。"

那名叫小佩的姐姐扭头道："哼，怕人考他，自是没真学问才心虚，我已有结论，不问也罢！"她说着走到一边去收棋子。君武随后也笑了笑："那我也不问了，我与姐姐下棋去。"以往下围棋，他与姐姐对上都是有输无赢，此时学会这五子棋后竟连赢几局，颇为高兴，对宁毅的恶感反而不重，而那小佩对宁毅的不爽估计有一半来自五子棋。不过她也顽强，此时继续与弟弟下起五子棋来，想要融会贯通后在这上面直接扳回局面。

之前有人过来说话时，小婵就已经从座位上起来了，康贤笑着在那椅子上坐下，看着那五子棋的残局，随意落下一子，笑道："说起来倒也有趣，小婵叫你姑爷，他们得叫我姑爷爷，以前有人叫我驸马爷，现在叫驸马爷爷，呵呵，这辈分之事，竟是加一个字便长一辈……"

随后康贤想起一事，向那边的两个孩子示意了一下，放低了声音："康王周雍家的两个孩子，平日里对你可都是赞不绝口，早想见见你了。佩儿确是周氏才女，通诗词文墨，诸多技艺一学便精，最厉害的却是书、数。去年家中盘账，小丫头没事拿个账本，不用算盘竟将其中数字全部算出，毫无错处。弟弟君武资质稍微平庸，因为有个厉害的姐姐，平日里老被支使来支使去，呵呵，颇为有趣……"

宁毅回望过去，名叫周佩的女孩子正对着这边，紧蹙眉头想棋着，注意到宁毅的目光，忍不住瞪了他一眼，宁毅笑道："看来他找到了唯一能比过姐姐的游戏。"

下方的表演继续着，康贤自然不可能一直在这里与几个小辈交谈，下了那半局残棋，大概弄懂五子棋是什么之后便离开了。随后宁毅与小婵看着表演，旁边的姐弟俩一直下着五子棋。说来也怪，那名叫周佩的女孩前几局下不过也不说换成围棋或者干脆不下，而是一直下，到最后似乎稍稍扳回了局势。

一晚上的表演圆圆满满地结束了，随后主办方声势浩大地宣布了四大行首的名单，分别是前一届的花魁冯小静、濮阳家支持的绮兰、金凤阁的元锦儿、名叫骆渺渺的新秀，去年作为四大行首之一的陆采采却落榜了。

宁毅就是来看表演的，名次之类的事情与他无关。总之，这场表演看得还算舒心，今晚的一切也都顺顺利利。随后开始散场，有的人还在应酬，拉关系，更多的人则是朝出口那边走去。宁毅与小婵下船之后，门口那边似乎发生了一些小混乱。听旁人说，大概是那边一群支持陆采采的人心中不悦，与其他人发生了口角，产生了小规模的斗殴。

这类事情并不稀奇，大大小小几乎每年都有，问题不大，维持秩序的兵丁们早已赶过去，想来不久便会平息。主楼船那边，诸多达官显贵还在聊天。其实今晚这场狂欢对许多人来说还没完，还有之后的宴会要赴。康贤也正在那边与人道别，宁毅与小婵过去时，他笑着让两人不用忙着走："我那船也是要回去的，待会儿一道走也无妨，你们俩没驾车来，若是走回去，怕是会有些累。"

远远近近人群聚散，灯火开始从道路上往江宁城那边绵延过去，片刻之后，这边人渐少，这时，又有一场意外出现在宁毅的视线中。或许是因为天气有些热，舞台后方的一顶大帐篷里想是有人碰倒了烛火，将帐篷以及周围的物品被点燃了，大火熊熊燃烧。

各家青楼的人自那边跑出来，好在这一片人已经不多了，留下的大多是还在应酬的名士、官员、显贵、这帮人的跟班以及士兵和极少数未走的观众，不至于发生什么踩踏事件。有人在吩咐："快去救火——"许多人便朝那边跑过去。宁毅想起聂云竹,让小婵留在这边一阵子,随后跟着过去,途中遇上聂云竹朝这边赶过来。至于元锦儿,她是四大行首之一,还要去庆功,此时在另一边被一大群人簇拥着,不过没什么事。

"那是飘香院的大帐篷,与我们隔得远呢,就是一开始听说走水了有些吓人。不过其实没烧到人,都跑出来了,只是帐篷那么大,现在想要把火灭掉可不容易……"

远河滩边的火势看起来惊人,主要因为那顶帐篷大,周围的物品也多,但其实不可能波及太远,这时候就是看一群人英勇救火的盛况而已。宁毅一路返回山坡上,找到小婵,悠闲地回头看戏。今晚一切正常,这火焰造不成什么影响,这时两人就等着回去了。

他站在那儿如此想着,正要打个哈欠,一阵凉风朝这边扑过来时,一个念头却陡然从他的脑海里闪了过去,让他愣了半响。

宁毅望向下方的火场,又望向这边的众人,寻找着目标,有些线索在脑海里被串了起来。没错了……方才火焰烧起来的时候,武烈军的指挥使陈勇叫着:"你们去救火……"他叫的不仅仅是维持秩序的衙役,还有一部分亲卫,他们此时正活跃在那火场周围……

陈勇之所以叫他们去,是因为外面的人群正在离开,加上那场意外的斗殴,衙门的布置一时半会儿跟不上,此时在这边的士兵不多……

"那是飘香院的大帐篷……"云竹是这样说的。飘香院,这武烈军的陈勇,先前支持的正是飘香院的头牌姑娘,此时那姑娘……宁毅扭头望去,那飘香院的头牌正站在陈勇的身边。所以他才会叫亲卫过去……

宁毅找不到宋宪,宋宪大概有事,人群散去时就准备离开去处理事情。然后起了火,陈勇吩咐亲卫救火,宋宪留下了自己的一部分亲卫,此时已经离开了……

大风吹过来,远处河滩上风助火势,将那光焰陡然拔高。宁毅的脸色忽明忽暗。昨晚在人群中的时候,他考虑过诸多计划,如果自己要杀掉宋宪,应该如何动手。只是昨晚的格局与现在不同,今天晚上他没有想过这些事,但现在想来,如果自己要杀掉宋宪,如果这两场小小的意外不是巧合……

片刻后,他拉起小婵的手,走向不远处的康贤。小婵满脸通红:"姑姑姑姑姑姑、姑爷……"

"康老,你可有马车备在这边?"

"立恒有事?"

"想起有件急事,怕是要跟小婵先回去。"

"好。"康贤也不多说,点了点头,"我让阿贵带你们过去。"

不久之后,插有驸马府标志的马车出了会场,转上大道。虽然道路两旁回江宁的行人众多，但官道中央还是留出空来，让马车可以以中等速度前行。宁毅偶尔挥下一鞭，不时望向道路那头的江宁城。这一群散会的人，前端已经接近城门了……

两辆插有武烈军标识的马车驶入江宁城，一路穿行。

此时，白鹭洲那边的比试结束不久，绝大部分人还未回江宁。时间也不早了，若是留在江宁的人，该睡的都已经睡了。两辆马车穿过城市大大小小的街道，一路往另一端的城门驶去，将或明或暗的道路迅速抛在后方。大约行至一半，到了一段相对开阔却安静的道路上，两旁的店铺都已经关了门，外面只留下各种架子、垃圾、招牌，有的房间里透出灯光，街角挂了几盏光芒幽暗的灯笼，挥鞭的声音响起后的一瞬间，前方马车的御者厉喝道："什么人？！"

宋宪喊出的瞬间，剑光已经随着疾冲的人影从黑暗中闪了出来。然而，仅仅是一点亮光，他看不清那剑光经过了什么地方，只听到啪啪啪三声响，同时有人从他身边擦过。那道身影似是在前方的奔马身上借了一下力，第二下踩上车辕，已经掠过他的身边，然后，前方那匹奔马飞了起来，马车的车轮离开地面，开始倾斜。第三下踏在倾斜的车厢上，人随之远去。

马匹长嘶。

宋宪哗地拉开车帘，火光映入眼帘，收缩的瞳孔中映出前方的景象。这一瞬间，前方那辆马车轮轴飞舞，已经在半空中倾斜，其中一匹奔马四蹄翻飞。剑光从前方划过这畜生的侧身，延伸过那名驾驭马车的士兵，随即便是血光冲天。因为高速奔行，看来车子就像是迎面扑来一般。最前方的是那已经在倾斜的车体上借力的黑色身影，那身影在空中不断放大，双手握剑，已经做出了全力挥砍的姿态，在马车疾驰间，瞬间跃过二十余米的距离！

宋宪身边的御者已经全力拉出刀，然而还没能摆出适合阻挡的姿态，金属就相触了，火星一闪，刀霎时间被压回他的胸口。

轰然巨响发出的同时，人影如同炮弹般贯穿了马车，半间车厢碎裂，在长街上飞舞。两道身影滚落地面，迅速拉远了与马车的距离。其中一道明显是女子的身影翻滚了好几周之后直接站了起来，提着兵刃举步前行。另一道人影已经被巨大的冲击力撞得完全不成人形，骨折肉碎，被她远远地留在了道路上，浓稠的鲜血朝周围漫延开去。

两辆马车还在奔行，然而马已经惊了，最前方的马车的一匹马甚至半个躯体都被斩开，另一匹马也受到波及，不停地翻滚，只是依靠着巨大的惯性，倒下的车厢还在长街上往前方推进，轰隆隆地推翻了白日里小贩用来做生意的各种小摊、木架与残留的垃圾。马车的轮轴从中断开，一个木轮直接飞向后方，跟那车辕狠狠地撞在一起。马车还在惯性下疾驰，但也在不断分解散架。当两辆马车最终停下来时，留下的是长街上近百米的一片狼藉。

解体的马车车厢、车底、车轴、车轮，街道上原本就有的各种木架、杂物，地面上的鲜血痕迹，菜叶之类的垃圾，死去的奔马，马匹和人体的内脏，试图从地上爬起来的伤得或轻或重的人……

风从长街那头吹过来，穿一身黑色衣服的女子轻垂剑锋，信步而行。现在是夏天，夜风佛动衣袂，她的身材和普通女子一般婀娜单薄，丝毫看不出她方才几乎是一击之下就轰碎两辆马车的那种刚猛劲。她以黑巾蒙面，黑巾上方望着宋宪的目光冰冷至极。片刻后，她用手指轻轻弹了弹剑身，那把剑便长吟一声，微微颤动着。

前方，宋宪手持长刀站了起来。他毕竟功夫高，没怎么受伤，此时只是望着这个女子，偏了偏头。

"宋宪，我上次说过了。"夜色下，女子嗓音冷漠。附近一名丢了兵器的受伤亲卫操起一根木棒啊地就冲了过来，剑锋舞动，发出的声音犹如飞快地撕裂布帛，血线交错飞起。女子就那样走过来。

"我一定会杀了你的！"

"陆——红——提——"

长街上，宋宪沉声暴喝，然后，火花迸射，随着猛烈的金铁交击声在街道上亮起……

一路高速奔行，回到苏家侧门花的时间并不多。随着宁毅下了车，小婵一脸迷惘："姑爷，怎么了啊？"

"小婵你先回去，我还有些事情。"

"呃……"

宁毅说完话，转身要走，小婵陡然拉住他的衣服："姑、姑爷，什么事啊？"

对宁毅要支开她的事情，小婵明显有些慌乱。宁毅回头犹豫了一下，随后还是拍拍她的肩膀："放心，没事的……听话，我很快回来……"

"可是、可是……"

宁毅走向马车，小婵在那儿焦急了一阵，不知道该说什么好。她苦恼地朝门口走了几步，待到跨过门槛，门房大叔从里边走出来："啊，小婵姑娘啊，你跟姑爷回来了吗？呃，姑爷呢？"

门房朝外面看了看，马车已经缓缓起步。

"姑爷他、姑爷他……我也不知道……"她脑海中理不清头绪，想起前几天小姐说的一些话。姑爷他抛开我去见哪个狐媚子了啦……然而这也只是一时的混乱想法，她自不可能跟门房这样说。

"姑爷……"

小丫头一转身,又从门口跑了出去。侧门外的道路前方,马车已经开始加速了。小婵捏了捏拳头,拉起裙裾朝那边追了过去。前方路口,马车陡然放慢速度,随后停了下来。

一队人马自丁字形的路口那边出现,飞快地奔跑过宁毅前方的路口——是武烈军的十多名亲卫——急匆匆地往另一端赶。

"他们怎么会这么快?"

宁毅坐在马车上喃喃地念了一句,随后拨转马头,朝那十余人马奔行的方向追过去。

小婵也看见了路口那边奔行而过的十余骑,然后便见到姑爷驾着马车跟了上去。她追到路口,脸上的神情复杂而焦急,心中隐隐泛起古怪的感觉。宁毅的马车一路疾驰,消失在了路口。

"姑爷去干什么啊?"

细想一下,她便否定了姑爷这时候跑去见某个青楼女子的想法。姑爷不是这样的人,就算真要见,也不会像现在这么急。可是对这突如其来的变故,她也实在想不通是为什么。今天为了去看表演而精心打扮过的少女情绪低落地回到府门前,抱着双膝坐在了台阶上,偶尔扭头看看道路一端,希望姑爷的马车又从那边折回来。当门房在后面唤她时,她才又站起来,正准备转身,一束烟花在夜空中亮起。

那烟花升起的地方不算非常远,但也不是什么庆祝的烟火,那烟火的含义她隐约明白一些,这时下意识地往前走了一步,仰着头望向那边,门房也走了过来。几秒钟后,少女喃喃地说道:"炳叔,那是……出什么事了?"

"喔,好像是军队缉拿凶徒的烟火令箭,怕是又有什么盗贼趁今晚做事了吧……缺德哦……"

"呀啊啊啊啊啊啊啊啊——"

刀风呼啸,金铁交击的声音犹如雨打蕉叶,响彻长街,密集而纷乱。这个夜里,这条长街周围遭了殃,有的店铺的门被马车的碎片砸开,也有一些房间有人居住,先是点了灯,随后又赶快灭了。下方的街道上,人影追逐打斗犹如一场混乱的舞蹈,金铁交击在空中拉出一道道惊人的火花,有时轰然一声巨响过后,一具人体就被打入街道上的杂物堆中,再也动弹不得,鲜血流淌成片。道路上早已躺了几具尸体,持刀的悍勇男子歇斯底里地大喊,将刀光挥舞得像是一张网,在迎面而来的巨大压力下努力求生。

他的武功在江湖中原本也算一流,但那女子的剑法实在太过厉害,迅捷之中不失刚猛，犹如夏日的大风雷雨迎面扑来。他竭尽全力抵挡仍旧左支右绌，眼前火星乱绽。那女子时而使出一招力度极大的剑法，好似风雷呼啸，将他全力击出的长刀硬生生地砸开。

而女子时而单手持剑，时而双手劈砍，动作变换迅速而自然，令人眼花缭乱。有时候长刀才被砸开，女子的左掌已经啪地从刀光的空隙中推到眼前，轰他的面门，刺他的双眼或者猛然抠向喉结。皓腕白皙，五指挥动如同舞蹈，让人难以想象这竟是狠毒致命的攻击。男子狼狈地侧身避开，剑光再度刺来，他挥刀一档，女子的足尖点动地上碎裂的竹竿，于无声之中刺向他的腰肋，犹如一条潜伏已久的眼镜蛇。这女子竟能随时以身边的各种物体作为武器，让人感觉面对的是三四个人，而并非区区一名对手。

两辆马车中的亲卫本就只有几名，此时已然死的死伤的伤，有伤得轻的冲过来介入两人的战局，下一刻就像是被绞肉机绞过一般被轰飞了出去。宋宪边打边退，然而那女子如影随形，他竟完全无法摆脱。他身上的伤口还在不断增加，在战斗发生后不久就以惊人的速度将他的生命力逼到了极限，但他也只能在不断的呐喊中持续挥刀。某一刻，他抓起旁边一张烂掉的木桌挥了过去，轰然巨响中，整张桌子碎成木屑，漫天飞舞，斩来的剑光陡然由刚转柔，无声地刺进他的手臂，又抽了出去。

宋宪顾不得伤势，趁着木屑还在飞舞，双腿发力，飞速后退。女子黑色的身影破开那些漫天飞舞的碎屑，跟着逼近，一丝一毫都不肯让步。砰的一下，又是火光暴绽，宋宪的身形带着血被斩飞出去。此时两人已至街角，马蹄轰鸣，很快跟了上来，庞大的身躯将两人的身形淹没。

砰砰，砰，砰。

马蹄翻飞，轰然冲了过来，火光在女子原本所在的位置连续亮起，随后一匹奔马长声嘶鸣，撞上了挡在前方的人体，昂然立起，两只前蹄在空中高高举起。在巨大的冲击力下，女子的身影在半空中飞舞，却又仿佛贴在了战马的前颈上，并唰唰舞动了几下，然后才随着战马奔出去——女子竟在那一瞬间单手抓住了战马的缰绳。

十余骑仿佛裹着那女子轰然奔走，转眼间已冲出好远。女子的身影看起来还是被战马撞飞了出去，飞向侧面一匹马上的武烈军亲卫。那人挥出长刀，两道身影融在一起，摔飞向旁边的地面，然而站起来的只有那黑衣女子。她的剑锋上鲜血淋漓，被她抓住的那名骑士已经成为尸体。

另一具尸体此时也落在了后方的道路上，那是一开始驾驭战马撞上女子的骑士。女子抓住缰绳飞在空中时挥出了两剑，一剑割开了他的喉咙，一剑斩开了他的胸口。

两匹没有了主人的战马朝长街那头飞奔着，余下的十多骑将女子围了起来，马

247

上的骑士长刀出鞘，杀气凛然。女子站在那儿，望着已在远处街口的宋宪。

宋宪满身都是大大小小的伤口，但仍然保持着战力，并没有受什么重伤或是致命伤，只是看起来凄凉。他手持长刀，浑身是血，摊开双手。

"最后还是我赢了，陆红提。"他笑了起来，"江湖？你们这些武林人士永远不会明白自己有多狭隘，有点小聪明，就以为自己算无遗策了？我不知道你要杀我吗？就在你绞尽脑汁地想要支开我身边人的时候，我的背后不知道有多少人在出谋划策，准备反过来算计你……"

他顿了顿，昂然抬头："这才是真正的力量！"

马匹嘶鸣，夜风凄厉，长街上，噩梦般的战斗还在继续。

混乱之中划过的剑风斩断了高速奔行的战马的前腿，鲜血在空中喷涌。战马倒下，轰隆隆地在道路上翻滚。当战马翻滚过去时，另一名亲卫的面门上，鲜血与碎肉同时朝后方飞去，其余人奋勇冲上，却是胸口连同钢刀一齐被斩裂。

女子的身影高速奔突，五六名亲卫交错阻拦，竟完全挡不住她的前进，那把古拙的长剑在交错的锋芒间不断寻找空隙，唰唰唰地带出血线，随着惨叫声劈头盖脸地朝前方扬过去。黑夜中，女子已经浑身是血，然而在这段时间里，她已然挟着巨大的压迫感将想要奔逃的宋宪逼往道路的尽头。

双方的速度在长街上都快得惊人，想要阻挡女子追杀的亲卫们从四面八方冲上来，宋宪也正拔腿奔逃。一名亲卫陡然从前方插入，试图阻止女子的追赶，下一刻，剑光自他的左肩朝右腹轰然拉下，他的身体便如炮弹般飞了出去，鲜血喷出，如巨大的花朵绽开。

从两侧袭来的刀光唰地撕裂了空气，女子一个矮身，在左侧那人的大腿上哗地带出一道血线，跟着一个旋转站起，抓住左侧那人的后脑勺，将他的脑袋砸向右方来人的面门，顺手抄起一把钢刀朝前方扔去。

宋宪此时已经奔到几米之外，伸手抓向一匹冲来的战马的缰绳。旋转的钢刀划过他的腰肋，噗地嵌入奔马的小腿，血光之中，人与马的身体几乎是同时朝前方滚出。后方打斗纷乱，宋宪刚从地上爬起来，视野当中，女子的身影又已挟着浓郁的血光逼近了。

"你这个疯子——"

砰。

火光暴绽，宋宪的身形再度被劈飞出去，后背直接撞到了墙角。周围的亲卫没能阻止那女子哪怕一秒，他才抬起头，那把古拙的长剑已经朝着他的脑袋斜劈而来。宋宪头一偏，剑锋从墙壁里噗地卷出大量土石。心有余悸的感觉还未来得及升起来，宋宪的目光中，女子的右拳轰然放大。

砰的一下，脑袋里震动起来，后脑勺砸在后方的墙壁上，视线颤动，鲜血飞出，时间仿佛变慢了，那些冲上来的身影、打斗的声音在这颤抖的血色画面里都变得异常遥远。女子转过身，一剑劈开了扑上来的亲卫，他下意识地举刀，然而那女子又立刻转了回来。

手臂挥了出去，但本该斩上女子的身体的刀却并没有出现，断腕中喷射着鲜血，握着刀的那截手臂在天空中飞舞，朝后方的亲卫们砸过去。女子右手的手肘仿佛挟着整具身体的力量轰向他的面门，在黑暗中不断放大。

砰嗡嗡嗡嗡——

宋宪不知道发生了什么，随后，第三下冲击再度袭来，背后阻挡他的墙壁在意识里消失了，他飞了起来……

马车停在道路这一段的拐角上，宁毅过来不久，此时正站在树下的阴影里望着长街尽头那一幕。

他并没有看见整个打斗的过程，不过长街上的一片狼藉已然能说明所有的问题：两辆马车的残骸、一具具尸体、满地的鲜血、战马被劈断了腿倒在地上挣扎哀鸣……这样的战斗痕迹在整条长街上到处都是，而最为惊人的，还是最后这一段的战斗景象。

宋宪原本也加入了战斗，然而那女子给人的压力实在太过惊人，当宁毅过来时，他已经准备逃跑了，但是跑不掉。战马大多受了伤，选择了步战的亲卫们几乎是全力阻挡那女子的追杀，战场以惊人的高速朝那边延伸过去，但是依然挡不住来人。女子的攻击中，鲜血的飞舞几乎就没有停止过，亲卫轻伤的重伤的都有……他们从周围冲上来，再被甩出去，直到宋宪在长街的尽头被追上。

轰、轰、轰，连续三下，然后长街那头的整堵墙壁轰然倒塌……一块砖石飞舞过来，狠狠砸在一个人的头上，变成粉末，而战斗还在继续……

"就是这样、就是这样……"

黑暗之中，宁毅喃喃地说着话，随后调整呼吸，长长地舒了一口气。

"这才是我要的……"

有了这片刻的观战，他已经不用再看下去了，过来支援的兵丁或许也快要赶到。宁毅转过身朝马车走去，随后望了望不远处的一匹马。那马儿孤零零地站在光明与黑暗的交界处，马上的骑士已经死了，但鲜血还淌下来。宁毅走过去往他怀里摸了摸，拿出一支放烟火的竹筒收入怀里，随后看看四周。长街那边或许有零散的住户，这边却没有，应该不会有人看到他。随后宁毅回到马车上，悄然转身离去。

"这是最后的斗争，团结起来到明天，英特纳雄奈尔，就一定——要实现——"

手指在马车上轻而急促地敲打着，脑海中推算着附近的街道、可能会有的追杀布局，他口中随意地哼着想起来的歌。火光明明灭灭地照在他的脸上，此时那里浮现出来的，是与平日绝不相同的笑容，谦和的表象之中带着难以形容的野性。

机会能有多少不知道，变故毕竟太多了，甚至反而会引来一些麻烦也不一定，但这时他已经确定了，他想要那样东西，想要得到它……

不努力一下的话，今晚他怕是要睡不着觉了。

第十三章
蹚浑水冒险救刺客　求不得屡次放冷箭

烟火在城市的街道中升腾起来，伴随着急促的锣声。

这是一个混乱的夜晚。

当从白鹭洲回来的人群逐渐进入江宁城的时候，这边的混乱已经影响了小半座城池。赶来的武烈军人、官府衙役在忙着追赶那在城市间奔突的女刺客，其间发生了几次交手，又是死伤数人。回城的居民们朝着这边扩散的时候，女刺客大概是想要朝人潮那边奔逃的，然而原本跟随着陈勇的那批武烈军精锐包抄了上来，逼得她只得去往相对安静的城池另一边。

那女子应该已经受了很重的伤，但战斗力依然强悍，如果不是自我感觉良好的家伙，基本不敢与她动手，一般的衙役也就是敲锣打鼓地追。追捕的人毕竟多，女子左冲右突，始终无法完全隐匿行迹。

今天晚上与上元那晚不同，这边城区的街道上此时已经没有多少人了，那女子今晚也是过分执拗，不像元夕那晚，受了伤便走。她在那样的情况下豁出去干掉宋宪，本身受伤也重，这里又很难找出理想的躲藏点。武朝并无宵禁，虽然大部分人看见那烟火，听见锣鼓声便闭门不出，但夜晚还是有些许闲人游荡，宁毅驾着马车游荡在局势的边缘，反倒占了优势，偶尔遇见兵丁衙役，或是说上几句，或是匆匆离去，对方并不理会他。

宁毅一路哼着歌在几个街区之间转圈，看着远处的混乱，心中计算着看见的每一拨人可能去往的方向、范围内的大概局势、女子所在的位置与她可能选择的方案。

想要搭上关系非常困难，自己现在如果驾车过去，要与那女子遇上一次非常简单，但没有意义，如果提出想要帮她这种笨方案，最可能的情况是在第一时间就被她宰掉。这些事情不能自己主动，只能找到特定的环境，让对方主动，自己才能有表露意图的余地。

有关人心的计算总是相当复杂，哪怕他仍旧有一支同前生一般的幕僚团队，这时候也不能说有把握。更何况眼下只有自己一个人，只能抱着试一试的心理去做了。城市里有几个街区是比较理想的，不过，在这片刻的时间里，他大概估错了两次女子奔行的方向，还有一次倒是个可以用的机会，可惜也错过了。大概十分钟之后，他才在偶尔传来的打斗声中看见了一个可能性。

马车疾奔，沿着长街绕向城市的西方，到了一条僻静的巷间。急促的锣声从远处传过来，随后是打斗的响动，女子推动着混乱往这边过来了。到得某个时刻，混乱再度消失。宁毅计算着时间，拿出那烟火竹筒，拔掉盖子，一团信号烟花冲天而起，在夜空中非常醒目。随后他一挥马鞭，让马车高速离开这里，去往附近的街区。

理论上来说，那女刺客逃跑的方向暂时已经被限定下来，只要自己能提前赶到那边，就有可能让自己的马车成为一个理想的饵，或许有三成的把握让她上车，然后才会有做点交易的可能……如此奔行出两个街区，前方一队衙役从那边冲来，看见他时，陡然将他拦住了。

糟糕……

如果远处的打斗还在继续，这帮衙役便不至于理会他，但这时候那女子的踪迹暂时消失了，宁毅只好停下车，让对方搜查一番。马车上插着驸马府的旗帜，这帮衙役当然不至于刁难宁毅，大概查过之后立刻放行，还说了几句好话，但时间已经过去了许久。宁毅再往前行时，那女子的位置已然超过了他预想的地方。

意外常常会有，宁毅早就明白，但眼下出现，令他着实觉得有些可惜。烟火筒已经用掉，自己不再有控制女子奔行方向的机会了。不久之后，女子持续往东边移动，宁毅驾车缓缓离开危险的中心区。再往那边去已经没什么意义，就算自己真能救下那女子，可能也避不过武烈军人与衙役的检查，危险与收益极度不配，那他就不该冒险。

真可惜，不知道他还能不能遇上这么厉害的家伙……

他如此想着，一路往苏府的方向行去。后方沉默了许久，当再一次的烟火信号与锣声引起他的注意时，他陡然发现，混乱竟然又被推了回来……

城中偏西方向一处相对僻静的湖岸边，宁毅驾着马车穿过湖岸上的道路。一边是静静的湖水、树木，一边是挂着灯笼的高墙大院，路上他偶尔能看见一两个行人，大概是从赛花会那边回来的。

马车后方，一队武烈军人绕过道路，看样子是朝这边过来，前方的岔道上也有衙役正巡往这边的岔道口。宁毅回忆着不久前那次打斗的位置，在接近道口的路边不动声色地将马车停了下来，随后他走下车，伸了一个懒腰。

黑暗的湖岸边，女子裹着一块黑布，静静地潜伏在树下草丛繁茂的地方，调整着呼吸，尽量保持安静，同时注意不让自己身上的鲜血留下太多痕迹，耐心地等待几队搜寻者过去。

那辆马车在离她藏身处不远的地方停了下来，然后她看见那御者下了车，伸了一个懒腰，朝湖边走去，还哼着古怪而悠闲的调子，低头在草丛中寻找着什么。随后他捧起一块大石头，轻轻地抛了两下，随后"心满意足"地走了回去。

道路一端，武烈军的军人逐渐靠近，另一边的衙役也提着灯笼巡查着湖岸，看来比那些军人要先到一步。砰砰砰的声音响了起来，那书生蹲在马车旁用石头砸着马车的车轮，看来是那儿出了什么问题，当他抛开石头拍拍手站起来时，衙役们也已经靠近了，女子屏住了呼吸。当然，衙役们首先自然是找上了那书生，他们看了看车上的标识，对话声传来。

"这位公子……是驸马府的人？"

"有事？"那书生语气淡然，扭头问道。

"呃……方才城内出事，我等正在缉拿凶徒。公子既非驸马府之人，不知为何会有此车驾？"

看这书生的态度，怕是有些来历，几个衙役保持着恭敬。书生大概是想了想，疑惑地道："凶徒？"

此时那边的几位武烈军人也已经过来了，见到有马车在这边，围了上来，但也有几人仍在朝黑暗的河边张望，保持着警惕。那书生回过头："几位也是吗？"

"武烈军缉拿刺客，公子问的是什么？"为首那名军人沉稳地出声。

"到底出什么事了？"

"方才城内发生刺杀，刺客该是往这边来了，不知这位公子可看见过什么可疑之人？另外公子若不介意，在下等大概要例行搜查一番。"

"呵呵，明白，诸位请便。"那书生摊手示意，然后问，"不知可有谁遇刺？"

"公子这是从何处回来？"

"白鹭洲，花魁赛。在下宁立恒，并非驸马府中人，只是与明公相识，因此借他的车驾先行回城。明公此时应该还在后方，将乘画舫回城。几位职责所在，若有必要……哦，负责给在下车驾的，乃是驸马府中执事陆阿贵，几位可向其询问。"

几名军人自然不可能随口就说出具体发生的事情，因此只问这书生的来历。前前后后检查了一下马车，待听得这位公子说完这番话，他们才变得恭敬起来，为首那军人行了一礼："失礼了。"

衙役中有人说道："宁立恒……莫非是那'明月几时有'的宁立恒？"

这人看来颇有来头，说话间，军人与衙役对他的态度大变，随后那领头的军人稍稍压低了声音道："方才在玄凌街口，有一刺客刺杀了都尉宋宪宋大人，数十人伤亡，刺客武艺高强，下手狠毒，如今大抵是逃到了这一片，公子切记当心，最好还是尽早回府。"

两拨人都有职责在身，说完话之后便朝着一个方向过去了，在那边道口还与巡查过来的另一批人碰了面，朝这边指指点点说了些什么。那书生对着远方的三拨人挥了挥手，随后，夜色中听得他哼了一声："嘿，宋宪……"

然后书生坐上马车，挥动鞭子，让那马车往前方行驶。

马车转过前方的街口，平稳而行，宁毅掀开车帘挂好，看着周围明明灭灭的灯光。从花魁赛上回来的人们陆续从这边经过，有几名衙役朝反方向赶过去，看看马车打开的车帘与车上的标识，便不多理会。

人毕竟多了起来，这时候从花魁赛上归来的人多半还有点小小的背景，脱离了可疑的中心区域还要一一盘查的话，那就太过麻烦了，更何况此时能聚起的人手也不够，能做的事情顶多是严格盘查从城门离开的人。

饵应该是放出去了，有没有效果，得看运气。按照自己的预想，那刺客当时最大的可能是躲在了湖岸附近，不过那附近毕竟也大，他找的是自己觉得最可能的位置。四周寂静，说话的声音传出去的范围要广一点儿，不过鱼吃饵的可能性还是仅有三成。

他不知道自己的车上是否已经有了另一个人，眼下也没办法低头去确认，否则迎来的大概是当头一剑，因此他只是以目光注意了一下马车左右的道路。这一片还有人，如果对方上钩了，应该不至于在这里下车，不过接下来，去往学堂那边的道路就稍稍有些僻静，待到道路两旁没人的时候，他将车速放缓了，决定开口。

"我要说几句话，请壮士勿要太过敏感。宋宪为人狠毒，张扬跋扈，为求上位不择手段，景翰六年秋甚至为占人田产强安罪名，害死人一家老小。此事后来弄得人尽皆知，只是没有证据，谁也动不了他，在下早已闻其恶行，此前来也仰慕豪迈任侠之风，壮士若信得过在下，在下愿助壮士一臂之力……"

方才他四处转悠只是游走于危险的边缘，没什么大事，这句话的出口才真正是一次冒险。当然，配合两次刺杀的一些细节，再加上目前这个局势，他确信风险已经被降到最低。不过，若要有什么效果，自然得建立在刺客上了车这仅有三成可能性的前提上。

道路前后没有行人，这句话说完，宁毅等待着可能出现的回应，然而过了好半响，回应也没有出现。

莫非他算错了？

在布局不能完美的情况下，失败是常有的事情，毕竟从一开始机会就不大。当然，他也不至于因此失去什么。时间一点点过去，宁毅心中生出淡淡的遗憾，他叹了口气，正打算停车望望车底，砰的一下，后方传来闷响。宁毅心中一个激灵，跳下马车取了灯笼就朝那边赶过去。只见那刺客女子身上裹了一块黑布摔在道路上，已然晕了过去。

从一开始杀宋宪反被围住，她豁出力量在那种局势下硬生生地将宋宪干掉，本身已经受了许多伤，宁毅偷偷看时她还表现得强悍，但这一路在城市间奔突，被围追堵截，身体自然也被逼到了极限。忽然间被宁毅说破她的行藏，她或许也打算突然冲出来，但这时候再要聚力，体力已经跟不上了，于是当场晕厥过去。为了一路上不至于有鲜血滴下，这女子用这块布将身体裹了起来，此时还紧紧地拉着。宁毅看了几秒钟，连忙将女子抱起来。

之前出现了几次猜错、意外与变故，但在眼下这一环上，真是完美的变局。

从一开始，能让这女子上车的可能性就不高，而她上车之后，他如何在微妙的局势下取得她的信任，一步步帮忙、铺垫，让她欠下人情，然后考虑谈判……这些事情每一环能完成的概率都在降低，但眼下倒是最理想的结果。简单说点话就想取信于对方，可控性太低了，她如今晕了过去，倒是省了许多事，只要自己先帮她治了伤，做了事，她醒过来后自然会更多地理性考虑现状而减少怀疑猜忌。

这里距离学堂边他租下的小院子已经很近了，转过前方转角便到门口了。宁毅看看周围的情况，随后打开门，抱着那黑衣女子进去。外间是他做实验的地方，里间则有间小储存室，不过目前还没有多少东西，原本就有床和椅子，是以前的人留下的。宁毅将女子放到床上，转身出门，稍微检查了一下有没有什么可疑的痕迹，随后返回来寻找伤药。

一些常用的跌打药物、绷带等，由于考虑到做实验可能受伤，他早就准备了，然后还拿了针线，点亮了一盏瓷瓶制成的简陋酒精灯——由于要配合聂云竹进军饮食业，他做了小型的蒸馏器具，便先把酒精给制了出来。宁毅拿着酒精灯推开里间的房门，才迈进去一步，唰的一下，剑锋已经冷冷地落到了他的颈项上。

这人也醒来得太快了吧……

宁毅拿着酒精灯一动不动，心下暗暗嘀咕着。前方那女子斜倚在墙上，持着剑冷冷地望着他，大概马车上那段话还是起了作用，她看上去倒是没有直接杀人的想法。片刻后，女子问道："你想干什么？"

"伤药。"宁毅举了举右手上的小包裹，缓缓放到前方的小桌子上，伸手打开。"灯。"他说着，随后将酒精灯也放下，举起双手，"帮你治伤。"

"我怎么信你？"

"自己判断。"

女子伸手拿起一个装伤药的小包嗅了嗅，望了宁毅一眼，将其扔到旁边，又打开一个瓷瓶看了看，还是扔到一边。在这个过程中，她终于将手中的剑缓缓放下，片刻后道："这鱼钩用来何用？"

"针，帮你缝合伤口。"

"缝合……伤口？"

"嗯，把伤口缝起来，好得快。"

女子奇怪地望了他一眼："出去。"随后又加了一句，"只能在外间。你若离开，或是耍什么花招，我立即出去杀了你！"

"我烧点热水给你。"

这女人应该自己带有更好的药物，也不好让他来处理那些伤。宁毅点点头退到门外，随后笑着摇了摇头，无论如何，第一步已经搞定了。

"我叫宁毅，字立恒，姑娘你呢？"

于是他保持着谦和，絮絮叨叨地开始和对方套近乎……

"水好了……"

夜色中，城市的各处灯火闪动着，安静得有些荒芜的小院中，宁毅将水盆放到里屋的桌上。

黑衣女子手中拿着一个小药包。她原本倚靠在床边整理伤口，见宁毅进来，便又拉好衣服停了下来，脸上仍旧蒙着面纱，只是身上依旧血迹斑斑。宁毅想了想，从旁边的一个柜子里找了找，拿出一件长袍来。

"这里没放换洗的衣服，只有这件了，是干净的，你的衣服破了，暂时换上，新的衣服明天才能带过来。"

女子冷冷地望了他一眼："你想去哪儿？"

宁毅迟疑了一下，随后举起手笑道："好吧，等你相信我。你先处理身上的伤，我在外面坐坐，多烧些水。"

"你若想走，不管你能跑多快，我保证你出不了这院门。"

"知道了，不会走的。"

宁毅笑了笑，随后又回头从架子上拿下来一个坛子打开，室内立刻满是浓郁的酒气。

"酒,但是度数太高不能喝,你如果要洗伤口,可以用这个。"

其实里面都是酒精。宁毅走出去关上房门。女子微微蹙眉听着脚步声,过得片刻,她在灯光中拉开衣襟。被染红的布条一层层包裹着胸口,有几处地方布条已经断了。从上方的肩膀到下方的小腹,肌肤上全是鲜血,有的凝结成深红色的血痂,配合着伤口,看上去触目惊心。身前的伤痕还算是轻的,背上、手上各有一道恐怕已经伤到了筋骨的伤口,脱下衣物的时候,凝结的血痂再度被撕裂开来,她紧抿双唇忍耐着,好在身上大部分伤口此时没有再流血,竟是自行止住了。

女子拧了拧水盆里的布条,微蹙着眉头开始擦拭身上的血迹。豆点般的灯光、古拙的剑、简陋的房间里擦拭着身体的女子……片刻后,墙壁的另一边,宁毅也在凳子上坐下了,望着房间里的灯火。女子大概能听到他的动作,微微顿了顿,随后继续擦拭伤口,将伤药粉末敷在伤口上。

"这里原本是座废园,一般没什么人来。如果是以前,搜查的时候可能有人会进来,不过我已经租了,问题应该不大。隔壁是豫山书院,再过去有一小片竹林,有一条小河从那边流过,不宽。河对岸靠着两家酒楼扩出一片三角形的居民区,里面的巷子四通八达,官兵想要在那里追到你应该不容易。旁边有长兴街、长业街,再过去的话,道路通往南门……院子的另一边是……"

背靠墙壁,宁毅缓缓地开口,介绍着周围的一切。女子在那边一边静静地上药,一边听着,过得片刻,开口道:"你是道门弟子?"

"嗯?"

"外面那么多炼丹的东西。"

"哦,不是炼丹,我应该是儒家弟子,这些是格物。"

"应该?"

"应该。"

"为什么会知道我在马车下面?"

"感觉……或者说猜的……"

"你与宋宪有仇?"

"没有,听过他的恶名。"

"不尽不实。"

"在下以前曾经见过姑娘。"

那边的人沉默了一会儿:"什么时候?"

"今年元夕,姑娘在朱雀大街上打斗之时,在下正在几十米远的地方看着。后来在酒楼之中,姑娘打扮成丫鬟在那边倒酒。"

"我想起来了。"语音微微沉了下去,墙壁那边,擦拭伤口的女子缓缓停了下来,右臂一挥,啪地抓住了小桌子上的剑柄,轰然往后方刺了过去。噗的一下,土石从墙壁另一端激射而出,那剑锋刺穿了土墙,停在宁毅的脸侧,宁毅笑着偏头看了一眼。

"你是当日那个写诗的书生……为什么跟着我?!"

"今日是你跟上我。"宁毅这句话说出口时,墙壁那边的女子微微愣了愣,"不过你该明白我并无恶意了。"

片刻后,那女子将剑抽了回去,放在桌子上,光芒从长剑刺出的缝隙间微微透了过去。

"但为什么要跟着我?你有何企图?"

"除了因为宋宪……在下想学武艺。"宁毅坦白地说道。墙壁那边的人愣了半晌,似乎为这个答案感到愕然,片刻后,声音缓和了一些:"瞎说。"

"是实话。在下从小心慕武学,早想知道传说中的高深武学到底是什么样子……"

"你颇有才学?"那边的声音打断了他的话。

"呃,这事不好自己说……"

"那日在楼上,大家让你写诗,你一首诗作出来,大家都没有话说……你们这些才子,一向看不起武夫,你也是才子,也有名气,如今说要习武,还高深武学,你们不上战阵,不与人打斗,只是花架子,习来何用?我不信。"

女子淡淡地说着,没有什么情绪在其中,只是在陈述一个事实。宁毅想想,耳听得城外的钟声隐约传来,笑了起来:"确实是……没什么用。而且听说高深武学都得从孩子练起,十多二十年,日日不辍,方有成就,是这样吧?"

"你确已过了习武之龄。"

"遗憾。"宁毅笑了笑,"其实……在下好格物。"

"格物?"

"嗯,就是穷究万物至理,然后推导利用。譬如你用来清理伤口的酒精,经过了几次冷却和蒸馏,目前只提取了少许,但如果用来酿酒……"

宁毅随意地说着话,等待时间过去。里面的房间里,女子处理着身上的伤势,偶尔心不在焉地说一句话。她的衣裤上都是鲜血,此时被脱下来扔在一边,白色的绷带绑住了胸口,一圈圈绕过肩膀,甚至连大腿、右足上都缠了几圈。她迟疑了一会儿,还是将那长袍披在了身上。她已经拿下面纱,苍白的脸上带着虚弱神色,但依然充满警惕。

过得一阵,宁毅道:"太晚了,再不回去,家里人恐怕要找来了。在下明早再来,姑娘受了伤,早些休息。"

宁毅等了片刻,那边的人没有回答,他熄灭灯盏,往外走去时又道:"对了,那酒精灯若要熄灭,从旁边拿个罩子罩住火苗便行,若是用吹的,怕会爆炸。"说完,他推门出去,再将门轻轻关上。

里面房间的门被轻轻拉开,女子用手轻轻拉着长袍,赤足无声地走出来,皱着眉头望到外间的门边,将门拉开一条缝,往院子那边看了看。宁毅已经出了院门,不一会儿,马车行驶的声音响起,并逐渐远去。

院子的草丛里传来虫鸣的声音,漫天星斗在夜空中眨着眼睛,女子望着马车离去的方向皱着眉头想了一阵子,回头望了望外面这间房间。架子上是各种各样的东西,最多的是瓶瓶罐罐。她先前醒来的时候只是从里面瞥了一眼,因此认为是道士炼丹之所,此时才看见房间里更多的东西。稍微空旷的地方几张桌子排成长列,上面是古古怪怪的铁架子、奇怪的铁桶、管子以及让人完全看不懂的仪器,一块黑色木板挂在尽头的墙壁上,上面写满了白色的古怪符号,星光自窗户照射进来,洒在桌上的书页与打开的宣纸本上,毛笔在笔架上哐哐当当地动着……

夜风从后方木门的缝隙间吹进来,吹动着她原本就有些乱的头发以及稍大的长袍,长袍下隐隐显出仅有绷带包裹的身形轮廓。女子反手关上门,一路走回里间,抱着她的剑与双膝,蜷缩在床铺角落里睡着了……

今晚她应该不会忽然走掉……

马车驶向苏家侧门的路上,宁毅深吸了几口气,如此想着,随后笑了起来。

因为她没有衣服穿……

当然最主要的还是因为她的伤势。宋宪这样的官员死掉,过不了多久,官兵就会在江宁各处设卡,这样的重伤下,她暂时走不出去。

从这女人支使开宋宪亲卫的手法来看,她也不是笨蛋,多少懂得权术,不至于忽然犯傻。

他要直接说出对武功感兴趣这件事,尺度有些难以拿捏,最主要的是如果以后再说,难免给人以整个谋划都是为这事而来的印象。这年月虽说重文轻武,但个人艺业,在社会上还是敝帚自珍的风气居多,更何况是那样的神功绝艺。他是过了年龄,但也不求什么一流高手,甚至他根本就没考虑过跑江湖或是上战场什么的。

这件事情,他首先说出来,然后以其他方面的元素尽量冲淡,反倒显得坦坦荡荡,只要这个坎能过,以后再提起来就四平八稳。如果放在以后,引起对方不爽,人家真觉得欠他人情说不定也会觉得他在谋划她而敷衍他一顿。

明天他要给人留个好印象,让她继续留下来……

来到武朝这么久,他还是第一次如此主动地去计划事情,但感觉倒是与以前跟人谈判拉订单或者推销创意差不多，首先要让人觉得自己诚恳，然后慢慢地谈条件，你需要什么，我需要什么。其实在他来说，从头到尾还是那种钱货两清、等价交换的性质，只是在这之前，他会用尽全力争取一个能平等对话的位置。

他一路回家，从侧门穿过小道，远远地望过去，住着的小院中没有灯光，估计檀儿主仆也还没有回来，不知道小婵有没有睡下。走到院子门口时，宁毅才看见坐在中央凉亭里的少女。

整齐的刘海，碎花的白裙，少女坐在那儿不知想着什么事情，双手握拳放在膝盖上，给人以咬紧牙关的感觉，星星的光辉从天上洒下来，照在少女专注的侧脸上。宁毅看了两秒钟，少女目光动了动，随后朝这边望过来，站了起来。

夜风吹拂着裙摆，少女站在那儿怔怔地望过来，不像平日里裹着包包头那个蹦蹦跳跳的小婵，倒像是一个更成熟的，平日里总潜藏在背后的小婵，不过这样的感觉也就持续了两秒钟。

"姑……"

第一个音节已经带了些哽咽的气息，泪珠从少女的眼中滚落，她举起手去揩，陡然就哭了起来。

"姑爷……"

哭声之中，小婵从那边跑过来，直接扑进他怀里抱住了他，几乎将他推得往后退了一步。宁毅抱住她的后背，微微叹了口气。

"回来了……"

"姑爷……你到底去哪里了啊？"

夜色下，哭泣的少女像是矮了一截，又变回了以前那个小婵……

清晨时分，婵儿、娟儿在桌上摆好碗筷，盛了粥饭，随后在苏檀儿的吩咐下在旁边坐下。清晨的阳光里，一家五口人坐在桌边吃着早餐。

昨晚苏檀儿与娟儿、杏儿也回来得比较晚。婵儿哭过之后，与宁毅坐在凉亭里聊了一会儿心事，抹着眼泪絮絮叨叨。小丫头比较可怜，先是担心宁毅抛开自己去见什么狐媚子，然后听见外面乒乒乓乓地敲锣，担心姑爷会遇上什么意外，后来又担心，姑爷如果是去见什么狐媚子，没带上自己，身上没钱……

"姑爷要是去了，没钱会让那些人瞧不起呢。其实啊，那些女人说是多好多好，都是装出来的，她们最势利了……"

小姑娘坐在凉亭里一边抹泪一边一本正经地担心他没钱丢了面子。宁毅心中温暖，安慰了几句，两人在洒满星光的凉亭里说了几句闲话，小婵终于放下了些许心事。

苏檀儿昨天回来得晚，睡得不久，虽说这种情况也不是第一次了，但吃早餐的时候看起来还是有些恹恹的，不过是洗过了脸，强打精神而已，娟儿与杏儿也差不多。

"昨晚回城的时候被拦住，看见出城的人检查得很严，说是有朝廷命官遇刺，今天的花魁大赛恐怕不能在白鹭洲那边开了，只是眼下还不知道会怎样安排……上午的赛龙舟……"

一面喝粥，苏檀儿一面惯例说些事情，宁毅摇了摇头："上午去睡一觉吧。"

"呃？"苏檀儿抬头看他。

"你，还有娟儿、杏儿也是，上午睡一觉，院子里的事情交给婵儿。其余的，中午再说。"

"嗯嗯。"小婵连忙挺起胸膛，用力点了点头，"交给小婵，小姐还是多休息一会儿吧。"

"便听相公的。"苏檀儿笑着点了点头，那边娟儿、杏儿也笑得开心："谢谢姑爷。"

"只是相公上午怕是要一个人去看龙舟赛了……"

"不去看龙舟，我去学堂那边一趟。"

"今日不是不上课吗？"苏檀儿疑惑地道。

"横竖无事，昨天有些想法，今日去做些实验，中午便回来了。"

随后两人说起乱七八糟的闲事。苏檀儿问了昨天的比赛，问了她回来之前城里发生的事情。事实上，除却睡眠不足的疲劳之外，苏檀儿与娟儿、杏儿的情绪也有些不高，想来是那边的技术突破再一次失败了。不过这种事本身就是常态，十次中失败九次，等待最后那一次的成功也就够了，她倒也不至于太过沮丧。

早餐之后，苏檀儿与娟儿、杏儿回房睡觉，宁毅告别小婵出来，驾着驸马府的马车绕往市集。今天正端午，街市上热闹喜气，许多人聚往秦淮河边去看龙舟赛，街道两旁粽叶飘香。不过警戒的官兵也多，想来江宁府衙如今也蛮头疼的——遇上这样的节气，很难做出扰民太多的行动，只能提高警惕，加强盘查，严格控制出入城的人口，先将刺客困在城里。

转往学堂那边的道路，行人便少了起来，但依然可以听到鞭炮锣鼓之声，路上宁毅与一名认识的附近的住户打了个招呼。马车抵达租下的院子之后，宁毅拿起一个包袱跳下车。一路走进院子、房间，推开里间的房门之后，宁毅却发现已然无人。他走进去看了看，注意到几处蛛丝马迹，又注意到昨晚关上的窗户此时却是打开的，随后他关门退了出去。

距离地面三四米的房梁上，女子裹着长袍坐在那儿，低头看着宁毅关门的一幕，随后转身跳了下来。属于男性的长袍在风中展开，衣服下是缠着绷带的胴体，修长的双腿在空中显露了一瞬，随后落在地上。女子拉起长袍的衣襟裹住身体，白皙的小腿与裸足依旧露在外面，她拿着长剑在旁边的架子上敲了一下。

听见声音，宁毅等待了几秒钟才再度推开门。当的一下，剑柄在里面将门抵住了。他从门缝里将包袱递进去，关门时，隐约看见女子接过包袱的皓腕与寒霜般的侧脸。

"穿的衣服、吃的东西，中午和晚上的也已经准备了，只是这样的恐怕没什么营养，我会想办法弄些好的来。你现在受了伤，如果需要什么药物，也可以告诉我。放心，我会分开买，不会引人警惕。待会儿把你换下来的血衣以及其他可能引来麻烦的东西给我，我处理一下。"

里面的人沉默了一阵子："你会处理？"

"略懂。"

他说着就去一边拿起凿子、锤子之类的东西，在昨晚被长剑刺出一个缝隙的砖上敲了几下。里面立即传来反应，大概女人是在换衣服。

"你干什么？"

"这个太明显，一看就知道是利器刺的，稍微处理一下。"

敲敲打打地将缺口弄得不成形状，随后以煤油烧黑，打磨，再烧黑，几次之后，他敲了敲门，随后走入里间，在对面同样处理了一番。房间里没人，昨晚撕下来的染血布条等物都摆在了桌子上的包袱里。

房梁上，女子坐在那儿，一身浅绿色衣裤，看到男子做完之后似是检查了一下桌上的那些染血物品。这些东西除了外衣，还有一些是贴身隐私之物，一时间她微感愠怒，随后却听得男子在下方说道："抱歉，忘了给你买鞋，明天我会带过来。"然后他拿了那包袱转身往外走去。

愠怒倒是退了下去。女子在房梁上缩了缩小腿，那裤管最多只到足踝，足踝往下纤足依旧赤裸，她下意识地伸手盖住足背，随后又放开了，在房梁上蜷缩起身子。

外间是各种实验设备，其实就有宁毅专门砌起的火力相当足的炉子，里面烧的是煤，宁毅将染血的布片与一些细细碎碎的东西扔进去，不一会儿便烧得一干二净。烧的时候他随口说了几句有关外面官兵检查的事情，此后便不再说话，而是安静地在外面做自己的实验，调配溶液，或者在黑板上啪啪啪地写些乱七八糟的字符，其间瓷瓶被烧爆了一次，于是他赶快收拾。

外面虽然有阳光照射下来，但并不是很热，院子里野生花草随风摆动，端午热闹的响动远远地传来，没有断过，却显得小院中的安静气息越发明显了。陆红提抱着她的剑坐在床上，拿着宁毅送来的肉包子在吃，偶尔会透过那稍微弄大了一些的空隙，微微疑惑地望着这边的古怪实验。男子神情专注，偶尔拿着毛笔在本子上记录什么。

过了一段时间，又有人推开院门，细细碎碎的脚步声听上去就知道不是大人。她收拾好东西，再度跃上横梁，屏息凝听。那边传来小姑娘的声音："姑爷，我过来了！"

是个小丫鬟，很开心的样子。

"当心那边，可能有碎瓷片，桌上的水最好也别碰。"

"嗯嗯，知道了……"

"怎么这么快就来了？"

"杏儿姐已经醒来了，就让我出来找姑爷。对了、对了，姑爷，我在路上买了两个铃铛，你看，我把它挂在外面好不好？"

"去挂吧。"

"嗯。"

丁零的声音偶尔传来，清脆悦耳，小丫头似乎是搬着椅子出去了，在门外的屋檐下挂铃铛。

"姑爷，我过来的时候看见街上好多兵，大家都在议论昨天的刺客呢，说她好厉害，你有没有听说？"

"听说了啊。"

"嗯？姑爷听见怎么说的了吗？听说是个女刺客哦，那不是跟元夕那个女贼一样？"

"确实听说是女刺客，过来的时候还听见有人昨晚目睹了呢，绘声绘色的……"男子随口说着，"说那女刺客身手高强，身高八尺，腰围也是八尺，手拿一把金丝大环刀，一路从朱雀街杀到长业街，天地变色，日月无光。都尉宋宪呢，使的是一套佛门武学，叫作如来神掌，本来已臻化境，但那女子的惊天一刀更加厉害，两人拼了一百二十招，不分胜负……"

小丫头笑了起来："才没有，姑爷又乱说。身高八尺，腰围也是八尺，那不是个方块了吗？"

"腰围是指圆的那一圈，所以说起来应该是个柱子形。柱子形的女刺客拿一把金丝大环刀，多厉害。"

"金丝大环刀是什么样子的啊？"

"呃，可能就是家里唐护院拿的那种，上面有几个圈，会叮叮当当地响……"

"姑爷说故事吧。"

"哪能整天都有故事听。"

"哦……"

"好吧……从前，很久很久以前呢，有个书生，叫作宁采臣，话说他考试落了榜，回到家中，接了份替人收账的生意……"

一缕缕光芒从瓦屋的屋顶上射进来，女子抱着她的剑，靠在房梁上坐着，看着这些光，听外面传来的声音。小丫头在院子的花草间小小地忙碌了一阵，摘了几朵野花。那男子一边做着古怪的实验，一边说着古古怪怪的故事，这个上午祥和异常。

到得中午时分，两人终于要走了，大抵是要去看龙舟赛，还要与家人去看花魁赛。外面的火焰熄灭了，东西被一样样收拾完又摆放好，房门打开又关上。

"铃铛真漂亮。"

"我买的呢。"

"好吧、好吧……"两人的声音远去，随后男子随意的声音传来，"铃铛明天见。"

小丫头也回头说了一声："铃铛，明天见。"

院门终于被关上了，马车离去，女子静静地走出来，看着挂在屋檐下的一对风铃，远处端午节热闹的声音传来时，女子正想着那名叫《倩女幽魂》的光怪陆离的故事。比起那些说书人说的演义，这个故事好听多了。

结尾他还没说完呢……

五月初五的中午，陆红提站在屋檐下吃着冷掉的肉包子，淡淡地想着……

"据闻当年二月，辽国'春捺钵'节，所有的部落首领参与耶律延禧主持之'头鱼宴'，完颜阿骨打站出来要求耶律延禧归还阿疏一地，耶律延禧不予理会。后宴会至高潮，耶律延禧命令各头领歌舞助兴，完颜阿骨打一动不动，答曰'不会'。耶律延禧大怒，几乎当场拔刀杀了那完颜阿骨打。完颜阿骨打正当盛年，野心勃勃，金、辽两国大战必是不死不休之局，我大武当居中坐收渔利，权衡两方局势。照我看，战事一旦爆发，我朝军队首先当示以弱势，随后先取瀛洲……"

同样是端午节的正午，江边的酒楼上，顾燕桢正与几位同伴聊天。下方依然是各种喜庆的景象，酒楼上人来人往，几人拿碗筷盘子在桌上摆些阵势，议论许久。

"想不到燕桢于军略也有如此造诣，佩服，佩服。"几名同伴中，有一名乃是军队中的小官，此时拱手笑道，随后又有人拍了拍手："何止军略，燕桢不仅机智过人，而且智勇双全，据闻他此次上京途中曾遇上匪盗，燕桢不但巧计逃脱，随后更是搬来救兵将那帮匪寇一网擒住。在下听说后，委实神往啊。"

"真有此事？"有人瞪大了眼睛。

"呵呵，只是机缘巧合，适逢其会。"顾燕桢笑了笑，"不过，在下一直觉得，文武二者，一张一弛，当今这局势，当两者皆修。这次去了乐平，若几年后能有成绩，在下甚至想投笔从戎，效班超之志……"

他去乐平上任是在七月，估计六月便要离开江宁了。一群人说说笑笑，又是一阵恭维。待到这小小聚会散去，各人都已离开，他坐在窗前，望着外面的景象，想些事情。不久，名叫小四的跟班走了上来。

"查到了？"

"回公子的话，昨日到今日，已查到那宁立恒的许多信息。不过，小的过来，主要是作坊那边有信息了。"

"嗯？"

"松花蛋之事已准备妥当了。"

"此事……"顾燕桢皱了皱眉，"原已没有太大意义……不过也罢，且去看看。路上跟我说说那宁毅之事。"

"是。据说这宁毅一向低调，善于韬光养晦，小的昨日调查他原本的身世，在其原住所周围之人皆言……"

叽叽喳喳叽叽喳喳，两个人穿过集市，拐过巷道，进入一座肮脏的小作坊。片刻之后，顾燕桢捂着鼻子皱着眉头出来："也罢，既已准备好，明日便开始投入市场，她卖二十文，这里卖十文。我不会再来这里，不过是些小事，让胡老大自行看好。"

"是。不过……公子下月便要动身去往乐平，胡老大担心，即便是这样，一月时间怕是斗垮对方的生意。"

"谁说一定要斗垮她的生意？斗垮对方的生意有何用？此事无须在意，做好你的事。"

皱了皱眉，顾燕桢朝前方走去。他家中本为地主，有钱，弄这松花蛋花费不了几个银子，当时也是因为想要知道聂云竹背后之人却毫无头绪，才遣人做些事。若聂云竹背后真是个有名望的老头子，这事或许还有点意义，但到得此时已变得有些多余了。不过也罢，些许时间，也足够让她明白那些不切实际的自立幻想有多么不堪一击。

顾燕桢回想小四方才所说的事情，那宁毅平素喜欢弄些乱七八糟的事物，在正经大义上反倒有些离经叛道，据说弄了些粉笔黑板之类的细枝末节。哼，难怪他与李频那等人混在一起，怕也是自以为性格不羁的狂妄之辈，松花蛋想来是他所做。顾燕桢回想起来，聂云竹那辆车上的画……匠气十足，不登大雅之堂。

后来对方为铺开那松花蛋，行的也不是什么新奇手段，仅仅是找托这等低劣手法。兵法之道有正有奇，这等手法在他看来实在微不足道，他想了几种方法，比之找托皆高明了数筹不止……不过这事现在想了也没什么用了，顾燕桢原也以为那云竹乃是心性脱俗的女子，想不到竟为这些小手法所惑，真是可笑……

走过喧嚣的街道，他心中想着这些事，想着那两个人，云竹、宁立恒……原以为对方心性高洁，以为对方找了什么好人，以为真有什么超乎自己想象的情由曲折在其中，如今想来……令人失望。

一个坐井观天却自以为冰清玉洁的青楼名妓，一个耍些拙劣手法旁门小道却自以为风流才子的商贾赘婿，他想一想，真是比那些粗鄙下人间的勾搭更为可笑与不堪……

可叹他之前竟还被这些事情给绕了进来。

到得晚上，他再一次见到了那两人。

一如苏檀儿早晨预测的那样，昨晚发生了那等刺杀事件，今天出城入城都要接受严格的搜查，不可能放大队人马出入。花魁赛最后一夜的表演被改在了城东河边一处大校场上。这里的风景自然没有城外那般漂亮，临时布置虽然稍微拥挤一点儿，但容纳三千人观看还是没什么问题的，旁边的河道上也可以容纳画舫停泊。这场花魁赛毕竟关系着江宁府的一笔巨大收入，不可能随意撤掉。

朝廷命官被刺杀，普通百姓是没有多少感觉的，茶余饭后谈谈或许还是拍手称快的人居多。因此就算出了这事，也搅不了众人看表演的兴致，反倒让人兴致更高昂了一点儿。

下午宁毅与苏檀儿等人驾着马车在城内兜了一圈，见到一些有趣的小吃便吃上一次，听见的都是关于女刺客的议论。婵儿与娟儿在车上拿两个盒子上演"身高八尺，腰围也是八尺"的柱子与方块大战。

苏檀儿已然恢复了精神，偶尔低头笑着与宁毅说些事情。以往大家都有顾忌之时，在家中演出模范夫妻的戏码，她是绝口不提生意的，此时谈论的事却多与生意有关，例如这次关了城门有多耽误店里的生意啊，预计又得少多少收入啊，还不时小小地叹息一番，实际上自然是玩笑居多。她虽然叹息，却并未将这些小事放在心中。

宁毅则在旁边偶尔说些不靠谱的主意，例如将四书五经的文字印在布匹上，再以这等布匹做成衣服，一走出去，身上全是字，款式新颖，霸气凛然。苏檀儿则笑着说下次给相公做一件："相公可得真穿上出门才行啊。"宁毅自然百无禁忌，点头答应。

在河边吃东西的时候，宁毅拿出笔墨来给几人画了几张头像，其实就是线条简单的漫画 Q 版头像。宣纸上四名女子神色夸张，但各有特点，苏檀儿主仆四人笑过之后将宁毅批判了一番——这年头自然还是看不惯这种图画的。宁毅与苏檀儿辩论了一番，在婵儿、娟儿、杏儿等人的抗议声中，他决定跟苏檀儿打赌，在路边摆摊觅知音。苏檀儿本来说："好啊，你摆啊。"待宁毅真搬了凳子在路边坐下准备写写画画的时候，她又与小婵几人笑着将他拉了回去。

宁毅哈哈大笑："这下算我赢了？"苏檀儿笑得满脸通红："相公老胡来，妾身丢不起这个人。"婵儿在旁边小声道："婵儿也丢不起……"娟儿用力点头，随后这拆台的两人都被宁毅随手敲了一下。几人都知道宁毅性格随和，偶尔开开这种玩笑自不会在意。

从昨晚刺杀案发生起，府衙中的人便已经意识到花魁赛不可能在城外举行了，因此会场的改动从今天凌晨便已经开始进行。到得傍晚时分，宁毅与苏檀儿等人乘着马车过去，夕阳西下，整座会场周围的街道、楼层都已经张灯结彩，绸缎飞舞，校场对面的道上，画舫一艘艘地排开，虽然还未掌灯，但上面已经人来人往，热闹非常。

属于金凤阁的画舫房间里，元锦儿正在为今晚的表演做准备。今天晚上四名行首争夺花魁，每人表演三场。傍晚到出场的这段时间通常是给其静心休息的，没有多少人来吵。当然，表演者也有自行安排的权利，如果真有相好之人，说不定也会被接入房间，厮守片刻。元锦儿的画舫房间里此时便有另一人在，不是她的丫鬟，而是女扮男装的聂云竹。两人正守在窗前，一边望着校场那头众人往这边走来的景象，一边聊天。

"今天晚上很重要吧？"元锦儿问聂云竹。

聂云竹点了点头，似乎比元锦儿紧张："嗯，今天晚上没问题的话，从明天开始就有很多事情做了。"

"我就不紧张。"元锦儿偷偷拿了一块绿豆糕咬了一口，随后被聂云竹瞪了一眼，剩下的半块也被对方抢去。聂云竹将绿豆糕扔到嘴里，用力嚼了，咽下去，随后气鼓鼓地喝了一口水："说了别老吃这些东西！"

"可是我不紧张啊。我才不想拿花魁呢，那冯小静要，绮兰要，骆渺渺要，她们拿去就是了。云竹姐你也真奇怪，要是让你来参加这花魁赛，恐怕一点儿感觉都没有，现在却为了那点事情紧张……"

"第一次做到这个程度嘛，当然会紧张。假如今日没什么意外，松花蛋的名气或许就真的打开啦。至于以往的表演，我如锦儿你这样未放在心上，自然不紧张。"

"放心，锦儿会帮你的啦，云竹哥哥。"元锦儿笑着，随后又想起什么，瞬间变脸，狠狠地眯起了眼睛，"对了，云竹姐，前几天听说松花蛋出假货了，有人也在卖呢，想跟你抢生意，该怎么办啊？"

"啊？"聂云竹微微疑惑，随后皱起眉头，"已经有了吗？"

"不是吧，锦儿都这么担心，到处打听了，云竹姐你当大东家的还不知道，那我这几天每天晚上打小人诅咒那个抢云竹姐你的生意的家伙是在干吗啊？气死我了！"

"没有啊，这事情他原就料到了。"聂云竹说着，微微笑了笑，"他说若有这事情他会安排，让我不要在意，因此这几天便未曾调查过，全为今晚的事情操心了……"

"这么厉害？"元锦儿斜着眼睛不爽地看她，"哼，我倒想看看他到底能怎么样……"

这话说完，她扭头往外面看过去，在人群中略扫了几眼，陡然精神起来，眨了眨眼睛："呀，说曹操曹操就到了，云竹姐，你看、你看，你相好的……啊……呜，云竹哥哥我错了……"

画舫的房间里，两人小小地打闹起来，不一会儿，两颗脑袋又碰在一起，从窗户边往外看。夕阳西下，那边的人群当中，果然也有宁毅的身影，隐隐约约的。元锦儿眼力好，过得片刻，却遗憾地叹了口气："可是他家的黄脸婆好像也来了……云竹姐你以前有没有见过啊？"

人群那边，与宁毅结伴而行的自然是苏檀儿，后面三个丫鬟。远远地看过去，聂云竹看不清那女子的样子，脑海中却想起春游之时见过的苏檀儿与宁毅坐在一块儿时的景象。她笑着点了点头："见过的，可不是什么黄脸婆哦，与立恒很般配的……"

"好吧，也许不是很黄，不过云竹姐你这么说相好的……啊……"口没遮拦的人再度"惨遭毒手"，元锦儿将被敲了一下的额头抵在云竹的肩膀上，像条虫子一样拱来拱去，口中嘟囔着，"锦儿知道错了，云竹哥哥，不要这么用力嘛……"

聂云竹没好气地将她推开，神情在片刻后变得严肃起来："我与宁公子并无那等关系，锦儿你不要再乱说了，被人听见了不好。"

"知道了……"元锦儿点点头，继续看那边的景象，待那些人走近了，才说道，"真的不是很黄呢……"实际上苏檀儿亦是美人，比之她，比之聂云竹也是不遑多让，区别只在各自的气质而已。由于长期主导生意上的事情，在苏檀儿身上，那股自信的气质要更加突出。宁毅等人走到近处时，有一批人迎了过来，元锦儿不免又叹息一声："交游广阔哦。"

这迎上来的正是一帮商场上的人物，这"交游广阔"的评语，自然是给苏檀儿的。那群人当中，例如乌启豪、乌启隆、濮阳逸等人，皆是这花魁赛上的大金主。濮阳逸这样的江宁首富自然是支持手下的绮兰，但其余人都有争取的余地，是各个青楼争取的重点，这些人竟然聚在了一起，当然让人眼红。

"不过，真的是很厉害呢。"元锦儿看了一会儿，趴在云竹的肩膀上叹息着，"云竹姐你看，那些大老板啊，看起来虽然都是跟那个苏檀儿打招呼说话，可是对那宁立恒的注意度可不低哦，濮阳逸还一直想要跟他套近乎呢，一般入赘的人可没有这种地位……"

都是常在各种关系场上走动的人，元锦儿此时自然也看得清楚，苏檀儿与那些人算是同为商人，一群人打招呼说话很正常，但入赘者站在旁边通常是没什么地位的，就算被人重视一下，打个招呼，针对的也是苏檀儿的态度，也就是说，作为妻子的维护这个丈夫的形象，丈夫就有形象，否则丈夫就只是陪衬。眼前的情况则不太寻常，宁毅站在那儿，说的话不多，但神情自若，而且基本没什么人忽视他，濮阳逸更是几次与他聊天，这显然不是卖苏檀儿一个面子的程度。

"江宁第一才子……云竹姐，你说，要是他今天坐到我们这边来，我能不能拿到花魁啊？"

聂云竹笑着看看她："爱坐到哪儿是他与他妻子商量的事情，这个我可没办法……何况你不是不要花魁吗，又胡思乱想些什么？"

"要不要是一回事啊，他既然是云竹姐你的……呃，你的好朋友，当然应该坐过来支持我嘛。他要是坐过来，那我多有面子。如果他跟那个曹冠争风吃醋打一架，我就更有面子了……"

"虚荣。"

"嘻……"元锦儿笑了笑，又看了一眼，陡然跳了起来，"啊！啊！卑鄙！云竹姐你看，绮兰居然出来了！卑鄙！居然跟云竹姐你的宁……咯，你的好朋友套近乎！这个太卑鄙了啊！不行，云竹姐，我们也出去，给她捣乱去，绝不能让宁立恒坐到她那边去啊！"

下方，一身白衣的绮兰已经过去，在濮阳逸的引荐之下向苏檀儿、宁毅见了礼，随后在那儿说着话。元锦儿为此异常不爽，蹦蹦跳跳的，见聂云竹没有反应，不愿意跟她出去抢人，方又走了回去："你看他们还说说笑笑的，两个女人真虚伪……叛徒，叛徒……"

聂云竹没好气地笑了出来："怎么又成叛徒了？"

"当然是！他既然是云竹姐你的好朋友，我当然把他当成自己人了啊，他还跟敌人说话，当然是叛徒！"

她又在旁边发了一阵脾气，扭头瞧瞧聂云竹正往那边看的神情——虽然脸上带着微微的笑意，但神色复杂，她不由得又抿了抿嘴："云竹哥哥，别这样了啊，锦儿会一直喜欢云竹哥哥的啊……"

聂云竹笑着看了她一眼，伸手勾了勾她的下巴："好啊，待到锦儿这次勇夺花魁之后，本公子便替锦儿赎身，留一段佳话……"

"嗯嗯，请云竹哥哥怜惜锦儿……"

说话间，元锦儿媚眼如丝，两人缓缓靠近，停了一下，又缓缓靠近，然后……四唇碰在了一起，两人都感觉到了柔软。

两双眼睛睁大，眼珠转动几下，下一刻陡然分开。聂云竹皱眉捂住嘴唇，元锦儿在那边噗噗噗地吐了几口，红唇娇艳，目光混乱："云竹姐你干吗不躲开啊？"

"你还真靠过来了……"

"我以为你会躲开的啊……"

两人一阵慌乱，随后又都笑了起来。元锦儿坐到铜镜边补了补唇彩，此时做男装打扮的聂云竹则弄了些茶水将沾上的颜色擦掉，没好气地瞪着元锦儿。元锦儿觍着脸笑笑，随后小声说道："云竹姐，你以前有没有跟其他人试过啊？"

"没有。"

"告诉你哦、告诉你哦，我前两年呢，遇上过一个据说从扬州来的公子，长得跟女孩子一样，但肯定不是的，又腼腆又可爱，我当时心怦怦怦地跳，真想呜啊亲他……可惜他只来过一次，后来进京赶考了，就没见到了……"

"喜欢他？"

"不是啊，话都没说两句呢。我刚才觉得……很有趣哦，要不然云竹姐我们再来试一次吧，我刚才没感觉出什么呢……"

"走开！"

两人在房间里嬉笑打闹，窃窃私语。夕阳在外面的天空中洒下最后壮丽的余晖，城市各处的人正在朝着这边拥过来。当夜幕降临之时，最后一天的花魁决赛便要开始了。

江宁的四大行首之中，元锦儿活泼，冯小静端庄，新晋的骆渺渺往往给人以艳丽之感，之前落榜的陆采采则常被人称为幽若兰草，琵琶弹得很好，听起来像是个抑郁症患者。至于绮兰，她更多的是一身书卷气息，擅长文墨，本身也有不错的造诣，据说在青楼之中偶尔还会以羽扇纶巾的文士打扮待客，因此被人称道。

这半年以来，绮兰对宁毅很感兴趣的事情偶尔会传出来，苏檀儿为此还打趣过宁毅一番。不过在商人眼中，这件事情到底是否真实有待商榷。这些富商当中，与苏家关系最近的是薛、乌两家，尽管薛进想要折辱宁毅而被奚落了一番，但也不会因此对他兴趣大增。如今对宁毅最感兴趣的大概要数濮阳家，绮兰正是濮阳家麾下青楼的头牌。消息传出来，到底是濮阳家故意放言，想要借此接近宁毅，还是绮兰的真意，实在难说得紧。

此时有苏檀儿在，濮阳逸让绮兰出来见礼，算是与宁毅真正认识了。当然，两人现在不会直接谈起诗文。这落落大方的女子一方面表示着对宁毅的文采的仰慕，另一方面给足了苏檀儿面子。大家都是做场面功夫的高手，看来相谈甚欢，实际上内容没什么营养。不一会儿，宁毅与苏檀儿落座，选在了舞台前方基本是商人所坐的地方。

"没什么意外的话,这次花魁赛,绮兰要拿花魁了。"

夕阳渐没,灯火渐渐亮起来,人群还在进场,一片喧嚣之景。苏檀儿从前方的桌上拿了一颗枇杷在剥,剥开了递给宁毅,算是尽做妻子的义务。宁毅面无表情接过去咬了一口。

"你一开始就说出来,还有什么悬念……跟你这人坐一起真没意思……"

"前两年濮阳家就要把绮兰捧出来,但步子迈得一直很稳,怕人说他家里拿钱砸人,因此只让绮兰拿了行首便止住了。此时造势已经足够,应该没有多少悬念,该让绮兰上去了。"宁毅表情不爽,说的话在旁人听来也有些过分,但苏檀儿没有半点不悦的表情,反倒笑得开心,又剥一颗枇杷递过去,"便是想要跟人炫耀……除了跟相公你炫耀一下,檀儿还可以在谁面前炫耀?相公应当夸夸妾身才是。"

"好吧、好吧,檀儿你最厉害,最有眼光。"

"嘻——高兴。"

苏檀儿应该是真的高兴。过得一阵,也有其他苏家人过来与苏檀儿、宁毅打招呼,例如文定、文方等人,随后就识趣地离开了。席君煜也来了,过来跟苏檀儿、宁毅见了一见,便坐在斜后方一张圆桌旁——能在这会场上坐圆桌,吃东西,他算是有一定的身份地位了。

秦老与家中两位夫人早已经过来了,加上康贤等人,都坐在那边的名流席位上。不多时,夜幕完全降下,人们也将整个场地坐满了。随着悠悠的丝竹声响起,人们开始安静下来,附近的秦淮河水波荡漾,夜风怡人。当负责主持这次花魁赛的府衙主事说了些场面话,宣布比赛开始后,舞台上的丝竹声也渐渐停了下来。

到得最静的那一刻,音乐轰然响起,烟火自舞台下一飞冲天,新晋行首骆渺渺随着陡然几条飞出的彩绸自台下翻飞而上,如彩凤开屏一般,在这座繁华的城市的夜间,以最为瑰丽大气的形式拉开了这场花魁赛的序幕。

距离宁毅与苏檀儿比较远的地方,属于骆渺渺支持者所在的区域,众人用力鼓起掌来。热烈的气氛中,名叫顾燕桢的男子也在笑着鼓掌,只是偶尔会偏过头,在无人注意时将目光投过去一次,随后扫向周围,在人群当中搜索着聂云竹有可能在的地方……

有些事情不去注意也就罢了,越是注意,想法就越发多了起来,某些印象也就越发深刻。

那是个很厉害的女人。

灯火晃动,舞台上乐声流转,舞姿曼妙。顾燕桢看着那边的景象,对那个大概是叫作苏檀儿的女人做了一个评价。

先前顾燕桢打听了有关宁立恒的消息，自然知道他是一名赘婿，入赘商贾之家。先前顾燕桢对他的妻子并没有什么认识，这时才渐渐在心中有了一个轮廓。这个轮廓相当清晰，因为对方展露出来的那种形象的确令他印象深刻。

乍看之下这或许只是一名美丽大方的妻子与相公坐在那儿看戏，一些高门大户的大家闺秀，教养好、见识多的女子，也能有这样的形象和气质，不过引起顾燕桢注意的并非仅仅这一点，而是这对夫妻在与其他人来往时的情景。

过来与他们说话的人，首先选择面对的，几乎全是那宁毅的妻子。先前见过的那不学无术的苏氏兄弟，乃至于其他来来往往的人，首先全是与那妻子说话，随后才去注意相公。这宁立恒前日在文墨楼头为苏氏兄弟解过围，他们过来时首先在意的还是那苏檀儿，这女人的厉害程度可见一斑。

在这方面，顾燕桢对自己的识人之明颇有自信，以往的许多事情多少也证明了他的眼光。这世道，女人要变得厉害很困难，若能将这种厉害的一面收敛到眼前这种程度，将一份看来温柔的气质与强势融合得天衣无缝，就更是令人不得不佩服。那边一片其乐融融的气氛显然也是这个女人在主导，一方面保持着本身的存在与旁人的重视，另一方面巧妙地兼顾了身边男人的存在，不让他完全成为陪衬，手腕实在是高明到了极点。

这是个女人……顾燕桢想，假如是这样一个男人成为自己的对手，取得了云竹的芳心，自己真是不得不心服口服。可相对来说，这样强势与优秀的女子身边那个陪衬的男人……

他不可能在这事上留心太久，还得不时与旁边的人说说话，鼓鼓掌。第一轮的演出，四大行首都很本分，皆是充分发挥自己长处与特色地进行表演。骆渺渺的彩绸舞缤纷瑰丽，元锦儿的舞蹈灵动活泼，冯小静的百鸟朝凤舞依旧端庄大气，到最后，绮兰一曲重现孔子与老子问道的古风舞蹈，墨裳宽袖，气韵脱俗，悠然舞来，真有墨韵留香之感，将她身上那股书卷气息发挥到最高点。

四人当中，顾燕桢其实并不是非常喜欢骆渺渺，她的歌舞缤纷瑰丽，很能给人第一眼的冲击力，但实际上底蕴不足，比不上其余三人的从容。当初他选择她，实际上是因为云竹那事，而且这种五彩缤纷的舞蹈风格也好写诗破题，在他来说不过是敷衍的态度。这次舞蹈完毕，他原本想要挥笔写一首词，但不知道为什么，看了看宁毅那边，最终还是没有写，而是叫旁边负责登记鲜花朵数那人买了五百朵花给骆渺渺。

五百朵就是五百两银子，对他来说算是一笔颇大的开支了，不过由于他没写诗词，于是干脆一下子给了。不久之后是谢礼的时间，有些姑娘上去做余兴表演，上方念出"顾燕桢顾公子送渺渺大家鲜花五百朵"时，他便与周围人拱手说些客套话。另一边，苏檀儿似也挥手叫了人，那送花的数字在舞台后方的大木牌上不断翻新，一百朵以上的都会被大声通报出来，随后便听得那个声音道：

"宁立恒宁公子送予绮兰大家鲜花两千朵！"

这句出来，人群中便又掀起一阵声浪。两千朵花，这确实是令人咋舌的大手笔了，通常来说，这等支持者会等到三场舞蹈皆毕之后才出手。宁立恒又是那个有些神秘的第一才子，有才又阔气，无论如何都足够成为一时的谈资。顾燕桢却明白这是那女人的手笔，在这样的会场上为了自己入赘的相公做出这等事，这女子外表温婉，内里还真是强势与自信得可怕。

他想起那松花蛋的事情，自己如今不过投入区区百两不到，与眼前这一幕相比，那个宁立恒做的事情……真是儿戏得可笑。

他正如此想着，沈邈从旁边凑了过来，同样往那边望过去："真是大手笔……燕桢方才看那边看了许久，莫非对那宁毅的才学真感兴趣起来了？若是如此，今晚的花魁宴上真是龙争虎斗，有好戏看了。"

顾燕桢沉默半晌，笑了起来："子山兄可知，那云竹背后的男子究竟是何人？"

"不是查不……呃？"沈邈反应过来，"莫非便是那……宁毅？"

"呵呵，便是他。"

"他、他可是赘婿身份。"

顾燕桢似笑非笑地沉默着。沈邈笑了起来，摇了摇头。

"如此一来，若是将此事揭发出来，岂非可以看场好戏？不知燕桢有何想法？"

顾燕桢看着他好一阵子才叹了一口气："子山兄，若将此事揭发，接下来会如何？"

"那对夫妻心中，轻则产生芥蒂，若重，想必那强势的商人妻子会找上云竹姑娘，到时候……呃，看燕桢似不愿，想来还是有怜香惜玉的想法，心胸如此豁达，佩服。"

顾燕桢笑了笑："不瞒子山兄，原因并非如此。子山兄说得都对，轻则产生芥蒂，重则找上云竹家去打闹一场。即便如此，哪怕最后真闹到不可开交，你我或能看一场戏，可子山兄你说，如此我便能得到云竹了吗？"

"呃……"

"为大事者，不拘小节，我辈行事，当不为细枝末节所惑，直面本心。这等事情，即便做下，到头来我也得不到任何东西，万一传扬出去，反倒为人诟病。吾不屑为之……"

话语虽饱含傲气，但他此时的语气倒是谦和。沈邈沉思一番，拱手受教。顾燕桢笑着引开话题，望向那台上的歌舞，不时议论一番，灯火迷离间，他望了望沈邈。

沈子山，也不过一介俗物，书生意气，难成大事……

"两千朵，大手笔啊。"

台上那人说出宁立恒送两千朵花时，宁毅有些好笑地摇了摇头，在众人的议论声中摆出一副"跟我没关系"的态度，反正真认识他的人也不多。只是他偏过头去时，濮阳逸正从那边拱手走过来，摆出一副承情的态度。

"妾身对诗文懂得不多，只是她给相公面子，妾身便给她银子，事情便是如此了。"

苏檀儿低着头，表情温婉，乖巧地笑着。宁毅自然知道理由到底为何，于是哈哈了几声。夫妻俩显然不可能知道，会场一侧，有个叫顾燕桢的家伙正盯着这边的动静。舞台的一侧，听得这两千朵花的消息，元锦儿微微愣了愣，气鼓鼓地瞪起眼睛，随后找聂云竹告状。

"云竹姐，他欺负人！"

"呵呵，明明是他娘子送的花，关他何事？"

"我才不管呢，仗着有钱欺负人……待会儿不帮忙卖松花蛋了。"元锦儿生了一会儿闷气，又拉了聂云竹往更衣打扮的房间跑，"云竹姐，我要再打扮一下，待会儿的舞跳得好一些，挽回颜面。"

虽然心中不打算争那花魁了，可面子是大事，元锦儿还是要争一争的。

不过，之前元锦儿毕竟没打算争花魁，排出的表演自然以本分为主，此时便是再认真，也不可能改变最后的结果。比试持续进行，歌舞风格各异，到得最后一轮结束，绮兰以一曲名为《书山墨海》的歌舞技压群芳。虽然背后有濮阳家做后盾，但濮阳家如今最讲名声，绮兰的这曲歌舞明显下过大功夫。这曲之后，濮阳逸终于名正言顺地送上一万五千朵鲜花，将这名舞台上白衣飘飘的女子送上花魁位子。

有的人其实早已如苏檀儿一般料到这结果，不过濮阳家缓了两年才做这事，也算是极讲分寸尺度的作为，能料到的人基本上也不会有太大意见。今晚的歌舞也确实好看，虽然比前两天的时间稍短，但此后还有一场盛大的花魁宴作为余韵。这场宴席乃是花魁赛后的惯例，由知府大人主持，四大行首作陪，酬谢近三日对花魁大赛有过诸多支持的人，四大行首会精心准备舞蹈在宴会上表演，士林商界的人坐在一起，此后往往会传为佳话。

顾燕桢一个晚上都在下意识地寻找聂云竹的所在，但没有找到，直到与沈邈一同赴宴之时，才在那厅堂的侧面无意间看见了一道身影。那身影一身仆役装扮，大概是为了混在下人之中，此时躲在殿外的树后，像是在期待什么。顾燕桢对这身影太过熟悉，一眼便将对方认了出来。

入席之后，他才陡然明白那道身影等在外面期待的是什么。

"想不到……云竹姑娘竟这么快便将生意做到这里来了……"沈邈微微感叹。

原来，在这花魁宴上，每一桌中央都摆放了一些剥了壳的松花蛋，花纹蜿蜒，晶莹剔透。这两个月来，虽然松花蛋的生意还在不断拓开，但聂云竹那边一直低调，虽请了些人帮忙，但除了满足供应各家酒楼的需要之外没有多少新动作。看来，从这个晚上开始，她终于要将生意做开了。

那个女人，以前参加这种宴席都是上宾，就算不争花魁为人低调，实际上也有众星捧月的感觉，如今竟为了这等东西如仆役一般躲在外面，看着里面的众人觥筹交错，期待着这等小生意……不知道她有没有看见我……

顾燕桢忽然又想起今天下午的事情。他对那松花蛋原就不怎么上心，不到一百两的生意，着实无聊，可此时见到她那期待的神情，倒是有些哑然失笑。这还真是巧了，她今天费了这么大力才做好开端，还满心期待，明天便为他人做了嫁衣，不知道到时她会有怎样的感觉。

我顾燕桢不在乎这种可怜的小报复……他如此告诉自己。不过真这么巧碰上了，还是会觉得有趣。

于是他对沈邈笑道："看来这东西有趣，其实工序未必有多么复杂。如今已过了几个月了，我愿与子山兄赌十两银子，不出半月，市场上必有此松花蛋的仿制品出现。她费了大力气，怕最后也是为他人作嫁……商场亦如战场，没那么简单。"

理论上来说，要胜这个赌约只须等到明天；要败，则必须等到半个月后才能得到证明。两人谈笑落座，随后便未将此事放于心头。不过，冥冥中仿佛有某个许久以前的存在早已掐死了这一说法，仅仅一刻钟后，顾燕桢便有些阴沉地发现，他提前输掉了这十两银子……

（第1册完）